À RETARDEMENT

BIOGRAPHIE DE FRANCK THILLIEZ

Franck Thilliez est l'auteur d'une vingtaine de romans, dont *Pandemia*, *Il était deux fois*, *1991*, *La Faille* et *Norferville*. Référence incontestée du thriller français avec onze millions d'exemplaires vendus, il continue d'alterner one shots et enquêtes menées par ses personnages emblématiques, Franck Sharko et Lucie Henebelle. Ses livres sont traduits dans le monde entier et *Le Syndrome E*, roman déjà repris en bande dessinée, a fait l'objet d'une adaptation audiovisuelle pour TF1. Franck Thilliez est également scénariste. Il a créé, avec Niko Tackian, la série *Alex Hugo*. Il est par ailleurs à l'origine de la série à succès *Vortex*, diffusée sur France 2 puis sur Netflix.

DU MÊME AUTEUR

ROMANS
La Chambre des morts, Pocket, 2006
La Forêt des ombres, Pocket, 2007
Train d'enfer pour ange rouge, Pocket, 2007
Deuils de miel, Pocket, 2008
La Mémoire fantôme, Pocket, 2008
L'Anneau de Moebius, Pocket, 2009
Fractures, Pocket, 2010
Le Syndrome E, Fleuve Éditions, 2010 ; Pocket, 2011
GATACA, Fleuve Éditions, 2011 ; Pocket, 2012
Vertige, Fleuve Éditions, 2011 ; Pocket, 2012
Atomka, Fleuve Éditions, 2012 ; Pocket, 2013
Puzzle, Fleuve Éditions, 2013 ; Pocket, 2014
Angor, Fleuve Éditions, 2014 ; Pocket, 2015
Pandemia, Fleuve Éditions, 2015 ; Pocket, 2016
REVƎЯ, Fleuve Éditions, 2016 ; Pocket, 2017
Sharko, Fleuve Éditions, 2017 ; Pocket, 2018
Le Manuscrit inachevé, Fleuve Éditions, 2018 ; Pocket, 2019
Luca, Fleuve Éditions, 2019 ; Pocket, 2020
Il était deux fois, Fleuve Éditions, 2020 ; Pocket, 2021
1991, Fleuve Éditions, 2021 ; Pocket, 2022
Labyrinthes, Fleuve Éditions, 2022 ; Pocket, 2023
La Faille, Fleuve Éditions, 2023 ; Pocket, 2024
Norferville, Fleuve Éditions, 2024 ; Pocket, 2025

NOUVELLES
Au-delà de l'horizon et autres nouvelles, Pocket, 2020

ESSAI
Le Plaisir de la peur, coll. « Secrets d'écriture », Le Robert/Fleuve Éditions, 2022

JEUNESSE
La Brigade des cauchemars, vol. 1-9, avec Yomgui Dumont, Jungle, 2017-2025
Le Roman maudit (Thriller de l'avent), avec Thomas Gilbert, Auzou, 2025

FRANCK THILLIEZ

À RETARDEMENT

fleuvenoir

Fleuve Éditions
92, avenue de France – 75013 Paris
serviceclients@lisez.com

ISBN : 978-2-265-15884-9

Dépôt légal : novembre 2025

« Je suis fou même pour la folie. »
Antonin Artaud

« La victoire n'est ni à Dieu ni au Diable ;
elle est à la Folie. »
Michel Foucault,
Histoire de la folie à l'âge classique

1

La neige s'était invitée aux alentours de 20 h 30, au moment où les fumeurs regagnaient leur chambre après leur dernière cigarette de la journée. En ce réveillon de la Saint-Sylvestre, les quarante-huit internés d'office de l'unité pour malades difficiles Ulysse avaient bénéficié d'un repas exceptionnel – blanc de pintade, pommes de terre rissolées et bûchette aux marrons glacés –, et dans l'enceinte ultra-sécurisée régnait une ambiance particulière. Certains déprimaient, mais n'arrivaient pas à pleurer à cause des traitements thymorégulateurs qui muselaient leurs émotions. D'autres étaient submergés par des souvenirs douloureux que ravivaient les fêtes et ruminaient.

Le docteur Éléonore Hourdel attrapa son manteau en cuir avant de verrouiller son bureau à double tour. Elle traversa l'aile administrative déserte et rejoignit le PC infirmiers, que l'on appelait « la bulle ». Il s'agissait d'une pièce semi-circulaire, protégée par d'imposantes vitres en Plexiglas, qui permettait de gérer tous types d'urgences. Elle offrait en effet une vue sur la cour de promenade grillagée, la salle des repas, les espaces d'activités et, surtout, le couloir où s'alignaient les vingt-six chambres de l'aile 1, dite « aile Télémaque » – l'UMD en comportait deux, l'autre étant l'« aile Pénélope ».

Elle pénétra dans la bulle à l'aide de son badge, accroché à son lourd trousseau de clés. Un de ses collègues scrutait les écrans de contrôle. Un autre disposait dans de petites cases nominatives en bois les clopes des fumeurs pour le lendemain. Comme chaque nuit, en plus du veilleur, ils seraient cinq à être de garde pour toute l'UMD : deux infirmiers par aile, assistés d'un aide-soignant volant. Les résidents, tous des hommes, resteraient enfermés dans leur chambre jusqu'à 7 h 30.

— Rien à signaler ? lança Éléonore.

— Hormis M. Joulliard, qui a encore menacé de s'en prendre à Domino tout à l'heure, non. Il faudra faire quelque chose, pour ce chat.

Dieu seul savait comment, Domino, un chat blanc et noir, s'était introduit un mois plus tôt dans l'enceinte de l'hôpital. On le voyait, de temps en temps, se balader dans le potager entretenu par les internés, ou le long des hauts murs de la cour. Ce qui était certain, c'était que ça risquait de mal finir s'il continuait à traîner là. Onze ans plus tôt, Jean Joulliard avait quand même étouffé un malade avec un oreiller, avant de lui crever les yeux avec une fourchette en plastique, dans un précédent hôpital psychiatrique où il était soigné pour schizophrénie. Il était le premier et le plus ancien patient de l'établissement.

— J'y vais avant que les routes ne soient impraticables. Joyeux réveillon, les gars !

Christian Nourry la raccompagna jusqu'au sas d'entrée. Quarante-quatre ans. Le cheveu court. Une partie du bouc complètement blanchie, l'autre d'un noir charbon. Un véritable roc. Ses collègues l'appelaient « Popeye ». Arrivé depuis deux ans, mais dans le circuit de la psychiatrie depuis deux décennies, il était un des infirmiers les plus expérimentés, et on pouvait compter sur lui dans les situations de violence les plus difficiles.

— C'est quoi, ton programme ? demanda-t-il.

— Dormir, Christian. Dormir jusqu'à l'overdose…

Éléonore remit son téléphone professionnel, le Dati, au gardien derrière sa vitre. Le Dati, que tous les agents portaient sur eux en permanence au sein de l'UMD, alertait tout le personnel dès qu'il recevait un choc ou restait en position horizontale plus de vingt secondes, ou dès que son propriétaire enfonçait le bouton rouge. Un Dati qui sonnait était synonyme d'accident ou d'agression.

Sur le parking à l'extérieur de l'enceinte, la jeune femme se glissa derrière le volant de sa voiture. En attendant que les carreaux dégivrent, elle griffonna dans le carnet qu'elle gardait tout le temps avec elle : « UMD : Joulliard et Domino ne font pas bon ménage, à résoudre. 20 h 46, départ unité. Il neige. Humeur plutôt ++. Réveillon de nouvel an en solo. » Elle recopierait tout ça dans un cahier plus grand, une fois chez elle. Éléonore avait toujours aimé écrire. Elle avait pris l'habitude, depuis des années, de consigner son quotidien, mais sans jamais céder à la mode des réseaux sociaux. Elle était bien plus en phase avec la bonne vieille méthode du crayon et du papier destinée à un unique lecteur : elle-même.

La masse sombre de l'UMD se dessina à travers les flocons dans le pinceau de ses phares lorsqu'elle démarra enfin. Un bâtiment austère, de plain-pied, dont l'entrée évoquait celle d'une prison. Une forteresse encerclée par un mur de trois mètres de haut et implantée loin des regards, au fin fond de l'immense parc abritant le centre hospitalier spécialisé des Tilleuls, à Chambly, dans l'Oise. On était dans le trou du cul du monde, certes, mais des gens y habitaient, et on ne pouvait pas dire qu'ils avaient été ravis quand l'unité était sortie de terre, en 2011. Avec seulement dix autres structures en France, elle était habilitée à accueillir les malades mentaux les plus atteints, dont même les hôpitaux psychiatriques ne voulaient plus. Des malades placés en vertu des SDRE, les soins sans consentement sur décision d'un représentant de l'État.

Un quart des locataires d'Ulysse étaient des cas faisant état d'une forte régression, avec peu de perspectives de sortie. Les autres étaient des « médico-légaux ». Ils avaient agressé, violé, tué sous l'emprise d'une maladie psychique. « Des monstres », comme on les désignait à la boulangerie du coin. Pour Éléonore, même si les actes criminels de certains étaient de véritables abominations, ils n'étaient en rien des monstres. Mais ça, ni son ex-petit ami ni la société n'étaient prêts à l'entendre.

La neige habillait déjà les routes d'un blanc scintillant. De temps à autre, Éléonore distinguait les façades décorées des maisons perdues dans la campagne. Les habitants s'apprêtaient à faire la fête, à basculer vers 2023, avec l'espoir qu'elle efface cette année pourrie qu'ils venaient de traverser – les règles imposées par le Covid avaient été un calvaire à gérer dans l'UMD. Pour elle, ce serait coquilles Saint-Jacques surgelées, deux verres de blanc, et *basta*. Grasse matinée le lendemain et, d'ici à deux jours, elle retournerait à l'UMD, auprès de ses cerveaux malades.

Vingt minutes plus tard, elle se garait dans l'allée de sa maison individuelle, à Montsoult, un bled à deux pas de la forêt de L'Isle-Adam. Lorsqu'elle y avait emménagé, ses amis parisiens avaient prédit qu'elle ne tiendrait pas un an, avec les vaches d'un côté et les fous furieux de l'autre. Pourtant, du haut de ses 35 ans, elle ne s'était jamais sentie aussi bien qu'ici. Ses années d'internat à l'I3P – l'Infirmerie psychiatrique de la préfecture de police –, dans le 14e, avaient été un véritable enfer. Trop de misère, trop peu de moyens. Elle n'y avait pas exercé la psychiatrie, elle avait juste joué le rôle d'un chef de gare occupé à trier et redistribuer les paumés, les simulateurs, les suicidaires et les bombes à retardement vers les prisons, les HP ou la rue. Loin, bien loin de ses aspirations. Loin, aussi, de la structure dans laquelle elle exerçait depuis six ans maintenant, et où elle faisait face aux maladies mentales les plus complexes, les plus pures. Un territoire de travail et de recherche passionnant.

Quand elle referma la porte de l'entrée derrière elle, elle sut immédiatement que quelque chose clochait. Il régnait un froid anormal dans la maison. La chaudière n'était pas en panne, puisque le radiateur, près de la cuisine, tournait à plein régime. Un courant d'air lui glaça les os. Elle parcourut le couloir, pénétra dans le salon et alluma. De la neige s'engouffrait à l'intérieur de la pièce et tapissait son canapé. La fenêtre qui donnait sur le jardin était grande ouverte, sa vitre brisée. Le verre jonchait le sol au milieu de nombreuses traces de pas.

Quelqu'un était entré chez elle.

2

Éléonore voulut ressortir. Trop tard. Un individu fondait déjà sur elle. Il la poussa si violemment qu'elle heurta la table basse et chuta. Tétanisée, elle resta allongée par terre, les bras devant son visage, tandis qu'il se tenait au-dessus d'elle, debout, le canon d'un revolver pointé vers sa poitrine.

— Là-bas, dans le fauteuil, tout de suite. Si tu cries ou si tu tentes quoi que ce soit, t'es morte.

Les mains de l'homme tremblaient, le blanc de ses yeux était injecté de sang. Éléonore comprit que, si elle n'obéissait pas dans la seconde, elle y passerait. Elle se traîna jusqu'au canapé. Rien n'avait été retourné, l'agresseur agissait à visage découvert, sans gants. Il n'était pas là pour la cambrioler. Il était là pour elle.

— S'il vous plaît, ne…

— Ferme-la, bordel ! T'as détruit ma vie, alors je vais détruire la tienne.

Sans cesser de la braquer, il lorgna le jardin, tira le rideau. Éléonore tenta de garder son sang-froid malgré l'étau de la peur qui lui comprimait la poitrine. Le type avait la cinquantaine. Le front bombé sous une couronne de cheveux grisonnants, la face très pâle, il était négligé. Fringues sales, odeur de sueur rance, de l'écume aux coins des lèvres. Il avait choisi le réveillon du nouvel an pour agir, ça devait revêtir une valeur symbolique pour lui. Qui était-il ? Un ancien patient ?

— Je ne comprends pas, articula-t-elle aussi calmement que possible.

Il s'approcha d'elle, prêt à cogner, retint son geste au dernier moment. Il respirait comme une bête.

— Samuel et Sarah Hallis.

À l'évocation de ces noms, Éléonore se rappela instantanément. Il était le père du petit Samuel. Le mari de Sarah. L'homme qui avait dû être évacué de la salle d'audience à l'annonce du verdict, onze mois plus tôt. Et il était certainement entré par effraction chez elle pour se venger. Lui faire mal. *Reproduire ce que le criminel a fait à sa famille, pour que je prenne la mesure de sa douleur.*

De sous son blouson il fit surgir une pochette qu'il lui balança.

— Je veux que tu lises le texte souligné. À voix haute.

Éléonore découvrit le document : il s'agissait d'une copie du rapport de trente et une pages qu'elle avait établi un an plus tôt, après avoir mené l'expertise psychiatrique de Christophe Lansalle, un jeune homme de 23 ans. Elle releva les yeux vers Mickaël – le prénom lui était revenu avec tout le reste.

— Mickaël, ne croyez pas que je ne mesure pas la doul…

Le baiser glacial du canon sur sa tempe.

— C'est la dernière fois que je te le demande. Lis !

Éléonore imagina la balle lui perforer le crâne. Le grand flash blanc. Le néant. Elle obtempéra.

— « Je soussignée, docteur Éléonore Hourdel, psychiatre et praticien hospitalier à l'unité pour malades difficiles Ulysse, experte inscrite sur la liste de la Cour d'appel de Paris, certifie avoir personnellement procédé à l'expertise psychiatrique de M. Christophe Lansalle, citoyen français, né le 10/09/1998. »

Elle tourna la page, sachant pertinemment ce qu'il allait la forcer à lire. Le rappel des événements. Factuel. Horrible.

— « M. Lansalle est actuellement mis en examen pour homicide volontaire. Le 4 mai 2019, aux alentours de 23 heures, persuadé d'être en danger de mort et cherchant à fuir des démons lancés à sa poursuite, il quitte le métro Porte de Pantin, s'introduit au domicile de la famille Hallis en escaladant un mur et en passant par un patio à l'arrière des jardins. M. Mickaël Hallis, le père de famille, est absent, affecté à un poste de nuit dans une usine située à Argenteuil. Muni d'une arme blanche qu'il garde, selon ses propos, pour se défendre contre ses poursuivants, M. Lansalle grimpe à l'étage, pénètre dans la chambre de Samuel Hallis, 12 ans, et le frappe de treize coups de couteau au niveau de la nuque, ainsi que du haut du corps, le prenant pour un de ses démons persécuteurs. Ensuite, il se rend dans la chambre voisine et décapite Sarah Hallis, 36 ans, à l'aide du même couteau et de ciseaux à volaille qu'il est allé chercher dans la cuisine, avant de poser sa tête sur la table de chevet. Il redescend ensuite au rez-de-chaussée pour s'ouvrir une bière, manger des restes de jambon, et il prend la fuite. »

Éléonore avait conscience que chaque mot prononcé creusait un peu plus sa propre tombe. Elle se rappelait avec clarté les photos des deux scènes de crime. Un meurtre sauvage. Des clichés gravés à vie dans sa mémoire. En fait, il s'agissait d'une des rares fois où elle avait failli flancher, où la femme qu'elle était avait, l'espace de quelques minutes, pris le pas sur l'experte impartiale, tant les images avaient été insupportables.

Mickaël Hallis pleurait, mais ses traits étaient durs et il affichait la détermination de ceux qui n'ont plus rien à perdre. Il avait découvert les corps au petit matin, en rentrant du travail.

— Continue, salope.

Elle tourna la page.

— « La précédente expertise psychiatrique réalisée par le psychiatre Jean-Marc Courbier rapporte une bouffée délirante aiguë, notamment marquée par un délire persécutif à thématique démonopathique. Le docteur Courbier estime que, en dépit du caractère indiscutable du trouble mental aliénant, le discernement de M. Lansalle ne peut être considéré comme ayant été totalement aboli, au sens de l'article 122-1, alinéa 1 du code pénal, du fait de sa consommation régulière de cannabis, de surcroît augmentée le soir du drame, surconsommation qui aurait pu volontairement entraîner la perte de contrôle ayant permis le passage à l'acte criminel. Ainsi, le docteur Jean-Marc Courbier ne retient qu'une simple altération du discernement de M. Lansalle, et donc sa pleine accessibilité à une sanction pénale. Le juge d'instruction, maître Pierre Rosjol, a néanmoins mandaté un collège de trois nouveaux experts, dont moi-même, pour réaliser une nouv... »

Éléonore crut que son cœur allait exploser quand Mickaël Hallis pulvérisa le plateau en verre de la table basse avec la crosse de son arme. Il se mit à aller et venir, la tête entre les mains. La psychiatre avait vu de trop nombreux malades pour ne pas reconnaître le signe que, désormais, plus rien ne pourrait faire dévier l'homme de sa trajectoire. Il récita d'une voix monocorde :

— « La loi pénale actuelle ne faisant pas de distinction parmi les causes possibles ayant mené à l'abolition du discernement, seul importe l'état mental du sujet au moment précis des faits. Le caractère volontaire ou non de l'ingestion de drogues ne doit donc nullement entrer en ligne de compte dans l'expertise... »

La conclusion du rapport d'Éléonore. Il la connaissait par cœur. Il s'arrêta soudain, à un mètre d'elle peut-être, fixant cette fois le sol, comme déconnecté du monde autour de lui. La psychiatre chercha du coin de l'œil un moyen de se sortir de cette situation. Elle repéra la statuette en marbre sur un meuble. En étant vive, elle pourrait s'en saisir, mais après ? Elle se jetterait sur lui et essaierait de le frapper ? Mickaël Hallis aurait tout le temps de l'abattre.

Il la toisa de nouveau de son regard fiévreux, et se remit à réciter :

— « Ma conclusion est que Christophe Lansalle était atteint au moment des faits d'un trouble psychique ou neuropsychique ayant totalement aboli son discernement, au sens de l'article 122-1 du code pénal, et qu'il n'est donc pas accessible à une sanction pénale. »

La haine déformait les traits de Mickaël. Son visage avait viré à l'écarlate. Les veines saillaient de partout. Il explosa :

— Irresponsable ! T'as déclaré le monstre qui a massacré ma famille irresponsable ! Sale putain, je vais te saigner !

— Monsieur Hallis... Mickaël... S'il vous plaît, écoutez-moi... Deux autres experts sont passés après moi, nous avons eu la même conclusion... L'irresponsabilité ne signifie pas qu'il n'est pas l'auteur de ces actes abominables, elle n'enlève rien à l'horreur de...

— C'est toi qu'on a vue à la télé. T'as même serré la main à cette ordure avant d'entrer dans la salle d'audience. À cause de toi, un jour, il va ressortir, et il recommencera. Il détruira d'autres familles.

Il pointa son flingue sur elle comme un index accusateur.

— Ça fait quoi, d'être une des personnes les plus détestées de France, hein ? Dis-moi, ça fait quoi, de relâcher des tueurs d'enfants et de femmes dans la nature ?

— Christophe Lansalle est interné dans une unité spécialisée de Cadillac. Il ne ress...

— C'est derrière des barreaux qu'il doit croupir ! Je veux qu'il souffre, tu comprends ? Et moi, tu as pensé une seule seconde à moi ? Est-ce qu'une seule seconde t'as imaginé à quoi pouvait ressembler ma vie depuis le jour où il me les a arrachés ?

De nouveau en mouvement, il heurta le coin de son crâne avec le canon de son arme.

— Plus de trois ans que j'ai sombré en enfer, que je crève chaque jour un peu plus. Et toi, t'arrives encore à te regarder dans une glace ? À continuer ta petite vie tranquille, sachant tout le mal que t'as fait ?

Il respirait de plus en plus fort. Il s'apprêtait à la tuer. Ensuite, il s'occuperait sans doute des autres. Le début d'une folie meurtrière. Il lui écrasa le canon au milieu du front. Éléonore baissa les paupières en suppliant :

— Ne faites pas ça...

— Je veux que tu me regardes, gémit-il. Regarde-moi !

Elle s'exécuta, les yeux embués. Au fond d'elle, elle était déjà morte. Les lèvres de son exécuteur remuèrent une dernière fois.

— Bonne année !

Il retourna l'arme contre lui, la cala sous son menton, tira. Dans un cri, Éléonore vit son visage se déchirer et son crâne s'ouvrir comme une fleur, mouchetant ses joues de flocons de sang.

3

L'appartement était situé rue Hassard, au troisième et dernier étage d'un beau petit immeuble où, même en ce début janvier, les balcons se paraient de plantes. Le quartier était agréable, presque familial, avec ses allées arborées, ses discrets restaurants, ses commerces de proximité et, surtout, le parc des Buttes-Chaumont, dont l'une des entrées à juste deux cents mètres de là appelait à la promenade. Le jardin public était l'un des plus grands espaces verts de Paris, tout en relief, agrémenté d'un lac, de passerelles suspendues, d'une végétation dense et variée et d'un labyrinthe de sentiers qui en faisaient un endroit prisé des marcheurs et des joggeurs. Un environnement idyllique devenu un enfer pour l'occupant de ces soixante-dix mètres carrés.

Assis au bord du canapé, la tête entre les mains, Jean-Pierre Barlois, 59 ans, observait les deux policiers et l'individu en combinaison blanche en train de circuler dans les différentes pièces comme s'ils étaient chez eux. Ils ouvraient les tiroirs, claquaient les portes des placards, fouillaient dans les poches des vêtements de sa femme et dans ses boîtes à bijoux. Il ressentait, en plus de la tristesse, une gêne indescriptible, à les voir ainsi piétiner leur intimité.

Le type de la police scientifique s'approcha.

— Je vais avoir besoin de la brosse à dents de votre femme et de divers autres objets avec lesquels elle était régulièrement en contact. Pour l'ADN. Vous venez me montrer ?

Le commandant de police Franck Sharko les laissa s'éloigner en direction de la salle de bains. Barlois ressemblait à un oiseau tombé de son nid avec son crâne nu, ses épaules affaissées, ses mains toutes maigres sur lesquelles on distinguait le réseau bleuté de ses veines. Le flic échangea un regard avec Pascal Robillard, son procédurier qui rassemblait la paperasse à embarquer, ouvrit la porte-fenêtre du salon et s'accouda au balcon en fer forgé qui donnait sur la rue. À 8 h 55, le soleil se levait à peine, le ciel s'étalait, bleu sombre, et l'air était sec mais glacial. De là, on apercevait les premiers arbres du parc. Lucie et Nicolas, les deux autres membres de son équipe, exploraient en ce moment même les abords de ses différents chemins, aidés par de nombreux collègues arrivés en renfort. En hiver, l'espace vert était d'habitude accessible au public dès 7 heures, mais il avait été exceptionnellement maintenu fermé le temps de leurs investigations.

En contrebas, une poignée de passants matinaux circulaient, engoncés dans leurs lourds vêtements de saison. Quelqu'un, au cœur de ce dédale d'habitations, avait peut-être vu ou entendu quelque chose en rapport avec leur enquête. Ça allait être le boulot de la Brigade criminelle, dans les prochaines heures et les prochains jours, de tout ratisser, de frapper à chaque porte, d'exploiter les bornages téléphoniques, de s'inviter dans les magasins à la recherche de caméras de surveillance. Le rouleau compresseur de la Crim s'apprêtait à se mettre en branle.

Jean-Pierre Barlois s'était rendu au commissariat du 19e la veille, aux alentours de 21 h 30, pour signaler la disparition de sa femme. D'ordinaire, ces affaires relevaient de la compétence des divisions de police judiciaire d'arrondissement, surtout lorsque les personnes concernées étaient adultes, et donc libres de quitter leur domicile pour une raison X ou Y. La plainte remontait jusqu'à la Brigade criminelle seulement s'il existait un élément tangible permettant de craindre un meurtre ou un enlèvement. Cet élément, c'était un SMS envoyé par Christine Barlois à son époux lundi 2 janvier, à 19 h 34 : « Je sors de la piscine. Tu peux allumer le four, le régler à 200, et mettre les lasagnes à cuire. » D'après le mari, il lui fallait un quart d'heure à pied pour faire le kilomètre séparant le complexe Édouard-Pailleron de leur domicile. Elle n'était jamais rentrée.

Le groupe Sharko étant dans sa semaine d'astreinte, il avait logiquement été saisi. Franck avait été arraché de son lit par un coup de fil de la permanence. Il avait pris la route, les yeux encore ensommeillés, pour entendre le plaignant à 2 heures du matin, au sixième étage quasi vide du 36, rue du Bastion. À une époque, il avait adoré ces réveils au milieu de la nuit, mais aujourd'hui, à 61 ans, ça l'emmerdait plus qu'autre chose. Surtout pour ce genre d'enquête qui démarrait sans cadavre. Les pires…

La disparue, Christine Barlois, affichait 52 ans. Mariée à Jean-Pierre depuis plus de quinze ans, elle était agent immobilier et avait pour habitude de se rendre à la piscine deux fois par semaine, le lundi et le vendredi, de 18 heures à 19 heures environ. Elle y rejoignait une amie, Corinne Jeansec, pour y enchaîner les longueurs de bassin.

Selon Jean-Pierre Barlois, sa femme coupait toujours à travers le parc des Buttes-Chaumont, à l'aller comme au retour, ce qui réduisait de façon conséquente son trajet. Elle glissait dans son sac à dos, en plus de sa serviette de bain et de ses lunettes de natation, une lampe frontale puissante, de celles qu'utilisaient les coureurs, parce qu'elle passait par certains endroits du parc dépourvus d'éclairage. Et elle s'arrangeait pour en sortir avant 20 heures durant la période hivernale, car, ensuite, les portes fermaient jusqu'au lendemain.

Franck quitta le balcon et alla jeter un coup d'œil dans la cuisine. Il ouvrit le four : les lasagnes gisaient là, carbonisées. Barlois avait attendu l'arrivée de sa femme jusqu'à 20 h 05. Inquiet, il avait ensuite essayé de la joindre et était tombé directement sur le répondeur. Il avait alors téléphoné à Corinne, qui lui avait confirmé que Christine et elle s'étaient séparées devant le centre sportif. Dans une panique naissante, Jean-Pierre Barlois avait raccroché et s'était précipité en direction du parc sans pouvoir y pénétrer. Il avait fait le tour par l'extérieur jusqu'à la piscine. En vain. De retour à l'appartement, il avait éteint le four, même si l'odeur de brûlé était le cadet de ses soucis, pris ses papiers et foncé au commissariat.

Franck referma la porte. Le récit du mari était cohérent. On vérifierait néanmoins chacun de ses propos. D'après lui, Christine n'avait pas de problèmes particuliers, ces derniers temps. Elle menait une petite vie tranquille entre travail, loisirs, voyages et activités au sein d'associations du quartier. Pas d'ennemis, pas de dispute récente, pas de menaces. Quant à leur vie de couple, tout allait pour le mieux, assurait-il.

Peut-être avait-elle été agressée par un suiveur ou un rôdeur embusqué, puis tuée dans le parc. Peut-être l'auteur des faits l'avait-il attendue à un endroit où il savait qu'elle passerait. Viol ? Meurtre ? Enlèvement ? Le criminel avait-il frappé au hasard ou visait-il spécifiquement cette femme-là ? Pour le moment, tout restait possible. Y compris une disparition intentionnelle de la victime, mais vu les circonstances, il s'agissait d'une option peu probable.

Franck considéra une photo de Christine Barlois qui trônait sur un meuble. Elle posait, tout sourire, devant le Grand Canyon. Pas un gros gabarit, c'était le moins qu'on puisse dire. S'en prendre à elle n'avait pas dû être compliqué. Il se tourna vers Jean-Pierre Barlois, parti se servir un verre d'eau dans la cuisine.

— C'est une photo récente ?

— Elle date de cet été. On a voyagé trois semaines dans l'Ouest américain.

— Je peux l'emporter ?

L'homme, revenu sur le canapé, acquiesça. Sa tristesse était palpable.

— Je lui ai toujours dit de ne pas traverser ce fichu parc, mais elle n'en faisait qu'à sa tête. « Ça craint rien. Regarde, il ne m'est jamais rien arrivé ! » qu'elle répondait. Et elle riait quand elle disait ça. Elle riait, bon sang.

Il leva ses yeux humides vers Sharko.

— Dites-moi que vous allez la retrouver.

Franck ôta la photo du cadre, la posa sur la table, au-dessus des papiers que Pascal avait fini de rassembler – factures de téléphone, relevés de comptes… Le procédurier venait de glisser l'ordinateur portable de la victime dans un sac à scellés et notait chacun de ses actes sur le brouillon d'un procès-verbal de constatation. Il mettrait tout cela au propre une fois au bureau. Le technicien de l'Identité judicaire, lui, en avait terminé.

— Je ne le peux malheureusement pas, mais nous ferons le maximum, monsieur Barlois. Nous allons quadriller le quartier, exploiter les données de son mobile, faire des recherches d'images sur les caméras des alentours, interroger ses connaissances… Bref, nous ne négligerons rien, soyez-en assuré.

Franck renfila son bonnet, boutonna son manteau jusqu'au col d'un geste lent. Barlois se leva et lui posa une main sur l'avant-bras, comme il l'aurait fait sur une bouée de sauvetage. Il semblait soudain prendre conscience qu'il allait se retrouver seul.

— Et moi, je… je fais quoi ?

Le commandant de police le fixa avec un air qu'il voulut rassurant, mais, au fond de lui, il éprouvait une profonde peine pour le bonhomme. Les heures à venir risquaient d'être aussi longues que douloureuses.

— Évitez de rester seul. Je vous ai donné le numéro de ma ligne directe, n'hésitez surtout pas à appeler si des éléments qui pourraient nous aider vous reviennent en mémoire, même anodins. Parfois, un petit détail débloque une situation.

Sharko lui serra la main.

— Courage…

— Vous me tiendrez au courant, n'est-ce pas ? Promettez. Promettez que vous ne me laisserez pas sans nouvelles. Quelles qu'elles soient…

Franck hocha la tête, juste un mouvement discret, comme ça, ni oui ni non, parce qu'il ne promettait jamais rien. Ils sortirent ensuite, chargés des éléments destinés à être décortiqués au Bastion, et déposèrent le tout dans le coffre de la voiture de Sharko, garée cinquante mètres plus loin. Le technicien était déjà reparti de son côté, direction le laboratoire.

— T’en penses quoi ? demanda Pascal en levant les yeux vers le haut de l’immeuble d’où ils venaient.

Sharko claqua le coffre et se mit en marche pour rejoindre le parc.

— On est dans le 19e, elle traverse les Buttes quelques minutes avant la fermeture, ce qui ne me paraît pas être le truc le plus intelligent à faire. À mon avis, elle est morte. Et si on ne découvre pas son corps au milieu des arbres, on le retrouvera au fond du lac.

4

13 jours plus tard

Debout devant la fenêtre de son bureau, Éléonore observait un groupe de six patients qui déambulaient dans la cour grillagée, sous la surveillance de trois agents. Épaules basses, ventres arrondis par les effets secondaires des traitements, casque de musique sur les oreilles ou capuche sur la tête pour tenter d'atténuer les voix persécutrices... Ils tournaient en rond, les yeux plantés sur leurs chaussures, enfermés dans leur prison mentale dont la clé avait été jetée dans des abysses inaccessibles de leur cerveau. Parmi eux, Edmond Poussard, 27 ans, criminel sexuel comptant à son actif trois viols qu'il jugeait « purificateurs », dont un ayant entraîné la mort. Il y avait aussi Martin Trucher, 24 ans, bipolaire, qui avait étranglé sa propre mère à mains nues alors qu'elle prenait un bain.

Et lui, Maxime Giroux. 26 ans, des culs-de-bouteille au bout du nez et des allures de petit être inoffensif. Pourtant, à n'en point douter, le pensionnaire le plus dangereux. D'un, parce qu'il résistait à la plupart des molécules chimiques, ce qui impliquait une adaptation de son traitement en permanence. De deux, parce qu'il souffrait d'une schizophrénie dite héboïdophrénique, un monstre psychique qui engendrait entre autres une forte dose de psychopathie et des passages à l'acte fréquents. Il était notamment persuadé que certains nouveaux patients portaient un masque derrière lequel se cachait un loup-garou venu attenter à sa vie. Il avait par conséquent déjà agressé – et presque failli tuer – deux arrivants. Une violence qui s'était évidemment manifestée bien avant son admission à l'UMD, puisqu'il avait attaqué à sept reprises des membres du personnel médical dans un précédent hôpital psychiatrique. L'un d'eux avait même péri. Cette fois-là, il avait transformé les montants métalliques d'un lit en objets tranchants, les avait attachés à un manche façonné avec des magazines, et avait frappé sa cible en plein cœur. Il possédait l'étonnante capacité de fabriquer des armes avec n'importe quoi.

C'était donc tout ce petit monde fort sympathique que psychiatres, infirmiers, assistantes sociales, aides-soignants, psychologues, et tant d'autres, essayaient de canaliser ici. Quelques-uns regagneraient, un jour, le circuit classique de la psychiatrie. D'autres, comme Giroux, n'étaient tout simplement pas réadaptables. On ne pouvait pas les mettre en prison ni à l'hôpital, alors on les avait jetés aux oubliettes, histoire de s'en débarrasser proprement, n'osant même plus espérer que la magie de l'institution supprime leur part de violence noyée dans leur incompréhensible folie. Pour la société, entre les hauts murs de l'UMD, ils n'existaient déjà plus.

Un coup sur la porte. Dans le reflet de la vitre, la silhouette trapue de Jean-Marc Courbier s'esquissa. Débarqué voilà six mois à peine, parce que le poste se libérait, il était le deuxième psychiatre de l'aile Télémaque. Éléonore ne croyait pas au hasard. L'homme qui s'était activement opposé à elle sur l'affaire Lansalle se retrouvait justement à exercer à ses côtés… On aurait dit que Courbier s'était démené pour travailler là dans le but de lui pourrir la vie. Et il s'y prenait plutôt bien.

— On m'a signalé que t'étais de nouveau dans les murs. Je venais un peu aux nouvelles. Prête à retourner dans la fosse aux lions ?

Comme s'il n'était pas au courant de son retour… Courbier avait quinze ans de plus qu'elle. La cinquantaine, collier de barbe grisonnant, lunettes à grosse monture verte style bobo, c'était un psy à l'ancienne : carcéral, dur, distant, purement chimiatre. Il psychiatrisait à l'aide d'antipsychotiques toute résistance, toute plainte, la moindre déviance, sans prêter attention à l'humain en face de lui. Il détestait Éléonore, et la réciproque était valable.

— Plus que jamais.

Il s'avança, posa un journal sur son bureau.

— On dirait bien que la mort tragique de Mickaël Hallis a relancé le débat, en tout cas. Tu liras. Un projet de loi va être étudié à l'Assemblée afin d'écarter toute possibilité de retenir l'irresponsabilité pénale quand l'auteur des faits a absorbé de la drogue dans le seul but de favoriser la commission de l'infraction. Mon expertise aura au moins eu le mérite de faire bouger les choses.

Courbier et son ego démesuré… Éléonore retourna s'asseoir sans toucher au journal. En son absence, le travail s'était accumulé.

— Tant mieux, si ça peut combler un vide juridique autour des stupéfiants, mais rien ne me fera changer d'avis. Lansalle n'a rien pu préméditer. Il a pris de la drogue pour se défoncer, pas pour se donner du courage dans l'optique d'aller tuer une inconnue. C'est bien en unité psychiatrique fermée qu'est sa place, pas derrière des barreaux.

La prison ou l'hôpital. C'était tout l'enjeu – et la difficulté – des expertises psychiatriques. Si le discernement était estimé comme juste altéré au moment des faits, l'auteur d'un crime était jugé pénalement responsable et finissait en détention. En cas d'abolition du discernement – c'est-à-dire une incapacité totale de comprendre la situation et de distinguer la réalité du délire –, on retenait l'irresponsabilité pénale, avec obligation de soins dans une UMD pour une durée indéterminée. En définitive, on continuait à appliquer, au XXIe siècle, le principe antique et commun à toutes les sociétés de notre monde actuel : « On ne juge pas les fous. »

Courbier souleva le dessin au fusain qui traînait sur le bureau de sa collègue. Un portrait de la jeune femme si bien réalisé qu'on aurait dit une photo. Elle l'avait reçu quelques mois auparavant ici, à l'UMD, sans connaître son expéditeur – elle savait uniquement qu'il avait été posté d'une ville de banlieue parisienne, Dugny, grâce au cachet sur l'enveloppe. Elle avait par ailleurs remarqué, sur la bordure gauche de la feuille cartonnée, une cinquantaine de traits et de courbes, tracés les uns sous les autres, comme si l'auteur avait écrit quelque chose à la fois sur la feuille et hors cadre. Il s'agissait sans doute de l'œuvre de l'un de ses anciens patients. Rien d'étonnant. Il lui arrivait de recevoir des objets ou des lettres, parfois même à son domicile. Environ un mois plus tôt, elle avait par exemple découvert une carte postale du célèbre tableau *Le Cri*, d'Edvard Munch, dans sa boîte aux lettres. Encore un anonyme. Savoir que son adresse était connue de tous à cause de la médiatisation dont elle faisait l'objet pour son rôle d'experte et *via* les réseaux sociaux était, elle devait l'admettre, loin de la rassurer.

— On m'a dit que tu te renseignais sur des locations à Chambly, fit-il en reposant le dessin. Tu comptes mettre ta maison en vente ?

— Les rumeurs vont vite, mais en l'occurrence celle-ci est fausse. J'ai juste passé une semaine dans un logement temporaire, le temps de... Écoute, les flics ont envahi ma maison, ils ont tout retourné, la cervelle de Hallis a éclaboussé jusqu'à mon plafond, qu'est-ce que tu veux que je te dise d'autre ?

L'odeur de poudre... Les giclées chaudes sur son visage... Le corps mort venu s'écraser sur elle... Tout remonta. Il fallait que ce connard sorte d'ici, et vite.

— Excuse-moi, mais j'ai du boulot.

— Et tu risques d'en avoir encore plus.

Il décala le journal. Dessous, quelques feuilles agrafées apparurent.

— Un nouveau patient arrive demain, et ça ne va pas être une partie de plaisir. Le directeur veut que tu t'en charges, histoire de te remettre sur les rails. Je préfère être franc avec toi : vu la dangerosité manifeste de l'individu, je pense que tu n'es pas d'attaque.

Elle s'empara de la paperasse.

— Je te remercie de t'inquiéter pour moi, mais ça ira.

Après de froides secondes de silence, il lui annonça qu'une réunion était prévue à 17 heures au sujet du nouvel arrivant et claqua la porte derrière lui. Éléonore laissa son rythme cardiaque retomber. Les images du suicide de Mickaël Hallis avaient rejailli sans prévenir. Elle était trop bien placée pour savoir que ce n'était pas anodin.

Elle se remit vite au travail et se plongea dans les documents. En premier lieu, le procès-verbal établi à la gendarmerie de Persan, la ville voisine.

La veille, le dimanche 15 janvier, aux alentours de minuit, un individu de type européen est repéré en train d'errer au bout du quai du Transilien, à la gare de Persan-Beaumont, à quelques kilomètres de là. Très nerveux, il porte un simple pull malgré le froid, n'a pas de gants ni de bonnet. Il agresse un voyageur venu à sa rencontre, le pousse sur les voies et prend la fuite. Heureusement, le trafic est quasi nul à cette heure-ci. Un témoin de la scène appelle le 17, la gendarmerie de Persan est prévenue et envoie une équipe. Refusant d'obtempérer, l'individu est maîtrisé au Taser par la brigade de nuit, rue Félix-Millet, après avoir été signalé par des habitants. Même menotté, encadré de quatre gendarmes, il est incontrôlable. Il se contorsionne et tient des propos délirants. Il n'a aucun papier d'identité sur lui. Son état est jugé incompatible avec la garde à vue, si bien qu'il est aussitôt emmené par les pompiers aux urgences psychiatriques de l'hôpital des Tilleuls…

Éléonore prit ensuite connaissance des autres pages. Notamment du dossier de demande d'admission à l'UMD, quasi vide à cause de l'absence d'informations administratives, et des notes du psychiatre qui l'avait pris en charge.

Yeux exorbités. Pieds en sang dans ses chaussures trop petites. Arrivé avec anus, narines et oreilles obstrués à l'aide de coton. Épisodes délirants. Agression systématique. Cherche à s'ouvrir le ventre avec les doigts. Refuse qu'on le touche et de décliner son identité. Contentions et administration par intramusculaire de loxapine. Étant donné la dangerosité évidente du patient, demandons en urgence le placement en unité pour malades difficiles.

En dessous, une dernière feuille, signée par le préfet de police du Val-d'Oise, autorisait l'internement d'office et sous contrainte dans une unité pour malades difficiles – Ulysse, en l'occurrence, puisque deux lits s'étaient libérés récemment et que quelques centaines de mètres seulement séparaient cette UMD de l'HP des Tilleuls où l'individu se trouvait en ce moment même.

Éléonore poussa un soupir en terminant sa lecture. Là, son regard tomba sur le journal abandonné par Courbier où l'on voyait, en une, le visage d'Éric Dupond-Moretti, le garde des Sceaux. Il expliquait que, concernant l'article 122-1 et la prise de stupéfiants, il fallait distinguer deux situations : le fou qui tue sans drogue, et le fou qui se drogue avant de tuer. Pénalement parlant, lequel était le plus irresponsable de son crime ? Vaste débat.

Quoi qu'il en soit, ici, un cas visiblement complexe attendait la psychiatre, et une chose était certaine : étant donné le CV du nouveau patient, elle avait intérêt à ne surtout pas baisser sa garde.

5

« Je sors de la piscine. Tu peux allumer le four, le régler à 200, et mettre les lasagnes à cuire. » Quatorze jours plus tôt, à cette heure exacte, 19 h 34, un lundi comme aujourd'hui, Christine Barlois envoyait un dernier SMS à son mari. Elle avait salué sa copine Corinne Jeansec quelques minutes avant et, de loin, lui avait lancé un joyeux : « À vendredi ! »

De l'endroit où il se trouvait, devant le complexe Édouard-Pailleron, Franck Sharko apercevait, sur le toit d'un immeuble, l'antenne-relais qui avait borné. Ensuite, selon toute logique, Christine Barlois avait contourné le bâtiment par la droite, emprunté la rue Jean-Ménans et traversé la rue Manin pour s'engager, seule, dans le parc des Buttes-Chaumont.

Le flic reproduisit son trajet à un rythme de marche moyen. Il franchit la grille encore ouverte du parc. Les chemins de promenade, face à lui, se démultiplièrent alors, mais, d'après le plan qu'il connaissait maintenant par cœur, l'un d'entre eux était beaucoup plus direct pour ressortir par la rue Fessart, l'accès le plus proche de l'immeuble de Christine.

Le policier s'orienta dans cette direction, les mains glissées au fond de son manteau. Il savait qu'il n'y aurait rien à découvrir, parce que ce trajet, ses hommes l'avaient parcouru encore et encore, enfouissant leur nez dans chaque buisson. Il éprouvait néanmoins le besoin de le faire lui-même, dans les mêmes conditions que ce soir-là. De ressentir les choses.

Très vite, les lampadaires bordant les chemins les plus larges perdirent de leur pouvoir lumineux. Le policier se retrouva dans la pénombre, seul comme avait dû l'être la disparue. Avec son amie Corinne, elles avaient fait une bonne séance – deux mille mètres de nage dans le couloir numéro trois. Ensuite, elles s'étaient réchauffées avec un chocolat chaud à la machine, à proximité de l'accueil. Christine avait été joviale. Aucun signe de tracas, le moral au beau fixe. Un moment en tout point identique à ceux que les deux femmes partageaient depuis des années.

Sharko percevait de temps à autre, au loin, des lueurs qui semblaient flotter dans l'air avec l'élégance des lucioles. Il s'agissait là de quelques sportifs courageux, des réguliers du parc, capables d'affronter ses pentes par des températures négatives. Une semaine plus tôt, des flics s'étaient postés dans les différentes allées et avaient interrogé tous ceux qui circulaient à ces heures-ci, photos de Christine en main. Personne ne se souvenait d'elle, personne n'avait rien remarqué de suspect le lundi 2.

Il consulta sa montre. 19 h 43. Neuf minutes après le SMS, une seconde antenne-relais, située rue Botzaris – juste à la sortie des Buttes –, avait été déclenchée par une notification d'application sur le réseau 4G du téléphone de Christine, ce qui confirmait sa présence dans le parc à ce moment-là. Si elle avait emprunté un autre chemin, d'autres antennes, très nombreuses aux alentours, auraient en effet été sollicitées. Son portable avait donc émis un signal ici pour la dernière fois. Ensuite, on l'avait éteint. Ou détruit.

Franck poursuivit sa déambulation, le moral dans les chaussettes. Il connaissait trop bien le métier, il s'agissait du genre d'enquête qui, si on ne la résolvait pas dans les tout premiers jours, s'enlisait à coup sûr. Au fil des semaines, on y affecterait de moins en moins d'hommes, on la reléguerait à l'arrière-plan, et on la traînerait comme un boulet de plus à la cheville. L'échec faisait partie du métier, certes, mais avec l'âge, il était de plus en plus difficile à supporter. Sharko avait déjà une besace bien pleine d'affaires foireuses, et il suffisait de peu pour qu'elle déborde…

Au milieu de ses réflexions, il distingua les confettis des eaux noires du lac qui luisaient à travers une trouée d'arbres. Les plongeurs l'avaient dragué en long et en large sans rien détecter. La cinquantaine d'agents déployés au lendemain de la disparition avaient également scruté chaque recoin de végétation, parfois aidés des truffes alertes de la brigade cynophile. Le corps de Christine Barlois n'était ni dans le parc ni dans ses abords immédiats.

Restait l'hypothèse désormais la plus probable : le kidnapping. On avait enlevé Christine Barlois entre la sortie des Buttes et son domicile. Il suffisait que le criminel ait observé ses habitudes, qu'il ait choisi en fonction de celles-ci le meilleur endroit pour l'aborder et la contraindre de monter dans son véhicule, et le tour était joué.

Les recherches, les interrogatoires s'étaient donc concentrés sur cette partie du quartier. Et, jusque-là, un seul témoignage, d'une importance capitale, mais évasif, avait émergé. Il corroborait la théorie de l'enlèvement.

L'homme, habitant au sixième étage d'un immeuble de la rue Botzaris, était sorti fumer sur sa terrasse, ce soir-là, un peu avant 20 heures. À ce moment, il avait vu un type avec une capuche – logique, en plein hiver – ouvrir la portière de sa voiture à une femme, la laisser monter, refermer, puis courir côté conducteur et démarrer avec hâte. C'était tout ce dont le jeune locataire se souvenait. Une scène comme une autre dans le train-train quotidien, pourquoi y aurait-il davantage prêté attention ? Il se rappelait qu'il s'agissait d'une citadine, mais était incapable de se remémorer sa couleur. Grise, peut-être noire. Ou bleue.

Franck Sharko se tenait à présent plus ou moins à l'endroit indiqué par le témoin. La grille par laquelle il avait quitté le parc ne se trouvait qu'à une dizaine de mètres derrière lui. L'auteur des faits avait peut-être attendu que Christine apparaisse, embusqué quelque part, et s'était précipité vers elle en la menaçant d'une arme : « Tu cries, t'es morte ! » Il connaissait probablement ses habitudes, certes, mais il devait aussi savoir qu'il n'y avait aucune caméra de surveillance dans le coin pour oser un enlèvement en pleine ville. Un type réfléchi.

Des places de parking payantes étaient matérialisées par des traits sur la chaussée, côté parc. La plupart étaient libres à cette heure-ci. Bien sûr, les équipes avaient épluché les immatriculations enregistrées dans les horodateurs de la rue sur le créneau qui les intéressait, ils avaient commencé à convoquer et interroger chaque propriétaire de véhicule, pourtant le commandant de police n'entretenait aucun espoir que cette piste mène au kidnappeur. Qui aurait été assez stupide pour payer son stationnement juste avant de commettre un enlèvement ?

Franck était obnubilé par une question : pourquoi elle ? Pourquoi Christine Barlois, une cinquantenaire sans problèmes financiers, mais qui ne roulait pas non plus sur l'or ? Pas de fortune, pas de grosse assurance-vie ni de coffre-fort dissimulé quelque part. La motivation n'était pas l'argent. Sharko n'imaginait pas non plus un mobile purement sexuel – bien que l'hypothèse ne puisse être complètement écartée. Une vengeance liée à son job ? Elle avait d'abord été infirmière en réanimation au centre hospitalier de Lannion, en Bretagne, jusqu'en 2002, puis avait changé de voie et s'était formée au métier d'agent immobilier à Paris. D'après le mari, ses parents l'avaient poussée vers des études de médecine qui ne l'avaient jamais passionnée, d'où sa réorientation. Le kidnappeur était-il un client mécontent ? Envisageable. Elle avait en revanche travaillé pour pas mal d'agences. Autant de pistes à creuser. Sans compter qu'on ne pouvait pas non plus tout à fait exclure un simple hasard. Au mauvais endroit, au mauvais moment…

Quatorze jours… Une période à la fois courte et longue. Tout dépendait du point de vue. La perception du temps, du côté de Christine Barlois, n'était sans doute pas la même que la leur, si tant est qu'elle fût encore vivante. Ses minutes à elle devaient ressembler à des heures. Où se trouvait-elle, à cet instant ? Et, justement, était-elle toujours en vie ? Si oui, pour combien de temps ? Son kidnappeur la nourrissait-il ? La torturait-il ? Durant une fraction de seconde, Franck se la représenta enfermée au fond d'une cave, sale, souillée, les ongles brisés à force d'avoir gratté les parois pour s'échapper.

Il détestait ces enquêtes sans corps. Un cadavre, au moins, portait la signature d'un criminel. On pouvait y déchiffrer sa colère, ses intentions parfois, espérer récolter des empreintes, de l'ADN ou tout autre indice important. Quel espoir pour une telle disparition, à la sortie d'un parc, sans raison apparente ? Il allait falloir continuer à explorer dans toutes les directions possibles. Exploiter, par exemple, tous les numéros de téléphone qui avaient borné aux antennes du coin, en priant pour que le criminel ait oublié d'éteindre son portable et qu'il ait reçu des notifications ou des messages dans le laps de temps où il patientait… Ça représentait des milliers de données à récupérer et à recouper. Probablement pour rien. Mais il faudrait le faire. C'était de ce rien qu'un jour, dans un mois, un an, un soupçon de piste naîtrait peut-être.

Dans cette froide et morne soirée d'hiver, Sharko s'engagea rue Hassard, en direction de l'immeuble où vivait le mari. Il leva les yeux vers l'appartement illuminé du troisième étage. À la place de Jean-Pierre Barlois, lui aussi aurait aimé qu'on le tienne informé, même si les nouvelles n'étaient pas bonnes. C'était le moins qu'il puisse faire pour cet homme dont la vie ressemblait désormais à un champ de ruines.

6

Au moment où l'ambulance franchit la double porte métallique à commande électromagnétique, à 14 h 15, vingt agents de l'aile Télémaque s'étaient regroupés dans la cour. Un amas de blouses blanches volontairement créé et qui était censé avoir un effet psychologique immédiat sur le nouvel arrivant. Le personnel se resserra de part et d'autre des portes arrière du véhicule lorsque ces dernières s'ouvrirent.

L'individu avait les poignets et les chevilles sanglés à un brancard sur roulettes. Il était conscient, mais les mouvements de sa tête, le roulement de ses yeux bleus dans leurs orbites étaient ralentis par les produits qu'on lui avait administrés de force.

Éléonore se détacha du groupe. Elle détestait ce moment qui, au fond, était synonyme d'échec pour la société. En gros, on ne savait pas quoi faire de cet homme, alors on le leur confiait en se frottant les mains : « Bon débarras, et bon courage. » Il devait avoir entre 25 et 30 ans, la moyenne d'âge des patients de l'UMD – le plus jeune avait 19 ans, le plus âgé, Joulliard, 60. Cheveux blonds et hirsutes, barbe de quelques jours, et des dents, semblait-il, en bon état. Il tourna son regard vers elle sans réussir à stabiliser ses pupilles sur un point précis. L'effet sédatif de la loxapine.

— Bonjour, je suis le docteur Hourdel. Vous allez être hospitalisé sous contrainte dans une structure dont l'objectif est de faire que vous alliez mieux, tout en assurant votre sécurité et celle du personnel. Est-ce que vous comprenez ce que je vous explique ?

Il se mit à fixer le ciel.

— Vous allez être soumis à un règlement strict dont vous pourrez bientôt prendre connaissance, et que vous devrez appliquer tous les jours. Ce règlement exige notamment que chaque nouvel arrivant passe les premières quarante-huit heures en chambre d'isolement. Je sais que c'est impressionnant et peu agréable. Ne le considérez cependant pas comme une punition, mais comme un temps que nous nous donnons pour essayer de mieux nous apprivoiser. Je vous ai dit que j'étais le docteur Hourdel. Et vous, quel est votre nom ?

Pas de réaction. Sur l'ordre de la psychiatre, Popeye et trois autres infirmiers embarquèrent le sac contenant les vêtements civils de l'inconnu – juste un pull, un tee-shirt, des sous-vêtements et une paire de chaussures qui seraient stockés dans la bagagerie –, poussèrent le brancard jusqu'à la bulle de l'aile Télémaque, puis se présentèrent devant un accès sécurisé par une lourde porte blindée. L'agent, à l'intérieur, la déverrouilla. Aussitôt, ils s'engouffrèrent dans le couloir rectiligne qui desservait les chambres.

Celles-ci étaient disposées en quinconce pour éviter que les patients ne puissent se voir les uns les autres par les oculus, et les deux premières étaient réservées à l'isolement – l'une étant adaptée aux personnes à mobilité réduite. L'heure des admissions n'était pas choisie par hasard : entre 13 h 30 et 15 heures, tous les malades se trouvaient cloisonnés dans leur espace individuel pour la sieste. Par ailleurs, c'était le moment du changement de quart entre le personnel du matin et celui de l'après-midi. Autrement dit, la période où il y avait un maximum d'agents dans l'unité.

On installa le nouvel arrivant selon un protocole précis, où l'extrême vigilance était le maître mot. Il s'agissait des minutes les plus délicates. Certains patients pouvaient donner l'illusion d'être amorphes et leur crever les yeux avec les doigts en moins d'une seconde, leurs forces étant décuplées par l'état de crise. Comme l'homme semblait néanmoins trop sédaté pour être autonome, quatre infirmiers se chargèrent de le déshabiller. Des collègues formaient en attendant un barrage à l'entrée, prêts à intervenir. Éléonore, elle, jouait les chefs d'orchestre. Et Jean-Marc Courbier se tenait dans un coin, bras croisés, en simple observateur.

La chambre de neuf mètres carrés, dotée d'une petite cour de promenade privative, disposait d'un lit soudé au sol et équipé de contentions, de W.-C., dont la cuvette était en métal tout en arrondis, et d'une horloge protégée par du Plexiglas. On pouvait y pénétrer par deux portes différentes, au cas où le patient tenterait d'obstruer l'une d'elles avec son corps ou le matelas. Tout était contrôlé par un boîtier numérique à l'extérieur – arrivée d'eau, lumière, verrouillage… –, et des vitres ainsi qu'une caméra permettaient d'observer le patient en permanence – sauf l'intimité du coin W.-C.

On vérifia au magnétomètre l'absence de pièces métalliques dans les parties intimes de l'inconnu. Le déshabillage provoqua un échange de regards sombres parmi les infirmiers. Les orteils avaient été bien abîmés, les ongles avaient dû rentrer dans la chair à cause de chaussures trop petites. Éléonore s'approcha avant qu'on n'enfile le pyjama antisuicide de rigueur, une feuille de papier bleue qui se déchirait au moindre geste. La zone autour du nombril était criblée d'incisions plus ou moins récentes, certaines à peine cicatrisées. Sans doute des automutilations.

Elle songea à sa lecture du rapport de la veille. Il risquait de recommencer à se faire mal. Elle estima donc qu'il était plus prudent de l'attacher, et on lui passa les contentions sans qu'il oppose une quelconque résistance. Puis elle réalisa un examen somatique sommaire – palpations, cardio, tension… L'homme, éveillé mais shooté, ne chercha pas à se débattre. Au fil des heures, cependant, l'effet du sédatif se dissiperait. Le voyageur sans bagages redeviendrait l'homme qu'il avait été deux jours plus tôt.

Bientôt, le dragon de la maladie allait se réveiller.

Et Éléonore serait aux premières loges.

7

Propulsée par un ressort, la cible rigide se redressa d'un bloc au fond du pas de tir, à vingt-cinq mètres, côté gauche. Nicolas Bellanger opéra une légère rotation des épaules, son Sig Sauer braqué dans l'alignement de son œil droit. L'arme pesait des tonnes au creux de ses mains, il résistait pour ne pas flancher. Dès les premiers coups de feu, il avait commencé à ressentir une sorte d'affaissement de ses muscles. Les battements de son cœur s'étaient rapprochés. Une sueur glacée avait ruisselé dans son dos. Un peu plus tôt, il s'était même surpris à fermer les yeux juste avant que les deux 9 mm Parabellum envoyées coup sur coup jaillissent du canon.

Là-bas, l'adulte au froncement de sourcils décidé pointait son arme sur la tempe d'un garçon d'une dizaine d'années. Deux cercles indiquaient qu'il fallait toucher l'agresseur à l'épaule droite ou à la tête. Concentré, le lieutenant Nicolas Bellanger tenta d'ajuster sa visée, la joue calée avec fermeté contre son deltoïde. Sa vue se brouilla. Il finit par rempocher son pistolet.

— On reporte. Ça ne va pas. Je dois couver quelque chose…

L'instructeur à ses côtés acquiesça.

— Préviens-moi quand ça ira mieux, qu'on remette ça.

Sans traîner, le policier le salua, puis alla récupérer ses affaires dans le casier. Une fois dehors, il respira profondément et observa ses mains encore tremblantes. Ça n'était pas la première alerte, les signes inquiétants s'étaient multipliés, ces derniers temps. Les cauchemars, les montées d'anxiété, les variations de son rythme cardiaque lorsqu'il affrontait une situation stressante… Peut-être cette saloperie qu'il croyait disparue était-elle en train de s'enraciner de nouveau en lui.

Il consulta son portable. Sharko avait laissé un message deux heures plus tôt pour annoncer la découverte d'un corps à Dugny, près de l'aéroport du Bourget : leur groupe était saisi pour mener l'enquête de flagrance. Ils se voyaient, de ce fait, délestés du dossier « Christine Barlois », transféré au groupe Brigard qui était venu en renfort dès que les fouilles dans le parc avaient été lancées, et qui connaissait donc bien cette affaire de disparition inquiétante. Un sale cadeau pour les collègues. Dix-huit jours après l'ouverture du dossier, on n'avait toujours pas de corps ni de piste probante. Ils devaient être ravis, les hommes de Brigard, de récupérer un tel pétard mouillé. En tout cas, lui n'allait pas s'en plaindre.

Dugny… Une ville collée à Paris, mais en dehors de leur zone de compétence. Du lourd, sans doute, pour que le parquet de Seine-Saint-Denis s'adresse directement à la Brigade criminelle parisienne, ce qui n'arrivait quasiment jamais. Tant mieux. Comme chaque fois, un tourbillon allait l'aspirer et lui éviterait de trop penser.

Il jeta un coup d'œil à sa montre. Quinze heures. En route, il téléphona à Kelly, la jeune fille au pair américaine qu'il hébergeait depuis six mois. Est-ce qu'elle pourrait prendre Angel à la crèche et s'occuper de lui jusqu'à ce qu'il rentre, *a priori* au milieu de la nuit ? Surtout, ne pas être en retard. Envoyer un texto quand ils seraient arrivés à la péniche. Bien fermer le portail de la passerelle ainsi que la porte sécurisée de la cabine. Elle connaissait la musique.

Périph, autoroute A1, Stade de France. Un quart d'heure plus tard, il débarquait rue Normandie-Niemen, une voie tranquille bordée de petits immeubles d'un côté et de maisons individuelles de l'autre. Les passants s'étaient arrêtés sur le trottoir, des curieux observaient par leurs fenêtres en direction des véhicules rangés aux abords du pavillon situé au 18 *bis*. La camionnette de la police scientifique, surtout, faisait son effet.

Les températures étaient glaciales en ce mois de janvier. Nicolas essaya de remonter la fermeture Éclair de son vieux cuir, mais, comme toujours, c'était la galère. Depuis quand n'avait-il pas fichu les pieds dans une boutique de fringues ? Agacé, il abandonna, enfila ses gants, son bonnet, et rejoignit Sharko qui patientait devant l'entrée principale, au bout d'une allée, un gobelet de café à la main. Du menton, il salua les lapins blancs de l'Identité judiciaire, les gars des pompes funèbres et les flics du coin en pleine discussion dans la cour intérieure.

— Ça a été, le tir ? demanda Sharko.

— RAS… On a quoi ?

— La victime s'appelle Denis Liénard, j'ai trouvé son permis de conduire dans son portefeuille. Pile 60 ans, né en 1962 à Bordeaux. Vraisemblablement tué à l'arme blanche.

— Il vivait seul ?

— On dirait. L'IJ en a terminé avec la scène de crime, Lucie est partie faire le tour du voisinage avec des flics du commissariat local.

— Qui est le magistrat ?

— Le substitut Guy Decuyer. Pas rigolo mais réglo, on aura une bonne liberté de mouvement. Allez, suis-moi. Je vais te montrer le carnage.

8

D'un pas lent, Sharko s'orienta vers la porte accordéon du garage, au bas d'une pente en béton. Nicolas avait senti une certaine résignation dans la voix de son commandant. Ses journées allaient de nouveau s'allonger, ses nuits se raccourcir. Et puis on l'avait dessaisi d'une affaire qui, de ce fait, résonnait comme un échec pour lui. Parce que « dessaisir », ça signifiait : « Le cadavre de Christine Barlois est peut-être en train de pourrir quelque part et vous n'avez pas encore été capables de le retrouver, alors on préfère demander à quelqu'un d'autre de s'en charger. »

— C'est le facteur qui a lancé l'alerte ce matin, expliqua Sharko. Ça fait des années qu'il assure la même tournée, et il a rarement vu le courrier de la veille rester en place dans cette boîte. Or, là, il s'accumulait depuis plusieurs jours. Inquiet, il a donc avancé dans l'allée pour voir si tout allait bien. C'est à cet instant qu'il a remarqué que cette porte avait été fracturée. Pas normal, s'est-il dit, alors il a appelé les flics. Ils sont entrés et ont découvert le corps. Le proc a jugé que le crime était suffisamment tordu pour saisir le 36, et nous voilà.

Nicolas observa le chambranle en partie arraché.

— Pas compliqué à forcer, vu l'état, précisa le commandant Sharko. Un simple coup d'épaule a dû suffire. L'intrus est ensuite monté dans la baraque par le sous-sol. Liénard a été assassiné dans sa chambre. Rien n'a été retourné. *A priori*, il ne s'agit pas d'un cambriolage.

Le garage regorgeait d'outils, de vieilles statues en plâtre, de celles qui peuplaient les jardins ou les parcs. Femmes nues, lions majestueux, apollons musclés… Une foule muette, étrange, parmi laquelle ils durent se frayer un chemin.

— C'est comme ça dans pas mal de pièces, très chargé. Beaucoup de meubles anciens et d'objets de brocante accumulés. Il y a même un téléphone fixe dans le salon, et à côté un carnet d'adresses papier. Qui a encore ça, en 2023 ? On dirait que le proprio vivait dans un autre siècle.

Ils gagnèrent le hall d'entrée où Nicolas enfila des surchaussures bleues en polypropylène. Des cavaliers jaunes, numérotés, étaient disposés sur le carrelage et sur les marches de l'escalier menant à l'étage. Ils signalaient des empreintes de pas orientées vers la sortie et vers une porte au fond du hall et qui s'estompaient juste devant eux.

— Le tueur a marché dans le sang, expliqua Sharko. Les deux pieds, carrément. La lampe Polilight révèle la présence de fluide au sol jusqu'à l'entrée. C'est par là qu'il est parti. Mais il est aussi allé dans le placard à balais, là-bas. On a un beau dessin de la semelle et une estimation de sa pointure. 43-44…

Nicolas focalisa son attention sur le battant entrouvert pointé par Sharko.

— Qu'est-ce qu'il est allé foutre dans le placard à balais ?

— Chercher de la soude, je suppose. Tu vas comprendre...

À l'étage, un technicien protégé de la tête aux pieds faisait des prélèvements dans la salle de bains. Les deux flics lui adressèrent un salut amical. Il suffisait de suivre les empreintes pour atteindre la chambre où avait eu lieu le crime. Nicolas marqua une légère pause, prit son inspiration, et y pénétra. La première impression était toujours importante. D'autres images liées à l'enquête s'effaceraient au fil du temps, mais jamais celles de l'endroit où un être humain avait ôté la vie à un autre être humain. C'était là qu'un assassin s'était exprimé, là qu'il avait laissé parler les ténèbres enfouies en lui. C'était la signature de son passage.

Le corps nu, maigre, reposait au sol à un mètre du lit environ, dans une position de pantin désarticulé. Le crâne chauve luisait sous l'éclat des lampes halogènes installées par les équipes. La zone où avaient été infligées les blessures avait été saupoudrée de cristaux blanchâtres. Un entonnoir était planté dans la bouche de la victime. De la poudre blanche débordait du cône en plastique. Probablement la fameuse soude dont avait parlé Sharko.

Nicolas jeta un regard vers Pascal Robillard qui bombardait la scène de photos, prenait des mesures et des notes pour nourrir son procès-verbal de constatation. Il s'agissait de tout figer au mieux afin de retranscrire chaque détail avec précision dans la paperasse qui finirait dans les archives du tribunal. Il s'approcha d'une large flaque de sang séché sur le linoléum. Elle avait été piétinée par le même individu qui, ensuite, avait évolué dans une partie de la pièce : ses traces ensanglantées se dispersaient dans tous les sens.

Il faisait particulièrement froid dans la chambre. Vu l'état, l'odeur et la couleur du macchabée, la mort remontait à plusieurs jours. Nicolas remarqua qu'il était intégralement rasé, une vraie pierre polie. Des tatouages dessinés à l'encre bleue ornaient en revanche ses deux avant-bras.

— Le tueur s'est acharné au niveau du ventre, fit Robillard en contournant le lit. Je ne sais pas combien il y a de coups, je dirais une quarantaine, au bas mot. Arme blanche, de toute évidence.

— Une quarantaine… répéta Nicolas.

— Les draps ont été embarqués par l'IJ pour l'ADN. Ils étaient percés, eux aussi. Possible que le tueur ait commencé à frapper à travers les draps, alors que la victime dormait, puis qu'il l'ait traînée sur le sol pour finir le travail. Là-bas, au coin du lit, il y avait une boîte de cristaux de soude quasi vide. C'est ça qu'il lui a fourré dans le gosier et qu'il a versé sur les blessures. On peut supposer qu'il est allé chercher cette boîte dans le placard du bas puisqu'il y en avait d'autres. Et des entonnoirs également.

— Les cristaux de soude, c'est le genre de truc qu'on met dans la lessive pour enlever les taches, non ?

— Oui. Notre tueur en a fait un usage un peu moins conventionnel.

Le lieutenant Bellanger tentait d'imaginer la scène. Denis Liénard n'avait même pas de marques témoignant qu'il s'était défendu. Le tueur était entré par effraction, avait monté l'escalier, était arrivé au-dessus de lui pendant son sommeil, dans l'obscurité, et là… un pur déchaînement de violence s'était abattu sur lui. Des coups répétés, assénés avec rage, en pleine nuit.

L'homme respirait-il encore quand le tueur lui avait collé l'entonnoir dans la bouche pour le gaver de soude ?

— Ce froid...

— Les radiateurs ne tournent pas. Il devait se chauffer au bois, il y a des cendres dans l'insert de la cheminée du salon. Le feu s'est sans doute éteint naturellement et la température a chuté dans la maison. Ça a freiné la dégradation du corps. Tant mieux pour nous. Les pourris, c'est jamais la joie.

— On dirait que le tueur s'est attardé après son acte, commenta Nicolas, une fois accroupi. Tous ces pas, ces piétinements... Qu'est-ce que ça veut dire ?

Franck Sharko s'interrogeait lui aussi sur le sens de ces indices. Les traces n'allaient pas jusqu'aux armoires, donc l'assassin ne cherchait pas à voler quoi que ce soit.

— Je n'en sais rien, souffla-t-il. Peut-être qu'il a éprouvé une forme de panique après son passage à l'acte ? Ou qu'il a voulu rester pour profiter un peu du spectacle ? Une quarantaine de coups... Il lui en voulait particulièrement, en tout cas.

Nicolas réfléchit à voix haute :

— Il a agi en deux temps. Les coups de couteau, puis la soude... Il n'avait pas le produit avec lui. Il a été obligé de redescendre. C'est étrange. Comme si... il avait improvisé.

— Ce qui est sûr, c'est qu'il n'a pas été très précautionneux, avec toutes ces empreintes. Je vais demander la levée du corps. Le légiste est déjà prévenu.

Le technicien croisé plus tôt apparut dans l'embrasure.

— Vous pouvez venir voir deux minutes dans la salle de bains ? Un seul d'entre vous, on ne rentrera pas tous...

Sharko le suivit, l'homme referma derrière eux. Le petit espace se limitait à une cabine de douche et un lavabo.

Quelques serviettes étaient pliées à la perfection sur une étagère, à côté d'un tas de produits antirides bien alignés. Leur victime était un homme qui semblait prendre soin de lui et aimait les choses bien rangées.

— Des limes à ongles nettoyées, des crèmes de gommage pour enlever les peaux mortes, énuméra le technicien. Un rasoir plongé dans une solution désinfectante. Vous pouvez vérifier, il n'y a pas un poil sur les lames. Pas un cheveu dans la bonde non plus. On pourrait manger dans la poubelle…

— Un maniaque de la propreté, quoi.

— Ça va bien au-delà.

Il désigna la poudre noire dispersée sur le robinet, les abords du lavabo et la poignée de la porte.

— Je n'ai pas la moindre trace papillaire. Ni ici ni nulle part ailleurs dans la maison. Que le criminel n'en ait abandonné aucune, on peut le concevoir, il devait porter des gants, mais comment un homme qui vivait là, avec tous ces objets qu'il manipulait au quotidien, peut ne laisser aucune empreinte digitale ?

Sharko réfléchit, observant de plus près la poudre noire. À moins de porter des gants en permanence ou de systématiquement tout nettoyer derrière soi, une telle chose était impossible. Interloqué, il retourna dans la chambre puis s'approcha du corps en évitant la flaque de sang. Se penchant, il se saisit de la main gauche.

— Voilà qui explique tout. Pas d'empreintes digitales…

Nicolas constata à son tour que la peau des dernières phalanges était lisse. Comme frottée avec du papier de verre, ou brûlée chimiquement.

— *Idem* pour l'autre main, fit Bellanger. Ça touche juste l'extrémité des doigts.

Sharko se redressa avec cette expression que Nicolas ne connaissait que trop bien depuis quinze ans : celle du flic à l'affût, prêt à se lancer dans une nouvelle et éprouvante traque. Il fixa du regard les globes oculaires voilés du cadavre.

— On dirait bien que ce Denis Liénard veillait particulièrement à ne laisser aucune trace biologique dans son sillage, y compris dans sa propre baraque...

9

Trois jours s'étaient écoulés depuis l'admission du nouveau patient à l'UMD. Comme dans la plupart des cas, les premières vingt-quatre heures avaient été extrêmement compliquées. Quand l'effet du sédatif avait commencé à se dissiper, l'homme s'était mis à hurler, à insulter, à se tordre dans tous les sens malgré les sangles qui le maintenaient aux poignets et aux chevilles. La priorité était de contenir l'agressivité et de tenter d'atténuer le délire, alors on lui avait administré par injection un mélange de loxapine, de promethazine et d'olanzapine – petit cocktail de bienvenue habituel. Le début d'une contention chimique qu'on adapterait au fil du temps à la goutte près, et qui allait l'accompagner de longues, longues semaines.

L'épuisement et les effets du traitement choc aidant, l'inconnu était retombé dans des phases plus calmes, avait somnolé, puis soudain avait redressé la nuque, la carotide bombée le long du cou, crachotant des bribes de phrases trop rapides, trop hachées pour qu'on puisse les comprendre. Aussitôt, on l'avait emmené au scanner situé dans un bâtiment des Tilleuls, en dehors de l'UMD. Éléonore avait en effet réclamé un examen en urgence afin de s'assurer que l'individu ne souffrait d'aucune anomalie cérébrale – tumeur, inflammation, sclérose en plaques… – qui aurait pu expliquer son état. Dans la foulée, une prise de sang complète avait été réalisée, certaines infections ou maladies métaboliques présentant des tableaux cliniques proches de ceux des maladies délirantes. Une batterie d'examens qui n'avait rien révélé d'anormal, permettant d'écarter la cause somatique et d'orienter désormais leurs recherches vers une pathologie mentale.

À plusieurs reprises, au moment des repas, les infirmiers lui avaient proposé de le détacher, à condition qu'il n'ait aucun mouvement brusque. Il avait acquiescé chaque fois, mais, chaque fois, sa main s'était immédiatement rétractée telle une serre d'aigle sur son pyjama au niveau de son ventre, qu'il essayait d'arracher. On l'avait, de ce fait, gardé sous contrainte et nourri à la petite cuillère en plastique. Et au bout des quarante-huit heures, la durée à l'isolement avait été prolongée : pour l'heure, son état était incompatible avec une intégration progressive à la vie en communauté.

La psychiatre l'avait longuement observé derrière la vitre, tout en noircissant son carnet de notes, et avait scruté les enregistrements nocturnes de la caméra. Quand il entrait dans une phase d'apaisement, il ne cessait de rouler les yeux comme s'il distinguait des présences invisibles, ses lèvres bougeaient, on percevait des chuchotements. Il voyait ou entendait des choses qui n'existaient pas. Des choses qui, selon toute vraisemblance, l'effrayaient. Un des symptômes dits positifs de la schizophrénie paranoïde. Parfois, ces « voix » se résumaient à un désordre grésillant ou hurlant, une intrusion à s'en claquer le crâne contre les murs. Parfois, elles se révélaient très cristallines, distinctes : « Ouvre-toi les poignets et verse ton sang dans un verre, ou tes parents mourront. » Dans la grande majorité des cas, elles étaient mauvaises et le malade n'avait aucun moyen de les différencier de voix réelles, car elles sollicitaient les mêmes zones du cerveau.

La veille, un gendarme de Persan était passé pour savoir si l'homme avait décliné son identité. Les règles étaient très strictes au sein de l'UMD : trahir le secret médical relevait du délit. Aussi, ni infirmiers ni psychiatres ne divulguaient jamais d'informations sur leurs patients. Face à cette situation inédite, néanmoins, tous s'étaient accordés sur le fait que le premier qui parviendrait à mettre un nom sur cet individu le ferait savoir à l'autre. Il n'y avait là aucune mise à mal du secret professionnel, il s'agissait juste de bon sens.

En attendant, côté forces de l'ordre comme côté corps soignant, personne n'avait la moindre idée de qui était cet homme ni d'où il venait. Le prélèvement ADN n'avait pas été possible puisqu'ils n'avaient pas pu déclencher de garde à vue. Il restait donc, pour le moment, un parfait inconnu. Seul élément concret : d'après le gendarme qui avait eu accès à la caméra de surveillance de la gare de banlieue, le type était descendu d'un train, sens sud-nord, dimanche soir, à 23 h 57, avant d'errer nerveusement sur le quai et de commettre son agression.

Depuis, les médicaments avaient commencé à freiner son agressivité, à ramener des espaces de sérénité dans le labyrinthe de son esprit déstructuré. S'il en était aux prémices de sa maladie, il existait une chance que les molécules agissent assez vite. Sinon, il faudrait des semaines, voire des mois, avant d'espérer un début de stabilisation de son état. Les âmes défectueuses ne se laissaient pas facilement soigner.

Dans tous les cas, le temps était venu d'essayer de communiquer avec lui.

10

Les infirmiers se tinrent en retrait lorsque Éléonore entra dans la chambre d'isolement.

— Bonjour, comment allez-vous ? Vous vous souvenez de moi ? Je suis le docteur Hourdel…

L'homme redressa à peine la tête. Épuisé. La contention était toujours éprouvante pour le patient, comme pour le personnel soignant.

— Enlevez ça. J'en peux plus. Ça gratte. Mon ventre…

Il parlait tout bas, très vite, les mots se bousculaient sur ses lèvres pour être ensuite recrachés d'un coup. Parfois il doublait les syllabes, ou les morceaux de phrases se mélangeaient. C'était une sorte de seconde langue – celle des psychotiques en crise – qu'Éléonore avait appris à décrypter au fil des années.

— Nous allons tout faire pour que vous puissiez sortir de cette chambre le plus rapidement possible afin d'intégrer votre espace privé. Mais auparavant, j'aimerais que nous échangions un petit peu. Vous ne voulez toujours pas nous donner votre nom ? Cela nous aiderait beaucoup. Par exemple pour savoir si vous avez fréquenté d'autres hôpitaux, ou si vous avez été soumis à un traitement médical. Y a-t-il des gens qui pourraient s'inquiéter pour vous ? Vous avez une famille, je suppose ?

Éléonore crut comprendre, à demi murmuré, « Pas le droit… Capitaine… », ou quelque chose dans ce genre. Lorsqu'elle lui demanda de répéter, il se mura dans le silence, puis, du bout du nez, tenta de se gratter l'épaule. Éléonore approcha sa main.

— Je peux ?

— Me touchez pas.

Elle avait déjà remarqué qu'il refusait tout contact physique, mais elle avait voulu le vérifier.

— Pas de problème, c'était juste pour vous soulager… Dites-moi, quelqu'un d'autre que moi vous parle-t-il en ce moment ? Quelqu'un d'autre est-il avec nous dans la pièce ?

Il eut une longue absence, comme s'il se déconnectait du monde alentour pour se rendre sur une planète lointaine. Une attitude typique des patients envahis par des hallucinations. Après une bonne minute, il finit par secouer la tête.

— Personne.

La psychiatre n'eut pas vraiment de doutes : les voix étaient là, sous son crâne. C'étaient même probablement elles qui lui ordonnaient de se mutiler, qui l'influençaient et lui dictaient ses actes. Qui était cet homme ? Quel était son parcours ? Quand était née cette souffrance profonde masquée, pour l'instant, derrière les signes écrasants de la maladie ? Voilà ce qu'Éléonore essaierait de décrypter au fil des semaines.

Pour le moment, les voix refusaient de toute évidence qu'il les évoque. Éléonore préféra donc ne pas insister. Elle le savait, le contenu du délire ne devait surtout pas être remis en cause quand il s'exprimait. Ça revenait à vouloir convaincre quelqu'un de sensé que la lune n'existait pas alors qu'il la voyait dans le ciel.

Elle fourra les mains dans ses poches et son cœur se serra lorsque ses doigts, côté droit, effleurèrent un stylo. Bon Dieu, elle avait oublié de faire les vérifications de base ! Une telle erreur d'inattention ne lui arrivait jamais. Les stylos étaient strictement interdits dès lors qu'on circulait dans l'unité, il s'agissait d'une des règles fondamentales du protocole. En effet, les stylos s'oubliaient ou se perdaient facilement, et n'importe quel patient aurait eu vite fait d'en subtiliser un pour le planter dans une gorge – y compris dans la sienne.

Elle ressortit immédiatement ses mains, lorgna la fenêtre de la salle d'observation et eut la surprise de découvrir le visage verrouillé de Jean-Marc Courbier qui la scrutait de ses yeux de cendre derrière ses grosses lunettes strictes. Qu'est-ce qu'il fichait là ? Elle se décala pour lui tourner le dos. Se ressaisir, et vite.

— Il y a cinq jours, dimanche dernier, vous avez débarqué à la gare de Persan, la ville juste à côté, vers minuit. Vous étiez très agité. Avant que les gendarmes ne vous emmènent, vous vous en êtes pris à une personne. Vous l'avez poussée sur les voies. Vous vous en souvenez ?

Pas de réponse. Éléonore poursuivit :

— Vous avez quitté votre domicile sans prendre de manteau ni de gants. Il semblerait que vous n'ayez pas mis les bonnes chaussures non plus, car celles que vous aviez aux pieds étaient beaucoup trop petites, elles ont fait saigner vos orteils. Vous vous rappelez ce qui vous a incité à partir de chez vous ?

Il hocha la tête.

— Ils me voulaient du mal… Il fallait que je m'en débarrasse… Alors je… je les ai frappés…

Le genre de phrases qu'Éléonore n'aimait pas entendre, et qui la ramena sur-le-champ au cas Christophe Lansalle. Lui aussi avait frappé. Lui aussi s'était « débarrassé » de ses démons persécuteurs en massacrant deux innocents. C'était le mot exact qu'il avait employé à l'époque : « débarrassé ». Or, vu son état psychotique, il n'était pas exclu que son nouveau patient ait commis des actes beaucoup plus graves qu'une agression.

— Qui vous voulait du mal ?

— Eux…

— Des gens de votre entourage ?

— Ils se glissent par les trous… Ils entrent… Ils se faufilent dans les veines, dans les intestins… Avec leurs dents, ils dévorent tout, et puis ils vont ailleurs… Ils ne sont pas humains… Je dois les frapper pour les tuer et éviter qu'ils se reproduisent… C'est le seul moyen…

La psychiatre se remémora le rapport de son collègue psychiatre : « Arrivé avec anus, narines et oreilles obstrués à l'aide de coton. »

— De qui parlez-vous ?

— Des vers gluants. Ils rampent, ils se cachent au chaud, ils font…

Il s'arrêta net, tourna la tête vers le mur opposé. Éléonore perçut ses murmures. « J'ai rien dit… J'ai rien dit, je vous jure… Ils savent pas pour la maison jaune… Non, non, non… »

Elle essaya de l'apaiser, mais il se mit à s'agiter dans tous les sens, à vouloir se redresser à tout prix, sollicitant au maximum ses entraves. Ses doigts s'enfonçaient dans le matelas. Il hurlait à présent, les yeux injectés de sang. C'était comme si le diable le possédait.

Éléonore s'écarta pour libérer de la place aux infirmiers, puis ordonna une administration supplémentaire de loxapine. L'effet sédatif de l'antipsychotique fut quasiment immédiat. Les membres de son patient se détendirent, sa nuque se relâcha, le silence retomba. Quelques minutes plus tard se répandit, dans ses pupilles, le sinistre voile blanc de la camisole chimique.

11

Perturbée, la psychiatre quitta la chambre d'isolement pour se rendre dans la salle d'observation. Courbier avait disparu. En revanche, Christian Nourry se présenta dans la foulée dans l'embrasure. Il ôta ses gants en latex, le poids de la fatigue accroché à ses cernes. À cause des congés des uns et des autres, Popeye avait enchaîné bien trop de gardes.

— Tout va bien ? demanda-t-il.

— Non. C'est Courbier. Il me met sur les nerfs. Qu'est-ce qu'il veut, à scruter mes faits et gestes, comme ça ? Il n'a pas assez de travail avec ses patients ? Je déteste quand il traîne dans mes pattes comme si je n'étais qu'une gamine.

— Tu le connais. Il ne supporte pas d'être mis sur la touche. Surtout avec les cas comme celui-là. Complexes, énigmatiques...

Christian s'avança en direction de la vitre en Plexiglas. De l'autre côté, la chambre s'était vidée.

— Qu'est-ce que t'en penses ?

— On dirait un délire d'infestation parasitaire, avec les caractéristiques psychotiques d'une schizophrénie. Le patient est souvent déconnecté, en attitude d'écoute. Les voix semblent très actives.

— Une infestation… Ça expliquerait les différentes obstructions qu'il s'est infligées.

— Oui. Il a peur que des vers n'entrent en lui par ses orifices, alors il bouche tout. Il a peut-être aussi des hallucinations cénesthésiques, si bien qu'il ressent les déplacements de ces vers à l'intérieur de son corps. D'où son envie constante de se percer le ventre… Il faudra être extrêmement vigilants, parce qu'à la moindre occasion il essaiera de se faire mal.

— Pourquoi il refuse de dire qui il est ?

Elle se posta près de l'infirmier. L'inconnu avait sombré dans un sommeil artificiel. Un peu d'apaisement avant que ses démons ne le hantent de nouveau. La schizophrénie paranoïde était, sans nul doute, l'une des plus terribles et terrifiantes maladies mentales. Pour le malade. Pour les soignants. Et pour la société. « C'est un schizo. Il est fou dangereux. Un coup de sang, et il peut nous tuer. Il vaut mieux s'éloigner de lui. » En réalité, derrière ce mot, « schizo », qui accrochait la langue quand on le prononçait, il y avait juste des êtres humains prisonniers de leur propre cerveau qui se battaient avec des armes dérisoires.

— Possible que les voix soient très mauvaises et qu'elles le lui interdisent, suggéra Éléonore. Un pur syndrome d'influence : il est sous leur autorité, il leur obéit au doigt et à l'œil, effrayé à l'idée qu'elles lui fassent du mal. Il ne parlera que si elles le lui ordonnent. On va voir comment il réagit au traitement. En premier lieu, on doit découvrir qui il est…

Elle garda un temps le silence, à observer son patient. Chaque nouveau cas s'apparentait à une plongée éprouvante dans les abysses de la folie.

— J'ai consacré une partie de ma journée d'hier à envoyer des mails avec sa photo aux différents établissements de la région, au cas où il se serait fait la malle... Malheureusement, il est inconnu au bataillon. Pourtant, vu son état, il y a de fortes chances qu'il ait un passé psy. Cet homme vient bien de quelque part.

— T'as deux minutes ? Il y a un truc que je voudrais te montrer.

Christian l'emmena à la bagagerie et saisit le sac rangé dans le casier attribué au patient. Il en sortit un jean roulé en boule, le lui présenta et pointa des taches sombres sur la partie haute, au niveau des hanches.

— Je voulais avoir ton aval avant de faire partir ses vêtements à la blanchisserie...

Éléonore examina le tissu.

— Du sang ?

— Ça y ressemble.

La psychiatre réfléchit quelques secondes.

— Ça provient sans doute de ses automutilations. Il a peu d'effets personnels, il voudra probablement le récupérer quand il quittera l'isolement. Fais partir au nettoyage...

Sur ces mots, elle s'éloigna d'un pas pressé. Christian l'interpella alors qu'elle s'apprêtait à franchir le seuil.

— Éléonore ?

Elle se retourna. Il pointa du doigt sa poche droite.

— On sait tous ce que tu as traversé ces derniers temps. Avec ce qui s'est passé, cette barrière de protection que tu as toujours dressée entre ton métier et ta vie privée a volé en éclats. La folie est entrée chez toi, dans ta maison...

Elle revint vers lui.

— Et ?

— T'es moins vigilante, et pas que pour le stylo. Je te sens… plus lointaine. Comme si t'étais pas là. J'ai déjà vu des psys basculer pour largement moins que ça. S'il y a un truc qui déconne, si tu ne te sens pas au mieux de tes capacités, tu dois absolument le signaler avant qu'il y ait un accident.

Elle le toisa.

— Ça fait combien de temps que t'es parmi nous ?

— Tu le sais très bien.

— Deux ans. Deux petites années. Moi, je suis ici depuis six ans. Ça fait six ans que je suis au plus près de la dangerosité, que je sacrifie ma vie pour ces gens sur lesquels la société a fait une croix. Parce que si nous, on n'essaie pas de les soigner, qui le fera, hein, dis-moi ? Personne. Alors ne viens pas me faire des leçons de morale, s'il te plaît.

Christian ne la lâchait pas du regard. Il n'avait jamais baissé les yeux devant personne, il ne commencerait sûrement pas avec elle. Ils se jaugèrent, puis la psychiatre fit volte-face en maugréant :

— Bordel, y a quand même plus grave qu'un stylo oublié dans une poche…

12

Après la levée du corps, Sharko récupéra Lucie à quelques pâtés de maisons de chez Denis Liénard, puis ils se mirent en route en direction du magasin où celui-ci travaillait : Dugny Pièces & Réparations, situé à juste trois kilomètres. Un certain Umberto Lorenzo, employé de la boutique, était indiqué en première page dans le carnet d'adresses trouvé à côté du vieux téléphone filaire comme « personne à contacter en cas d'urgence ».

— Pour le moment, pas grand-chose à tirer du voisinage, expliqua Lucie en ôtant son bonnet. Beaucoup de gens sont absents. Avec les policiers locaux, qui m'ont bien aidée, on a laissé des convocations dans les boîtes aux lettres, au cas où. Mais ceux qui étaient présents n'ont rien vu, rien entendu, ou ne veulent pas s'embêter. Ils ne connaissent pas la victime…

— Plus personne ne connaît personne, de nos jours, soupira Sharko. Tout le monde filme dans tous les coins, en revanche, quand on a besoin de quelque chose, ça se défile. Avant, on aurait eu des dizaines de témoignages…

— Ça, c'est clair. J'ai aussi contacté le 17, pour savoir s'il y avait eu du grabuge récemment. Rien de notable dans ce quartier, hormis deux ou trois appels qui n'avaient rien à voir. Où est Nicolas ?

— Je l'ai renvoyé au Bastion pour qu'il essaie de joindre la famille et fasse le tri dans les contacts du carnet.

Elle attrapa son regard. Il lui répondit avant qu'elle ne pose la question.

— Des tâches de base, je sais. La hiérarchie tarde à nous affecter un nouvel équipier définitif, alors je fais comme je peux avec les moyens du bord, d'accord ? Ce n'est pas le boulot le plus marrant, il a déjà bien ramassé avec l'affaire Barlois, mais en attendant des petites mains, il faut bien que quelqu'un le fasse.

Lucie fixa de nouveau la route. Les débuts d'enquête mettaient toujours son mari sous tension. De surcroît, se faire déposséder du dossier Barlois l'avait rendu facilement irritable. Elle n'insista donc pas. D'autant qu'ils arrivaient. En silence, Sharko rangea sa voiture à une trentaine de mètres de la façade, coupa le moteur et se tourna vers elle.

— En fait, pour tout te dire, ce n'est pas la vraie raison pour laquelle j'écarte Nicolas du terrain. L'instructeur de tir m'a passé un coup de fil, tout à l'heure. Sa séance a été une cata. Problèmes de concentration, stress, il n'en a pas mis une au bon endroit. Il a prétexté qu'il ne se sentait pas bien, mais dans quelques jours, ça va être le premier anniversaire du petit… Et celui de la mort d'Audra…

Lucie se rappelait la dure période qui avait suivi la naissance d'Angel. Des montagnes russes d'émotions. Nicolas basculait des rires aux pleurs en un claquement de doigts. Franck et elle l'avaient aidé du mieux qu'ils avaient pu. Lucie ne savait pas combien de nuits elle avait sacrifiées à apprendre au lieutenant de police de 45 ans, sur sa péniche, les rudiments de la monoparentalité, alors que Franck s'occupait de leurs fils à la maison. Ça avait été compliqué. Ça l'était encore aujourd'hui. La disparition dramatique de la mère d'Angel les marquerait jusqu'à la fin de leur vie.

— Tu crois que ça cache quelque chose de plus grave ? demanda-t-elle.

— L'instructeur a déjà vu ce genre de symptômes chez des flics. Les tremblements, tout ça. Peut-être que ça n'a rien à voir, mais il y a un risque que son syndrome de stress post-traumatique soit de retour. On ne se débarrasse jamais totalement de cette saloperie-là.

Lucie n'en revenait pas. Nicolas avait suivi un protocole de soins suite aux attentats du Bataclan. C'étaient eux, la Crim, qui étaient intervenus les premiers, qui avaient marché entre les cadavres et les blessés, qui avaient dû décrire, photographier chaque centimètre carré du lieu du carnage pour les inclure dans les rapports. Nicolas avait moins bien supporté que les autres. Pendant des semaines, il avait dû coucher sur le papier ses cauchemars, s'entretenir avec un psychiatre, avaler des pilules pour chasser les mauvais souvenirs… Tout cela semblait être de l'histoire ancienne. Mais, apparemment, la mort d'Audra avait tout remis en cause.

— Bon Dieu, souffla-t-elle. Espérons que ce soit juste de la fatigue.

— Espérons, oui. En tout cas, il veut absolument assister à l'autopsie. Pourtant, le charcutage, c'est pas trop son truc. Peut-être qu'il essaie, je ne sais pas, de se prouver à lui-même que tout va bien, qu'il peut assurer, être un homme de terrain. Je vais l'emmener, et je lui en toucherai un mot…

— Tu as raison. Je crois qu'il vaut mieux en parler plutôt que de laisser la situation pourrir. Angel est là, maintenant, il est hors de question que Nicolas déconne de nouveau, acquiesça Lucie en ouvrant sa portière.

Dugny Pièces & Réparations rassemblait un magasin de vente de pièces détachées pour automobiles et un atelier crasseux où trois hommes pleins de cambouis s'activaient autour de voitures à demi désossées. Les deux flics se présentèrent à l'entrée d'une cabine dans laquelle un individu en jean et pull était plongé dans de la paperasse, le dos caressé par un chauffage électrique. Sharko sortit sa carte de police et lui demanda s'il était bien le responsable. Il s'appelait Armand Nicolle.

— Nous souhaiterions nous entretenir avec vous au sujet de Denis Liénard. Il était salarié chez vous ?

La bouche fine de l'homme apparut sous une moustache noire style balai-brosse.

— Était ?

— On l'a retrouvé mort à son domicile. Assassiné à l'arme blanche.

À travers les vitres, Lucie observait les employés qui s'étaient réunis et les regardaient comme des poissons dans un bocal. Armand Nicolle, lui, s'était enfoncé dans son siège sous l'effet de l'annonce.

— C'est pour ça qu'il ne s'est pas pointé de la semaine… Je le croyais malade, il se plaignait de maux de ventre. Je lui ai laissé un tas de messages.

— Je les ai écoutés. On ne peut pas dire qu'ils étaient très sympathiques.

Visiblement sous le choc, leur interlocuteur mit quelques secondes à répliquer.

— J'ai une entreprise à faire tourner, il ne vient pas bosser, ne répond pas au téléphone, qu'est-ce que vous voulez que je vous dise ? Ça m'a énervé. Je suis désolé, si j'avais su… C'est… C'est horrible…

— Quand l'avez-vous vu pour la dernière fois ?

— Samedi. On est ouvert le matin.

— Et depuis combien de temps travaillait-il chez vous ?

— Ça doit faire treize ou quatorze ans. Oui, c'est ça, il est arrivé en 2008. Il s'occupait de la boutique de pièces détachées. Il gérait aussi les stocks et passait les commandes. Un bon gars, j'étais pas embêté, avec lui.

— Umberto Lorenzo, il est ici ?

Il acquiesça et désigna le type le plus à gauche, celui en possession d'une clé à coude. D'un coup de menton, Sharko signifia à Lucie de poursuivre l'entretien avec le patron, tandis qu'il s'engageait dans l'atelier glacial. Armand Nicolle faisait visiblement des économies de chauffage au détriment de ses salariés, dont le nez gouttait. Le commandant de police prit Umberto Lorenzo à part et répéta ce qu'il avait révélé au chef quelques minutes plus tôt. L'employé s'appuya sur le capot d'un utilitaire, la tête entre les épaules.

— *Merda*... Ça fait drôle. Assassiné, vous dites ? Qui a fait ça ?

— L'enquête débute à peine.

L'Italien était un homme de petite taille, mais tout en nerfs. Il se redressa et enfouit les mains au fond des poches de sa combinaison gris et bleu, l'œil suspicieux.

— Pourquoi vous me parlez à moi ?

— Il était inscrit, dans son carnet d'adresses, que vous étiez la personne à joindre en cas d'urgence. La seule, d'ailleurs. Vous êtes donc le plus à même de me renseigner sur lui.

À la façon dont le type le regarda, Sharko eut l'impression d'avoir enfilé un costume de clown.

— Moi ? Mais… Ah bon ? Pourquoi il a fait ça ? Il bosse dans la boutique, moi dans l'atelier. J'allais juste le voir quand il me fallait des pièces, sans plus.

— C'est tout ? Vous n'étiez pas plus proches que ça ?

— Non, on discutait jamais, tous les deux. Enfin, pour tout vous dire, il discutait pas avec grand monde. C'était un solitaire. Tellement discret qu'on se demandait s'il était là, parfois. En fait, je sais même pas où il habitait. Ça devait pas être loin puisqu'il venait souvent avec son vieux vélo tout rouillé. Bref, on se connaissait pas vraiment. Pourtant, ça faisait au moins dix ans qu'il était dans la boîte. Il venait, il faisait le job, il nettoyait la boutique et il repartait, ce taré.

Un silence gêné succéda aux paroles de l'Italien. Il se racla la gorge.

— Excusez-moi. Je voulais pas dire ça…

— Sauf que vous l'avez dit. Pourquoi ?

L'homme haussa les épaules.

— C'était pas méchant. Denis, il était bourré de tics, un vrai maniaque de la propreté. À s'en rendre malade. Même quand la boutique était nickel, il la lavait jusqu'à user le carrelage. Avec les gars, on s'amusait à aller avec nos godasses toutes sales dans ses rayons, puis on le regardait repasser derrière avec sa serpillière. On l'appelait « M. Propre », comme il était chauve… vous voyez la pub ?

Umberto Lorenzo se décala pour se retrouver dehors, sur le trottoir. Là, il alluma une clope, protégeant la flamme de ses mains noires de graisse. Sharko n'arrivait pas à comprendre la logique de la victime. Pourquoi son carnet d'adresses renvoyait-il vers un homme qui ne semblait pas l'apprécier et n'avait aucune affinité avec lui ?

— Vous aviez remarqué qu'il n'avait pas d'empreintes digitales ?

— Ouais, il racontait qu'il s'était brûlé les doigts dans une usine de chimie. Un accident de travail.

— Quelle usine ?

— J'en sais rien. Dès qu'on s'intéressait à lui, il retournait à ses affaires. Il parlait jamais de lui.

La suite de l'entretien et les questions qu'il posa aux autres employés, ainsi qu'au patron quand il rejoignit Lucie, ne lui apprirent pas grand-chose de plus. Personne ne savait précisément ce qu'avait fait Denis Liénard avant de travailler ici. Un employé transparent qui n'avait pas montré de signes de nervosité particuliers ces derniers temps. Un type sans embrouilles, sans ennemis connus, assidu et invisible tel un mannequin poussiéreux remisé au fond d'un entrepôt.

— T'en penses quoi ? s'enquit Lucie lorsqu'ils reprirent la route. Bizarre, non ?

— Pas d'empreintes digitales, imberbe de la tête aux pieds et maniaque. Pour le moment, on n'a trouvé ni téléphone portable ni ordinateur chez lui, et vu le profil, il y a fort à parier qu'on ne dénichera rien sur les réseaux. Pascal a en revanche dégoté des cartons pleins de papiers et de vieux albums photo qui datent d'il y a au moins vingt ans. C'est un lien vers le passé, on va étudier tout ça en détail. Sinon, les seuls messages sur son répondeur sont ceux de son patron. Autrement dit, son absence depuis une semaine n'a pas beaucoup inquiété. En même temps…

Il observa la succession d'entreprises qui les environnaient.

— Regarde où on est. Petite ville en bordure d'aéroport, des boîtes partout, et suffisamment de monde pour être un quidam parmi les autres. Le genre d'endroit idéal pour passer inaperçu. J'ai l'impression que notre victime faisait tout pour qu'on l'oublie.

Lucie acquiesça.

— Mais on dirait bien que celui qui lui a infligé tous ces coups ne l'a pas oublié, lui…

13

L'ombre avait déferlé sur Paris, froide, silencieuse. Elle s'était faufilée dans les rues, sous les porches des immeubles haussmanniens. Elle avait noirci la Seine jusqu'à lui donner des allures de monstre rampant sorti des Enfers. Dans ce prélude à la nuit, Nicolas Bellanger et Franck Sharko venaient de se rejoindre. Ils progressaient à pied au-dessus du fleuve, sur le pont d'Austerlitz, avec en point de mire le sinistre mastodonte où la mort régnait en maître : l'Institut médico-légal de Paris.

— La fille de la victime est en route, expliqua Nicolas. Elle habite à une cinquantaine de kilomètres. Elle devrait arriver à l'IML d'ici une heure ou deux. Je lui en ai dit le moins possible. Jamais évident, par téléphone…

Sharko traînait ses vieux os dans l'humidité de cette fin d'après-midi d'hiver. Il avait initialement prévu de rentrer tôt pour continuer l'installation du système de rails et de trains miniatures que les jumeaux avaient reçu pour Noël. Mais ça, c'était avant ce meurtre sauvage. Car, désormais, la soirée s'annonçait aussi longue qu'éprouvante avec l'autopsie et, comme toujours, elle s'achèverait au bureau avec la rédaction des premiers PV de constatation. Une affaire en chassait une autre. C'était ainsi depuis plus de trente ans.

— Comment tu l'as retrouvée ? demanda-t-il. Avec le carnet ?

— Le carnet, parlons-en. Sa fille n'était qu'une identité noyée au beau milieu des quatre-vingt-trois autres numéros. Pas de surlignage, pas de signe distinctif quelconque du genre « ma fille chérie ». C'est parce que j'ai appelé tous ces gens un à un que je suis tombé sur elle.

Le commandant le remercia pour le boulot qu'il avait abattu tandis qu'ils arrivaient au bout du pont et bifurquaient vers le square discret devant l'entrée de l'IML. Une sorte de brume givrée, à peine visible dans la lumière fade des lampadaires, donnait au quai de la Rapée un air de purgatoire.

— Et c'est pas fini ! Tout le reste, c'est du pipeau, Franck. Les coordonnées menaient bien à des gens dont la plupart habitent dans la même ville que Denis Liénard, mais la majeure partie ne le connaît pas, ou à peine. Pour eux, Liénard n'était qu'un voisin qu'ils croisaient de temps en temps.

À l'arrière du bâtiment, le reflet de gyrophares éclaboussait les environs. Ici, les cadavres affluaient en permanence – dix par jour en moyenne. À Paris, on ne manquait pas de raisons de mourir. Après avoir décliné leur identité à l'Interphone, les deux policiers entrèrent.

— On dirait qu'il s'est fabriqué une vie, déclara Sharko. Il a une maison, un travail pas loin, une petite existence tranquille, un carnet d'adresses bien rempli, et toutes ces statues qui donnent l'impression d'une espèce de… foule. Mais quand tu commences à creuser, il n'y a que du vide. Personne ne le connaît, personne ne s'inquiète pour lui… Il n'a pas de casier, je suppose ?

— Rien. Aucune infraction. Tous ses points sur son permis de conduire. Le mec le plus *clean* qui puisse exister.

Sharko poussa un soupir.

— Va falloir mettre le nez dans sa paperasse. J'espère que sa fille pourra nous éclairer un peu aussi. En attendant, allons voir ce qu'il a dans le ventre…

Ils se présentèrent à l'accueil, remplirent la fiche OPJ qui résumait les circonstances de la découverte de la victime, s'orientèrent vers le numéro de salle qu'on leur avait indiqué, au sous-sol. Là, le son des scies électriques résonnait entre les murs. On percevait, derrière chaque porte, des craquements d'os, des bruits flasques d'organes jetés dans des bacs, ou le murmure délicat d'une boîte crânienne qu'on ouvrait. Descendre à cet étage, c'était partir explorer des marécages, un territoire de chairs meurtries, brûlées, décomposées.

Il y avait trop de légistes et de roulements dans le personnel de l'IML pour que Sharko les connaisse tous. Celui qui avait pris en charge leur victime s'appelait Gilles Maréchand. La cinquantaine, il était assisté d'un jeune interne de la fac de médecine. Le corps avait déjà été nettoyé, pesé, mesuré, et était désormais exposé nu sous la lampe Scialytique. Nicolas se positionna à deux mètres environ de la table en métal, de manière à ne pas gêner le praticien en train de réaliser l'examen externe.

— J'ai prélevé l'humeur vitrée pour une estimation du délai *post mortem*, entama le légiste. D'après les informations que les pompes funèbres m'ont transmises, le sujet a été découvert en intérieur, par une température de 7 °C. La présence de la tache verte abdominale indique un début de putréfaction. Celle-ci apparaît d'ordinaire quarante-huit heures environ après la mort, mais le froid étant un fort ralentisseur, votre victime peut être décédée bien plus tôt…

— Il n'est pas allé au travail depuis lundi, précisa Sharko. On peut supposer que c'est parce qu'il était mort.

Le médecin se contenta d'acquiescer, puis il observa, compta avec soin les blessures, mesura.

— Je l'ai débarrassé des cristaux de soude qui avaient été saupoudrés à la surface de son corps, expliqua-t-il. Ceux-ci n'ont pas provoqué de réaction chimique exagérée. Comme on peut se procurer ce produit dans le commerce, l'agressivité de la soude est très limitée. Par contre, il en a plein la bouche, et là ça a sans doute fait des dégâts sur les muqueuses. On va voir ça par la suite. Chaque chose en son temps.

Sharko contempla les tatouages sur les avant-bras. Ils paraissaient très anciens. Une ancre de bateau, une tête de loup assez grossière, une rose mal faite. Ça ressemblait à des dessins de taulards réalisés à la va-vite. Le légiste fit basculer le corps sur le ventre tandis que son assistant prenait des photos et s'assurait de l'absence de blessures perforantes de ce côté-là. Un micro, accroché au col de sa blouse, permettait d'enregistrer ses constatations. Après quelques minutes, il repositionna le cadavre sur le dos.

— Absence de marques défensives… Je dénombre cinquante-trois plaies circulaires, aux contours réguliers, localisées principalement sur la face avant, dans la partie abdominale… Certaines sont légèrement attaquées en surface par les cristaux de soude… Lésions relativement parallèles infligées par arme blanche… Toutes sont pénétrantes, sauf quatre qui peuvent faire penser à un glissement ou à une mauvaise tenue de l'arme au moment de l'impact…

— Quel genre d'arme ? demanda Sharko.

— Le scanner révèle des lésions profondes d'une dizaine de centimètres, orientées vers la gauche. Vu le diamètre, je pencherais pour un outil du style tournevis, brandi par un droitier si on imagine qu'il surplombait sa victime. Quelque chose, en tout cas, qu'on peut serrer fermement pour pouvoir percer la chair, et qui ne présente pas de bords tranchants.

Le flic se figura sans peine la fureur du criminel, la violence de ses gestes, leur rapidité. Un éclair dans la nuit noire. Le pauvre type, s'il dormait, n'avait pas dû comprendre ce qui lui arrivait.

— Il n'est pas mort sur-le-champ…

— Non, mais en quelques minutes, c'était terminé. À l'imagerie, on remarque une hémorragie massive due à la perforation des vaisseaux, notamment de l'aorte abdominale et d'une des artères rénales. Le foie et l'intestin ont aussi été touchés. Il s'est littéralement vidé de son sang.

Sharko se rappela les piétinements. L'assassin s'était-il délecté du spectacle de sa victime en train d'agoniser avant d'aller chercher les cristaux ? Était-il revenu vers lui pour frapper de nouveau, car il était encore vivant ? Le flic connaissait bien le processus de la mort. Tuer un homme au tournevis en ne visant que le ventre, ça n'était ni instantané ni facile. Le flic observa Nicolas, placé en face de lui. Son regard était fixe, comme lointain, et ses yeux très rouges. La fatigue, ou autre chose ? Nicolas finit par avoir un discret mouvement de tête, puis il revint dans la salle, avec eux.

Même si la cause de la mort était évidente, le protocole exigeait tout un tas de prélèvements pour la toxicologie, ainsi qu'un examen interne complet. Le médecin leur tendit un baume mentholé qu'ils étalèrent à la base de leurs narines. Ils n'en avaient pas toujours besoin, mais l'odeur des putréfiés pouvait vite devenir insupportable.

— Sa fille va bientôt débarquer, dit Nicolas. Il est probable qu'elle veuille le voir, alors... faites attention.

— On va faire ce qu'on peut, répliqua le légiste en s'emparant d'une scie électrique. Mais je vais l'ouvrir en deux, alors faut pas s'attendre à des miracles.

14

Sharko avait derrière lui plus de trente ans de Criminelle, et il avait assisté à davantage d'autopsies qu'il n'était allé voir de films au cinéma, mais ces deux heures de charcutage – il n'y avait pas d'autre mot – restaient un moment abominable, même pour les plus endurcis. Au milieu des giclées, des cisaillements, des craquements d'os, son équipier se tenait droit dans ses bottes, solide comme par le passé, lui rappelant ce lieutenant fougueux et acharné que Nicolas avait été. Qu'est-ce qui pouvait bien se tramer dans sa tête à cet instant ? À quoi pensait-il en observant ce cœur qui venait de se faire trancher pour de futures analyses ?

Les mains gantées exploraient désormais le larynx. Les cristaux avaient été introduits à l'aide d'un entonnoir dans la bouche, jusqu'à l'obstruer, mais n'avaient pas été avalés, ce qui indiquait qu'il s'agissait d'un acte *post mortem*. Les muqueuses des joues, du palais, de la langue avaient été attaquées par le produit chimique. Là encore, le commandant de police y voyait un désir de pure destruction. Pour l'empêcher de parler ? Pour le punir, au contraire, parce qu'il avait trop parlé de son vivant ? « Je vais te faire taire définitivement. » Voilà en tout cas ce qu'il lisait dans cette improvisation.

Le médecin s'intéressa ensuite à la région frappée par l'arme blanche. Il dégagea le foie lésé, grosse virgule sombre et visqueuse, et le transmit à l'assistant avant de replonger ses mains dans les entrailles, d'en extraire une partie de l'intestin grêle perforé, déchiré, tailladé en de multiples endroits. Le geste du professionnel, pourtant fluide jusque-là, s'arrêta soudain. Les sourcils du légiste se froncèrent derrière ses lunettes de protection.

— On dirait que... Attendez deux secondes.

Il préleva le paquet de viscères, le déposa dans l'évier en inox de la paillasse. En voyant le cadavre ainsi ouvert, abandonné, vidé de sa substance, Sharko pensa aux vieilles bagnoles à moitié désossées vues plus tôt dans l'atelier de Dugny. Le légiste rinça l'intestin à l'eau courante puis, avec un scalpel, l'incisa sur une partie de sa longueur. Les deux policiers s'étaient rassemblés à ses côtés.

— Bonjour, toi...

Leurs visages se plissèrent de dégoût lorsque, du bout des doigts, Gilles Maréchand tira de là un organisme blanchâtre, écrasé comme un haricot, présentant de nombreux replis de la forme de ceux de l'intestin où il était logé.

— C'est quoi, cette horreur ? s'exclama Sharko, une main devant le nez.

— Un ténia. On le connaît mieux sous le nom de ver solitaire. Joli spécimen.

Les coups de tournevis avaient atteint la bestiole à certains endroits, la tuant également. Le légiste s'appliqua à la déplier : ainsi déroulée, elle mesurait plus d'un mètre cinquante, pour une largeur d'un petit centimètre. Quand il relâcha, elle reprit sa forme initiale, tel un ressort.

— C'est… C'est fréquent ? s'enquit le flic.

— Ça peut s'attraper en mangeant de la viande crue ou mal cuite, où traînent des larves. Ça m'arrive d'en trouver, mais ça reste tout de même très marginal. Et encore plus une telle espèce plate. Je ne sais même pas de quelle bête il s'agit exactement…

— C'est le *Taenia solium*, ou ténia armé, intervint l'interne. Un parasite adapté à la perfection pour s'accrocher à la paroi intestinale puisque sa tête est dotée de ventouses. Son hôte définitif, c'est l'homme, il est donc à sa place. Il se nourrit de ce que son porteur ingère et grandit sans cesse. Certains adultes peuvent faire la taille de l'intestin, soit plus de sept mètres.

Sept mètres… C'était hallucinant. Sharko détestait tout ce qui ressemblait de près ou de loin à un serpent, il avait le cœur au bord des lèvres. Lui qui adorait les carpaccios de viande ou les steaks tartares…

— Et ça peut provoquer des maux de ventre ? La victime s'en était plainte à son travail.

— Oui, acquiesça le légiste en retournant auprès de son cadavre. Douleurs abdominales, nausées, diarrhée… Souvent quelques semaines après l'ingestion des larves, lorsque le parasite arrive à maturité. Ça pousse très vite, ces bestioles. Comme des mauvaises herbes.

Il fit claquer ses gants.

— En tout cas, c'est très efficace pour maigrir. Je ne sais pas si vous vous rappelez, dans les années 1980, les pubs qu'on trouvait dans les magazines genre programmes TV. Elles vantaient les bienfaits de gélules magiques amaigrissantes, résultat cent pour cent garanti. Vous avez dû connaître ça, commandant Sharko.

— Ça me dit quelque chose, oui.

— Ça se vendait comme des petits pains, parce que ça fonctionnait vraiment. Les gens qui suivaient la cure fondaient en un temps record. Ce qu'ils ignoraient, en revanche, c'était qu'il y avait des œufs de ténia à l'intérieur de ces gélules…

Il replongea les mains dans l'abdomen de Denis Liénard.

— Bref, refermons cette sympathique parenthèse, et finissons-en. J'ai encore deux autopsies à pratiquer cette nuit. Et vous le savez, les morts ne peuvent pas attendre…

15

— C'est à cet endroit qu'Audra était assise. Exactement là, sur ma chaise… Et c'est sans doute la même chaise qu'à l'époque. Il n'y a que les morts qui changent, ici, le reste pourrit avec le temps qui passe.

Dans le calme aquatique du bâtiment, les deux flics attendaient la fille de la victime. Le roulement des scies était plus lointain, étouffé par les épais murs de briques. Une ambiance de vieux film noir flottait entre ces voûtes, avec les éclairages tamisés et les ombres délicates sur les statues. Une impression d'évoluer sur un fil ténu, entre le monde des vivants et celui des morts. Sharko jeta son gobelet de café à la poubelle – il n'y avait presque pas touché, encore marqué par l'image de l'immonde ténia qui, même mort, avait semblé s'agiter entre les mains du légiste.

Nicolas pointa du doigt l'entrée de l'IML, au bout du couloir.

— Je débarquais directement de la péniche, ce matin-là. Il pleuvait comme vache qui pisse, j'étais en retard pour ne pas changer. Audra s'est levée de sa chaise. Elle était toute timide, je me souviens. Elle avait l'air tellement fragile, tellement pas à sa place. On s'est serré la main, et… notre histoire a commencé. Au milieu des cadavres.

Sharko avait l'habitude d'entendre Nicolas ressasser, mais pas autant que dernièrement. Chaque fois qu'ils étaient ensemble, qu'ils partageaient un moment, le lieutenant ramenait le passé dans son présent tourmenté. Le commandant s'installa à ses côtés et sauta sur l'occasion.

— Le fait que l'anniversaire approche, ça te stresse ?

Nicolas fixa le carrelage devant lui, les mains crispées autour de son téléphone. Il tapait le sol du pied avec nervosité.

— L'instructeur de tir t'a appelé, hein ?

— Forcément...

— Forcément. Alors on va dire que ce n'est pas une période facile. Je dors mal, je cogite beaucoup, Angel fait ses dents... Mais ça ira mieux quand le cap sera franchi. Et de toute façon, on ne tire pas sur des mecs tous les jours.

— Sauf que si on a à le faire, tu dois être capable d'assurer.

Nicolas n'arrêtait pas de bouger la tête. Son regard fuyait celui de Sharko.

— M'emmerde pas avec ça, Franck. Je te dis que ça va. Je ne fais pas le boulot, peut-être ? J'ai déconné à l'autopsie ? T'as des trucs à me reprocher sur l'affaire Barlois ? Non. J'ai été sur le pont, j'ai bossé dur. Parce que, quoi que t'en penses, j'assure. Alors fais ton taf, laisse-moi faire le mien, et tout se passera bien.

Il se redressa lorsqu'une porte claqua au niveau de l'entrée. Une silhouette se présenta à l'accueil. C'était la fille. Sans attendre son chef, Bellanger se dirigea vers elle d'un pas qu'il voulut déterminé. Elle venait d'ôter son bonnet, dévoilant sa courte chevelure châtaine coupée au carré. Son long manteau noir caressait ses Dr. Martens à grosses semelles. Son visage collait avec sa tenue : des yeux noir corbeau, une bouche fine et droite comme un coup de lame sous un petit nez rectiligne.

— Éléonore Hourdel ? Je suis Nicolas Bellanger, on s'est parlé au téléphone. Et voici mon supérieur, le commandant Franck Sharko.

Ils se saluèrent. Éléonore observa le flic plus âgé, qui en imposait : un type au cou de buffle, à la face taillée dans la roche, marqué par des années à côtoyer le pire. Sous son pardessus, le vieux costume gris anthracite laissait penser qu'il était bloqué dans une autre époque. Sa poigne, en tout cas, était à l'image de son physique.

— Qu'est-ce qui s'est passé, exactement ? Vous ne m'avez quasiment rien dit au téléphone. On l'a assassiné, c'est ça ?

— Venez.

Éléonore suivit les deux hommes en silence. Elle avait été appelée alors qu'elle venait de rentrer chez elle après sa journée de travail. Dès qu'elle avait su, elle avait pris la route pour rejoindre le bâtiment en brique rouge qu'elle avait déjà aperçu de loin, du temps où elle habitait à Paris. C'était la première fois qu'elle y mettait les pieds, et c'était pour son père…

Ils l'emmenèrent dans l'une des trois salles d'attente réservées aux familles, où elle put s'asseoir. Nicolas lui proposa quelque chose à boire. Elle refusa. Sharko s'installa face à elle. Son lieutenant serrait entre ses mains un gobelet de café, debout, appuyé contre la cloison.

— Votre père a été retrouvé mort à son domicile dans la matinée, expliqua Sharko. Il a été frappé de nombreux coups à l'arme blanche, probablement pendant son sommeil… Le criminel s'est introduit par effraction par la porte du garage.

Il tut l'épisode de la soude pour lui laisser le temps d'encaisser. Elle semblait solide. En tout cas, elle ne fondait pas en larmes. Il poursuivit :

— On pense que son décès remonte au week-end dernier, samedi ou dimanche. C'est nous, la brigade parisienne, qui avons été saisis par le parquet pour enquêter. Sachez que nous mettrons tout en œuvre pour identifier l'individu responsable de sa mort.

Éléonore acquiesça sobrement. Elle constata qu'elle avait embarqué par inadvertance le stylo utilisé pour noter son nom à l'accueil, et qu'elle le manipulait avec nervosité. Qu'est-ce qui lui prenait, d'emporter tous les stylos sans s'en rendre compte, en ce moment ?

— Vous savez qui a pu faire une chose pareille ?

— Les investigations débutent à peine. Ça va prendre un peu de temps.

— Où est-ce que mon père vivait ?

— À Dugny, près du Bourget. Vous l'ignoriez ?

Dugny… La ville où avait été posté son portrait reçu à l'UMD… Son père lui avait-il envoyé ce dessin, lui qui n'avait jamais su dessiner que des bonshommes bâtons ?

— La dernière fois que je l'ai vu, c'était à Liffré, un bled où on habitait, à une vingtaine de kilomètres de Rennes. J'avais 8 ans. J'en ai 35…

Elle capta le regard surpris que les deux flics échangèrent.

— À l'époque, c'était un homme alcoolique et violent qui frappait ma mère. À la fin, c'était tous les jours. Une nuit, ma mère m'a emmenée à Rennes, elle a divorcé, et voilà. Mon père n'a pas cherché à renouer le contact, moi non plus. Pourtant, il n'était pas si loin que ça de chez moi, finalement… Au fait, comment vous m'avez retrouvée, alors que je porte le nom de ma mère ?

Nicolas s'approcha. Elle parlait avec calme, gardait l'esprit clair malgré la situation.

— Vous figuriez dans son carnet d'adresses. On dirait qu'il ne vous avait pas complètement oubliée. Jamais un coup de fil, rien ?

— Rien, je vous l'ai dit. Mais je suppose que… je vais devoir m'occuper de l'enterrement et de tout un tas de paperasse. Mon père n'avait ni frère ni sœur, et il n'y a aucune chance que ma mère se déplace de Rennes pour lui. Je lui ai laissé un message pour lui annoncer qu'il était mort, elle ne daigne même pas me rappeler… Est-ce que je peux voir le corps ?

Sharko acquiesça, ouvrit la porte et libéra le passage pour qu'elle sorte. Vu ce qu'elle racontait, il n'allait pas pouvoir compter sur l'entourage pour percer le mystère autour de cet homme.

— Il faudra attendre un peu pour organiser les funérailles. Le temps de l'enquête.

— Je vois.

Ils parcoururent le couloir sur quelques mètres, jusqu'à se présenter devant une autre porte. Le visage de Sharko était impassible, creusé par les éclairages vifs. Il détestait cet instant suspendu. C'était, pour n'importe quel officier de police judiciaire, l'un des moments les plus pénibles de leur travail : celui où les familles qui le souhaitaient se confrontaient au corps de leur proche. Au cadavre d'hommes et de femmes qui, la plupart du temps, étaient décédés dans des conditions atroces. Quand ils les découvraient ainsi, les vivants hurlaient, s'effondraient, se ruaient même sur eux pour les serrer. Cet endroit était d'une brutalité indescriptible.

— Je dois vous prévenir : le visage est un peu dégradé à cause du délai écoulé depuis la mort, et l'examen réalisé par le médecin légiste a laissé une grosse cicatrice que vous allez voir au niveau du crâne. Ce n'est pas une étape facile et, si vous en éprouvez le besoin, vous pourrez solliciter l'aide d'un psychologue. Vous vous sentez prête ?

À la façon dont elle hocha la tête, à l'éclat lucide qui traversa ses iris, Sharko sut qu'elle tiendrait le coup. Étrangement, sa physionomie et son identité lui dirent soudain quelque chose. Il lui semblait l'avoir déjà vue quelque part, mais où ?

Ils entrèrent dans la pièce. Il s'agissait d'un simple box percé d'une vitre rectangulaire qui donnait sur un second espace, froid, gris, exagérément éclairé, au centre duquel reposait un brancard. Un drap bleu immaculé recouvrait le cadavre jusqu'au cou. La calotte crânienne avait été grossièrement recousue. La partie visible de l'iceberg, car tout avait été rapiécé sous le drap, façon monstre de Frankenstein. Celui qui avait un jour été Denis Liénard se résumait désormais à une enveloppe vide, inerte, qu'on allait garder au frais des semaines avant de l'offrir à la terre. Ou aux flammes.

Éléonore s'approcha de la vitre. Elle n'avait plus aucun lien affectif avec l'homme qui gisait de l'autre côté, mais il était son père. Malgré tout le mal qu'il avait pu faire, elle avait le sentiment de devoir le saluer une dernière fois. Quelqu'un avait pénétré chez lui et l'avait assassiné. Pourquoi ? Dans quelle histoire s'était-il fourré ?

Nicolas remarqua la façon dont ses doigts jouaient avec un stylo. Hormis ce geste nerveux, elle demeurait là, immobile, muette, comme si un sort l'avait figée. Elle fit tomber le stylo, le lieutenant s'empressa de le ramasser avant qu'elle ne se baisse et le lui rendit.

— Prenez votre temps, murmura-t-il. On va attendre dans le couloir.

— Je ne le reconnais pas, lâcha-t-elle alors.

— C'est normal, ça fait longtemps que vous ne l'avez pas vu. Et, comme mon chef vous l'a signalé, le processus de la mort déforme beaucoup les traits.

Éléonore observa de nouveau la dépouille, puis elle secoua la tête.

— Il ne s'agit pas de déformation. Ce n'est pas lui. Ce… Ce n'est pas son nez, ce n'est pas son visage. Cette personne n'a rien à voir avec mon père. Combien mesure-t-il ?

— Un mètre soixante-dix.

Éléonore réfléchit. Elle ne se rappelait plus précisément la taille de son père, mais ça devait être dans ces eaux-là. Un type dans la moyenne, un physique passe-partout.

— Mon père avait les yeux marron et les cheveux blonds.

— Les yeux marron, oui. Pour les cheveux, on ne sait pas. Mais ils seraient probablement gris, s'il en avait encore…

— Ses papiers d'identité, vous les avez ?

— Son permis, au bureau. C'est tout ce dont on dispose pour le moment. Mais c'est une photo récente qui y figure, et elle est conforme à l'homme qui est devant vous. On découvrira sans doute d'autres éléments chez lui. Il y avait pas mal de papiers, et des albums photo, aussi. Mon procédurier doit terminer son inspection demain et, si nécessaire, emporter de nouveaux scellés.

Éléonore fouilla dans sa mémoire. Il devait bien y avoir un moyen de savoir, là, tout de suite. Ses yeux s'illuminèrent soudain.

— Mon groupe sanguin, c'est O. Je me souviens que mes deux parents étaient de ce groupe eux aussi.

— On n'a pas encore les résultats des prélèvements, mais on vérifiera.

— Il reste un truc, sinon. C'est bête, mais mon père avait les pieds grecs, comme moi. Le deuxième orteil est le plus long. Quand j'étais gamine, on mettait toujours nos pieds côte à côte. Le pied grec, c'est assez rare, je crois.

Nicolas interrogea Sharko du regard. Lui non plus n'avait pas prêté attention à ce détail pendant l'autopsie.

— Très bien. J'y vais. Tant qu'on y est, vous vous souvenez d'autres caractéristiques ? La victime a des tatouages qui semblent anciens sur les avant-bras. Une rose, une ancre de bateau, une tête de loup…

— Mon père n'avait pas de tatouages, à l'époque. Ce n'était pas son genre. Le pied grec, c'est tout ce dont je sois sûre, désolée.

Deux minutes plus tard, le lieutenant arrivait dans l'autre pièce. Il remonta le drap jusqu'aux chevilles. Éléonore était collée à la vitre. Sharko aussi s'était approché, piqué par la curiosité. Nicolas hocha la tête : la victime avait bien le pied grec.

— Ça ne prouve rien, souffla Éléonore. Ce n'est pas lui, j'en suis certaine.

Déboussolée, elle se tourna vers le commandant de police.

— Je ne suis pas folle : cet homme n'est pas mon père.

16

On approchait de 22 heures quand le véhicule de Nicolas, suivi de celui d'Éléonore, stoppa devant la maison de Denis Liénard. La jeune femme avait insisté pour aller jeter un coup d'œil aux albums photo. Ainsi, tandis que Sharko retournait quelques heures au Bastion pour attaquer les premiers rapports, Nicolas s'était proposé pour l'accompagner jusqu'à Dugny. De toute façon, il n'était pas fatigué, et il n'éprouvait aucune envie de regagner la péniche pour le moment. Pas après ce qu'il s'était fourré dans le nez deux heures avant l'autopsie.

Dans la nuit glaciale, il montra sa carte aux deux policiers municipaux restés en faction sur le trottoir. Hormis la Rubalise jaune et noir, la maison n'avait pas encore été placée sous scellés, aussi fallait-il éviter que des petits curieux viennent piller l'habitation.

— Je vous remercie d'avoir accepté de venir avec moi, dit Éléonore. Vous avez eu une grosse journée, vous allez rentrer tard par ma faute.

— On finit souvent tard, à la Crim. J'ai l'habitude. Et vous, vous travaillez dans quoi, si ce n'est pas indiscret ?

— À l'hôpital. Je fais partie du personnel soignant.

Nicolas écarta les bandes positionnées en travers de la porte du garage et lui adressa un regard chaleureux.

— C'est bien…

En prononçant ces mots, il remarqua qu'elle avait une brisure, sous la pommette gauche, qui rendait son visage un poil dissymétrique, ce qui n'était pas choquant et lui conférait au contraire une agréable singularité. Ils se faufilèrent à l'intérieur de l'habitation, allumant les lampes au fur et à mesure. Dans le sous-sol, Éléonore observa la foule étrange des statues en plâtre. Elles donnaient l'impression que le temps s'était arrêté.

— Où sont les albums photo ? lança-t-elle.

— Au rez-de-chaussée, dans la salle à manger.

Quand ils s'engagèrent dans l'escalier, Nicolas en tête, Éléonore se raidit, sensible au froid sinistre qui régnait entre ces murs. Ce même froid que le soir où... Elle sentit un courant d'air dans son dos, se retourna d'un coup, l'œil sur les marches en contrebas, le béton du garage, les ombres immobiles des statues. Une fois dans le hall, elle s'aperçut qu'elle était en apnée.

— Tout va bien ?

Nicolas l'attendait sur le seuil de la salle à manger. Elle s'appuya contre une cloison, comme essoufflée.

— Oui, oui, c'est juste que... Ça fait drôle de se retrouver dans une maison où il s'est passé quelque chose d'aussi terrible. Ce froid, ce silence...

Elle remarqua les cavaliers jaunes au sol, ainsi que les empreintes de sang.

— Le criminel a laissé des traces...

— En effet, il a pas mal piétiné sur la scène de crime.

Elle resta immobile quelques secondes, mal à l'aise. Observa le sommet de l'escalier qui menait à l'étage. C'était là-haut que le pire s'était produit. L'autre flic avait parlé de nombreux coups à l'arme blanche.

— Il a été tué avec un couteau ? demanda-t-elle.

— Ce n'est pas important pour ce que nous avons à faire. Suivez-moi.

Les yeux de la psychiatre revinrent vers les marques de semelles. Ça la tracassait parce qu'elle ne pouvait s'empêcher de faire le lien avec son nouveau patient. Les gendarmes de Persan l'avaient ramassé dimanche dernier aux alentours de minuit, en pleine crise, pas loin de la gare. Or, le commandant avait annoncé que le crime s'était produit samedi ou dimanche. C'était stupide de penser qu'il puisse exister le moindre lien. Pourtant, ça la titillait : d'un côté, un psychotique qui racontait avoir « frappé » et dont le pantalon était taché de sang ; de l'autre, un crime à l'arme blanche…

Elle se tourna vers le lieutenant.

— Je suppose que vous pouvez déduire plein de choses rien qu'avec ces empreintes. La taille des chaussures, par exemple.

— En effet, on est sur du 43-44, mais pas besoin d'être un génie pour savoir ça, il suffit de mesurer. Bon, il y a vraiment beaucoup de paperasse, ici, je vais en profiter pour faire du tri. Vous venez ?

Éléonore ignorait la pointure de son patient, mais ça devait plus ou moins correspondre. Elle comprit néanmoins que le flic ne lui parlerait pas davantage. Comme elle, il était tenu au silence par le secret professionnel, et il ne semblait pas du genre à se laisser amadouer. Elle le sentait nerveux, une vraie pile électrique malgré l'heure tardive et une journée qui avait dû être bien remplie.

Ensemble, ils déplacèrent plusieurs cartons de papiers et d'albums jusqu'à la table. Nicolas s'intéressa aux pochettes colorées portant des étiquettes : factures, Sécu, assurance… Éléonore tomba quant à elle sur un vieux carnet de vaccination et un livret de famille à la couverture bleue en lambeaux. Tout s'y trouvait. La filiation, son propre acte de naissance. Elle fut aussitôt émue de toucher les traces de son passé, à un point tel qu'elle se mit à douter. Tout était très réel. Et si elle s'était plantée ? Si l'image qu'elle avait conservée de son père n'était pas la bonne ? Ça faisait tellement d'années. Elle était si petite, à l'époque.

— Tout est bien au nom de Denis Liénard, constata Nicolas. Comptes en banque, mutuelle… Il n'y a pas de faille.

Le policier ne dénicha ni passeport ni carte d'identité. Logique, d'une certaine façon : les empreintes digitales étaient désormais nécessaires pour les renouveler. Denis Liénard s'était donc contenté de son permis de conduire, un papier suffisant lorsqu'on lui demandait de prouver son identité tant qu'il ne sortait pas du territoire français.

Éléonore, elle, était à présent sérieusement troublée. Et si sa mémoire lui jouait des tours ? Elle se plongea dans les albums photo. Elle se vit, enfant, sur le papier glacé. La plage, la Bretagne, ses grosses boucles châtaines, ses dents en moins lorsqu'elle souriait. Et sa mère, Hélène, juste là, qui l'avait arrachée à son père pour ensuite l'abandonner à la maison alors qu'elle courait les hommes. Elle disparaissait souvent la nuit et ne réapparaissait qu'au petit matin… « Tu te débrouilles toute seule, ma chérie. T'es grande, non ? » La psychiatre se rappelait aussi avec précision son père, son physique de fil de fer, son visage tout en arêtes et, déjà, son ventre arrondi par les bières.

— Il manque des photos sur certaines pages, elles ont été décollées, constata-t-elle avec soulagement. Vous pouvez regarder, mon père ne figure nulle part.

Si vraiment l'homme qui habitait entre ces murs était mon père, pourquoi aurait-il gommé sa présence de cette façon ?

— Un point pour vous, répondit Nicolas. Vérifiez dans les autres albums.

Il retourna à sa paperasse, mit la main sur des fiches de paie allant de 2008 à aujourd'hui, ce qui correspondait à ses années chez Dugny Pièces & Réparations, mais rien avant. Peut-être avait-il jeté ses anciens papiers en emménageant ici et juste embarqué les albums de sa fille et de son ex-femme. Ou peut-être étaient-ils stockés ailleurs, quelque part dans ce bazar.

Il attrapa une pochette à élastiques sur laquelle était écrit « Éléonore Hourdel ». Il adressa un regard en coin à la jeune femme. Elle feuilletait un nouvel album, à l'évidence émue. Pas facile, pour elle. Père, pas père… Dans les deux cas, rien de réjouissant. De la pochette il sortit un ensemble de dessins. D'abord des esquisses, puis un visage, de plus en plus précis au fil des pages. Il l'observa avec attention.

— En tout cas, il s'intéressait à vous. Et il avait un sacré coup de crayon…

Éléonore resta pantoise devant son portrait réalisé au fusain. Elle le saisit avec délicatesse, en étudia chaque détail. Elle avait reçu le même à l'UMD. Pourquoi cet homme avait-il fait une chose pareille ? Ça n'avait aucun sens.

— Mon vrai père n'a jamais su dessiner quoi que ce soit.

Alors que le flic se replongeait dans ses recherches, elle nota, sur le bord droit de la feuille, des signes identiques à ceux qu'elle avait remarqués sur le côté gauche du portrait qu'elle avait reçu à son bureau. Une succession de traits et de courbes. Comme un message codé. Elle essaya de garder son calme.

— Ce portrait, je peux le prendre ?

— Oui, je n'y vois pas d'inconvénient, mais vous récupérerez en revanche les albums plus tard. On peut être amené à s'en servir pour l'enquête.

Nicolas découvrit d'autres esquisses puis, au fond de la chemise, une multitude de coupures de journaux. Le procès Lansalle, ce fou furieux qui avait massacré une femme et son fils... L'homme semblait avoir suivi l'affaire de près. Nicolas s'intéressa plus particulièrement à un encart où on distinguait le visage d'Éléonore. Subitement, la lave monta en lui. Ses doigts se rétractèrent sur le papier.

— Personnel soignant...

Éléonore avait roulé le portrait et l'avait glissé dans son manteau, près de son carnet de notes. Il la scrutait d'un œil sombre.

— Vous vous êtes bien fichue de moi. C'était vous, bien sûr... Votre nom nous disait quelque chose, à mon chef et à moi, mais on n'arrivait pas à vous resituer.

Il poussa l'un des articles dans sa direction. « Le meurtrier de Samuel et Sarah Hallis ne sera pas jugé. »

— L'irresponsabilité, hein ?

— Écoutez, je n'ai pas envie de remettre ça sur le tapis. Surtout ce soir.

— Je vois. Nous, on s'emmerde à attraper les criminels, et vous, vous faites tout pour qu'ils échappent à la justice. Ces gens-là tuent des innocents. Ils brisent des vies.

Dans un mouvement d'humeur, il referma la pochette, les albums photo, et se leva.

— Terminé, j'en ai ma claque. Vous passerez en début de semaine prochaine au Bastion pour faire un test ADN. On lancera dans la foulée une comparaison avec celui de la victime et on sera définitivement fixés sur votre filiation.

Éléonore remit sa chaise en place, bien consciente que le lien avec le policier était rompu. Nicolas était devenu froid comme la glace et s'éloignait déjà.

— On a prélevé mon ADN il y a à peine trois semaines, répliqua-t-elle en lui collant au train. Mickaël Hallis s'est suicidé à mon domicile, juste devant moi… Il y a eu une enquête, on m'a emmenée, interrogée, et pas toujours de façon agréable. Vous demanderez à vos collègues gendarmes…

Il l'observa quelques secondes, et se remit en mouvement.

— Ça ne marche pas comme ça. On ne se refile pas les ADN de service en service.

Une fois à l'extérieur, elle lui bloqua le passage avant qu'il n'entre dans sa voiture.

— Quoi que vous en pensiez, ce n'est pas moi qui fais les lois, lieutenant. Vous croyez que ça m'amuse que les gens me crachent à la figure dès qu'ils me reconnaissent ? Cette photo où on me voit serrer la main de Christophe Lansalle a fait le tour des médias, mais comment vous pouvez comprendre le psychisme de quelqu'un et le questionner sur sa vie si vous n'établissez pas de contact ni de relation de confiance avec lui ? C'est mon job de faire ça, de nouer un lien pour mieux comprendre. Je ne suis qu'une psychiatre qui essaie de mettre les bonnes personnes dans les bonnes cases, à savoir les criminels sains d'esprit dans les prisons, et les malades mentaux dans les hôpitaux.

Nicolas se contenta de hocher la tête, les mâchoires crispées.

— J'espère que vous êtes une bonne psy, alors. Parce qu'il est tellement facile de faire l'inverse. Les prisons regorgent de malades mentaux.

17

En route, Nicolas mit la radio à fond, sur les nerfs. Cette femme avait de la compassion pour les criminels. Bon sang ! Irresponsabilité, ça voulait dire quoi ? Qu'on pouvait tuer en toute impunité en se faisant passer pour schizophrène ? Qu'il suffisait de jouer les timbrés pour se retrouver tranquillement en hôpital psychiatrique en attendant son ticket de sortie quelques années plus tard ?

Il s'empara de la bouteille d'eau rangée dans sa portière, en vida la moitié. Il fallait que la tension redescende. Que le dragon qui s'était réveillé dans son ventre se rendorme. Le moment le plus difficile, celui de…

Il se gara sur le bas-côté, juste avant l'embranchement avec l'autoroute A1, glissa la main sous son siège et extirpa, de sous la housse, le minuscule sachet dans lequel il restait un demi-gramme de cocaïne. Tout à l'heure, il lui avait suffi d'envoyer un texto à un dealer pour s'en procurer et se tapisser les narines de cette saloperie.

Il aligna trois rails sur un constat d'assurance, d'un geste qu'il avait autrefois effectué pendant des mois. Audra, à cette époque, ne faisait pas encore partie de sa vie. Il le savait, une deuxième prise aujourd'hui marquerait le début de la fin : l'enfer lui ouvrirait grand ses portes.

L'enfer ou la peur. L'enfer ou les tremblements. Il roula un billet de dix euros. Les cristaux luisaient, l'appelaient, le charmaient. Ils étaient la promesse que tout allait bien se passer.

— Fait chier !

Disant cela, il balança tout par la fenêtre. Ensuite, il sortit, la tête entre les mains, avec une furieuse envie de se l'éclater contre un mur. Mais, pris de regrets, il se jeta au sol pour voir s'il pouvait récupérer un peu de poudre. En vain. Et il se vit, là, à quatre pattes, comme un vulgaire chien.

Il marcha vingt minutes, respira l'air glacé à pleins poumons. Lorsque le pic retomba, il retourna à sa voiture. Comment allait-il tenir ? Comment allait-il faire pour résister à ses anciens démons ? Il fallait qu'il se raccroche à son fils. Angel. Il s'empara de son téléphone. Déterminé, il effaça les numéros de ses deux fournisseurs. Il s'en voudrait à coup sûr de l'avoir fait. Tant pis. Il n'avait pas le droit de sombrer de nouveau. Audra était partie, certes, mais il n'était pas seul.

Asnières-sur-Seine, port Van Gogh, les lumières qui se reflétaient, diffuses, à la surface de l'eau. Sa péniche, la *Freycinet*, endormie le long du quai, chaleureuse avec ses guirlandes d'ampoules colorées, faite pour accueillir une petite famille. Le policier déverrouilla la barrière de sa passerelle, puis enfonça la clé dans la serrure de la porte de la cabine.

Kelly n'était pas encore couchée, elle travaillait ses cours sur son ordinateur portable, installée sur le canapé du salon. Survêtement, tignasse hirsute, les lunettes sur le bout du nez. Leur *deal* ? Elle vivait ici comme chez elle, était nourrie et blanchie, mais en contrepartie elle s'occupait d'Angel en son absence.

— Longue journée ? fit-elle avec son accent chantant.

— Longue journée, oui. Tout s'est bien passé avec Angel ?

— Très bien. Je l'aime trop !

Nicolas lui adressa un sourire fatigué, la salua et alla s'enfermer dans sa chambre, où se trouvait le lit à barreaux de son fils. La lampe de la table de chevet nimbait d'une belle teinte ambrée le visage endormi. Angel sembla réagir à la caresse que son père déposa sur sa joue : ses lèvres s'écartèrent, puis se rapprochèrent dans un bruit de succion. Il avait les cheveux noirs de sa mère.

Nicolas ne résista pas à l'envie de le prendre. Il le souleva sans le réveiller et l'emporta dans son lit. Éteignit. Se serra contre le petit corps brûlant. Ça n'était pas bon pour le bébé, Nicolas le savait, mais c'était bon pour lui. Il avait besoin de sentir ce cœur battant pour se rappeler que, tous les deux, ils étaient bien vivants. Et que, dans les cellules du corps de son fils, brillait encore un peu de celles de sa mère.

18

Ce samedi matin, Éléonore était arrivée à l'UMD aux alentours de 6 h 30, largement avant l'ouverture des chambres. Ni les psychiatres ni le directeur ne travaillaient le week-end, sauf cas exceptionnel. Elle ne serait pas ennuyée.

Une fois la sécurité franchie, elle se rendit dans l'aile administrative. Les couloirs étaient vides, silencieux, loin des clichés qui montraient des fous hurlant et cognant contre les murs. En fait, il n'y avait pas plus calme que cet endroit.

Elle s'enferma dans son bureau, aussi froid et clinique que le reste du bâtiment. Rien de personnel dans cet espace. Pas une photo, pas un bibelot, juste un fond de boîte de chocolats, offerte par ses équipes pour son anniversaire en novembre, et une machine à café. La première chose qu'elle fit, d'ailleurs, fut d'y insérer une capsule et de regarder couler le liquide sombre. Elle en avait bien besoin, après sa nuit quasi blanche. Déjà qu'elle dormait très mal depuis que le sang de Mickaël Hallis lui avait souillé le visage, alors comment aurait-elle pu trouver le sommeil avec la foultitude d'interrogations qui encombraient désormais sa tête ? C'était tout simplement impossible. Pourtant, ses paupières pesaient, et elle savait que la fatigue finirait par gagner du terrain au fil des heures, jusqu'à la rendre irritable. La journée risquait d'être difficile.

Après avoir bu quelques gorgées, elle tira de son manteau le dessin embarqué la veille à la maison de Dugny et le positionna à côté de celui reçu quelques mois auparavant. Les deux portraits étaient identiques, en miroir l'un de l'autre. Sur le premier, son visage s'orientait de trois quarts vers la droite. Et sur le second, vers la gauche, en totale symétrie.

Elle se concentra ensuite sur les étranges signes qui avaient éveillé sa curiosité. Soudain, son cœur bondit dans sa poitrine quand elle en saisit le sens. Elle rapprocha les deux feuilles. Les tracés coïncidaient, ceux de droite s'emboîtant à la perfection avec ceux de gauche, si bien que le charabia incompréhensible formait à présent une succession de lettres majuscules verticales.

LE PASSÉ EST LA CLÉ.
BOX 39 – 8, RUE SILVESTRE 92400

Aussitôt, elle recopia la phrase dans son carnet de notes, se rua sur son ordinateur et entra les données. Zoom sur Google Maps. L'adresse était celle d'un grand immeuble à Courbevoie, en banlieue parisienne. Un bâtiment doté d'un parking souterrain… La psychiatre se renfonça dans son siège, mordillant la gomme de son crayon. Elle avait reconstitué une sorte de message codé que seule la possession des deux dessins permettait de décrypter.

Pour tenter de dénouer ce sac de nœuds, elle reconstitua la chronologie des événements. Vers la fin de l'été – en septembre, se rappelait-elle –, elle recevait un portrait d'elle. Expéditeur anonyme, mais il n'y avait plus le moindre doute désormais sur son identité : Denis Liénard, celui qui se faisait passer pour son père. Seul, ce dessin ne servait à rien, il fallait l'autre moitié pour obtenir l'adresse. Deux options : ou le soi-disant Liénard comptait le lui envoyer plus tard, ou il avait estimé que, en tant que « fille », elle finirait par le récupérer s'il lui arrivait une bricole. Une confidence *post mortem*, en somme. Hypothèse qui pouvait laisser supposer qu'il savait sa vie en danger. Et si c'était le cas, il ne s'était pas trompé.

La psychiatre considéra son téléphone, relut le SMS que sa mère avait daigné lui écrire dans la nuit : « Désolée, ma fille. C'est triste, mais si tu as oublié ce que cet homme m'a fait, pas moi. Sa mort est le cadet de mes soucis. » C'était tout. Un message laconique et sans compassion qui marquait la fin de la discussion. En même temps, à quoi s'était-elle attendue ? Sa mère n'avait jamais fait dans les grands sentiments, et la dernière fois qu'Éléonore l'avait vue, ça devait remonter au printemps. La jeune femme lui avait malgré tout répondu : « Je suis allée voir le corps. Cet homme n'est pas mon père, mais il se faisait visiblement passer pour lui. Si tu veux en savoir plus, rappelle-moi. » Un simple « Ce ne sera pas nécessaire » avait alors définitivement clos leur échange.

Elle rangea son portable et tapa « Denis Liénard » dans son moteur de recherche. Quelques occurrences, des homonymes à droite à gauche, mais rien en rapport avec l'homme de Dugny. Elle nota scrupuleusement trois questions dans son carnet :

> Qui était cet individu avant de devenir Denis Liénard ?
> Pourquoi a-t-il choisi de revêtir l'identité de mon père ?
> Où est le vrai Denis Liénard, mon géniteur ?

Elle posa son stylo, pensive. « Le passé est la clé. » Une partie du mystère se lèverait peut-être si elle se rendait à l'adresse indiquée. Et elle comptait bien y faire un saut en fin de journée. Même sans clé ni badge, elle trouverait le moyen d'accéder au box.

Éléonore se pencha ensuite sur le dossier encore maigre de son nouveau patient. C'était le deuxième sujet qui lui trottait dans la tête depuis la veille. D'un côté, un homme découvert en pleine crise psychotique, dimanche soir, à la gare de Persan-Beaumont, avec ses orifices naturels bouchés et fuyant des « parasites ». De l'autre, son prétendu père assassiné à quarante kilomètres de là, le week-end dernier, samedi ou dimanche. Frappé à de nombreuses reprises avec sauvagerie, d'après les flics.

Elle avait songé à cette histoire d'empreintes ensanglantées dans l'escalier. Taille 43-44. Certes, son patient était arrivé à l'hôpital avec des chaussures beaucoup plus petites, mais n'aurait-il pas pu en changer en route ? Peut-être les avait-il trouvées quelque part, ou les avait-il emportées pour une raison quelconque, dans un sac par exemple.

Éléonore jeta un œil sur le site de la RATP. Le trajet Dugny-Persan était faisable en empruntant d'abord un tram puis un Transilien. À supposer que l'inconnu ait embarqué à l'arrêt Dugny-La Courneuve une fois son crime commis, il aurait dû remonter jusqu'à la gare d'Épinay-Villetaneuse et, ensuite, grimper dans un train pour Persan-Beaumont, sa destination. Un schizophrène en crise pouvait déambuler n'importe où, aller de n'importe quelle station à n'importe quelle autre au hasard, donc, en soi, un tel itinéraire, même dans un état psychotique, restait envisageable. Surtout si l'homme cherchait à fuir des « parasites », comme il l'avait évoqué. Il n'était en effet pas rare de recueillir des malades en errance à des centaines de kilomètres de chez eux. On appelait ça le « voyage pathologique ».

Ces hypothèses, en revanche, se voyaient contrecarrées par un « détail » : il existait une chance sur plusieurs millions pour qu'un individu en crise tue quelqu'un à un endroit donné, se déplace de station en station jusqu'à une ville quelconque, et se retrouve en définitive à être soigné par la soi-disant fille de sa victime.

Une chance sur des millions, ça reste quand même une chance, la contredisait une petite voix dans sa tête. Cette voix, qu'elle avait bien entendue, l'avait même empêchée de dormir toute la nuit.

Juste le hasard.

Elle rangea les dessins, son carnet, le dossier, et enfila sa blouse. Ici, c'étaient chaussures à semelles plates, jean et pull à col roulé couleur crème. Elle se fondait dans le décor de l'UMD. Sobriété et normalité au cœur de l'anormalité.

19

Des grappes de personnes commençaient à arriver à l'UMD. Bises aux secrétaires, serrages de main avec les externes, coucous au psychologue, au cadre de santé et à l'ergothérapeute au bout du couloir. Il y avait, à Ulysse, plus de personnel que d'internés.

Éléonore fit un détour par la bagagerie. Le pantalon et le tee-shirt de son patient avaient été lavés puis repassés. Elle déplia le jean : les traces de sang au niveau des hanches avaient disparu. Elle se sentait un peu fautive. Peut-être avait-elle agi sans réfléchir et effacé le seul lien existant entre son inconnu et un crime éventuel. Tant pis. Elle récupéra les fameuses chaussures qu'il portait lors de son interpellation. Elle les observa attentivement. Il s'agissait de gros godillots d'homme bien lourds à semelles épaisses, très anciens, de taille 40.

La paire en main, elle se rendit dans l'espace détente, une des pièces visibles depuis la bulle, où les soignants de nuit buvaient leur café matinal avant de rentrer chez eux, tandis que la relève débarquait au fur et à mesure. L'ameublement était sommaire. Quatre tables rondes vert amande, un baby-foot qui avait vécu, un comptoir où les patients venaient acheter des cigarettes, du dentifrice, du savon et d'autres petites choses du quotidien grâce à l'argent de leur famille (pour ceux qui en avaient) ou à des allocations pour handicapés. Une partie de l'endroit était habillée par les photos d'un aide-soignant qui avait monté une exposition avec les malades se mettant en scène. « La came m'isole », « Fous alliés », « Woody Woodpiquouze »… Éléonore tenait beaucoup à ces signes d'autodérision destinés à introduire un brin d'humanité entre les murs austères de l'UMD.

La psychiatre salua ses collègues qui s'étonnèrent de la voir dans les locaux un samedi et prit, comme chaque matin, le pouls de son unité. La conversation se porta rapidement sur « l'homme sans bagages ». Il était toujours à l'isolement et beaucoup plus calme, d'après Momo, l'un des infirmiers de nuit.

— Pas d'épisode psychotique majeur, des phases de sommeil un peu agitées mais convenables. Le traitement semble efficace, même s'il faut rester méfiant. Son regard est parfois très sombre. Il peut jouer les gentils pour nous amadouer et, à la moindre occasion, nous sauter dessus…

— Des réticences à prendre ses médicaments ?

— Non.

— Et il a parlé ?

— Il veut qu'on lui fasse une échographie de son système digestif. Pardon, mais pourquoi tu te balades avec ses chaussures ?

Éléonore profita de la question pour se tourner vers Christian, appuyé au comptoir avec son gobelet de café.

— J'aimerais que tu les essaies et que tu marches un peu avec.

— Tu déconnes ? Je chausse du 43 et…

— Comme lui, justement.

Sans entrain, Christian s'exécuta sous l'œil moqueur de ses collègues. Assis sur une chaise, il força pour les enfiler, puis se déplaça en grimaçant.

— Ça fait un mal de chien.

— On est donc d'accord, c'est impossible de se balader avec ça dans la vie de tous les jours, n'est-ce pas ?

Il allait et venait, au supplice. Momo, le colosse martiniquais de presque deux mètres, était plié en deux. Avec son rire communicatif, il installa une bonne humeur dans toute la pièce. Éléonore aussi se mit à glousser, avant de retrouver son sérieux quand Christian la fixa.

— À moins d'être un gros maso, tu ne tiens pas deux heures... Mais pourquoi tu t'intéresses à ça ? Le mec délirait, il a mis les premières chaussures qui lui sont tombées sous la main, peut-être celles de son père, ou de son frère, et *basta*, il s'est tiré. Quand ils sont en crise, les schizophrènes ne sentent plus rien, de toute façon.

Sur ce constat, il se hâta de les ôter, non sans peine, et les lui rendit.

— Au fait, ça n'a pas été trop difficile, hier soir ? demanda-t-il.

— Mon père était un étranger pour moi, tu sais...

Tout le monde écoutait. Elle n'avait pas envie d'entrer dans les détails. Elle était proche de ses équipes, déjeunait avec eux la plupart du temps, mais gardait ses distances en dehors de l'UMD. Au moindre espace de vie privée lâché ici, tout le personnel se retrouvait au courant. Personne n'insista.

7 h 25, la salle se vida. C'était bientôt l'heure de l'ouverture des chambres. Christian se glissa de nouveau dans ses baskets avec soulagement et s'éloigna avec deux autres infirmiers vers le fond de l'unité où ils procédèrent à l'immuable rituel : déverrouillage d'une chambre, côté droit et côté gauche, après avoir vérifié dans l'oculus que le patient se tenait loin de l'issue ; entrée simultanée pour accéder à l'armoire et sortir la tenue civile

du jour ; reverrouillage de la chambre et passage aux portes suivantes.

Un quart d'heure plus tard, ils recommencèrent la manœuvre, mais, cette fois, les malades désormais habillés purent sortir – d'abord ceux du bout, toujours, pour éviter de tourner le dos au danger ou de se faire piéger dans un cul-de-sac. Le troisième infirmier, dit « voiture-balai », s'assurait que rien ne traînait dans les pièces – un objet fabriqué durant la nuit, ou dissimulé dans une poche de jean et caché sous le lit, par exemple –, puis il refermait les chambres vides. Les patients n'y mettraient plus les pieds avant la sieste, de 13 h 30 à 15 heures.

— Bonjour, docteur Hourdel…

— Bonjour, docteur Hourdel…

Devant la bulle, Éléonore les salua les uns après les autres, même ceux qui refusaient de lever la tête parce qu'ils étaient de mauvais poil. Il était important pour elle d'être là, chaque jour ou presque, à leurs côtés. Elle ne voulait pas être juste celle qui prescrivait des traitements.

— Bonjour, Amory. C'est journée kebab, aujourd'hui, on compte sur vous à l'atelier cuisine pour nous régaler ce midi.

Elle aimait bien Amory Lequesnois. Il était calme, discret et plutôt conciliant. Grand paranoïaque, il avait tué une femme dans la rue avec une paire de ciseaux. Il l'avait prise pour sa belle-mère qui, selon lui, lui avait transmis le sida en lui servant son café, un après-midi comme tous les autres. Il avait fait deux ans de prison à Fresnes avant d'être jugé irresponsable. Il lisait, chantait, composait de la musique. Il était aussi potomane : si on ne le surveillait pas, il buvait de l'eau pour se remplir l'estomac et diluer les effets des médicaments. Il fallait donc contrôler en permanence l'arrivée d'eau de sa douche, de son lavabo, de ses toilettes, et faire en sorte qu'il ne vide pas des litres et des litres de soda à chaque repas. Il avait à peine 21 ans. Il tendit le cou pour jeter un coup d'œil dans la chambre d'isolement.

— Il me fait peur, lui.

— Je comprends, Amory. Mais vous savez bien qu'il ne sera pas parmi vous tant qu'il n'en sera pas capable. Vous aussi, vous étiez dangereux, quand vous nous avez rejoints, vous vous rappelez ? Est-ce que, pour autant, vous avez fait du mal aux autres lorsqu'on vous a fait intégrer le groupe ?

Il balança sa tête de gauche à droite sans conviction. Aujourd'hui, il était au clair sur la raison de sa présence à l'UMD. Après deux ans de traitements, de travail avec les psys et les infirmiers, il avait pris conscience de son acte. Une évidence pour le commun des mortels, un chemin de souffrance pour lui.

Éléonore repensa à ce policier d'hier qui croyait que les gens, entre ces murs, s'offraient une promenade de santé. En réalité, leur maladie était la pire des punitions. Ces individus se retrouvaient cloîtrés à la fois dans la prison physique de l'UMD et dans celle, mentale, de leurs délires et des lourdes médicamentations, dont le dixième de la dose aurait suffi à assommer n'importe qui pour plusieurs heures. Pour ces hommes, c'était ni plus ni moins la double peine.

— Giroux est sûr que le nouveau a un masque, confia Amory, et que derrière se cache un loup-garou très intelligent, venu pour nous tuer… Il dit qu'on doit l'en empêcher à tout prix, avant qu'il soit trop tard.

— À qui a-t-il dit ça ? À vous ?

Le visage du jeune homme se ferma, comme s'il en avait trop dévoilé.

— Comment il veut l'en empêcher, Amory ?

Sans répondre, il s'éloigna d'un pas traînant pour aller avaler son cocktail obligatoire de gouttes et de pilules avant le petit déjeuner. L'arrivée de l'inconnu les intriguait, voire les effrayait, pour la plupart d'entre eux. Dans leurs journées ritualisées, millimétrées, peu de patients aimaient le changement, synonyme d'agression extérieure potentielle. Éléonore le savait : il allait falloir redoubler de vigilance. Maxime Giroux, leur chimiorésistant manipulateur et psychopathe, était parfaitement capable de passer à l'acte dès que le nouveau quitterait l'isolement.

Une fois que tous les malades furent sortis et qu'elle eut rassemblé le personnel nécessaire, elle déverrouilla la porte de la chambre sécurisée.

Il était temps de retourner dans l'arène.

20

Étroitement surveillé par les infirmiers, l'inconnu avait été libéré de ses contraintes. Assis sur son lit, le dos voûté, il regardait par la fenêtre qui donnait sur la petite cour grillagée individuelle, qui elle-même ouvrait sur la grande cour grillagée où se promenaient les autres patients. Quand il décela la présence d'Éléonore, il se leva d'un geste ralenti, marquant une légère perte d'équilibre, puis se rassit sur le bord de son matelas quand la main d'un infirmier appuya sur son épaule. Il ne quitta en revanche pas la jeune femme des yeux tandis qu'elle posait les chaussures dans un coin – par sécurité, les lacets en avaient été ôtés.

Le premier contact visuel était toujours important, et il y avait cette fois quelque chose que la psychiatre n'arrivait pas à définir dans ces prunelles sombres. Un mélange de crainte et de défi. La maladie rendait parfois ceux qui en étaient atteints manipulateurs, séducteurs, menteurs. Elle pouvait même intégrer, comme pour Maxime Giroux, des traits de psychopathie. Aussi, lorsqu'on ne connaissait pas bien un patient, l'extrême méfiance était de rigueur. Surtout, garder ses distances, au sens propre : au moins un bras tendu d'écart. L'infirmier se glissa discrètement dans le dos de l'homme pour ne pas gêner l'entretien, néanmoins prêt à bondir à la moindre alerte.

— Mes collègues m'ont dit que vous aviez passé une nuit plus calme, que vous n'aviez pas cherché à tout arracher. Vous l'avez senti ? C'est l'effet du traitement, et je suis très contente que vous le preniez sans faire d'histoires. Avouez que c'est préférable à la piqûre ! En tout cas, c'est un vrai pas en avant d'avoir compris que c'était pour votre bien…

L'adhésion aux soins si rapide était, en soi, le signe d'un profond dérèglement. Car quel être sensé se prêterait si docilement à une emprise chimique telle qu'elle gommait vos émotions, vous privait de rêves, et vous anesthésiait ? Aucun. Et Éléonore était certaine qu'il ne simulait pas. En effet, les simulateurs exagéraient toujours, ils surjouaient, et c'était de cette façon qu'elle les détectait.

— Pour mon bien…

Il avait répété ces mots lentement pendant que ses doigts caressaient le dessus de son pyjama, au niveau du ventre, et qu'il fixait la paire de chaussures. La psychiatre lui adressa un bref sourire. Son flux verbal était beaucoup plus doux, compréhensible. Elle déroula les feuilles glissées dans sa poche.

— Ce sont les résultats de vos prises de sang. Ils sont plutôt bons. Rien n'indique la présence de quelconques parasites. Voilà qui devrait vous rassurer.

D'une main tremblante, il prit les documents qu'elle lui tendait. Éléonore voulait instaurer un climat de confiance, lui montrer qu'elle n'était pas une ennemie. À cause de ses délires, son monde intérieur se résumait à un océan d'angoisse et de peur, et tout ce qui venait interférer avec ce monde devenait, pour lui, source de danger.

Sans même les lire, il jeta soudain les papiers devant lui.

— Examens de merde. Les vers… pas détectables par les recherches classiques… Il faut recommencer. Il faut aussi… des analyses de peau, d'urine et de mes crottes. Et puis je veux des radios. Je veux voir mes intestins… Je devrai aller voir moi-même, avec mes mains, si vous voulez pas m'aider.

Des menaces. Éléonore ne se laissa pas déstabiliser. Il avait déjà dû réaliser par ses propres moyens une palanquée de tests avant d'atterrir à l'UMD. Ses délires l'absorbaient, l'obsédaient, lui volaient toute son énergie. Aucun scanner, aucune machine ne révélerait la présence de ses vers, parce qu'ils n'existaient que dans sa tête. Sa quête était dénuée de sens, mais personne ne pourrait l'en convaincre avant de longues semaines, voire de longs mois.

— On n'exige pas, ici, monsieur. On ne profère pas de menaces non plus. Ça veut dire quoi, « avec mes mains » ? Que vous comptez vous ouvrir le ventre ?

Il ne répondit pas. Éléonore poursuivit :

— Pour vous faire des examens plus approfondis, il faudrait d'abord que j'aie votre nom, vous ne croyez pas ? Les cabinets d'échographie exigent une identité, vous ne l'ignorez pas, je suppose.

Il marqua une longue hésitation, puis il colla un index contre ses lèvres, « chut », et fit par ailleurs mine d'écrire quelque chose. Traduction : il réclamait un stylo, et il ne voulait pas que les voix soient au courant. Elles entendaient mais ne pouvaient pas voir. Logique.

Éléonore pivota vers Christian et lui adressa un regard. Il lui signifia d'un hochement de tête que c'était contraire au protocole. Elle le prit alors à part dans le couloir, sous les yeux de ses collègues.

— J'ai besoin de ce stylo, Christian.

— Désolé. J'applique les règles. Des règles qui sont là pour nous protéger, tous, et t'éviter de faire une connerie. Pas de stylo dans l'unité. On fait quoi, s'il te le plante dans la gorge ?

— Écoute, Christian, si tu n'y vas pas, j'y vais moi-même. Trouve un crayon à papier, tu le rabotes si ça peut te rassurer mais, s'il te plaît, j'ai besoin d'un truc pour écrire. S'il est persuadé que ça court-circuite ses voix, c'est une vraie aubaine pour nous. Dépêche-toi avant qu'il ne change d'avis.

Elle retourna dans la pièce où, d'un geste, elle signifia à son patient que tout allait bien. Derrière lui, dans la cour extérieure, les autres malades circulaient et lorgnaient en direction de la chambre. Notamment Maxime Giroux, venu se coller au grillage et les observant par-delà la vitre. Éléonore les ignora pour se concentrer.

— J'aimerais qu'on reparle des moments qui ont précédé votre arrivée à l'hôpital. Rappelez-vous, vous vous êtes sauvé de chez vous parce que les vers vous voulaient du mal. Il fallait que vous partiez pour leur échapper. Vous avez ainsi pris le train, puis vous êtes descendu à l'arrêt Persan-Beaumont. Il était aux alentours de minuit…

— Persan-Beaumont, répéta-t-il. Descendre à Persan-Beaumont. Oui.

— Vous connaissiez cette gare ?

— Non.

— Pourquoi cet arrêt-là ?

— Sécurité. Loin. Assez loin pour fuir les vers. Ils rampent. Ils peuvent pas aller aussi vite que les trains.

— D'où veniez-vous ?

— J'ai couru. Je sais plus. Les rails, tout ça. Autour de moi, les gens s'éloignaient avec leurs visages tout blancs, et plus ils s'éloignaient, plus ils se rapprochaient, comme avec un élastique. J'ai crié pour qu'ils dégagent. Dégagez ! Barrez-vous !

— Avant ça, vous étiez chez vous ? Chez vos parents ?

— Chez moi…

— Seul ?

— Oui… Seul… Je… Peur d'aller me coucher.

— À cause des vers ?

— Je les entendais bouger. J'ai tout bouché. Mes oreilles, partout où ils pouvaient entrer… Un ver est remonté par la douche. Un autre était dans l'évier de la cuisine. Une forme bizarre, comme… une éponge de mer. Ou une algue. Oui, plutôt une algue, parce que c'était gluant… Ils grimpaient par les tuyaux, ils venaient pour moi. Pour entrer en moi. Les vers passent à travers le coton… Le plomb, c'est mieux, mais moi, j'avais que du coton. Alors fallait que je m'enfuie.

— Sans chercher à les combattre ?

Il secoua la tête. Éléonore insista :

— Vous avez dit que vous les aviez combattus pourtant, l'autre jour. Que vous les aviez frappés.

— Oui, j'ai frappé les vers… Et je me suis sauvé.

— Frappé comment ? Avec quoi ? Un couteau ?

Les voix l'absorbèrent une poignée de secondes. Il ne répondit pas. Éléonore devait essayer une autre approche.

— Donc vous êtes vite sorti. Vous avez pris les transports… Et après ?

Derrière, Christian était de retour avec un crayon à papier à la mine arrondie et si petit qu'il était impossible de le saisir à pleine main pour en faire une arme. La jeune femme le remercia d'un regard, puis tendit l'ersatz de crayon à son patient. Ce dernier n'eut aucun geste agressif. D'une écriture brouillonne, il nota sur une des feuilles d'analyse qu'elle avait ramassées : « LOUIS PASTEUR ». Puis, encore, il posa son doigt sur ses lèvres. « Chut. »

La psychiatre rendit le crayon à Christian avec un air frustré. Elle ne voulait pas mettre son patient en porte-à-faux avec ses voix intérieures, alors elle ne dit rien au sujet de cette fausse identité. Elle était de toute façon bien incapable de savoir s'il se fichait d'elle, si les voix l'avaient incité à mentir, ou s'il se prenait réellement pour le célèbre microbiologiste. Le mensonge faisait en effet partie intégrante de la maladie mentale. Une fois, Éléonore avait demandé à un schizophrène, branché à un détecteur de mensonges, s'il était Napoléon. Il avait répondu « Non » pour faire croire qu'il allait mieux et était apte à sortir. La machine avait indiqué qu'il mentait.

— Je veux mes radios maintenant.

— Nous verrons plus tard. Il me reste quelques questions à vous poser…

Elle alla récupérer la paire de chaussures.

— Ces chaussures, elles sont à vous ?

Il tendit la main. Éléonore lui en donna une. Il l'observa sous toutes ses coutures.

— Je sais pas. Oui. Oui, à moi.

— La pointure, c'est du 40, votre pied est plus grand… Vous chaussez quoi, du 43 ?

— 43…

— Vos pieds sont très abîmés. Regardez leur état. Puisque vous vivez seul, vous n'avez pas pu vous tromper avec la paire de quelqu'un d'autre en vous sauvant de chez vous. Alors d'où viennent ces chaussures ? Essayez de vous rappeler.

Il la retourna, fit courir son index sur les sillons de la semelle pendant un temps qui s'éternisa. Écoutait-il encore ses voix ? Éléonore ne voulait pas le brusquer.

— Chez moi. Le placard. Elles étaient là, je les ai mises. Elles sont vieilles… J'avais un pied plus petit quand je les ai achetées. C'est pas plus compliqué…

— Je ne comprends pas. Pourquoi ne pas avoir enfilé vos chaussures habituelles ? Pourquoi fouiller dans un placard alors qu'il y avait urgence ? Les vers arrivaient, ils étaient à votre poursuite. La chose la plus naturelle à faire, c'était d'attraper les chaussures qui étaient là, à portée de main, vous ne croyez pas ?

Elle ne vit pas les doigts de l'homme se rétracter sur la partie arrière de la chaussure. Mais, moins d'une seconde plus tard, après un grand geste circulaire, le bord de la lourde semelle la heurta en pleine face. La tête d'Éléonore frappa la vitre d'observation dans un bruit sourd, tandis que les infirmiers plaquaient l'homme au sol. Il se laissa maîtriser, le visage serein. Christian aida sa collègue à se redresser. Elle était sonnée, son arcade gauche pissait le sang.

— Ça va… articula-t-elle.

Alors qu'il se faisait attacher sur son lit, le patient ne la quittait plus des yeux, une lueur de démence pure dans le regard. Sa bouche esquissa un sourire démoniaque qui la glaça.

21

Bruits de claviers, coups de téléphone, gorgées de café… En ce début de week-end, l'ambiance était studieuse au sein du groupe de Sharko, cloîtré dans l'un des bureaux de la Brigade criminelle, au 36, rue du Bastion. Outre les réquisitions demandées aux différents opérateurs téléphoniques et Internet afin de vérifier si Denis Liénard possédait un abonnement quelque part, il fallait produire des documents pour le substitut – bordereaux de scellés, saisines, actes, procès-verbaux de constatation –, de manière à conserver une trace de chaque action de la procédure. Tout devait être carré, sans faille. Lorsqu'une enquête démarrait, on pouvait en somme faire une croix sur son samedi.

L'espace avait été aménagé pour accueillir Franck, Nicolas, Lucie et un futur nouveau membre permanent que le chef de groupe ne cessait de réclamer. Pascal Robillard œuvrait quant à lui dans un bureau à part, juste à côté, afin de pouvoir organiser la monstrueuse paperasse que générait chaque affaire, et surtout mener les auditions au calme, souvent en tête à tête avec les témoins, les familles de victimes ou les suspects.

Nicolas ne s'était pas accordé une minute de répit. Il avait enchaîné les coups de fil et continué à explorer les papiers de Denis Liénard. Ainsi, au fond d'un des classeurs rapatriés par Pascal, il avait récupéré l'acte d'achat de la maison de Dugny. Elle avait été acquise en février 2008. Le document indiquait l'adresse précédente de son propriétaire : un immeuble dans un quartier populaire de Maxéville, en banlieue de Nancy. Un appel à la mairie lui avait appris que la victime avait fait partie de leurs administrés de 2001 à 2008. C'était la seule information qu'il avait pu récolter pour le moment, mais, au moins, leur homme n'était plus seulement un fantôme. Il avait laissé des traces.

Sur sa lancée, le lieutenant contacta ensuite la mairie de Liffré en Ille-et-Vilaine – la ville où Éléonore Hourdel avait grandi – et tomba sur un employé particulièrement coopératif. Selon toute vraisemblance, Denis Liénard possédait toujours sa maison à la périphérie de la commune, mais celle-ci était à l'abandon depuis des lustres. D'après un registre, la dernière fois où il était allé voter remontait à 2001. Ensuite, plus de nouvelles. Les collègues gendarmes de Liffré, eux, affirmèrent qu'aucune affaire de disparition ou autre n'était enregistrée concernant Liénard, dont l'identité ne disait rien à personne. Trop vieux. De toute façon, rien n'empêchait un adulte de partir de chez lui, de tout laisser en plan sans donner de raisons.

Bellanger avait également mené quelques rapides recherches sur la psychiatre, la supposée fille de la victime. Les articles et les photos d'elle foisonnaient sur Internet. L'affaire Hallis avait enflammé les débats lorsque Christophe Lansalle, auteur de deux crimes abominables, avait été déclaré irresponsable de ses actes. Les gens étaient descendus dans la rue. Hourdel, la plus médiatisée du groupe de professionnels chargés des expertises, avait été victime d'un véritable acharnement à cause de cette fameuse poignée de main avec le criminel, reprise par tous les journaux. Insultée, menacée de mort... Pour le *vulgum pecus*, la frontière entre le territoire du mal et celui de la folie n'existait pas. Un tueur s'en était pris à une mère et à son enfant, il méritait l'échafaud. Point barre.

Dans le fond, s'enfermer au sein de son unité pour malades difficiles avait peut-être été, aussi paradoxal que cela puisse paraître, un moyen d'ériger une protection contre le monde extérieur, mais cette parade n'avait vraisemblablement pas suffi : le père Hallis était venu se flinguer devant elle, dans son propre domicile. Pas simple à surmonter. Elle ne devait plus dormir sur ses deux oreilles après un drame pareil.

Nicolas prit conscience qu'il y était allé un peu fort avec cette femme. Lui aussi, il avait eu des choix terribles à faire, l'année précédente. Lui aussi, il avait été pris dans un tourbillon médiatique avec la mort d'Audra, et il avait fait des conneries. Il savait combien tout cela pouvait être destructeur.

— Je viens de récupérer les résultats du labo, fit Sharko en franchissant le seuil de la pièce avec des pizzas. Rien dans le FNAEG, notre victime est inconnue de nos services. Par contre, il est de groupe A+, et donc Éléonore Hourdel avait raison. Cet homme n'est pas son père.

Il était déjà plus de 14 h 30. Il ouvrit les boîtes sur la table située près de la fenêtre orientée vers l'immense tour du tribunal. Lucie resta debout à côté de son fauteuil, téléphone à l'oreille, en pleine conversation pendant que Nicolas s'approchait et reluquait les pizzas. Quatre-fromages et fruits de mer.

— Où est la viande ?

— Pas envie de viande.

— Ce n'est pas parce que t'en as pas envie que les autres ne doivent pas en avoir envie. Fruits de mer, sérieusement ?

Le lieutenant s'empara d'une part prédécoupée de la quatre-fromages. Le délicat fumet se répandit jusque dans les couloirs et attira Pascal.

— Tiens, justement, notre gars ne mangeait pas de viande, indiqua le procédurier en se servant. Pas un bout de barbaque dans le frigo ni dans le congèle. Et il y avait chez lui tout un tas de menus végétariens et des livres de cuisine sur le même sujet. Bref, faudra m'expliquer votre histoire de ver…

Sur ces mots, il repartit avec son bout de pizza, trop débordé pour prendre le temps de faire une vraie pause. Sharko se passa une main sous le menton.

— Il a raison. Comment il a chopé le ténia s'il ne mange pas de viande ?

— Il devait y avoir des œufs quelque part, répliqua Nicolas. Dans une salade, des radis, n'importe où… Je ne vois pas où est le problème. Et ce qui ne fait pas non plus un pli, c'est que notre victime ne s'est pas contentée d'usurper une identité à la va-vite, elle a carrément pris la place de Denis Liénard : comptes en banque, Sécu, albums photo. Ce gars a embarqué ses souvenirs, son passé, toute sa vie d'avant. J'ai eu la mairie de Liffré, c'est à une vingtaine de kilomètres de Rennes. La maison du vrai Liénard n'a jamais été vendue, on peut donc supposer que ce n'est pas lui qui a déménagé vers Nancy en 2001 mais, déjà, son usurpateur. Tu ferais comment, toi, pour voler une identité et que l'arnaque tienne aussi longtemps ?

— Je vais chez le type que je cible, je le bute et je me débarrasse du corps. Ensuite, je prends toute sa paperasse et je me tire ailleurs, sans oublier de faire transférer le courrier. De cette façon, tout continue à tourner comme avant. Ni vu ni connu.

— Exactement. Une des conditions pour que ça fonctionne, c'est que la disparition du mec que tu remplaces passe inaperçue. Ce qui a sans doute été le cas du vrai Denis Liénard. Son cadavre doit pourrir quelque part depuis plus de vingt ans, et personne ne s'en est soucié.

Nicolas croqua dans sa pizza et poursuivit ses réflexions.

— Aujourd'hui, c'est compliqué de mener à bien un tel projet, avec toutes les sécurités, les présences sur les réseaux, mais à l'époque, il suffisait de pas grand-chose. Les démarches administratives commençaient à peine à être informatisées, tout le bordel était stocké dans des dossiers à la sous-préfecture ou dans les mairies avec des photos qui dataient de Mathusalem. Pour peu que ton âge concorde à peu près, tu te pointais, tu montrais un acte de naissance, un papier de Sécu de celui dont tu souhaitais prendre la place, tu déclarais ta carte d'identité ou ton permis volé, et si l'employé censé vérifier dans les archives n'était pas un méticuleux, on te refaisait tous tes papiers avec ta tronche. À partir de là, c'était *open bar*. Impossible de détecter l'arnaque, sauf si…

Il agita ses doigts devant lui, le regard fixé sur Sharko en attendant une réponse.

— Sauf si ? répéta le commandant qui ne voyait pas.

— Sauf si t'as déjà eu affaire à la justice et que t'es fiché. Tes empreintes digitales sont ton seul lien avec ton ancienne vie. Une bagarre, un délit à la con qui te tombe dessus, et tout ce que tu as construit est réduit en miettes. Alors qu'est-ce que tu fais ?

— Tu te détruis le bout des doigts… Je saisis ta logique. Et puisque le fichage ADN a été créé dès 1998, ça signifierait que notre homme aurait fait une connerie avant, du temps où on ne prélevait que les empreintes. Ce qui expliquerait aussi ses tatouages de taulard.

Sharko se dirigea vers la grande carte de France accrochée à l'un des murs. Était-ce là-bas, en Ille-et-Vilaine, que leur victime était devenue Denis Liénard ? Pourquoi lui ? Parce qu'ils se connaissaient, ou était-ce un simple hasard ? Désormais, d'un point de vue administratif, ce type *était* en tout cas Denis Liénard. Seuls son groupe sanguin, son ADN et son physique – pour ceux qui l'avaient côtoyé – le trahissaient. D'où son départ vers l'est, du côté de Nancy. Une nouvelle identité pour une nouvelle vie avant d'emménager, en fin de compte, en banlieue parisienne…

Qu'avait fait cet homme, dans un lointain passé, pour en arriver à tout effacer de lui, jusqu'à ses empreintes digitales ? Pourquoi l'avait-on tué avec une telle sauvagerie ? De quoi était née cette volonté de destruction symbolisée par la soude ? Encore tant de questions auxquelles il faudrait répondre…

Sur le bureau, le téléphone sonna. Sharko décrocha.

— Monsieur Sharko ? C'est Jean-Pierre Barlois. Je me suis dit que je vous trouverais peut-être sur le pont, même un samedi…

Franck s'assit à sa place, serra les mâchoires. Il l'avait oublié, celui-là. À l'autre bout de la ligne, la voix chevrotante de son interlocuteur était d'une tristesse infinie.

— Merci… Merci de faire ça pour Christine. Pardon, je ne suis pas du genre à déranger, je vous promets, mais… j'ai fait un mauvais rêve…

Un silence s'étira, que Sharko n'osa pas troubler.

— Vous êtes toujours là ?

— Oui, oui. Je vous écoute.

— Christine était comme bloquée au fond de l'eau, le pied coincé entre deux rochers. Elle avait son bonnet de piscine sur la tête. Moi aussi j'étais sous l'eau, mais je ne pouvais pas l'aider, parce qu'il y avait un câble qui me retenait dans le dos et m'empêchait de l'atteindre. Mes doigts étaient à dix centimètres des siens, et je ne pouvais rien faire. Elle… Mon Dieu, elle s'est noyée devant moi. Je vois encore ses yeux, toutes les bulles qui sortaient de sa bouche et ces bruits horribles qu'elle émettait… Bon sang… Monsieur Sharko, dites-moi que vous allez bientôt la retrouver et qu'elle est saine et sauve. Dites-le-moi, s'il vous plaît. J'ai besoin de l'entendre…

Lucie l'interrogea du menton. Il lui fit signe de lui ficher la paix et se tourna légèrement sur sa chaise à roulettes.

— Sachez que nous ne relâchons pas nos efforts, monsieur Barlois, que des hommes recherchent encore très activement votre épouse en explorant toutes les pistes. Je dois néanmoins vous informer que je ne suis plus le responsable de cette enquête. Elle a été transmise à un groupe tout aussi compétent que le mien et qui était sur le terrain, à mes côtés, dès les premières heures. Je ne pourr…

— Vous êtes passé à autre chose ? Christine n'est plus votre problème, c'est ça ?

Dans son dos, Lucie attrapa ses clés de voiture et s'approcha des pizzas qu'elle reluqua : curieux choix pour un viandard comme son mari. En haussant les épaules, elle opta pour une part de celle aux fruits de mer, qu'elle embarqua sur un bout de carton.

— Tu viens avec moi ? demanda-t-elle à Nicolas à voix basse. J'ai un truc sérieux. Un piéton a appelé les flics de Dugny. Il a découvert des baskets pleines de sang dans un parc de la ville, au milieu de la végétation. Pointure 43.

Son collègue bondit aussitôt et alla enfiler son blouson. D'un claquement de doigts, Lucie signala à Sharko qu'ils partaient. Le commandant se retrouva seul dans l'open space, une main écrasée sur le front. Il ne voyait pas comment se dépêtrer de la situation.

— Écoutez, monsieur Barlois, ici nous sommes en relation permanente avec les autres équipes. Vous êtes venu, vous avez vu comment nous sommes organisés, nous occupons les mêmes couloirs. Il n'y a pas une affaire plus importante qu'une autre, nous les traitons toutes au même niveau. Votre femme, Christine, est au cœur de notre attention, soyez assuré que…

— J'ai eu tort de croire en vous. Vous êtes un salaud.

Fin de la communication. Franck demeura quelques secondes figé, puis posa son téléphone dans un soupir. Il n'avait jamais été doué pour jouer les psychologues. Au fond, Jean-Pierre Barlois avait raison. Sa femme n'était rien d'autre qu'un objet d'enquête qu'on se refourguait de service en service. Juste un nom sur des PV, aux côtés de dizaines d'autres. Pourtant, tout ce qu'il souhaitait, c'était que le temps et leurs efforts finissent par apporter des réponses. Parce que, pour eux comme pour les proches des victimes, rien n'était pire qu'un dossier resté ouvert qu'on abandonnait dans un placard.

22

La fine pluie verglaçante qui tombait rendait la circulation en périphérie de Paris difficile. En s'insérant entre les files à coups de deux-tons, Lucie lorgnait néanmoins Nicolas. Il n'arrêtait pas d'envoyer des SMS.

— Un souci ? demanda-t-elle.

— Je gère un truc avec Kelly. La crèche a appelé, Angel tousse gras. Elle va aller le chercher et passer chez le médecin. Fait chier. Il n'arrête pas d'être malade…

— Comme tous les gosses à cet âge-là. Cette impression que t'as d'être débordé, c'est dans l'ordre des choses. On y a tous eu droit.

— Sauf que vous étiez deux, vous, pour élever vos mômes. Kelly, c'est pas pareil. Elle est super, mais c'est du temporaire…

— Quand tu te sentiras prêt, promets-moi de ne pas t'interdire de refonder une famille… Je suis sûre que c'est ce qu'Audra aurait souhaité. La vie doit continuer, pour ton fils, pour toi. Angel, lui, va grandir vite, tu verras à quel point le temps file sans que tu t'en aperçoives.

— M'emmerde pas avec ça.

Coup de klaxon. Grondements de moteur. Nicolas bougeait avec nervosité sur son siège. Il piocha un énième chewing-gum dans sa poche, colla sa nuque contre l'appuie-tête, et ferma les yeux dans un soupir.

Il n'avait pas envie de parler, alors Lucie n'insista pas. Elle avait appris à faire avec les sautes d'humeur de son collègue et augmenta le volume de la radio pour combler le silence.

Trois quarts d'heure plus tard, leur véhicule et celui des techniciens de l'Identité judiciaire arrivaient à l'adresse indiquée par les flics de Dugny : un parking rue Louise-Michel accolé à un vaste espace végétal. Un policier municipal les attendait sous le porche d'un immeuble, clope au bec. Nicolas reconnut le type, c'était l'un de ceux qui avaient surveillé la maison de la victime la veille.

Ils se saluèrent, puis ils s'engagèrent sur un chemin légèrement boueux. La bruine avait cessé, mais se levait désormais un petit vent qui les glaçait jusqu'aux os.

— C'est à environ trois cents mètres d'ici, expliqua l'agent.

— Où il mène, ce sentier ? demanda Nicolas.

— À la ligne de tram T11, Dugny-La Courneuve.

Herbes hautes, broussailles, arbres nus en pagaille, l'endroit ressemblait davantage à une friche qu'à un parc. Ils rejoignirent un autre collègue qui patientait, bonnet sur la tête, engoncé dans sa grosse parka noir et bleu. De là, l'arrêt de tram se devinait. Le flic désigna des buissons sur sa droite, hors du sentier. Malgré l'obscurité naissante, ils aperçurent en se baissant la pointe d'une basket blanche dans un bosquet.

— C'est un môme de 6 ans qui l'a repérée, expliqua-t-il. En même temps, il fallait avoir le nez au ras du sol pour la voir. Son père est allé jeter un œil, c'est là qu'il a vu le sang sur la godasse. Je vous donnerai son nom et son adresse, vous allez en avoir besoin, je suppose. L'autre basket est juste un peu plus loin. Je suis désolé, on a piétiné la zone, mais on a évité de toucher aux pompes.

Nicolas et Lucie enfilèrent des gants en latex.

— Rien trouvé d'autre ?

— Non.

Ils suivirent les techniciens de l'IJ. Après avoir fait quelques photos, l'un d'entre eux s'empara de la basket droite, gorgée d'eau.

— Il reste pas mal de sang imprégné dans le cuir, constata-t-il. On saura sans difficulté s'il appartient à notre victime. En revanche, pour l'ADN du propriétaire, il y a peu de chances d'en dénicher, vu les conditions météo de ces derniers jours.

Il la retourna et la compara, à l'aide de son téléphone, avec un des clichés pris au pied de l'escalier dans la maison : le dessin de la semelle coïncidait à la perfection.

— C'est bien notre homme qui est passé par là, souffla Nicolas en se redressant. On va mettre ça sous scellés.

Il écarta les buissons et localisa la seconde chaussure. Celle-ci était renversée sur le côté, à environ deux mètres de l'autre. Les lacets n'étaient même pas défaits. Sans doute avaient-elles été ôtées à la va-vite et balancées l'une après l'autre du chemin.

Lucie se posta près de lui, un carnet à la main. Elle avait commencé à y décrire la situation – lieux, heures, circonstances de la découverte –, de manière à tout retranscrire au mieux dans un PV plus tard. Elle se dépêchait, car, d'ici à quelques minutes, les gars de l'IJ allaient tout ratisser.

— C'est quoi, ton avis ? demanda-t-elle à Bellanger. Il avait une tenue de rechange ?

— *A minima* une paire de pompes supplémentaire… Il sait que ça va saigner. Il élimine sa victime, change de chaussures avant de sortir dans la rue, et se débarrasse de celles qui l'encombrent à un endroit qu'il estime suffisamment loin du lieu du crime.

— C'est quand même pas fute-fute. Il aurait au moins pu les planquer, je ne sais pas, au fond d'une poubelle. On ne les aurait jamais retrouvées. Là, ce n'est pas ce qu'il y a de plus discret.

Elle avait raison. Le tueur avait eu un comportement troublant, négligent, mais la plupart des criminels n'avaient pas l'intelligence du mal. Une fois l'acte accompli, ils paniquaient, se laissaient envahir par leurs émotions et commettaient des erreurs grossières. Leur homme avait peut-être agi sous l'effet d'un stress intense, alors qu'il se rapprochait de la gare. Peur de trop attirer l'attention ? D'un contrôle inopiné dans les transports en commun ?

Le lieutenant de police repéra le tram qui arrivait dans un sifflement à quelques dizaines de mètres d'eux.

— On est à quelle distance de la maison de la victime ? s'enquit-il.

— Un petit kilomètre, répliqua un des flics du coin.

Il réfléchit. Après son crime, leur homme avait sans doute marché en direction de la gare. Or, la ligne de tram était exploitée par la RATP, et l'unité opérationnelle qui gérait toutes les caméras du réseau était située au siège, gare de Lyon. Il consulta sa montre, puis se tourna vers Lucie, l'œil brillant.

— Appelle Franck. Qu'il prépare la paperasse pour accéder aux images du réseau RATP. Dès lundi matin, on débarque à leur centre de commandement. Il y a de fortes chances que notre tueur soit reparti en tram. On pourra peut-être remonter sa trace.

23

Les bruits de la ville, cette agitation permanente au sein des banlieues proches de la capitale, lui firent pour une fois un bien fou. Lunettes de soleil sur le nez, Éléonore marchait avec calme sur le trottoir, bien emmitouflée dans son long manteau noir et son écharpe guère plus colorée. Son nouveau bonnet – elle avait dû paumer quelque part celui qu'elle portait la veille – recouvrait en partie les straps qu'elle s'était fait poser sur l'arcade à l'infirmerie de l'UMD. Le contour de son œil gauche, caché derrière le verre fumé, avait bleui. Son patient l'avait frappée avec la force des malades en crise et, sans l'intervention des agents, elle ne serait probablement plus là, à l'heure qu'il était.

D'ailleurs, Christian le lui avait fait remarquer pendant ses soins : elle s'était approchée beaucoup trop près, oubliant les distances de sécurité. Les maladies mentales étaient fourbes, elles s'apparentaient parfois à des volcans en sommeil : sous la croûte et une certaine impression de calme luttaient des forces incontrôlables qui, lorsqu'elles surgissaient, se révélaient dévastatrices. Il n'y avait rien à dire. La psychiatre s'était fait piéger. Elle avait privilégié ses questionnements personnels plutôt que de se focaliser sur la souffrance du malade et, de ce fait, avait manqué de vigilance. En UMD, ça ne pardonnait pas.

Au fond, elle devait bien admettre que Christian avait raison : elle multipliait les conneries. Elle allait devoir se ressaisir avant qu'il n'arrive un drame.

Rue Jules-Ferry, boulevard de Verdun, des habitants butinaient derrière les vitrines des commerces, dans le crépuscule et le froid, enracinés dans leurs habitudes rassurantes. Éléonore bifurqua dans la rue Armand-Silvestre, repéra l'immeuble correspondant à l'adresse qu'elle avait notée. Dugny se trouvait à une vingtaine de kilomètres de là, soit relativement loin.

L'entrée du parking souterrain, au bas d'une pente, était protégée par une porte coulissante. Elle n'eut cependant pas longtemps à patienter : au bout de quelques minutes, une voiture se présenta et son conducteur déclencha l'ouverture. Éléonore laissa le véhicule s'engouffrer à l'intérieur et se faufila à sa suite, la gorge nouée. C'était un endroit immense, peu éclairé, au plafond bas et aux murs en parpaings noirs de pollution. Elle perdit soudain et sa motivation et son assurance, étranglée par l'angoisse. C'était comme si Mickaël Hallis, avec son visage déchiqueté, avait une main posée sur son épaule. Ses paroles lui vrillaient encore les tympans. « Irresponsable ! Tu as déclaré le monstre qui a massacré ma famille irresponsable ! Sale putain, je vais te saigner ! »

À la limite de courir, la jeune femme se mit à arpenter les allées ponctuées de portes de garage toutes identiques. Des véhicules dormaient entre des poteaux de béton, les numéros des emplacements peints en grand sur le sol. Elle identifia la zone qui l'intéressait et s'y enfonça d'un pas vif. Sur sa droite, un homme et une femme émergèrent d'un accès qui menait à l'intérieur de l'immeuble. Ils lui adressèrent un bref mouvement de tête et s'éloignèrent. Éléonore avait senti son cœur s'emballer, bien consciente qu'elle réagissait avec excès.

Sous ses pieds, le numéro 39, enfin. Elle testa la poignée de la porte du garage, au cas où. Fermée à clé, il fallait s'en douter. Elle essaya de tirer, la tôle bougeait, des barres de protection devaient se tordre de l'autre côté, mais c'était plus solide qu'elle ne l'avait imaginé. Elle avait néanmoins l'intuition qu'elle pourrait en venir à bout.

Qu'est-ce que tu fous ici ? Le type s'est fait descendre, il y a une enquête en cours. Si les flics débarquent... Elle se rappelait ces gars de la Brigade criminelle, pas des rigolos. Mais il était trop tard pour faire demi-tour. Elle prit une profonde inspiration, s'assura que personne ne traînait dans le coin, tira cette fois de toutes ses forces. Après un claquement, elle fut éjectée par terre et la poignée lui resta entre les mains. Satisfaite, elle constata que le bas de la porte s'était soulevé du sol, suffisamment pour qu'elle puisse se faufiler. Elle la rabaissa du mieux qu'elle put derrière elle et activa la lumière de son téléphone portable.

Là, elle eut l'impression d'avoir pénétré dans un musée des horreurs.

24

Dans le box, sur la partie gauche, des multitudes de caissettes en bois étaient empilées les unes sur les autres. Il devait y en avoir une quinzaine, au bas mot. Ces niches contenaient des espèces de poupées difformes, faites en toile de jute et entourées de barbelé. Cheveux noirs et crépus, lèvres monstrueuses, visages effrayants, sexes dessinés au feutre dans des proportions étranges. Éléonore remarqua qu'il s'agissait chaque fois plus ou moins de la même femme, toujours nue et grossièrement fabriquée.

Elle orienta sa lumière vers le fond. Diverses bizarreries s'y entassaient, toutes plus démentes les unes que les autres. Une sorte de moulage multicolore en résine d'un diable cornu tenant dans ses propres entrailles le sein d'une femme. Une statuette conçue à partir d'objets de récupération et qui ressemblait à un empilement de vulves. Un pénis en forme de serpent.

En visualisant l'ensemble, la psychiatre pensa à des productions d'art brut. On l'appelait l'« art des fous ». Oui, c'était précisément le type d'« œuvres » que des schizophrènes ou des paranoïaques étaient capables de produire. Certains malades de l'UMD s'exprimaient par le biais créatif durant les séances avec l'ergothérapeute. Les dessins, les poteries, les peintures reflétaient la plupart du temps le chaos à l'œuvre dans leur tête. Ça allait du gribouillis complètement déstructuré à des productions un peu plus élaborées, parfois surprenantes. Mais pourquoi Denis Liénard possédait-il tout ça ? En était-il l'auteur ? Ou était-il simplement amateur de ce genre d'art... particulier ?

Un crissement de pneus, de l'autre côté. L'éclat blanc de phares dans les interstices de la porte. Éléonore se figea, éteignit sa lampe dans l'attente que la voiture s'éloigne. Son cœur battait bien trop fort. Quand elle ralluma, les yeux terrifiants des poupées difformes la fixaient. Elle n'avait qu'une envie, se tirer de là, mais elle devait comprendre : pour quelle raison l'homme qui se faisait passer pour son père voulait-il qu'elle vienne ici ? Qu'y avait-il à déchiffrer, cette fois ?

Intriguée, elle enjamba tout ce qui la séparait d'une petite table où reposait un coffre, de style ancien, avec une serrure dans laquelle était insérée une clé. Comme dans une chasse au trésor, elle eut l'impression que son faux père l'avait laissé là spécialement pour elle.

Elle l'ouvrit avec appréhension. À l'intérieur, un journal plié en deux. Il s'agissait d'un exemplaire du *Maine Libre* daté du 7 septembre 1998. Dessous, au fond du coffre, étaient empilées quelques photos de mauvaise qualité. Les couleurs étaient passées. Éléonore plissa les paupières, concentrée. Sur les rectangles de papier glacé, des visages d'hommes au teint hâlé, des faciès sur lesquels régnait la folie à l'état brut. Yeux rouges et exorbités, lèvres retroussées, une violence jaillissait de ces clichés. *Des vrais malades en pleine crise*, pensa-t-elle. Elle scruta les photos plus méticuleusement encore, dénombra trois individus différents. Fronts hauts, cheveux noirs coupés au bol, sourcils épais, nez épatés. Ils avaient des traits asiatiques mais la peau foncée et tannée des communautés d'Amérique du Sud. Derrière eux, on devinait les murs décrépits d'une chambre, un bout de lit en métal, le tout dans un état déplorable. Les hommes portaient un pyjama bleu souillé.

Un hôpital psychiatrique délabré, quelque part, dans un coin du monde…

C'est quoi, ce bordel ?

C'était tout. Il n'y avait rien d'autre dans le coffre. Son faux père avait le sens de l'intrigue.

Elle le referma, le verrouilla avec la clé, et alla s'intéresser à la partie droite du box, où s'amoncelait, sur une table à tréteaux, une série de tableaux d'environ soixante centimètres sur quarante. Elle retourna le premier et éprouva un profond dégoût. Francis Bacon n'aurait pas fait mieux.

Une femme nue, au corps rachitique et monstrueux, tenait dans une de ses mains, par les chevilles, une version de sa propre personne en miniature, écorchée comme un lapin. Les cheveux noirs et les bras de la copie réduite pendaient dans le vide. À l'arrière-plan, on discernait une ombre, une sorte de silhouette humaine déformée. Cette œuvre sanglante transperça le ventre d'Éléonore. Elle eut l'impression que le visage de la femme représentée était identique à celui des poupées. Elle nota également les mêmes connotations sexuelles outrancières, ce même rapport à la chair et au sang. Un seul artiste était vraisemblablement à l'origine de ces différentes œuvres, prisonnier de ses obsessions sordides.

La jeune femme éclaira d'un peu plus près la peinture et décela, sur la partie inférieure, un titre : *Chasse à la femme*. Les autres productions étaient du même acabit. Sur l'une, la femme était démembrée. Sur une autre, ses bras remplaçaient les jambes, et *vice versa*. *Femme sans bras ni jambes* – 2019, *Pièces de puzzle de femme* – 2020… Celui qui avait imaginé ces scènes était peut-être un malade mental fort régressé, obsédé par cette femme, mais force était de constater qu'il possédait un sacré don.

Au moment où elle voulut se redresser, elle eut la sensation désagréable qu'une ombre – celle d'une silhouette humaine – avait glissé juste sous ses pieds. Elle se retourna brusquement, fixa l'infime filet de lumière qui filtrait sous la porte forcée. Rien ne bougeait, pas un bruit. Il fallait qu'elle en ait le cœur net, alors elle ouvrit d'un coup sec. Personne. Elle tendit le cou vers les voitures garées face à elle, observa dans les recoins sombres. Son imagination ? Non, il y avait vraiment eu quelqu'un, là, derrière. Elle avait vu cette ombre, elle en avait la certitude.

Elle embarqua une caissette, un tableau, le coffre, et rabaissa la porte, malgré l'absence de poignée. Puis elle disparut aussi vite que possible.

25

Éléonore se gara dans son allée. Au passage de sa voiture, les détecteurs de mouvement activèrent des lampes qui répandirent leur lumière jusqu'aux pieds noirs des cyprès. Un type était venu récemment installer tout le système, avec une alarme intérieure et une caméra orientée vers le jardin. Avant de verrouiller son véhicule, elle prit à l'arrière les éléments emportés de sa virée à Courbevoie. Elle s'était sentie comme une voleuse, mais, après tout, elle n'avait pas demandé à être embarquée dans cette histoire.

Une fois dans son salon, elle alluma la cheminée, s'assit devant l'âtre, un verre d'alcool fort à la main. Elle aimait regarder les flammes danser, y laisser flotter son imagination. Après son agression à l'UMD, puis ses sombres découvertes dans le box, elle éprouvait le besoin de se détendre dans la chaleur réconfortante d'un feu. La journée avait été éprouvante. Son arcade sourcilière et le contour de son œil étaient encore douloureux. Un sacré cadeau de « Louis Pasteur », qui lui avait souhaité à sa façon un bon week-end.

Après quelques gorgées de whisky, elle considéra la sinistre peinture à l'huile posée contre le mur. La femme démembrée représentée sur la toile existait-elle réellement, ou était-elle une simple projection de l'auteur de cette œuvre ? Éléonore songea de nouveau à son patient. Elle ne pouvait s'empêcher d'établir un lien entre celui-ci et le soi-disant Denis Liénard – il était question de folie dans les deux cas : l'une au cœur d'une UMD, l'autre au fond d'un box anonyme.

Elle se détourna du tableau, saisit le coffre et contempla les photos de ces visages déments dont les globes oculaires paraissaient vouloir jaillir du papier glacé. Son faux père avait-il un rapport avec la psychiatrie ? Travaillait-il dans un hôpital ? Dans quel pays étranger avait-il capturé ces images ? Dans quelles circonstances ? Tant et tant d'interrogations l'assaillaient…

Autre pièce du puzzle, *Le Maine Libre* de 1998. Elle en lut chaque page avec la plus grande attention. Faits divers, nécrologie, actualité de l'époque… Environ aux trois quarts du journal, elle décela enfin un article dans l'entrefilet de droite, marqué d'une discrète croix bleue. *Bien joué.* Elle ressentit une bouffée de satisfaction.

Drame au zoo de Pescheray

Coup dur pour le zoo de Pescheray, situé au Breil-sur-Mérize, à deux pas du Mans. Quelques semaines seulement après sa réouverture suite à d'importants travaux de réaménagement, les trois singes tamarins qu'il accueillait ont été retrouvés morts, à moitié déchiquetés, par un soigneur. Il semblerait que les animaux se soient introduits dans l'enclos voisin du jaguar, se faufilant par un trou creusé dans la terre, sous le grillage. Un comportement incompréhensible de la part de ces primates qui, d'ordinaire, ne s'approchaient même pas de la séparation avec leur impressionnant voisin, une bête magnifique arrivée au zoo durant le printemps.

C'était tout. Quelques lignes dans un coin de la feuille. Pourquoi son faux père s'était-il intéressé à cette information ? Avait-il un lien avec le zoo ? Ses animaux ? Elle alla chercher une paire de ciseaux et commençait à découper l'article quand son téléphone sonna. Numéro inconnu. Elle décrocha malgré tout.

— Allô ?

Silence à l'autre bout du fil. Pas même une respiration. Éléonore patienta, puis lâcha :

— Si c'est une plaisanterie, elle est de mauvais goût !

Elle mit fin à la communication, pas rassurée du tout. L'ombre tout à l'heure, ce coup de fil maintenant... Est-ce qu'on essayait de lui faire peur ? De l'intimider ? Perturbée, elle termina néanmoins son découpage, posa l'encart à côté des photos, toujours animée par l'envie de faire la lumière sur cette énigme pour l'instant insoluble.

Soudain, une idée lui traversa l'esprit tandis qu'elle considérait de nouveau le tableau. Et si l'auteur des œuvres amoncelées dans le box de Denis Liénard était un artiste connu ? L'art brut bénéficiait d'une bonne cote à ce moment-là, les gens semblaient fascinés par les œuvres créées par des psychotiques. Peut-être pourrait-elle dénicher des références sur Internet grâce aux titres dont elle disposait ?

Elle ouvrit son ordinateur portable, tapa les mots « art brut », « tableaux », « corps démembré », « femme sans bras ni jambes ». Un nom se détacha rapidement des résultats : Arthur Frusco, régulièrement associé au Musée Art et Déchirure, situé en Normandie. Avant d'explorer cette piste, elle cliqua sur un lien qui menait au récit d'un sinistre fait divers en relation avec Frusco.

Le drame s'était déroulé en 2016. Une femme de 51 ans avait été retrouvée la tête fracassée à coups de marteau à son domicile, à Vincennes. La Brigade criminelle de Paris avait interpellé un homme une semaine plus tard, à Rungis : Arthur Frusco, 27 ans au moment des faits. Une photo antérieure à son arrestation montrait un individu aux beaux cheveux courts et bouclés, aux yeux bleus comme des lacs, au sourire franc. « Le visage du Mal », titrait un média. L'article racontait que Frusco, non satisfait de son crime, avait ramassé le cerveau en bouillie de sa victime et l'avait fait brûler dans le four de la cuisine.

La psychiatre but une gorgée de whisky, inscrivit quelques notes dans son carnet et se précipita sur un autre site qui s'intéressait à l'artiste plutôt qu'à l'auteur du massacre. Arthur Frusco avait commencé à créer lors de son internement dans un des hôpitaux psychiatriques du centre du Rouvray, à Sotteville-lès-Rouen. Il se démarquait par une capacité de production impressionnante – une œuvre par jour, par moments –, si bien que seule une infime partie de ses étranges et sinistres créations était exposée au Musée d'art brut Art et Déchirure.

Éléonore se renseigna un peu plus sur l'endroit. Ouvert en 2017, le musée se situait au cœur même du centre hospitalier du Rouvray, dans un pavillon psychiatrique désaffecté jadis occupé par des femmes. Plus de trois cents œuvres y étaient réunies, nées du cri intérieur qui hantait leurs créateurs à l'esprit tourmenté.

Tandis que la jeune femme était happée par ses découvertes, des coups résonnèrent à la porte. Elle se figea. Jeta un coup d'œil à sa montre. 19 h 30, un samedi soir. Elle n'attendait personne. Éléonore songea à l'appel anonyme, sentit un nœud se serrer dans son ventre, quelque chose qui l'immobilisa de longues secondes. Brusquement, elle s'arracha de son fauteuil avec la terrible impression qu'un corps mort lui tombait dessus.

On frappait de nouveau. Elle ne pouvait pas rester là à ne rien faire : la lumière filtrait à travers les volets, sa voiture était garée devant… Elle alla vite ranger le tableau dans un coin, rabattit l'écran de son ordinateur, planqua le journal ainsi que les photos et s'approcha de la porte. Par la lentille déformante, elle reconnut le flic de la veille. Ce Nicolas Bellanger…

Elle en fut soulagée.

26

La psychiatre ouvrit la porte *a minima* : juste de quoi passer son corps. Aussitôt, Nicolas, les poings glissés au fond des poches de son cuir, marqua sa stupéfaction en apercevant le contour de son œil noirâtre et sa blessure à l'arcade. Il se pencha vers elle pour lorgner à l'intérieur, le regard inquisiteur.

— Tout va bien ?

Éléonore grelottait déjà. Les températures étaient glaciales.

— Oui, on a eu quelques soucis avec un patient agité… Les risques du métier. Qu'y a-t-il ?

Il brandit un bonnet.

— D'une part, je voulais vous rendre ça. Vous l'avez oublié dans la maison de Dugny…

Éléonore récupéra son couvre-chef.

— Je me demandais où je l'avais laissé. Merci.

— Je vous en prie. Et je voulais aussi vous prévenir que les tests ADN ne seront pas nécessaires. Vous aviez raison : notre victime n'est pas votre père biologique.

La psychiatre s'écarta enfin.

— Entrez quelques minutes. La maison est en train de se refroidir.

Elle le précéda jusqu'au salon où elle lui proposa un verre qu'il refusa tout en restant debout. Cette demeure en pleine campagne respirait la solitude. Rien sur les murs, pas une photo, pas un tableau. Télé éteinte, aucune musique. Juste des dossiers, sans doute de patients, sur la table basse. Nicolas eut vite fait d'imaginer que c'était là, près de ce fauteuil dans lequel elle venait de s'asseoir, son whisky à la main, que Mickaël Hallis s'était flingué. Pas simple de vivre avec l'ombre d'un cadavre dont le sang devait être encore là, quelque part derrière la peinture fraîche.

— Vous ne savez toujours pas qui c'est ? s'enquit-elle pour relancer la conversation. Réellement, je veux dire.

— Non. L'usurpation ne semble pas dater d'hier, elle remonte peut-être au début des années 2000. D'après un employé de mairie, la maison de Liffré appartient toujours à votre père biologique, mais elle est abandonnée. Il aurait voté pour la dernière fois en 2001, et après, plus de nouvelles…

Il vit un nuage de tristesse traverser les yeux de la psy. Elle se rabattit sur son verre d'alcool. Histoire de se réchauffer et de ne pas la quitter comme ça, après une annonce pareille, Nicolas accepta finalement de boire un coup. Il s'assit sur le bord d'un fauteuil, une larme de whisky au fond de son verre.

— Je suis désolé. Je crains que ce ne soit pas bon signe…

Éléonore hocha la tête.

— Vous croyez qu'il est mort, c'est ça ?

— On peut sérieusement l'envisager. Un Denis Liénard apparaît dans l'est de la France en 2001, mais on pense qu'il s'agit déjà du voleur d'identité…

Le lieutenant fouilla dans sa poche et lui tendit une photo en couleurs.

— Pour vous. C'est la seule qu'on ait de la victime, elle vient de son permis de conduire. Elle est relativement récente.

Éléonore scruta le cliché de son faux père. Son crâne chauve, son regard neutre. Nicolas se surprit à regarder son interlocutrice avec un peu trop d'insistance. Il trempa ses lèvres dans son verre, et poursuivit :

— Pour que l'usurpation fonctionne si longtemps, deux Denis Liénard ne pouvaient coexister, sinon l'administration aurait fini par s'en rendre compte. Notre victime a dû faire une croix sur son propre passé, tout laisser en plan. Ça reste une hypothèse, mais on pense qu'il a eu des soucis avec la justice il y a au moins vingt-cinq ans, avant que le fichage génétique ne complète celui par les empreintes digitales. C'est *a priori* pour cette raison qu'il avait détruit chimiquement les sillons au bout de ses doigts. Par ces mutilations, il a définitivement rompu avec son passé.

— Vous allez rechercher mon père ?

— Si l'enquête l'impose, nous le ferons, mais, pour le moment, nous nous concentrons sur l'assassin.

Elle acquiesça pour montrer qu'elle comprenait, néanmoins déçue. Elle regroupa ses mains autour de son verre.

— Et ça avance ?

— Je ne peux pas vous en parler, on a un magistrat très à cheval sur les principes…

Éléonore aussi avait un patron très à cheval sur les principes, notamment sur le secret médical. Elle n'insista donc pas, même si elle aurait aimé en savoir plus, savoir s'ils avaient une esquisse de profil, un début de résolution. À cet instant, elle décida de garder précieusement pour elle la piste qu'elle suivait de son côté.

— Si je suis venu, c'est également parce que je tenais à vous présenter mes excuses, continua-t-il. Je n'ai pas été très subtil avec vous, hier soir.

— C'est le moins qu'on puisse dire…

Il but une nouvelle gorgée sans répliquer. Éléonore le sentait plein de gêne. Elle se demanda si quelqu'un l'attendait et, en réalité, elle penchait plutôt pour un non. Quel homme en couple ou père de famille se déplacerait pour faire amende honorable, sans doute loin de chez lui, un samedi soir ?

— J'accepte vos excuses. J'ai l'habitude de ce genre de réactions. Nous, les experts psychiatres, on est pris entre le marteau et l'enclume. La justice et l'opinion publique. Prison, hôpital, fou, demi-fou, altération du jugement, abolition du jugement, les gens n'y comprennent rien… Au tribunal, on exige de nous de donner un sens à ce qui est insensé, d'expliquer la folie, d'établir des certitudes afin de nous faire endosser le verdict. Un fou ne va pas en prison ? C'est à cause de l'expert psychiatre. En réalité, la psychiatrie devrait juste formuler des hypothèses. Il s'agit ni plus ni moins de décider du sort d'un homme…

Elle alla glisser une bûche dans l'âtre. Raviva le foyer avec un tisonnier. Elle n'avait que 35 ans, mais Nicolas se dit qu'elle aurait pu en avoir le double : la cheminée, le whisky, la vie à la campagne, la solitude avec quelques livres au milieu de la table ainsi qu'un petit cahier à la couverture cartonnée, évoquant un journal intime. Peut-être était-elle du genre à y relater ses journées, y coucher ses impressions.

— Ne vous figurez pas que je suis insensible aux monstruosités qu'ils commettent, continua-t-elle. Pour chaque dossier qui m'est confié, je consulte des photos qui me donnent envie de vomir. Que croyez-vous que je ressente, quand un Christophe Lansalle raconte qu'avec son couteau il n'arrive pas à désolidariser la tête de la mère du reste du corps, et qu'il doit aller chercher des ciseaux à volaille dans la cuisine pour finir ce que les voix lui ordonnent de faire ? Ces malades parlent avec un tel détachement de leurs abominations que ça vous dresse tous les poils du corps...

Elle poussa un soupir.

— Mais mon jugement personnel, mes sentiments, j'essaie de les laisser à l'entrée des salles d'entretien, sinon je ne peux pas exercer mon métier correctement. Ensuite, c'est une autre histoire. Car, qu'on le veuille ou non, ces horreurs-là, on les embarque quand on rentre à la maison. Et ça déborde toujours, d'une façon ou d'une autre.

Nicolas fit tourner son fond d'alcool ambré dans son verre. Il voyait parfaitement ce qu'elle voulait dire. Flics, psys, tous étaient confrontés à la violence la plus irrationnelle. Eux aussi, ils avaient leur lot d'images immondes et de criminels qui, parfois, n'exprimaient aucun regret.

— Je sais que ce que vous avez vécu a dû être très difficile et je n'ai pas envie de me fâcher de nouveau avec vous, mais je ne comprendrai jamais qu'un jour un type comme Lansalle puisse retrouver la liberté. Je ne remets pas en cause votre travail, je le respecte et vous ne faites que votre devoir. Pourtant, je ne supporte pas l'idée qu'il suffise de passer pour un schizophrène en disant qu'on a entendu un démon nous donner des ordres pour s'en sortir. C'est trop facile...

Son regard se perdit au milieu des flammes. Éléonore l'observa en silence. Il portait, à l'évidence, une lourde histoire personnelle. Elle se resservit une goutte de whisky et se glissa derrière le fauteuil.

— Suivez-moi, j'aimerais vous montrer quelque chose. Rien de bizarroïde, rassurez-vous. Juste un petit aperçu de l'univers dans lequel nous évoluons, les malades et moi-même. Si ça peut vous aider à mieux l'appréhender.

Nicolas se leva, lui adressa un sourire.

— Venant d'une psy, je ne sais pas si je dois être rassuré.

Elle lui rendit son sourire.

— Qu'est-ce que vous connaissez de la schizophrénie, lieutenant ?

— Les voix, les types qui parlent tout seuls ou qui visualisent des choses. Les délires. Il y a un sacré paquet de schizophrènes rien qu'aux alentours des gares parisiennes. Et certains peuvent passer à l'acte, poussés par leurs hallucinations… Comme Christophe Lansalle.

— C'est un début. En réalité, on estime que un pour cent de la population mondiale est atteinte de schizophrénie, mais il y a en définitive moins de deux pour cent de passage à l'acte parmi ces un pour cent. Très peu de schizos sont dangereux ou agressifs. Ce n'est malheureusement pas l'image que les gens en ont, car on médiatise toujours les crimes les plus sordides et spectaculaires commis par l'ultra-minorité. Et on généralise, bien sûr : le schizophrène, c'est le mal incarné. Vous ont-ils déjà sauté dessus ? Vous ont-ils même regardé, quand vous circuliez à côté d'eux à proximité des gares ? Non… En fait, il en existe tant de formes différentes que la schizophrénie que vous allez vivre ne ressemblera certainement à aucune autre. Ce sera la vôtre.

Nicolas fronça les sourcils.

— Comment ça, « la schizophrénie que je vais vivre » ?

27

Nicolas se tenait debout au milieu d'un large trottoir, dans une ville qui lui semblait familière et que, pourtant, il ne reconnaissait pas. Les immeubles étaient hauts, serrés, ternes. Autour de lui, les gens, les voitures circulaient, les enseignes des magasins clignotaient. Il neigeait. Nicolas pouvait même ressentir le froid des flocons sur son visage.

— Je fais quoi ? demanda-t-il en lorgnant dans toutes les directions.

— Vous marchez, vous verrez régulièrement des panneaux indiquant « Plage ». Vous essayez juste d'atteindre la plage.

— La plage ? Ici ?

— À partir de maintenant, je me tais, je n'existe plus. Vous êtes seul, débrouillez-vous.

Éléonore se recula dans un coin de la pièce. Le policier était harnaché, à l'aide d'un système utilisé par les *gamers*, de manière à pouvoir se déplacer librement sur un tapis roulant circulaire. Un casque de réalité virtuelle lui recouvrait les yeux et les oreilles. Un boîtier intégré lui crachait de temps à autre de l'air glacé et humide au niveau de la tête. Le programme informatique avait été développé par un groupe de recherche qui travaillait sur la schizophrénie et était basé à l'université de Lausanne.

Éléonore avait acquis tout ce matériel de simulation pour une petite fortune.

Devant elle, le flic se retourna d'un coup. Il avait dû avoir sa première « expérience ».

— T'as vu comment t'es habillé ? T'as pas honte de te balader dans des vêtements pareils ?

Nicolas ignora l'homme qu'il venait de croiser et poursuivit sa route. L'immersion était totale, c'était bien fichu, mais il avait pleinement conscience que rien, autour de lui, n'était réel. La schizophrénie n'était-elle pas censée faire croire l'inverse ? Que tous les éléments environnants étaient, au contraire, véridiques, y compris ce qui n'existait pas ?

Pour autant, il devait l'admettre, ça le dérangeait que tous les gens le dévisagent et lui fassent des reproches comme s'il déambulait à poil. Et ce susurrement dans ses oreilles était très désagréable. Ces « Tssss, tssss » ne semblaient pas provenir des passants mais de l'intérieur de ses tympans. Il savait, évidemment, que ces désagréments faisaient partie du programme, qu'on tentait par tous les moyens de le déstabiliser. Il s'employa alors à faire abstraction de cette gêne et à se concentrer sur le panneau « Plage » qui l'invitait à tourner à droite.

Là, la route devint soudain bizarre. Elle montait. Enfin, le trottoir montait, mais la route, elle, restait horizontale, si bien qu'il s'en éloignait tout en s'élevant. Deux voix, l'une aiguë et l'autre plus grave, se superposèrent aux chuchotements. Elles parlaient très vite et dans différentes langues, sur le ton de la confidence, telle une conversation secrète dont on percevait à peine des morceaux de phrase. « *Do it* », « *Don't do it* », « On nous écoute », « Tsss, tsss »… Par ailleurs, il distinguait avec clarté les bruits de la circulation. Au milieu de cette cacophonie infernale, il se rendit compte qu'il venait de passer devant un panneau « Plage » et fit marche arrière. Quand une femme le croisa, Nicolas sentit une pression dans son dos. Il fit volte-face. La femme s'éloignait à reculons sans le quitter des yeux, le visage dur, plein de reproches. Impossible qu'elle l'ait physiquement touché. Ça devait être la psy.

— Évitez de me toucher, d'accord ? lança-t-il à son intention. J'ai horreur de ça.

Pour seule réponse, des « Tsss, tsss » insistants. Nicolas n'était plus rassuré : savoir la psychiatre capable d'intervenir de l'extérieur le perturbait. Les gens autour de lui l'observaient avec leurs regards mauvais, mais elle aussi devait l'avoir à l'œil. Avec son casque, à gesticuler dans tous les sens, il avait sans doute l'air d'un con.

À un moment, un panneau lui indiqua de traverser. Nicolas se pencha. Le passage piéton se trouvait loin en dessous, la marche du trottoir mesurait bien dix mètres de haut. À cause des perspectives étranges et des flocons qui chutaient à la verticale dans ces profondeurs, il éprouva un léger vertige. La peur irraisonnée de tomber le fit reculer.

— T'es moche. T'es qu'un trouillard.

Un homme s'approchait vite, comme pour le pousser. Nicolas lui fit face, menaçant, et l'inconnu continua sa route. « Tsss, tsss, tsss… » Il essuya son visage trempé, tapa dans le casque, se rappela qu'il n'était que dans un programme informatique. Pourtant, il angoissait de franchir le pas. C'était quand même vachement haut. Une partie de son cerveau savait pertinemment qu'il ne pouvait pas se blesser, qu'il évoluait sur un tapis roulant et qu'il ne risquait rien, mais l'autre partie lui assurait que, s'il avançait, il se casserait méchamment la gueule.

« *Do it* », « *Tu das nicht* », « Tu manges trop, t'es gros », « Tu mangeras pas ce midi ou ça va me mettre en colère ».

Il sentit cette fois des doigts s'enfoncer dans son dos et il bascula dans le vide. Son cri resta accroché à ses lèvres. Il ôta brutalement le casque.

— Je vous ai demandé de…

Perdu, il chercha la psychiatre. Elle était assise dans un coin de la pièce, à plusieurs mètres de là. Elle se leva. Il lui tendit le casque.

— Vous… ne m'avez pas touché ?

— Je n'ai pas bougé de ma chaise.

— Vous vous foutez de moi ! J'ai senti vos doigts dans mon dos.

— Je vous jure que non. C'est très rare que le toucher s'invite dans l'expérience, ça n'arrive en général qu'aux personnes ultra-réceptives.

Tout en le déséquipant, elle ajouta :

— Vous étiez loin de la plage, et vous avez abandonné. Les schizophrènes, eux, n'ont malheureusement pas ce luxe. Vous avez vécu une accumulation de symptômes en accéléré – les voix, l'impression permanente d'être scruté, les sensations kinesthésiques –, et vous vous êtes vite rendu compte que quelque chose n'allait pas, mais je vous laisse imaginer une installation progressive de la maladie…

Elle l'aida à descendre. Il tituba, encore désorienté.

— Un sentiment de mal-être qui grandit subtilement semaine après semaine, les petits trucs bizarres qui se multiplient au fil des mois. Un oubli, un murmure, un reflet de lumière que vous commencez à repérer de temps en temps sur différents objets et qui n'a pas lieu d'être… Ce qui est terrible, c'est que les hallucinations, les croyances que vous développez, peuvent être très communes, ou au contraire toutes plus invraisemblables les unes que les autres. Il n'y a aucune limite. Vous pouvez voir le sable remonter dans un sablier. Vous mettre à creuser des trous dans votre jardin, car vous pensez que les taupes veulent vous nuire. Ou encore vous convaincre que tous les porteurs de lunettes vertes que vous croisez sont des espions russes cherchant à vous faire du mal.

Elle éteignit le casque, rangea le matériel.

— Que faire quand vous voyez ou entendez des choses dont vous savez au fond de vous qu'elles n'existent pas ? Vous n'osez pas en parler de peur qu'on vous juge, vous vous renfermez, vous vous désociabilisez. Une partie monstrueuse de vous-même peut désormais vous commander sans vous en avertir, et vous faire adopter un comportement étrange. À terme, c'est d'une véritable guerre civile interne qu'il s'agit. D'un côté, l'énergie que déploie la première moitié de votre esprit pour résister à vos hallucinations parce que vous savez qu'elles ne sont pas réelles. De l'autre, l'énergie que mobilise la seconde moitié pour que ces hallucinations deviennent réalité. Votre tête se fracture en deux. Schizo-phrénie…

Nicolas n'en revenait pas. Il avait *vraiment* senti la main, et ça lui colla un frisson. Il renfila son blouson. Il ne s'en était pas rendu compte, mais il était resté sur le tapis plus de vingt minutes.

— Il est tard. Il faut que j'y aille.

Éléonore le raccompagna jusqu'à la porte. Vu son état, elle ne doutait pas qu'elle avait fait mouche.

Un homme plus sensible qu'il ne le laissait paraître, derrière sa coquille. Il lui avait donné l'impression de surréagir. Il avait été très nerveux, en hypervigilance sur le tapis. Sur le qui-vive. Il se tourna vers elle, une main sur la poignée.

— Merci pour l'expérience. Si c'est ça, la maladie, alors je veux bien croire que ces gens vivent un enfer.

— C'est pire que ça. Et ils vivent un enfer tant qu'ils ne sont pas pris en charge correctement, ce que nous nous employons à faire à l'UMD. Vous me tiendrez au courant si vous avez du nouveau pour mon père ?

Il fouilla dans son portefeuille, en sortit une carte qu'il lui tendit.

— Appelez si je ne prends pas le temps de le faire.

— J'ai déjà votre numéro. Quand vous m'avez contactée pour l'IML…

D'un mouvement de menton, il désigna ses blessures.

— Et faites gaffe. Là où vous bossez, c'est tout sauf une simulation.

— Sans déconner, lieutenant ! Mais merci du conseil.

Il lui sourit et disparut dans la nuit. Éléonore verrouilla aussitôt à double tour et ferma les yeux, appuyée contre la porte. Ça sentait le vieux cuir et un lointain parfum aux notes épicées. Elle devait l'admettre, ce flic qu'elle avait vu se débattre sur le tapis ne l'avait pas laissée indifférente. Bon Dieu, depuis quand un homme n'avait-il pas fichu les pieds dans cette maison qui respirait la solitude ?

Tant pis pour Frusco. Elle retourna dans sa salle de simulation, s'enfila un dernier whisky cul sec, balança ses Dr. Martens dans un coin et enfonça ses pieds nus dans la moquette avant de charger un nouveau programme de réalité virtuelle. Une fois harnachée, casque en place, elle se retrouva en tenue légère dans un appartement de luxe en plein Manhattan, de l'air chaud lui caressant le visage. Deux hommes bien bâtis l'attendaient sur la terrasse, nus, un nœud papillon autour du cou et une coupe de champagne à la main…

28

Depuis plus d'une heure et demie, Éléonore roulait avec prudence sur l'autoroute en direction de Rouen, le front collé au pare-brise. Des torrents de neige fondue dévalaient du ciel, des giclées d'eau l'aveuglaient chaque fois qu'un véhicule la dépassait et se rabattait devant elle. Heureusement, on était dimanche, et la circulation était plutôt réduite.

Avant de se mettre en route, elle avait téléphoné au pôle de psychiatrie du Rouvray : Arthur Frusco y était toujours interné. Le confrère chargé de le suivre était en week-end, alors elle avait demandé à l'employé qu'elle avait eu en ligne s'il pouvait lui laisser un message indiquant de la rappeler. Celui-ci, très aimable, avait eu la gentillesse de lui signaler que Frusco serait tout l'après-midi dans un atelier d'artiste au Musée Art et Déchirure, en compagnie d'un infirmier et du directeur des lieux, qui avait accepté de la recevoir.

Dans la matinée, elle avait creusé un peu plus sur Frusco, parcouru l'ensemble des articles autour de l'abominable fait divers découvert la veille. Un cas gratiné, là aussi. Il vivait, à l'époque, dans un appartement de Rungis. Un peintre en bâtiment sans histoires. Les journalistes rapportaient qu'il avait, un soir, pris sa voiture, en proie à des visions terrifiantes de zombis qui voulaient lui arracher les membres. Ses agresseurs, il les reconnaissait à leurs yeux injectés de sang et à la façon très particulière qu'ils avaient de l'observer. Armé d'un marteau et d'un bidon d'essence pour se protéger d'une éventuelle attaque, il avait conduit vers Paris, s'était garé aux abords du bois de Vincennes, et avait continué à pied, son marteau à la main, jusqu'à se réfugier dans la maison où vivait Angélique Meunier.

C'était tombé sur elle comme la foudre s'abat sur un arbre. Il l'avait tirée de son sommeil au moment de son intrusion, et elle avait sans doute eu les yeux brillants, comme un zombi. Alors il lui avait défoncé le crâne, réduit en bouillie le cerveau, et il avait brûlé les restes de matière grise dans le four – le feu, seul moyen efficace pour détruire un de ces êtres. La Brigade criminelle parisienne avait enquêté, en l'occurrence le service de Nicolas Bellanger. Peut-être le lieutenant lui-même avait-il travaillé sur l'affaire.

Diverses expertises psychiatriques, étalées sur plus d'un an et demi, avaient abouti à la même conclusion : bouffée délirante aiguë avec entrée en schizophrénie. Irresponsabilité. Direction l'unité médico-judiciaire de l'Hôtel-Dieu, puis transfert à l'UMD du Rouvray. Avant ça, Arthur Frusco était inconnu des services de police et de psychiatrie. L'homme était célibataire, menait une vie simple. M. Tout-le-monde.

Sinistre, songea Éléonore. Elle repensa à la photo vue la veille sur Internet. « Le visage du Mal ». Lui aussi, il avait dû anéantir une famille. Briser net la trajectoire d'un père, d'une mère, d'une sœur. Qu'étaient devenus ces gens, six ans après le drame ? À quoi ressemblait leur existence, désormais ?

Après un tunnel, la capitale normande s'esquissa entre deux coups d'essuie-glaces. La psychiatre aperçut à peine la cathédrale sur sa gauche, et la Seine qui traversait Rouen. Rapidement, elle longea l'immense gare de triage de Sotteville. Sous le ciel d'apocalypse, les interminables rangées de rails, les locomotives à l'arrêt et les bâtiments abandonnés offraient un paysage lugubre.

Enfin, elle arriva au centre hospitalier du Rouvray, le deuxième plus grand de France après Le Vinatier, à Lyon. Une fois l'entrée franchie, elle eut l'impression qu'une ville se déployait devant elle. De larges avenues fléchées bordées de platanes, des espaces verts, une gigantesque pharmacie qui alimentait tout le centre, une école d'infirmiers, des bâtisses modernes aux formes bizarres… Rien qui fasse écho à l'univers psychiatrique jusqu'à ce que, au détour d'une rue, des mastodontes de brique rouge apparaissent. Sur deux étages, percés de fenêtres toutes identiques, ils la ramenèrent sur-le-champ deux cents ans en arrière, au temps des bons vieux asiles d'aliénés, où les lobotomies à coups de pic à glace enfoncés au milieu du front des malades étaient la norme. La pluie qui rendait tout gris n'arrangeait pas le tableau.

Dans ce dédale, elle repéra des panneaux indiquant l'UMD du Rouvray et parvint enfin à localiser le Musée Art et Déchirure. Selon les brèves explications fournies par le directeur, l'endroit était actuellement fermé au public pour rénovation. Elle se gara sur un parking et, parapluie à la main, se présenta au portail.

29

Andy Grimaud vint ouvrir à Éléonore en courant. Avec sa couronne de cheveux noirs, sa barbichette, ses lunettes rondes, il lui fit penser au Professeur Tournesol de *Tintin*. Les présentations faites, il l'emmena au galop à l'abri, dans le long couloir de l'ancien pavillon des femmes. Murs de brique peints en blanc cassé, carrelage gris taupe et larges fenêtres qui donnaient sur les arbres centenaires du parc. Mais aussi et surtout des œuvres d'art, régulièrement espacées entre les gros radiateurs en fonte : torsions en bois ou en métal, déchirures en pierre, en papier, en carton… Un univers à la fois beau et sinistre. Incompréhensible et terriblement expressif. Une entrée dans l'antre de la folie.

— Je n'ai pas bien saisi votre démarche au téléphone, fit Grimaud en reluquant son arcade. Qu'est-ce que vous voulez savoir, exactement ?

Éléonore devait éviter de lui parler de l'enquête, au cas où il lui viendrait l'idée de se mettre en relation avec les flics.

— Mon père est décédé de maladie il y a quelques semaines, et j'ai découvert qu'il collectionnait les œuvres d'Arthur Frusco. Il s'appelait Denis Liénard. Vous le connaissiez ?

— Je me souviens de lui, en effet… Je vous présente mes condoléances.

La jeune femme, dont le cœur se mit à palpiter, le remercia sobrement. Leurs pas claquaient dans le grand silence du couloir.

— Il a dû venir ici, je dirais, il y a deux ans, début 2021, poursuivit le directeur. Arthur était dans son atelier et votre père souhaitait absolument discuter avec lui. Ce qu'il ignorait, c'était que, même si ce patient est stabilisé et ne fait preuve d'aucune agressivité, on ne peut pas avoir une conversation avec lui.

— Pour quelle raison ?

— Au fil des ans, Arthur a développé des troubles du langage qui ont abouti à un mutisme. Il a parfois des impulsions verbales, cependant ça reste très marginal. Ses œuvres sont un moyen pour lui de s'exprimer. Depuis sa sortie d'UMD et son internement dans le pôle de psychiatrie du Rouvray, il n'a jamais arrêté de peindre, de sculpter et de fabriquer ce qu'il a nommé des *Angélique*. En référence à…

— La femme dont il a fracassé le crâne. J'ai lu les articles.

Le directeur ouvrit une porte latérale. Ils pénétrèrent dans l'une des salles principales du musée. L'absence de chauffage se faisait ressentir.

— Les *Angélique* sont devenues un motif qu'il répète à l'infini, comme une punition. Je le vois produire ces œuvres à longueur de journée. Je vois son visage. Et j'y lis une profonde souffrance chaque fois. Aujourd'hui, même s'il est enfermé dans sa prison mentale, il a pleinement conscience de ce qu'il a fait à l'époque…

Des peintures titanesques ornaient les murs. Des représentations de mondes terrifiants, de cauchemars effroyables où régnait le chaos. Femmes bourreaux, victimes déchiquetées, talismans protecteurs, prières illisibles, et du sexe quasiment partout, en proie aux déformations les plus immondes… Chaque œuvre était un cri. Une brisure.

— On n'expose pas tout ce qui a trait à Angélique, par respect pour la famille. Malgré tout, on en trouve des traces sur Internet. On ne peut pas éviter les fuites… Enfin, Dieu merci, Arthur a aussi, de temps en temps, d'autres sujets d'inspiration. Il peut imaginer des choses très colorées.

— Pourquoi mon père voulait-il absolument le voir ?

— Il a raconté avoir connu Arthur quand ce dernier était enfant, et il souhaitait prendre de ses nouvelles… Il disait être particulièrement sensible à son art.

Ils franchirent une autre porte, au fond de la pièce.

— C'était vrai, à votre avis ? Il l'avait vraiment connu enfant ?

— Pourquoi aurait-il menti ? Il avait l'air très touché, en tout cas.

Sauf que sa vie tout entière n'était qu'un mensonge, songea Éléonore. En revanche, si le prétendu Denis Liénard avait dit la vérité, il existait peut-être une piste à explorer de ce côté-là. Une faille qui lui donnerait accès à une facette de son passé.

— Et comment s'est déroulée la rencontre ? demanda-t-elle.

Ils traversèrent un sas avant d'atteindre un autre battant, entrouvert celui-là. Un infirmier attendait debout, les bras croisés. Il sortit alors qu'eux entraient dans la salle aux allures de capharnaüm. Les *Angélique* se trouvaient là, empilées dans leurs caissettes, par dizaines. Des poupées étaient crucifiées aux barreaux d'une échelle suspendue au plafond, d'autres s'amoncelaient dans des berceaux faits de branchages, de vieux sacs de riz et de chardons séchés. Des tableaux similaires à ceux stockés dans le box reposaient contre une large armoire – toujours cette femme en proie à toutes les tortures possibles, écorchage, écartèlement. Au milieu de tout ça, agenouillé sur une bâche à même le sol, Arthur Frusco créait. Il leur adressa à peine un regard, continua à creuser un morceau de bois à l'aide d'un racloir arrondi.

— Comme ça, répliqua Andy Grimaud. Arthur est resté dans son monde, à travailler inlassablement. Votre père a bien tenté de lui parler, mais il ne s'est rien passé. Il l'a observé avec une vraie tristesse dans les yeux, puis il est sorti…

Éléonore observait Frusco à son tour. Plus rien à voir avec le portrait du jeune homme étalé dans les articles de presse. Il avait perdu presque tous ses cheveux, et son visage était bouffi. Les extrémités de ses doigts étaient noires, brûlées par les cigarettes que la plupart des patients psychotiques laissaient se consumer jusqu'au bout sans s'en rendre compte. Difficile de se figurer que ce garçon à l'allure tranquille avait un jour massacré une femme de la pire des manières.

— Avant de partir, votre père m'a demandé s'il pouvait acheter quelques œuvres d'Arthur. Personne n'avait jamais fait ça, et j'ai senti que ça lui tenait à cœur. Comme si, je ne sais pas, il éprouvait une franche empathie pour lui. J'ai dit que j'avais besoin d'y réfléchir et que je reviendrais vers lui. J'en ai ensuite discuté avec le docteur Jamani, le psychiatre d'Arthur. Ce dernier était présent, il avait l'air plutôt heureux et il a signifié d'un geste son accord. De l'argent, c'était surtout synonyme de nouveau matériel pour lui, ce qui n'est pas négligeable, puisqu'on ne peut pas dire qu'il manque d'inspiration… Environ deux cent quatre-vingts *Angélique* occupent cette pièce et la quasi-totalité d'une autre. On ne sait plus où les mettre.

Éléonore était envahie par une forme de déception. Elle s'attendait à davantage de réponses, mais force était de constater qu'un profond mystère enrobait Denis Liénard. Le fait qu'il ait connu Arthur plus jeune était un bien maigre indice et en disait au final peu sur lui. Néanmoins, elle…

Soudain, le cours de ses pensées s'interrompit lorsque son regard se porta sur le tableau posé sur une étagère, à sa hauteur. Elle s'en approcha, la gorge serrée. On y voyait Angélique, toujours nue, face à un miroir qui renvoyait le reflet de son corps écorché. L'arrière-plan avait été réalisé à coups de pinceau anarchiques, dans des tons sombres entre gris foncé et noir, mais, dans le fond du reflet, on devinait une présence, une ombre énorme, une sorte de monstre cauchemardesque aux contours indéfinissables. Comme un croque-mitaine.

L'œuvre était dérangeante, mais c'était surtout le titre qui avait saisi Éléonore. *La Femme et le Capitaine* – 2022. La psychiatre en était certaine, elle avait entendu ce mot, « le capitaine », de la bouche de son propre patient. Elle ne savait plus quand exactement ni dans quelles circonstances, mais il l'avait prononcé au beau milieu de son délire. Elle se tourna vers Arthur Frusco. Il avait les genoux et les coudes au sol, concentré sur son morceau de bois.

— Ce tableau, *La Femme et le Capitaine*… dit-elle dans l'espoir d'attirer son attention.

Il ne réagit pas, alors elle s'accroupit près de lui.

— Arthur, je peux vous poser une question ? Qui est le capitaine ?

Frusco ne répondit pas, toujours dans son monde.

— C'est vous, l'ombre représentée dans le reflet du miroir ? Vous êtes le capitaine ?

C'était peine perdue, et le directeur lui fit remarquer que son insistance devenait gênante. Se rendant à l'évidence, elle renonça et se redressa. Elle aurait aimé lui poser tant de questions… Elle prit en photo ce tableau peint largement après la venue de son « père », et jeta un œil aux autres. Elle n'y décela aucune référence au capitaine.

— C'est quoi, cette histoire de capitaine ? demanda Grimaud tandis qu'ils se dirigeaient ensemble vers la sortie.

Éléonore essaya de cacher sa stupéfaction.

— Juste… une coïncidence. Une simple coïncidence…

30

C'était la première fois que Nicolas y faisait réellement attention : une étincelle de tristesse s'allumait dans le regard de Sharko dès qu'il croisait un type – souvent un sans domicile fixe – qui parlait seul. Devant un arrêt de bus, le long d'un trottoir ou ici, devant la gare de Lyon… Certains discutaient avec leur canette de bière, d'autres flottaient dans leur bulle, hurlant à tout-va, les yeux rivés au sol. À l'époque où ils ne travaillaient pas encore ensemble, Sharko avait eu des problèmes psychiques assez graves qui, racontait-on dans les couloirs, étaient allés jusqu'aux hallucinations. Nicolas ignorait précisément jusqu'à quel point tout cela était exact.

Entre les gazouillis et les couches, le lieutenant avait sacrifié une partie de son dimanche à se renseigner sur la schizophrénie, parce que l'expérience vécue chez la psychiatre l'avait marqué au fer rouge. On disait qu'on ne guérissait jamais d'une telle maladie, on apprenait juste, au fil des années et pour ceux qui avaient la chance d'être bien pris en charge, à vivre avec, à tenter d'imaginer un lendemain, à donner l'impression de s'intéresser à un sujet, à ignorer ses voix ou ses visions. Par ailleurs, même lorsqu'il délirait, même lorsqu'il sentait son âme se fractionner, se disloquer, que les voix criaient, même dans ces instants de chaos absolu, des études montraient que le malade restait sensible à toute forme de douceur, d'écoute, de bienveillance. Ça devait être terrifiant, de voir des individus qui vous chuchotaient à l'oreille, vous menaçaient, vous harcelaient de jour comme de nuit. Car la science le prouvait : quand un schizophrène voyait un mort avec une hache enfoncée dans son crâne se balader dans une pièce, il le voyait *réellement*.

Le flic abandonna ses sombres pensées tandis qu'ils arrivaient à destination. Accompagnés par un lieutenant de la Brigade des réseaux ferrés de la préfecture de police de Paris, Sharko et lui s'engagèrent au deuxième sous-sol de la Maison de la RATP, un mastodonte situé quai de la Rapée, pas très loin de l'Institut médico-légal. C'était là, derrière des portes sécurisées, que se déployaient deux salles de contrôle et de commandement : celle des agents de la RATP et celle de la BRF.

Les flics de la Crim connaissaient bien l'endroit. On pouvait y suivre en temps réel les images des huit mille deux cents caméras réparties sur le réseau de transport et consulter, sur un délai de quinze jours et sur réquisition judiciaire, tous les enregistrements. Un immense écran affichait une carte en permanence constellée de voyants indiquant des incidents. Rien n'échappait aux « yeux du métro », comme on les appelait, et c'était pour cette raison que les deux officiers de police judiciaire avaient débarqué là.

Une fois la paperasse réglée, Franck et Nicolas s'installèrent devant un ordinateur, de part et d'autre d'un agent.

— Je vous écoute. Vos critères ?

— On se concentre sur l'arrêt de tram Dugny-La Courneuve, répondit Sharko. On ne sait pas dans quel sens. Pour la fourchette temporelle, on en a deux :

samedi 14 ou dimanche 15, à partir de 21 heures, si on veut être large, car la victime a été découverte en pyjama dans son lit. Je serais d'avis de commencer par le dimanche. À une heure pareille, il n'y aura pas grand monde, ça devrait être plus rapide.

— Et on cherche quoi ?

— Physiquement, on n'a rien de concret. Un type, seul, sans doute avec un sac à dos pouvant contenir une paire de chaussures, mais pas sûr. Il chausse du 43, donc je dirais qu'il est de taille moyenne. Je l'imagine nerveux, très impatient et méfiant. Il vient de commettre un meurtre et s'est débarrassé de ses pompes ensanglantées à une centaine de mètres de là.

L'homme se mit à manipuler son clavier ainsi qu'un joystick comme s'il était né avec ça dans la main. Après quelques minutes, quatre fenêtres occupaient l'écran et couvraient chaque extrémité du quai dans les deux sens de circulation. L'image parut de basse qualité à cause de la nuit et d'objectifs situés à l'extérieur, dont la propreté laissait à désirer. Les environs étaient quasi déserts : seul un couple attendait, piétinant dans le froid.

L'agent accélérait, marquait des pauses dès que nécessaire. Les policiers repérèrent des individus esseulés et notèrent les heures précises pour pouvoir revisionner plus tard ces portions d'enregistrement, au cas où. À 22 h 53, un homme surgit en contre-plongée de la caméra la plus à gauche et traversa le champ à vive allure. Gros blouson sombre – peut-être en laine –, capuche, pantalon classique, genre jean. Il entra dans le tram qui venait d'ouvrir ses portes, direction Sartrouville, et disparut dans la rame. La caméra la plus proche l'avait pris de dessus, et les autres filmaient de beaucoup trop loin pour qu'on distingue son visage.

Sharko se pencha en avant, les sourcils froncés.

— Vous pouvez revenir en arrière ?

L'employé s'exécuta. Il repositionna la séquence au moment où l'homme arrivait.

— Je rêve, ou il n'a pas de chaussures ? s'exclama Sharko.

Il échangea un regard stupéfait avec Nicolas : aucun doute, le type se baladait en chaussettes par des températures négatives. Le commandant de police se recula sur sa chaise, déstabilisé. Pour un gars qui avait commis un crime et cherchait à ne pas se faire remarquer, c'était étrange...

Malheureusement, ils n'obtinrent pas la moindre information physique avec la vidéo. Juste une allure, une physionomie générale, un style vestimentaire qui faisaient penser à quelqu'un de plutôt jeune, mais il pouvait avoir 20 ans comme 40. Ils décortiqueraient les images plus tard. Le technicien se plaça sur la caméra à l'entrée de la gare et sur celle installée au niveau des tourniquets. Aucune trace du type. Il avait dû se faufiler par l'extérieur, peut-être en franchissant une grille.

À l'écran, le tram démarra et s'évanouit dans la nuit. La traque numérique démarrait maintenant. Le logiciel permettait de suivre facilement les différents arrêts d'un train et de sélectionner les images correspondantes. L'individu finirait par sortir de cette rame et, à ce moment-là, ils toucheraient le jackpot. D'autant plus si, par chance, l'arrêt se trouvait dans Paris *intra-muros*, car le système de vidéosurveillance de la ville prendrait le relais.

— Allez boire un café tranquillement, fit l'agent. Ça peut être rapide, mais si je dois me faire toute la ligne, c'est une autre histoire...

Les deux policiers ne furent pas contre. Ils se rendirent dans une salle aménagée au bout du couloir. Sharko glissa des pièces dans la machine et sélectionna deux expressos de suite.

— T'en penses quoi ? s'enquit Nicolas.

— Le mec est complètement désorganisé. Il préfère marcher en chaussettes, quitte à se geler les pieds, que de porter des chaussures pleines de sang. Aucune logique. Rappelle-toi les piétinements dans la chambre de Liénard, et la soude qu'il est allé chercher au rez-de-chaussée. Tout ça, c'est de l'improvisation totale…

Sharko, songeur, tendit son café à Bellanger, qui trempa ses lèvres dans son gobelet et enchaîna :

— L'arme du crime, le tournevis, ça aussi, ça a tout l'air d'être de l'impro. Si tu prévoyais d'aller tuer quelqu'un à l'arme blanche, tu prendrais plutôt un couteau, non ? Je me demande s'il avait ce tournevis avec lui en entrant dans la maison, ou s'il l'a ramassé dans le garage. Il y avait des outils… En tout cas, le type est en roue libre.

Franck approuva d'un hochement de tête. Il avait déjà eu à traiter des affaires où la victime avait été frappée un nombre incalculable de fois à l'arme blanche : en général, il s'agissait soit de crimes passionnels, soit de ce qu'on appelait plus communément des « coups de folie ». Là, ça ressemblait fortement au deuxième cas.

— Notre tueur est désorganisé, confirma Sharko. Et il a l'air d'avoir une case en moins. Pourtant, je ne vois pas comment Denis Liénard pourrait être une victime choisie au hasard. Il a une fausse identité, il se planque, évite de laisser traîner ses empreintes digitales… Je reste persuadé qu'il était visé personnellement.

Il se donna quelques secondes de réflexion, et continua :

— Tu sais, ça me rappelle l'histoire de cette femme qui a pris le train à Paris pour aller sur la côte du Nord avec sa fille. C'était il y a sept ou huit ans. Tu te souviens de ça ?

— Vaguement… C'était pas à Berck-sur-Mer ?

— Si, c'est ça. Ce jour-là, elle loue une chambre d'hôtel, abandonne son bébé à marée montante sur la plage, va se coucher tranquillement et saute de nouveau dans le train le lendemain, comme si de rien n'était. En roue libre, pour reprendre tes termes. Elle parlera d'envoûtement, elle racontera que sa main a été guidée par la sorcellerie. Elle délirait, elle était sous l'emprise de voix, et malgré tout il y avait de la construction dans sa folie. Elle avait en effet réservé son hébergement, acheté ses billets de transport, et elle savait parfaitement quelles seraient les conséquences de son geste lorsqu'elle a livré sa propre gamine aux vagues. C'est d'ailleurs pour ça qu'elle est en taule. Elle était sans doute folle, enfin en partie, mais en aucun cas sa responsabilité n'a été remise en cause.

Était-ce le genre d'individu auquel ils avaient affaire ? Chacun plongé dans ses hypothèses, Franck et Nicolas terminèrent leur café et retournèrent auprès du technicien. Il n'avait pas traîné. Dès qu'ils furent installés, il déclencha une nouvelle vidéo.

— Il n'a pas fallu chercher beaucoup pour retrouver la trace de votre gars. Regardez… Voici notre tram, trois arrêts plus loin, station Villetaneuse-Université. Quatre personnes sortent précipitamment, selon toute vraisemblance effrayées par quelqu'un à l'intérieur de la rame. Et parmi ces fuyards, il y a lui.

Il pointa un homme râblé coiffé d'un bonnet coloré.

— Il n'a pas de chaussures et il est évident qu'il n'est pas notre tueur.

— Il lui a piqué ses pompes, répliqua Sharko. J'y crois pas…

Franck n'éprouvait aucune difficulté à imaginer la terreur qui s'était répandue dans la rame. Le type avait peut-être brandi son tournevis ensanglanté et menacé un voyageur, exigeant ses chaussures. Qui n'obéirait pas dans de pareilles circonstances ? Qui oserait s'interposer ? L'agent bascula sur une autre fenêtre. On y voyait leur cible se jeter hors du tram dès que les portes s'ouvraient, les mains glissées au fond des poches de son manteau.

— Et le revoici, chaussé, à Épinay-Villetaneuse. Il est le seul à quitter le tram à ce moment-là, aucun doute qu'il a fichu la frousse à tout le monde. Par contre, je ne sais pas s'il a de la chance ou s'il le fait exprès, mais on n'a toujours pas son visage à l'image. Il garde la tête baissée, le nez enfoui dans son vêtement. Bref, entre ça, son bonnet, sa capuche et les objectifs dégueulasses à cause de la météo, il n'est malheureusement pas identifiable.

Il fit défiler l'extrait jusqu'au bout, puis afficha une carte de la ligne.

— Après ça, on perd sa trace, et on a deux possibilités. La première : Épinay-Villetaneuse était son véritable arrêt parce qu'il habite dans le coin ou qu'il a garé sa voiture à proximité. La deuxième : il s'agissait juste d'une étape…

Il désigna l'écran.

— Regardez, il y a une correspondance pour la ligne H, celle qui dessert la gare du Nord d'un côté, et Creil ou Luzarches de l'autre. C'est un Transilien, c'est donc la SNCF qui gère. À mon niveau, je ne peux plus rien pour vous. Je crois que vous êtes bons pour faire un tour à la gare d'Épinay.

— Je vois, soupira Sharko. En revanche, je vais encore avoir besoin de vous. L'individu a en effet peut-être parcouru le même trajet plus tôt en sens inverse, afin d'aller commettre son crime. On n'a pas d'éléments pour vous aiguiller précisément, mais il est probable qu'il faille chercher dans une fenêtre de une à quatre heures avant son retour, si on veut voir large. Soit dimanche 15, disons de 17 heures à 21 heures. Et s'il n'y a rien, je vous invite à remonter encore dans le temps. Dans tous les cas, vous m'extrayez tout ce qui est exploitable. Un officier du Bastion viendra récupérer les fichiers dès que ça sera prêt. Inutile de vous dire que c'est urgent ?

L'agent lui assura qu'il s'en chargeait, puis il se leva et leur tendit la main. Dans la foulée, ils furent raccompagnés jusqu'à la sortie. Une fois à l'extérieur, Sharko répondit à un appel, échangea quelques mots avec son interlocuteur et raccrocha, l'air satisfait.

— On dirait que tout s'imbrique plutôt pas mal. D'après Lucie, c'était bien le sang de la victime sur les pompes ramassées sous les buissons. Et le gros lot, c'est qu'on a des tas d'ADN étranger sur le pyjama du faux Denis Liénard. Les techniciens du labo en ont trouvé dans de la salive, le tueur a dû postillonner ou baver pendant qu'il frappait.

— Il est fiché au FNAEG ?

— Faut pas trop rêver non plus…

Ils contournèrent la gare de Lyon et prirent la direction du parking souterrain.

— Je veux que tu ailles à Épinay, lâcha soudain Franck. Tu te pointes à la gare, tu visionnes les bandes, moi je m'occupe de leur faire parvenir la réquise. S'il n'y a rien, on se rapprochera de la police municipale pour checker les caméras de la ville. Contacte aussi les centres de régulation du 17 et du 18 dans ce coin-là, vois s'il n'y a pas eu du grabuge le dimanche 15 dans la nuit. Je me renseigne côté Villetaneuse. Le mec qui s'est fait piquer ses pompes a peut-être porté plainte et donné une description du gus. Au pire, vu le bordel dans la rame, il y a bien des gens qui ont dû appeler les flics…

Sharko s'éloigna à reculons au moment où ils se séparaient. Il adressa à Nicolas un signe en guise de salut.

— Si on met la main dessus, avec l'ADN, il est cuit.

31

Enfermée dans son bureau, casque sur les oreilles et carnet sous la main, Éléonore avait les yeux rivés sur son écran d'ordinateur. Elle observait attentivement l'enregistrement de son premier entretien avec son patient psychotique. C'était trois jours après son arrivée à l'UMD. Bien qu'attaché et sous traitement, il était encore très agité, ses paroles étaient difficiles à saisir. La psychiatre mit le son quasiment à fond pour essayer de saisir chaque syllabe qui s'échappait de sa bouche. Quand elle avait commencé l'échange, il avait répondu : « Pas le droit... Capitaine... » Éléonore repassa plusieurs fois la séquence tout en scrutant le visage apeuré de l'inconnu. Elle n'avait plus le moindre doute : c'était bien « capitaine » qu'il prononçait.

Il y avait d'autres termes qu'elle ne comprenait pas, noyés dans un langage trop désorganisé. Un mot ou une expression, notamment, qu'il avait répété à plusieurs reprises. Phonétiquement, ça ressemblait à « crabé ». Avait-il voulu dire « cramé » ? Elle n'en savait rien. Elle nota cependant tout ça dans son carnet, puis afficha la photo du tableau de Frusco sur son portable. *La Femme et le Capitaine*. Contrairement à ce qu'elle avait dit au directeur du musée, elle était persuadée que le fait que ce mot soit sorti de la bouche et du pinceau de deux psychotiques n'était pas une simple coïncidence.

Ces hommes se connaissaient-ils ? Son patient avait-il entendu Frusco le prononcer par le passé ? Ou était-ce l'inverse ? En tout cas, il s'agissait ici de malades qui présentaient des pathologies extrêmement lourdes et qui faisaient allusion à une figure commune, celle d'un capitaine. C'était très troublant.

Éléonore se concentra sur la suite de son entretien. Le prétendu Louis Pasteur perdait de nouveau pied, il basculait dans une attitude d'écoute auprès de ses voix chaque fois qu'elle s'adressait à lui. « Pas le droit ». Était-ce le capitaine qui lui ordonnait de ne rien dire ? Était-ce aussi le capitaine qui l'avait poussé à agresser quelqu'un à la gare de Persan-Beaumont ? « J'ai rien dit... J'ai rien dit, je vous jure... Ils savent pas pour la maison jaune... Non, non, non... » Qu'est-ce qu'il cachait ? Qu'y avait-il à savoir ? Que représentait la maison jaune ? L'individu, quoi qu'il en soit, n'avait ensuite plus jamais fait référence au capitaine, et l'entrevue s'était terminée par une crise terrifiante.

Éléonore leva les yeux vers l'horloge. Bientôt 9 heures. Les patients allaient attaquer leurs activités journalières. Elle avait rendez-vous avec deux d'entre eux en fin de matinée, puis elle assisterait à la réunion de commission de sortie dans l'après-midi avec le directeur, Jean-Marc Courbier, des infirmiers et deux psychiatres indépendants venus de l'extérieur. Ils y discuteraient de l'avenir de Jules Lamordier, un homme qui, en plus d'avoir été laissé sourd et muet par une méningo-encéphalite infantile, était oligophrène – un mot joli pour dire « débile mental » – et psychotique. La jeune femme se rappelait le mot du médecin lorsque Lamordier avait intégré l'UMD : « Si vous êtes moins de huit, ne tentez rien, ce serait inutile. » Dans son précédent établissement, cet individu aux allures de gros nounours avait arraché les tendons de la main d'un aide-soignant avec les dents et cassé le pied d'un autre en l'écrasant avec son poing. Deux ans et demi après, il était stable. Leurs débats, en définitive, porteraient sur sa dangerosité psychiatrique, autrement dit sur les manifestations violentes de sa maladie mentale. Éléonore irait contre Courbier, qui était pour une réintégration dans sa structure psychiatrique d'origine. Pour elle, ce patient n'était pas prêt à les quitter.

Elle enfila sa blouse, pensa cette fois à vérifier que ses poches étaient vides, et s'engagea dans le couloir de l'aile administrative. L'incident du week-end avait bien sûr fait le tour de l'UMD. Quand elle arriva à la bulle, elle sentit les regards crispés. Christian avait la bouche pincée, il l'accueillit sans sourire.

— Très bien, soupira Éléonore, voilà une semaine qui commence bien. Tu me rassembles quatre agents ? Je vais voir notre inconnu en isolement. Comment il évolue, depuis samedi ?

— Tes quatre agents sont déjà dans la chambre, avec Courbier. Pasteur n'est plus ton patient.

32

Hors d'elle, Éléonore se dirigea d'un pied ferme vers la chambre d'isolement, regarda dans l'oculus et entra. Encadré par le personnel, le patient marchait au ralenti dans sa petite cour individuelle extérieure, un gobelet de café entre les mains. Jean-Marc Courbier était en train de l'observer, les bras croisés.

— À quoi tu joues ? lança-t-elle dans son dos.

Le psychiatre se tourna vers elle. Une fraction de seconde, elle perçut dans ses yeux l'expression malsaine de sa toute-puissance. Il se dressait là, face à elle, gorgé d'un plaisir infini à la voir ainsi rabaissée.

— Tu n'es plus compétente pour le prendre en charge, et le pire, c'est que tu ne t'en rends même pas compte. Tu es de plus en plus négligente et tu mets la vie de tout le monde en danger, y compris la tienne. Moi, je n'ai rien contre toi, c'est la décision du directeur. Il me semble que tu le vois après, non ?

Éléonore avait en effet oublié cette convocation. Elle prit sur elle pour ne pas lui faire avaler toutes ses dents. Tout était filmé. S'énerver n'aurait fait qu'aggraver la situation, et il le savait.

— À 10 heures, oui. En attendant, j'ai juste besoin d'échanger quelques minutes avec Pasteur. J'ai visionné les enregistrements de mes entretiens avec lui et il y évoque très brièvement un capitaine. Je crois que ce capitaine tient une place importante dans sa psychose. Il faut qu'on sache de quoi il…

Derrière, le personnel soignant haussa le ton. Maxime Giroux, celui qui avait promis la mort du nouvel arrivant, s'était rapproché de Louis Pasteur par l'autre côté de la grille de la cour, si bien que les deux hommes avaient leurs visages à quelques centimètres l'un de l'autre, seulement séparés par le maillage métallique. Mâchoires serrées, Giroux affichait un regard reptilien et parlait tout bas. Des infirmiers finirent par écarter les patients de la grille.

Courbier se retourna vers Éléonore.

— Sors d'ici, maintenant. Tu vois bien que j'ai du travail. Je dois réévaluer le traitement que tu as prescrit. Tu connais mon avis sur l'olanzapine, je vais passer à la rispéridone.

Ça ne servait à rien d'insister. Courbier tenait sa petite victoire, il démolirait tout ce qu'elle avait commencé à construire. Tandis qu'elle s'apprêtait à quitter la pièce, il l'interpella :

— Au fait, il s'appelle Nathanaël Machefer.

Éléonore tenta de cacher sa stupéfaction. Hors de question de lui faire le plaisir de demander de quelle façon il avait obtenu son identité alors qu'elle échouait depuis des jours. Dans la cour, le patient s'était figé et l'observait. Il leva doucement une main vers sa tempe et lui fit une sorte de lent salut militaire. Elle vit ses lèvres remuer et pensa inconsciemment : *Le capitaine te salue.* Elle sortit en claquant la porte.

S'ensuivit un entretien calamiteux avec le directeur. Matinée compliquée. Elle se réfugia dans son bureau, les larmes aux yeux. S'effondra sur son siège. Six ans de services irréprochables pour se faire recadrer comme une stagiaire. Son supérieur lui avait énoncé point par point les règles de sécurité enfreintes ces derniers temps, infractions que lui avait méticuleusement listées ce salopard de Courbier. Le directeur se fichait des guerres entre psychiatres, de qui soignait qui. Sa mission, c'était de veiller à ce qu'un minimum d'incidents aient lieu à l'intérieur des deux ailes de son UMD. Pas de suicide, pas de blessés, pas d'articles dans les journaux... Rester invisibles aux yeux de la société, tel était l'objectif. Si ça se reproduisait, si elle faisait de nouveau preuve de négligence, il y aurait donc des sanctions pouvant aller jusqu'à une mise à pied.

Elle consulta sa montre : encore une bonne demi-heure avant ses entretiens. Elle lança une requête sur Internet. « Nathanaël Machefer ». Tout ce qu'elle put dénicher fut un profil Facebook. La photo en médaillon confirmait que l'homme n'avait pas menti. Il avait les cheveux beaucoup plus courts sur ce cliché, et vraisemblablement, vu l'arrondi de ses joues, quelques kilos de plus. Domicilié à Aubervilliers. Vingt-neuf ans. Électricien. Malheureusement, Éléonore ne pouvait cliquer nulle part : l'identité de ses contacts – trente-six seulement – et le contenu de ses publications étaient privés.

Un type normal, contrairement à Arthur Frusco dont le nom menait à des tonnes d'articles à sensation. Son regard étrange, son salut militaire de tout à l'heure... Est-ce que Nathanaël Machefer se foutait d'elle ? Les conduites psychopathiques au sein de certaines formes de schizophrénie existaient, et les patients qui en souffraient étaient sans aucun doute les plus dangereux. Comme pour Maxime Giroux, il y avait, quelque part enfouies dans leur maladie, une intelligence du mal, une volonté de manipuler, de détruire. Était-ce le cas pour Machefer ?

Elle alla verrouiller sa porte – même ici, ça la rassurait, de s'enfermer – et appela l'hôpital où Frusco était interné. Cette fois, le docteur Jamani se trouvait dans les murs. On le lui passa.

— Docteur Jamani.

— Je suis le docteur Éléonore Hourdel, UMD Ulysse, à Chambly, dans l'Oise. Je suis passée hier au Musée Art et Déchirure où j'ai rencontré le directeur ainsi que votre patient Arthur Frusco. Mon père, récemment décédé, avait acquis quelques-unes de ses œuvres, il y a environ deux ans.

— En quoi puis-je vous aider ?

— Je m'occupe d'un homme arrivé à l'UMD il y a peu. Pas 30 ans, psychotique, il est délirant et très agressif. Le diagnostic n'est pas encore complètement posé, mais il souffre selon toute vraisemblance d'une schizophrénie paranoïde avec, au centre du délire, une infestation par des parasites. Lors de notre premier entretien, il a évoqué, comment vous dire, une entité. « Le capitaine ». Entité qui est mentionnée dans le titre d'un tableau de votre patient : *La Femme et le Capitaine*. Est-ce que ça vous dit quelque chose ?

Il y eut un blanc. Éléonore comprit qu'elle avait tapé dans le mille. La voix de son interlocuteur revint après de longues secondes de silence.

— Ça ne peut être qu'un drôle de hasard.

— Et ce hasard est la raison de mon appel… Parlez-moi de ce capitaine, s'il vous plaît.

La psychiatre savait que son confrère ne la laisserait pas consulter le dossier de Frusco puisque nul n'était censé accéder à ces données. C'était donc son seul coup d'essai, et il fallait qu'elle obtienne un maximum d'informations.

— Du temps où Arthur était en UMD, le Capitaine – avec une majuscule – a été son cauchemar. Son bourreau. La manifestation psychique la plus violente de sa schizophrénie paranoïde.

Éléonore s'approcha de la fenêtre orientée vers la cour. Maxime Giroux était conduit à sa séance de sismothérapie hebdomadaire – anesthésie générale et électrochocs. Son interlocuteur poursuivit :

— Les confrères de l'UMD ont eu du mal à déceler sa présence parce que le Capitaine interdit qu'on parle du Capitaine, et il cogne dur quand il est en colère. Très dur. Arthur doit être de ceux qui détiennent le triste record du nombre de journées passées en isolement. Il a en effet fallu des mois pour mettre en place le traitement capable de l'apaiser. Aujourd'hui, les antipsychotiques et son mutisme rendent ses journées supportables. Il s'épanouit dans la création, même si, en soi, ses œuvres reflètent l'agitation et la violence qui l'habitent en permanence. Le Capitaine est toujours là, dans un coin de sa tête. Il ne s'en débarrassera jamais définitivement. Il apprend juste à vivre avec.

Éléonore en eut des frissons. Elle entendait encore les chuchotements de Nathanaël Machefer, se remémorait ses yeux apeurés rouler dans leurs orbites, comme s'il voyait un être qui l'effrayait. Les manifestations de son Capitaine ?

— À votre avis, c'est le Capitaine qui a poussé Arthur Frusco à tuer Angélique Meunier ?

— Frusco a vu en Angélique Meunier un zombi qui en voulait à sa vie, il était dans un délire de persécution qui a introduit une réaction de défense pathologique.

Son discernement a été entièrement aboli. Dans sa construction mentale, il ne l'a pas tuée, il l'a « éliminée » pour se protéger. Le Capitaine existait déjà probablement, concrétisation de la fracture de son esprit. Pour autant, je ne pourrais vous dire quel rôle il a joué dans ce crime abject…

— Je crois que ses tableaux nous apportent cette réponse… Frusco avait-il un dossier psy avant son passage à l'acte ?

— Aucun, ce qui était surprenant. J'ai eu l'occasion de discuter avec ses parents peu après son internement. Selon eux, leur fils n'avait jamais présenté le moindre signe pouvant indiquer un dysfonctionnement psychique. Il avait eu une adolescence des plus normales et il avait commencé à travailler jeune. Ils avaient déjeuné ensemble à Pâques, soit moins de trois mois avant son coup de folie, et ils n'avaient rien remarqué de troublant dans son comportement. Arthur avait été l'homme jovial qu'il avait toujours été. Son entrée dans la maladie a donc été très rapide. Voilà, c'est tout ce que je peux vous dire.

Éléonore réfléchit aussi vite que possible. Elle pensait à ce que lui avait raconté le directeur du musée, au fait que son faux père avait côtoyé Arthur plus jeune.

— Une dernière chose : savez-vous où Arthur a passé son enfance ?

— Un bled qui s'appelle Saint-Grégoire. C'est du côté de…

— Rennes, souffla-t-elle. Je ne vous embête pas davantage. Je vous remercie.

La psychiatre raccrocha, perturbée par les révélations de son confrère. Le schizophrène avait grandi dans le même coin qu'elle. Et le faux Denis Liénard venait de toute évidence aussi de là, ce qui paraissait logique, puisqu'il avait pris la place de son vrai père : il avait dû croiser son chemin, d'une façon ou d'une autre.

Elle retranscrivit les éléments importants de leur conversation dans son carnet et le posa à côté de son téléphone. Son regard se perdit sur l'image du tableau affichée sur son écran, sur cette silhouette gigantesque qui se déployait derrière Angélique Meunier, écorchée. Une silhouette prête à l'envelopper et l'emmener dans une danse macabre.

Le Capitaine...

33

Nicolas traçait en direction du nord. L'obscurité avait commencé à engloutir la campagne et à noircir la forêt, resserrée sur son véhicule comme une main diabolique. Ses phares dévoilaient désormais une route sinueuse déjà envahie par les brumes légères de la nuit. Il était pourtant à peine 16 heures.

Soudain, la radio diffusa une chanson de Nick Cave, « Henry Lee ». La chanson qu'ils écoutaient le soir de la mort d'Audra. Dès les premières notes, Nicolas éteignit, mais les paroles pénétrèrent tout de même dans ses oreilles.

Dans le creux de ses tympans, la voix de PJ Harvey coulait, pure, cristalline. Au fond de sa poitrine, son cœur s'emballa. Le débit des paroles s'intensifia, toujours plus percutant. Quand des éclats de phares vinrent frapper son pare-brise, Nicolas eut l'impression de ne plus voir clair : tout était diffracté, diffus. L'effet était semblable à celui qu'on ressent dans un manège lancé à pleine vitesse.

Au moment où un coup de klaxon lui heurta la conscience, il écrasa la pédale de frein. Le rouge des feux de la berline s'éloigna dans son rétroviseur, le sang battait à ses tempes. Sa voiture était à la limite de basculer dans le fossé. Nicolas, les mains crispées sur son volant, s'efforça de respirer. Les bourdonnements s'estompèrent, les paroles se turent enfin pour ne laisser place qu'à une profonde détresse. Au bout de cinq minutes, il put reprendre la route, encore tout retourné. Ces putains de crises allaient finir par le tuer. Une sacrée chance, déjà, que personne n'ait été à ses côtés pour voir ça. Sharko, c'était sûr, l'aurait suspendu sur-le-champ.

En arrivant à Persan, le lieutenant était de nouveau concentré sur son enquête. L'après-midi avait été fructueux. Il avait obtenu la confirmation que leur suspect était monté dans un Transilien en direction de Creil, à 23 h 07 précises – on le voyait cette fois légèrement de profil, mais trop loin sur le quai pour une identification correcte. La SNCF ne disposant pas d'un système de centralisation des données, il avait ensuite contacté le centre d'information et de commandement du Val-d'Oise avant de se farcir la vingtaine de gares, et sa démarche avait porté ses fruits.

Le CIC s'occupait de réceptionner tous les appels au 17 du département, vingt-quatre heures sur vingt-quatre et sept jours sur sept, et de les orienter vers les équipages de police des villes concernées. Or, l'un des incidents listés par le collègue à l'autre bout de la ligne avait attiré l'attention de Nicolas : à 23 h 59, le dimanche 15, un appel avait été émis de la gare de Persan-Beaumont pour signaler une agression. Un individu agité et violent avait poussé un passager sur les voies et avait pris la fuite. Une équipe de la gendarmerie avait aussitôt été envoyée sur place.

Après avoir raccroché, Nicolas s'était rué sur l'application de la SNCF. Le train du dimanche soir de 23 h 07 au départ de Villetaneuse mettait cinquante minutes pour rejoindre la gare de Persan, ce qui donnait une arrivée à 23 h 57. Ça concordait. Il y avait de fortes chances pour que le type en question soit leur homme.

Sharko voulait être présent pour parler avec les collègues de Persan, alors Nicolas l'attendit dans un troquet de la ville. À l'heure de la bière, lui avait besoin d'un café fort. Devant sa tasse, il se rendit compte qu'il n'avait pas beaucoup pensé à Angel aujourd'hui et il avait bien conscience que ce comportement n'était pas normal pour un jeune papa, d'autant plus qu'il fêterait son anniversaire demain. Il fuyait son foyer, il fuyait le petit qu'il aimait pourtant par-dessus tout. Mais tout lui paraissait trop vide sans Audra. Trop compliqué. Trop tout…

Au bout d'une bonne heure, Sharko envoya un message indiquant qu'il n'était plus très loin. Lui aussi semblait fuir quelque chose, à toujours bouger, à se fatiguer sur la route alors que sa place était, normalement, au bureau. Un moyen, peut-être, de faire taire ses états d'âme, de compenser le relatif échec de l'affaire Barlois…

Ils se rejoignirent devant la gendarmerie, firent un point rapide et se présentèrent à l'accueil où un OPJ du nom de Ghislain Vuillard vint à leur rencontre. Un homme solide, impressionnant dans son uniforme bleu nuit, qui les conduisit à son bureau. Après que Sharko eut relaté les raisons de leur visite, l'officier rebondit au quart de tour :

— On a eu affaire à cet énergumène, en effet. Difficile d'oublier : il courait dans les rues, ne répondait pas aux sommations, il a dû réveiller la moitié du quartier. Les collègues ont fait usage du Taser pour le maîtriser…

Il soupira comme si tous les malheurs du monde s'étaient abattus sur ses épaules, puis tourna son écran.

— Plus tôt, il avait poussé avec une violence inouïe un passager sur les voies. Un témoin oculaire l'a formellement identifié et on dispose des images de la gare. Je vais vous montrer.

Il pianota sur son clavier, fit défiler les vidéos. On voyait un homme en pull, sans bonnet, sans gants, en train de sortir du train en bout de quai. Il se mit à faire les cent pas. Cette fois, on distinguait ses cheveux blonds emmêlés et un visage sombre perdu dans une courte barbe.

— Il s'est débarrassé de ses fringues en cours de route, commenta Sharko.

— Quand ils l'ont assis en face de moi, je lui ai notifié sa garde à vue pour violences volontaires sur personne, en attendant une requalification éventuelle pour tentative d'homicide volontaire, poursuivit le gendarme. Mais j'ai très vite compris qu'il n'avait pas toute sa tête. Ses mains étaient bleues tellement il faisait froid, il avait fourré du coton dans ses narines et dans ses oreilles, et je ne pigeais pas un traître mot de ce qu'il racontait…

À l'écran, un homme s'approcha de l'individu par la droite, voulant sans doute s'assurer que tout allait bien. La suite se déroula en un éclair : le type au pull le poussa sur les voies avec une force insoupçonnable et se mit à courir vers une grille ouverte, sur le côté de la gare.

Ghislain Vuillard coupa la vidéo.

— La victime s'en tire avec un poignet cassé, mais ça aurait pu être beaucoup plus grave. Imaginez si un train avait déboulé à ce moment-là… Enfin bref, il ne fallait pas sortir de Saint-Cyr pour se rendre compte qu'une garde à vue n'était pas envisageable. Le gars a piqué une crise, il hurlait comme un damné. Même avec les menottes, il a fallu trois officiers pour l'écraser de tout leur poids, et ses jambes bougeaient encore. J'ai aussitôt contacté les pompiers avec un médecin qui lui a administré un calmant. On a des urgences psychiatriques à même pas dix kilomètres d'ici. Une procédure d'hospitalisation sans consentement a été lancée.

— Donc vous n'avez pas prélevé son ADN, je présume ? s'enquit Sharko.

— Non, rien. On n'a même pas une identité, il n'avait pas de papiers sur lui. Le lendemain matin, j'ai appelé le parquet du Val-d'Oise auquel j'ai expliqué la situation. Le procureur m'a demandé de prendre la plainte de la victime, d'auditionner les éventuels témoins, de récupérer les bandes pour acter l'existence légale de l'affaire, et de déclencher la garde à vue si l'individu venait à être relâché dans la nature par l'hôpital. Mais moi je vous le dis, c'est pas près d'arriver…

— Ils l'ont interné ?

— Pas qu'un peu. Ils l'ont collé en UMD mardi dernier. Vous savez, c'est du lourd, ce truc-là. En général, ceux qui y entrent, on ne sait pas trop ce qu'ils deviennent.

Nicolas eut la méchante impression qu'on venait de lui taper derrière la tête, et que le choc avait assemblé les pièces d'un puzzle jusque-là dispersées dans son cerveau.

— Vous parlez de l'UMD Ulysse ?

— Tout à fait ! Il est juste à côté de l'hôpital psy des Tilleuls. Ici, on a tout sur place. C'est pas toujours au goût des habitants de savoir qu'il y a des fous dangereux pas loin de chez eux, mais faut faire avec.

Le lieutenant de police ne s'en remettait pas. L'homme soupçonné d'avoir tué le faux père d'Éléonore Hourdel était enfermé à l'endroit précis où elle travaillait. Il lut un étonnement identique au sien dans le regard de Sharko.

Après quelques échanges supplémentaires, tous deux se levèrent et serrèrent la main du gendarme. Celui-ci garda celle de Sharko plus longuement dans la sienne.

— Ce n'est pas pour rien que des flics de la Crim se pointent à Persan, fit-il. Le gus, il a commis un truc dégueulasse de schizophrène, c'est ça ?

— Un OPJ va vite vous recontacter pour les vidéos de l'agression, se contenta de répondre le commandant.

Alors qu'ils regagnaient la sortie, Nicolas repensa au soir où il avait accompagné la psychiatre dans la maison de Dugny. À ses étranges interrogations concernant les empreintes de pas ensanglantées. Un détail qui lui avait alors paru hors propos. Il revit également son arcade sourcilière blessée. Une agression au sein de l'UMD. Était-il possible qu'elle soit en charge de leur suspect ?

— Tu crois à ce genre de hasard, toi ? demanda-t-il une fois dans la cour de la gendarmerie.

Il avait posé la question, mais il connaissait déjà la réponse. Sharko s'arrêta et le fixa dans les yeux.

— Il tue le faux père, il prend les transports en commun, et il retrouve la fille. Comment ça pourrait être un simple hasard ? Ma main à couper que notre homme n'est pas aussi fou qu'il le laisse penser...

34

Tandis qu'il progressait entre les bâtiments de psychiatrie et s'approchait de l'UMD, Sharko sentait une vieille angoisse remonter des abysses de son subconscient. Il avait côtoyé pendant des années ce genre d'endroit. Il se rappelait les médocs, les séances de stimulation transcrânienne, ces nuits atroces où ça criait dans sa tête. Au fond de son cerveau, Eugénie lui avait rendu la vie infernale puis, un jour, elle avait levé le camp. Comme ça, sans préavis. Les malades enfermés dans ces blocs austères n'avaient pas eu sa chance.

Il se gara sur le parking de l'UMD et, une fois dehors, le froid l'enveloppa. Un vent glacé soufflait, tordant les arbres du parc. Les toits des voitures luisaient sous l'éclairage cru de puissants lampadaires, devant le haut portail de l'entrée. Ce lieu filait le cafard. Sharko briefa Nicolas dès qu'il claqua à son tour la portière de son véhicule.

— Toi et moi, on sait que l'homme interné là-dedans est notre tueur. Les seules images de vidéosurveillance ne suffiront néanmoins pas à le faire tomber. J'entends déjà ce que le proc va nous dire : rien ne prouve que l'individu qu'on voit monter dans le train à Épinay est celui qui est descendu à Persan. Et il aura raison. Tu serais capable d'affirmer que c'est le même type, toi ?

— Malheureusement, non. Ce salopard a le cul bordé de nouilles.

— On est d'accord. Donc il nous faut du solide. De l'ADN…

Sharko fixa le bâtiment en silence quelques secondes.

— On va se la jouer calme, OK ? Je ne veux pas d'un nouvel échec. Pas d'agressivité, pas de menaces, sinon ils vont nous chier dans les bottes et on n'obtiendra rien. À l'intérieur, on n'a aucun pouvoir. Les psys sont les seuls maîtres à bord et, en général, ils n'aiment pas les flics. Ça va aller ?

Nicolas hocha la tête, et ils s'éloignèrent en direction du portail. Là, les deux policiers expliquèrent la raison de leur visite face à une caméra, puis la lourde porte d'enceinte se déverrouilla. C'était la première fois de sa carrière que Franck mettait les pieds dans une unité psychiatrique aussi sécurisée, synonyme pour lui de la folie la plus pure et la plus dangereuse. La plupart des malades qui y séjournaient avaient d'ailleurs commis des actes indescriptibles. Ils représentaient la minorité qui passait à l'acte, mais c'était toujours spectaculaire, voire bestial. Du pain bénit pour les journalistes en quête de faits divers sordides.

Le sas d'accueil ressemblait à ceux des prisons. Portes blindées, un gardien derrière une vitre en Plexiglas, un couloir entièrement grillagé qui menait aux bâtiments. Ils se soumirent au détecteur de métaux, durent fournir leur carte d'identité et attendirent qu'une blouse blanche vienne les chercher.

— Suivez-moi, lança l'infirmier qui leur servait d'accompagnateur.

Autres portes, autres couloirs, autres verrous… Ils atteignirent l'aile administrative, avec ses bureaux en enfilade. Sharko aperçut, au loin, l'issue qui permettait d'accéder à l'une des deux unités. Il avait l'impression de pénétrer dans un lieu secret. Le silence y était pesant, et il eut la sensation que la folie flottait là, qu'elle déployait ses grandes ailes noires. Qu'elle n'était finalement que le condensé du monde éclaté et violent dans lequel il vivait.

Nicolas, lui, se surprit à éprouver de la déception quand ils passèrent devant la porte fermée sur laquelle était inscrit « Dr Hourdel ». Il aurait préféré se retrouver devant elle plutôt que face à un inconnu. Et ce sentiment se renforça lorsqu'ils furent amenés dans l'antre d'un homme dont l'allure lui déplut immédiatement. Son regard, déjà, n'avait rien de sympathique. Avec son collier de barbe taillé au cordeau, il avait l'air d'un de ces vieux médecins débarqués d'un autre siècle, de ceux qu'on voit sur les tableaux de Rembrandt. Le simple fait qu'il ne soit pas venu les accueillir personnellement était, en soi, déjà un mauvais signe.

— Je vous écoute, fit-il une fois les présentations faites en désignant deux chaises.

Jean-Marc Courbier avait baissé les stores qui donnaient sur la cour. Pas un dossier ne traînait sur son bureau. Un type méticuleux, et qui risquait de ne pas leur lâcher une miette. Le combat s'annonçait âpre.

— Vous êtes bien le psychiatre en charge d'un individu qui a été interpellé par la gendarmerie dimanche 15, et qui a été admis dans votre unité mardi dernier ? attaqua Sharko.

— C'est moi, en effet.

— Parfait. Votre temps est précieux, le nôtre également, alors je vais être concis. Une enquête de flagrance pour homicide a été ouverte et c'est nous, la Brigade criminelle de Paris, qui sommes dessus. Le meurtre qui nous occupe a eu lieu dimanche 15, à une quarantaine de kilomètres d'ici, en Seine-Saint-Denis. Un faisceau d'éléments bien précis nous indique que votre patient pourrait en être l'auteur présumé.

Le psychiatre se recula dans son siège sans que ses traits laissent filtrer la moindre émotion.

— Quand vous dites bien précis...

— Des images de vidéosurveillance, notamment, nous ont permis de suivre sa trace et de remonter jusqu'à la gendarmerie de Persan, puis jusqu'à vous. Nous aimerions donc discuter de la possibilité d'une mise en garde à vue. Celle-ci peut être menée sans problème dans vos locaux, si vous le jugez préférable. Ainsi nous aurions non seulement l'opportunité d'entendre l'individu, mais également celle de réaliser un prélèvement ADN en bonne et due forme. Nous disposons en effet d'une empreinte génétique sur le pyjama ensanglanté de la victime. Un ADN qui, sans nul doute, appartient au criminel. Un simple prélèvement, docteur, et nous serons fixés.

Jean-Marc Courbier garda un temps le silence puis, les mains groupées sous son menton, il déclara :

— Mon patient est délirant, sous traitement lourd, en proie à de grands accès de violence et, par conséquent, il n'a pas le discernement nécessaire pour subir ce genre d'audition. Pour le moment, sa réalité n'est pas la nôtre, elle lui fait tenir des propos dénués de sens qui pourraient lui porter préjudice sans qu'il en ait conscience. Je suis navré, mais son état n'est malheureusement pas compatible avec votre requête. Si votre magistrat avait passé un coup de fil, je lui aurais signalé cette contre-indication médicale, ça vous aurait évité un déplacement.

— Quand sera-t-il audible ?

— Pas avant deux ou trois mois, à mon avis.

Nicolas se pencha en avant, les doigts crispés sur son téléphone.

— Ça ne vous intéresse pas de savoir ce qu'il a fait ?

— Je suis là pour prodiguer des soins, et non pour juger des actes des malades qui me sont confiés.

Le lieutenant bouillonnait. Il posa son téléphone sur le bureau.

— Jetez-y quand même un œil. Il ne s'est pas contenté de piquer le sac d'une petite vieille. Savoir ce qu'il a fait, ça vous aiderait à mieux le soigner, non ?

Le psychiatre baissa le regard vers l'écran, presque malgré lui.

— Cinquante-trois coups de tournevis donnés avec acharnement à un homme qui dormait tranquillement chez lui. Et comme ça ne suffisait pas, il lui a fait avaler des cristaux de soude en lui enfonçant un entonnoir dans la gorge. Sans parler du type qu'il a poussé sur les voies du train de banlieue. On comprend qu'une audition puisse être compliquée, mais on a besoin de son ADN. Récupérez un verre dans lequel il a bu, si vous estimez qu'on ne peut pas glisser d'écouvillon dans sa bouche. C'est aussi simple que ça. Nous, notre rôle est d'obtenir des réponses fiables. Découvrir qui a fait ça, pourquoi il l'a fait. Ensuite, on passe le relais à la justice, aux experts psychiatres et tout le tintouin, qui jugeront de sa responsabilité ou pas. À ce moment-là, ce ne seront plus nos affaires.

Du bout des doigts, Courbier éloigna le téléphone de lui.

— N'insistez pas. Nous sommes soumis, ici plus qu'ailleurs, au secret professionnel, il y va de la sécurité de nos malades et de la bonne tenue de notre institution. Le trahir serait un délit punissable par la loi.

D'autant que rien ne me prouve, à moi, que ce que vous dites est vrai. Et même si vous revenez avec une réquisition judiciaire ayant pour objet la remise d'informations couvertes par le secret, je ne suis pas tenu d'y répondre favorablement. Je le sais, vous le savez. On a déjà eu à faire face à ce genre de cas, à l'UMD. Vous vous casseriez les dents.

Sharko n'eut pas le temps de réagir : Nicolas bondit et ses mains se plaquèrent sur le bureau.

— On veut uniquement son ADN, bordel ! C'est quoi, le problème ?

Sentant que son supérieur le tirait par le blouson pour l'inciter à se rasseoir, le lieutenant finit par s'exécuter sans desserrer les mâchoires.

— Excusez-nous, docteur, reprit Franck d'un ton qu'il essaya de garder posé. Comprenez que c'est une situation ennuyeuse pour des enquêteurs comme nous. Savoir l'homme qui nous intéresse juste là et ne rien pouvoir faire… On ne peut pas se permettre d'attendre des mois.

Il avait pesé ses mots, malgré une furieuse envie de le prendre par le colback et de le décoller de terre.

— Je le sais bien, acquiesça Courbier. Mais ce n'est pas moi qui dicte les lois.

— On entend ce que vous dites. Et si on venait à prouver que l'homme en question n'est pas aussi malade qu'il le laisse croire, vous nous autoriseriez à l'auditionner ?

Le psychiatre fronça les sourcils.

— Je ne comprends pas.

— Imaginez qu'un individu débarque en transports en commun dans une petite ville de banlieue. Il entre dans une maison par effraction, grimpe à l'étage et frappe le propriétaire d'une multitude de coups à l'arme blanche.

Ensuite, il marche un kilomètre, se débarrasse de ses chaussures, prend le tramway pour parcourir quatre stations, descend et monte dans un autre train, après s'être emparé d'une paire de chaussures, sans doute en menaçant un voyageur…

Le praticien était ferré, ses iris insondables plongés dans ceux de Sharko.

— Les pieds nus dans la rue, la soude… ça ressemble au crime et au comportement d'un type qui n'a plus toute sa tête, on est d'accord là-dessus. Sauf qu'après cinquante minutes de train, notre individu « délirant » descend précisément à l'arrêt Persan-Beaumont, où il commet des violences qui déclenchent son interpellation par les gendarmes. En pleine crise, incontrôlable, il est amené aux urgences psychiatriques qui, premier coup de chance, se trouvent juste à côté. À l'hôpital, il s'enfonce dans sa crise, attaque le personnel, si bien qu'on estime très vite que sa place est à l'UMD. Deuxième coup de chance : il y en a un, le vôtre, intégré au centre hospitalier. Le tour est joué. Il atterrit là, bien à l'abri derrière ces hauts murs d'enceinte…

— Vous insinuez que… que cette personne aurait volontairement provoqué ces événements pour se faire interner à Ulysse ? Ça n'a aucun sens.

Sharko se mordit la langue pour ne pas révéler que la victime était le « père » d'Éléonore Hourdel. Il ne voulait pas mettre la jeune femme dans une position délicate ni prendre le risque de faire foirer la procédure. La situation était déjà suffisamment compliquée.

— Ma question : pourrait-il avoir simulé tout ça ? Son délire, son agressivité, son comportement étrange…

— Simuler ? Ça n'existe pas. Pas ici, en tout cas. Un simulateur ne tiendrait pas une journée sans être démasqué par un psychiatre doté d'un tant soit peu expérience. Nous avons à notre disposition une batterie de tests et des indicateurs auxquels nous nous référons systématiquement pour détecter au plus vite ce type d'individus. De toute façon, qui aurait intérêt à vouloir se retrouver enfermé dans une UMD ? Ce n'est pas le Club Med, contrairement à ce que vous semblez croire. Ces patients ont beaucoup moins de liberté que les détenus classiques, avec entre autres la contrainte d'un lourd traitement qui leur est administré de force si nécessaire. Ils n'ont de surcroît aucune garantie de sortie. Quand vous atterrissez chez nous, vous pouvez y rester jusqu'à la fin de vos jours.

— Admettons : il ne simule pas. Il est réellement malade. Schizophrène, c'est ça ?

— Écoutez...

— Il est réellement malade, il délire, mais est-ce qu'on pourrait envisager qu'il ait pu quand même préparer tout ça ? L'acte de tuer une personne bien précise, ou celui de se rendre à une destination choisie à l'avance ? Vous voyez, qu'il ait appris le truc par cœur et se soit laissé guider ensuite par... sa folie.

— Vous ne savez pas ce qu'est un patient psychotique, commandant.

— Si, je le sais.

Courbier le fixa quelques secondes, claqua les deux mains sur son bureau, et se leva.

— Non, vous ne le savez pas, sinon vous ne poseriez pas ce genre de questions.

— Expliquez-nous, alors.

— Permettez-moi plutôt de mettre fin à cet entretien qui n'a ni queue ni tête. Je vais appeler un infirmier, il va vous raccompagner.

Tandis qu'il téléphonait, Sharko se leva à son tour, amer et, au fond de lui, brûlant de colère envers cet abruti. Il sentait, à ses côtés, Nicolas tendu comme un chien de chasse au bout d'une laisse. Il s'en fallait de peu pour que tout parte en vrille, mais, d'un regard, il ordonna à son lieutenant de se contenir.

— On ne va pas le lâcher, docteur, prévint le commandant de police quand le psychiatre raccrocha. On se passera de l'ADN pour établir sa culpabilité. Et s'il s'avère qu'il n'a rien à faire ici, nous ferons notre possible pour qu'il se retrouve derrière les barreaux.

— Dans ce cas, je vous souhaite bien du courage, asséna leur interlocuteur en leur désignant la porte devant laquelle l'infirmier venait d'arriver.

La colère se transformait en haine. Il était grand temps qu'ils sortent, ou ça allait mal finir. Quand il franchit le seuil du sas, Sharko se rendit compte qu'il n'avait même pas réussi à obtenir l'identité du tueur. Il ignorait toujours qui était ce type. Il fixa une dernière fois l'UMD depuis le parking.

— Quel connard ! explosa Nicolas.

— On va devoir parler à Éléonore Hourdel. Elle est forcément au courant. Demain, on la convoque pour une raison à la con en rapport avec son faux père, et on lui fait cracher le morceau.

35

— Alors c'est là que vous vivez…

Nicolas se retourna tandis qu'il franchissait la grille en direction du port Van Gogh. Éléonore se tenait quelques mètres derrière, le visage doucement éclairé par les lampadaires du quai Aulagnier.

— Qu'est-ce que vous faites là ? Comment vous avez obtenu mon adresse ?

— J'ai passé des coups de fil. Je sais que vous êtes allés à l'UMD avec votre commandant. Je sais aussi que Jean-Marc Courbier ne vous a pas lâché la moindre info, ce qui n'est pas étonnant puisque c'est un connard.

— Sur ce point, j'aurais du mal à vous contredire.

— Je vais vous parler de ce patient, moi. C'était du reste le mien avant que Courbier me le pique. Je ne voulais pas le faire par téléphone et, si l'idée vous venait de me convoquer, sachez que je ne compte pas le faire dans vos bureaux non plus. Personne ne doit apprendre que je suis venue ici. En revanche, on peut se donner rendez-vous ailleurs, un autre jour, si vous préférez…

Elle était habillée comme une motarde, tout en cuir avec de grandes bottes. À des années-lumière de l'univers aseptisé de l'hôpital.

— Maintenant que vous êtes là, suivez-moi.

Ils marchèrent en silence le long des péniches illuminées, puis bifurquèrent vers une passerelle dont Nicolas déverrouilla la grille d'accès. Éléonore fut surprise de l'impression de chaleur qui se dégageait de l'intérieur de cette habitation pour le moins originale. Un espace beaucoup plus vaste qu'elle ne l'aurait imaginé, et décoré avec goût. Les nombreuses plantes vertes apportaient de la fraîcheur et une touche de féminité. Sur un tapis au sol, des cubes en bois étaient empilés. Il devait être agréable de vivre ainsi sur l'eau, aux portes de la capitale.

Quand une jeune femme d'une vingtaine d'années sortit de la pièce du fond, son téléphone en main, maquillée et apprêtée, la psychiatre se sentit gênée. Visiblement, l'étonnement était réciproque. Nicolas déposa ses clés et accrocha son blouson au portemanteau.

— Je vous présente Kelly, la jeune fille au pair qui s'occupe de mon fils en mon absence. Je lui avais promis d'être de retour pour 22 heures et il est… 22 h 01.

Éléonore la salua, souriante.

— Je suis une relation de travail de… Nicolas.

L'étudiante afficha un large sourire, puis elle se dirigea vers la sortie.

— Bonjour, madame la relation de travail… J'y vais, je devrais être de retour à 3 heures, mais je ne ferai pas de bruit. J'ai donné ses médicaments à Angel aux alentours de 20 heures. À renouveler s'il pleure, mais pas avant minuit. Ça allait un petit peu mieux aujourd'hui, il tousse moins. Bonne nuit à tous les deux !

Elle décocha un clin d'œil à Nicolas et disparut en coup de vent. Éléonore observa la table de la cuisine encombrée de produits pour le bébé.

— Quel âge a votre enfant ?

— Angel va avoir un an demain. Installez-vous, je reviens…

Il se rendit dans la chambre du petit. Pendant ce temps, la psychiatre souleva délicatement la photo d'une femme, encadrée et posée sur le rebord d'une fenêtre. Elle reconnut le visage sur-le-champ : Audra Spick… La femme enceinte en état de mort cérébrale dont tous les médias avaient fait leurs choux gras l'année précédente. Un véritable embrasement médiatique. Avec cette histoire, les débats autour de la fin de vie, de l'acharnement thérapeutique et de l'euthanasie avaient été relancés.

Alors c'était donc lui, le flic anonyme qui avait bravé cet enfer… Encore un qui trimballait un beau sac de souffrance. Elle remit vite le portrait à sa place, secouée, et s'assit sur le canapé à l'instant où il revenait. Il lui proposa un verre, mais elle n'avait pas le cœur à boire. Il alla se décapsuler une bière.

— Je ne devrais pas être ici, fit-elle, mais j'ai besoin de comprendre ce qui se passe autant que vous. D'une façon ou d'une autre, je suis impliquée dans toute cette histoire, et je n'ai plus aucun levier d'action parce que je n'ai plus accès au patient. Alors il me reste vous, les enquêteurs. Peut-être que je me trompe, que je finirai par le regretter, pourtant j'ai l'impression que je peux vous faire confiance.

— Vous pouvez.

Elle le fixa dans les yeux, y lut de la sincérité.

— En aucun cas mon identité ne devra apparaître dans vos documents, ajouta-t-elle. Je risque non seulement mon poste, mais aussi de sérieux problèmes avec la justice pour ce que je m'apprête à vous raconter. En UMD, on ne rigole pas avec le secret professionnel.

— Comptez sur moi. On sait protéger nos sources, on a l'habitude de faire ce type de choses. On s'arrangera pour découvrir par un autre moyen ce que vous allez nous révéler, sans vous impliquer. Seul mon groupe sera dans la confidence. Mon chef, que vous avez vu à l'IML, est réglo.

Éléonore hocha la tête.

— Très bien. Mon autre condition, c'est que vous me teniez régulièrement au courant de l'avancée de votre enquête. Vous prenez les risques avec moi : si vous déconnez, si vous balancez de votre côté, je ferai la même chose. C'est donnant-donnant.

— Ça fait beaucoup de conditions.

— C'est ça ou rien.

Nicolas but une gorgée de bière. Dans le fond, il avait saisi au premier coup d'œil qu'elle n'était pas le genre de femme à se laisser marcher sur les pieds. Un tempérament indispensable, sans doute, pour bosser dans une UMD.

— Je vous écoute.

Éléonore prit une profonde inspiration. Jamais elle n'aurait imaginé un jour rompre le serment qu'elle avait prêté.

— Il s'appelle Nathanaël Machefer. D'après nos informations, il a 29 ans et habite à Aubervilliers. À vous : comment le faux Denis Liénard a-t-il été tué ?

C'était lui, le flic, et c'était elle qui menait la danse. Elle avait un sacré aplomb, et une belle longueur d'avance sur eux. Vu la bombe qu'elle venait de lui lâcher, il n'avait pas vraiment le choix.

— Une cinquantaine de coups de tournevis au niveau du ventre, alors que la victime dormait sans doute. Puis l'assassin lui a versé dans la bouche des cristaux de soude qu'il a trouvés dans un débarras du rez-de-chaussée. Il a fait ça à l'aide d'un entonnoir…

Éléonore n'eut pas beaucoup de mal à visualiser l'horreur de la scène. *Un crime de psychotique comme Lansalle*, songea-t-elle. Une fraction de seconde, elle revit la tête de Hallis voler en éclats. Elle sortit un carnet et un stylo.

— Vous avez fait un lien, l'autre soir, dans la maison de Dugny, autour de cette histoire d'empreintes de pas, exposa Nicolas. Vous m'en parlez ?

— Rien ne vous échappe, ma parole… Mon patient est arrivé à l'hôpital avec un peu de sang sur le pantalon et il portait des chaussures qui, selon toute vraisemblance, n'étaient pas les siennes. Ses pieds étaient très abîmés. Je crois que mon cerveau a spontanément établi une relation avec ces empreintes dans l'escalier. Et vous, comment vous êtes remontés jusqu'à l'UMD ?

Nicolas lui relata leur cheminement. Elle nota les éléments essentiels sans le quitter des yeux. Avec ce qu'ils se racontaient, ni elle ni lui n'avaient désormais le moindre doute sur le fait que Nathanaël Machefer était l'auteur du crime. Mais les convictions, c'était une chose, les preuves, c'en était une autre. Éléonore s'était perdue dans ses pensées quand Nicolas la ramena à la réalité :

— Vous dites qu'il y avait du sang sur son pantalon. On ne peut pas accéder au malade, mais on pourrait accéder à ses effets personnels sur réquisition judiciaire. Il nous suffirait de…

— Ne vous fatiguez pas. Tout est passé par la blanchisserie. J'ai vérifié, le sang a disparu.

Nicolas serra les mâchoires.

— Je vois… Un téléphone portable ?

— Non.

— Et comment expliquez-vous qu'il ait atterri dans votre service à vous, fille présumée de sa victime ?

— C'est l'un des points les plus troublants. Je ne me l'explique pas, justement. Je me dis que ça ne peut pas être une coïncidence, mais, d'un autre côté, le patient est schizophrène, il est en pleine crise psychotique, il a fui son domicile, persuadé que des vers le poursuivaient. Il ne pouvait…

Le policier se figea, les lèvres sur le goulot de sa bouteille.

— Attendez… Des vers ?

— Il pense que des vers se cachent dans les enveloppes humaines, dans une sorte de gestation, pour tenter de le contaminer. Ce fameux dimanche soir, il a vu les parasites remonter par les évacuations de son domicile, aussi clairement que vous avez vu les passants lors de votre simulation. Il a considéré que c'était une attaque. Cette hallucination a déclenché son parcours meurtrier.

Nicolas porta une main à son front. Un léger vertige le saisit.

— Vous n'allez pas me croire mais, à l'autopsie, le légiste a extrait un ver de l'intestin grêle multiperforé de notre victime. Un ténia d'environ un mètre cinquante de long. Et celui-là, ce n'était pas une hallucination. Il était bien réel.

Ils échangèrent un regard stupéfait. Éléonore tendit un index vers la bière qu'il avait posée sur la table.

— J'en veux bien une, tout compte fait.

Alors que Nicolas se dirigeait vers le frigo, elle commenta :

— Donc, si je résume, il ne s'en est pas vraiment pris au soi-disant Denis Liénard, mais au ver qui était en lui. Il a frappé, encore et encore, dans la zone intestinale, là où il estimait que se nichait le parasite. Et la soude, c'était pour s'assurer de le détruire définitivement. Bon Dieu, c'est... démentiel ! Comment pouvait-il être au courant ? Comment pouvait-il savoir qu'un ténia se logeait dans l'intestin de mon faux père ?

— C'est toute la question, répliqua Nicolas, aussi perturbé qu'elle. En tout cas, l'hypothèse de la victime choisie au hasard ne tient plus. C'était bien Denis Liénard que Nathanaël Machefer visait. Il y a eu quelque chose de volontaire, de prémédité, dans son acte. Et c'est exactement ce qu'on va tenter de prouver, désormais.

Éléonore le tempéra d'un geste de la main.

— Ne vous emballez pas, d'accord ? C'est beaucoup plus compliqué que ça. En réalité, il est assez fréquent que le comportement d'individus en proie à un délire soit accompagné de la commission d'actes logiques. La maladie mentale qui abolit le discernement de certaines personnes n'exclut pas que ces dernières aient eu des intentions meurtrières au préalable...

Elle avala quelques gorgées de la bière qu'il venait de lui offrir.

— La notion de responsabilité pénale n'intervient qu'au moment exact des faits, poursuivit-elle. À l'instant précis où il a donné ces coups de tournevis. Quand il voulait détruire le ver, avait-il conscience qu'il allait devoir tuer son porteur pour atteindre son but ? A-t-il agi selon un schéma de défense parce qu'il se pensait en danger de mort ? Une phrase, au final, résume à la perfection le statut des aliénés depuis une loi vieille de plus de 200 ans : le châtiment ne peut se concevoir sans libre arbitre.

— Épargnez-moi le baratin, s'il vous plaît, et dites-moi plutôt s'il pourrait simuler tout ça. Sa folie. Son délire avec les vers. Votre collègue prétend que non. Je veux votre version.

Éléonore hésita, puis secoua la tête.

— Pour une fois, je suis raccord avec mon confrère. Nathanaël Machefer présente tous les signes d'un homme en pleine décompensation d'une schizophrénie paranoïde.

— Quand vous dites décompensation…

— Je parle de crise psychotique, une phase de la maladie où l'individu ne différencie plus ce qui est réel de ce qui ne l'est pas. Sa réaction au traitement, son langage déstructuré, nos observations nous confortent dans ce diagnostic… Tout ça est impossible à simuler. Il est profondément malade, lieutenant, aucun doute là-dessus.

Elle fixa sa bière quelques secondes, silencieuse, puis plongea ses yeux dans ceux du policier.

— Est-ce que le nom d'Arthur Frusco vous dit quelque chose ?

Nicolas haussa les sourcils, surpris par le brusque changement de sujet.

— Frusco… Oui, je crois. C'est le type qui a brûlé le cerveau d'une pauvre femme du côté de Vincennes, c'est ça ?

— Exact. J'aurais besoin de tout savoir sur lui. Qui il était, d'où il venait, ses fréquentations.

Tandis que Nicolas était sur le point d'ouvrir la bouche, elle poussa son portable vers lui.

— Dans son délire, Nathanaël Machefer a évoqué une entité, le Capitaine, *a priori* une des voix qui le harcèlent. Et regardez, ajouta-t-elle en désignant son écran : c'est un tableau qu'Arthur Frusco a peint pendant son internement.

Nicolas observa la photo.

— *La Femme et le Capitaine.* Comment vous avez obtenu ça ?

— J'ai eu l'occasion, il y a quelque temps, mentit-elle, de me rendre au musée où il est exposé, par curiosité personnelle. Et j'ai fait la connexion quand Machefer a parlé du Capitaine. Ensuite, j'ai appelé le psychiatre qui s'occupe de Frusco pour avoir des infos.

Sur ces mots, elle lui reprit le téléphone des mains et se leva.

— Tous les deux, ils ont commis un crime abominable. Et tous les deux, ils évoquent ce fameux Capitaine. Je dois établir s'il existe un lien entre ces patients. Est-ce qu'ils se connaissent ? Ont-ils pu être en contact par le passé ? Frusco a grandi à côté de Rennes, est-ce le cas pour Machefer ? Dernière précision, qui a son importance : Arthur Frusco n'avait pas d'antécédents psychiatriques avant son passage à l'acte. Trois mois plus tôt, il fêtait Pâques avec ses parents et tout allait bien. Il a donc sombré très vite.

Elle remonta la fermeture Éclair de son blouson. Nicolas, à son tour, se leva.

— Message reçu ! Je reviens vers vous dès que j'ai du nouveau, déclara-t-il.

Il la raccompagna sur la passerelle, où ils se serrèrent la main. Il la sentait perturbée, envahie par une sorte de regrets.

— Croyez-moi, je sais ce que ça représente de trahir ses serments ou ses promesses, la rassura-t-il. Mais vous l'avez fait parce que ça vous semblait juste. Vos révélations vont beaucoup nous aider pour établir la vérité.

Elle lui adressa finalement un bref sourire.

— J'ai toujours pensé que les flics étaient tous des cons, surtout vous quand vous m'avez laissée en plan, l'autre soir, à Dugny. Mais vous allez peut-être réussir à me faire changer d'avis.

Elle lui tourna le dos et s'éloigna. Nicolas se surprit à la regarder jusqu'à ce qu'elle disparaisse totalement dans l'obscurité du quai. Comme l'ultime petit éclat de lumière avant la tombée de la nuit. Vingt minutes plus tard, quand il éteignit sa lampe de chevet, ses yeux tombèrent sur le portrait d'Audra. Alors il fondit en larmes, comme ça, sans prévenir. Il était perdu. Dans sa tête et dans son cœur.

36

Une déchirure dans la nuit.

Éléonore fut arrachée à son sommeil en une fraction de seconde. Elle eut la sensation que tout le sang de son corps remontait à ses tempes. L'alarme à l'intérieur de la maison hurlait. Une sirène stridente, répétitive, pareille à celle d'un camion de pompiers, mais distordue et comme au ralenti.

Elle resta pétrifiée pendant un temps qui lui parut une éternité, incapable d'esquisser le moindre geste. Dans l'entrebâillement de la porte de sa chambre, elle percevait les flashs blanchâtres du système en alerte, un étage plus bas. La pulsation du danger. Son téléphone vibra soudain sur sa table de chevet. La jeune femme se précipita dessus. 3 h 09. Elle décrocha tout en fouillant dans le tiroir d'où elle sortit une bombe lacrymogène. Une voix d'homme :

— Madame Hourdel ? Ici Sector Alarm. Je suis l'agent de surveillance. Votre alarme s'est déclenchée et…

— Venez vite ! Je crois qu'il y a un intrus chez moi.

— J'envoie quelqu'un immédiatement. Comptez quinze, vingt minutes. Quittez votre domicile si vous le pouvez. Sinon, cachez-vous.

Elle raccrocha. Quinze, vingt minutes. Elle pouvait crever mille fois d'ici là. La vague d'adrénaline qui fouetta son organisme lui permit enfin de s'extirper de son matelas. Elle se rua dans le couloir, resta plaquée contre le mur, retenant son souffle. Des images se bousculaient dans sa tête. La neige qui s'engouffrait par la fenêtre du salon… Mickaël Hallis, revenu d'entre les morts, le visage en lambeaux… Sa respiration accéléra encore. Elle se sentait mal, aspirait l'air avec difficulté, à deux doigts de la crise de panique.

Là, elle pensa à l'ombre aperçue dans les interstices de la porte du box et eut la certitude qu'il s'agissait du même individu. Sa bombe serrée entre ses mains tremblantes, elle se décala légèrement pour avoir une vue plongeante sur le rez-de-chaussée. La porte d'entrée lui parut fermée. Elle tendit alors le cou pour élargir son champ de vision. Rien ne bougeait. Avec le vacarme de l'alarme, elle ne percevait aucun bruit. Elle demeura figée ainsi deux minutes, eut l'impression qu'il n'y avait vraiment personne.

Soudain, la sirène s'arrêta automatiquement. Un sifflement strident persista d'abord dans ses oreilles, avant que le silence ne revienne, uniquement troublé par le bruit de sa respiration laborieuse. À cet instant, elle osa s'avancer jusqu'au bord de l'escalier, s'aventura sur les premières marches, puis finit par descendre, pieds nus. En bas, toutes les issues étaient verrouillées. Lorsque la tension retomba, elle se sentit se vider de ses forces. Elle s'effondra sur le canapé. Une barre cognait au fond de son crâne.

Entre ce moment-là et celui où on frappa à la porte, elle fut happée dans un trou noir et n'eut pas conscience que quinze minutes s'écoulaient. Se ressaisissant, elle passa une couverture sur ses épaules et se leva.

— Qui est là ?

— Les agents de Sector Alarm.

Elle vérifia dans l'œilleton et ouvrit. L'homme devant elle était celui qui avait installé le système quelques jours après le suicide de Hallis – un simple prospectus dans sa boîte aux lettres avait suffi à ce qu'elle appelle cette société. Une petite cinquantaine d'années, grand, il avait le visage sec et les joues creusées. Un autre type, beaucoup plus jeune, se tenait en retrait.

— Tout va bien ? demanda-t-il.

Éléonore hocha la tête. Il confia à son collègue le soin d'aller inspecter les alentours de la maison tandis que lui entrait.

— Que s'est-il passé exactement ?

— Je ne sais pas. Ça s'est déclenché, mais, *a priori*, il n'y avait personne.

Il pointa le dispositif situé au bout du couloir, qui était orienté vers la porte.

— D'après mes données, c'est ce détecteur qui a réagi. Il est censé s'activer lorsqu'il y a du mouvement. Pas d'animal de compagnie, m'aviez-vous dit la dernière fois ? Chat, chien... ?

— Non, je suis seule ici.

L'homme observa au sol, au cas où un objet serait tombé par inadvertance. Il se dirigea ensuite vers la console du système, fixée à proximité d'un portemanteau.

— Je n'ai rien vu non plus sur votre caméra extérieure. Je vais quand même checker l'ensemble des capteurs. Ça peut arriver de temps en temps qu'il y ait un déclenchement intempestif. Rassurez-vous, ce n'était pas un fantôme !

Éléonore n'en était pas si sûre. L'homme fit le tour des pièces, grimpa à l'étage pour vérifier les piles du capteur qui couvrait la cage d'escalier. La psychiatre détestait cette intrusion dans sa vie privée, mais avait-elle le choix ? Après son inspection, le technicien remarqua qu'elle n'allait pas bien et s'approcha d'elle.

— Vous voulez un verre d'eau, quelque chose ?

— Ça ira, merci.

— Nous avons un œil sur votre maison, vous ne devez pas vous inquiéter. Et vous avez ma carte de visite avec ma ligne directe, au cas où. Au moindre problème, au moindre doute, n'hésitez pas à appeler. Je passe tous les jours sur la route principale pas loin d'ici. Je ferai un détour par chez vous pour m'assurer que tout va bien. Nous sommes une petite structure et chaque client est important pour nous.

— C'est gentil, merci.

L'agent serra la main d'Éléonore avec un sourire chaleureux et rejoignit son collègue dans la voiture. La psychiatre referma le battant, verrouilla, puis resta appuyée dos à la porte. Elle posa son index sur sa carotide. Son cœur battait encore trop vite. Brusquement frigorifiée, elle alla boire un verre d'eau. Elle n'arrivait pas à se défaire de cette sensation, tenace au fond d'elle, d'une présence subtile, invisible dans son sillage. Une présence qui avait déclenché l'alarme.

Quelqu'un qui l'observait, quelque part dans la nuit.

37

Il régnait un calme étrange dans le bureau où étaient réunis les quatre policiers du groupe Sharko. Chacun était plongé dans ses réflexions à la suite des révélations d'Éléonore Hourdel que Nicolas avait obtenues la veille et dont il venait de leur faire part.

Le lieutenant aussi restait silencieux dans son coin. À la fois présent et absent. Ça faisait un an, jour pour jour, qu'Angel était né. Il se rappelait avec tant de précision la chaleur de son enfant quand il l'avait serré contre lui à la maternité. Ce combat que le petit être avait dû mener pour vivre. Quand il avait poussé son premier cri, Audra avait été débranchée par le docteur Corneille, l'électricité avait cessé de faire battre son cœur et elle était partie pour toujours.

Un an… Un an que ce bébé comblait le vide laissé dans son cœur… Il avait prévu de quitter le boulot tôt pour aller se recueillir au cimetière, puis de passer la soirée sur la péniche avec les Sharko. Même s'il n'en avait pas particulièrement envie, il fallait marquer le coup. C'était important pour Angel. Pour lui aussi peut-être.

De son côté, Franck prenait des notes sur la feuille blanche de son *paperboard* posé au milieu de la pièce, mais il n'arrêtait pas de penser à la scène de crime de Dugny. À l'ignoble ver que le légiste avait extrait de l'intestin du faux Denis Liénard. À la soude dans sa bouche et répandue sur ses plaies pour éliminer définitivement le parasite. Comment Nathanaël Machefer avait-il pu savoir qu'un ver habitait le ventre de celui qui vivait dans cette discrète maison ? Qu'est-ce qui avait ensuite déclenché son houleux périple jusqu'à Persan ?

D'après les informations récoltées par l'équipe auprès des administrations, leur suspect était solvable, sans casier judiciaire. Il avait créé sa société de dépannage en électricité à l'âge de 25 ans. Un citoyen *lambda*, noyé dans la masse, poussé par des forces intérieures à commettre un acte abject. Sharko avait passé sa vie à traquer des criminels, à percer leurs motivations profondes, mais là, il ne comprenait pas. Et il voulait trouver un sens à ce sac de nœuds. Le mot « folie » que des gens plaqueraient sur le front de cet homme ne lui suffisait pas.

— Très bien, fit-il. Pour le moment, on se concentre sur Machefer. Grâce à la psy, on a désormais son adresse. On va donc aller perquisitionner chez lui. Là-bas, on prélèvera de l'ADN sur une brosse à dents. On fera ensuite une comparaison avec l'ADN récolté sur la scène de crime, et on aura la preuve scientifique, irrévocable, que cet individu est impliqué dans la mort du pseudo-Denis Liénard. Avec tous les éléments qu'on possède déjà, on aura un dossier extrêmement solide contre lui. Un juge d'instruction sera saisi, une information judiciaire pour homicide volontaire sera ouverte. Au moins, même si Machefer est inaccessible, tout ça aura le mérite d'exister. La justice suivra son cours et ils se démerderont avec ces histoires de responsabilité.

Il écrasa son feutre sur l'adresse qu'il avait notée.

— Le point délicat, c'est qu'il va falloir justifier cette perquise de manière très claire pour éviter le vice de forme. Et ma question est : comment on a officiellement découvert que l'homme qu'on cherche s'appelle Nathanaël Machefer, si ce n'est pas grâce au témoignage de la psychiatre ? J'attends vos lumières…

Pascal était assis sur le bord de son bureau, un mug de thé à la main.

— On fait un bornage à l'antenne-relais la plus proche de la station de Persan-Beaumont. On récupère la liste des numéros qui se sont connectés à la minute précise où Machefer est sorti du Transilien. Le sien doit être dedans, et…

— Il n'avait pas de téléphone sur lui, intervint Nicolas. Il l'a laissé chez lui ou il s'en est peut-être débarrassé avec son blouson entre Épinay et Persan. La carte Navigo, on oublie aussi. Les images des caméras, c'est tout ce qu'on a. Et malheureusement, son nom n'est pas écrit en grand sur son dos.

— On dit qu'on a une source à l'UMD qui nous a rencardés, sans désigner la psychiatre, proposa Lucie. Un témoignage sous X.

Nicolas secoua la tête.

— Ce n'est pas une option. Le témoignage sous X implique de donner un nom à la justice pour qu'il soit associé à un numéro d'enregistrement en procédure. C'est un faux anonymat. Tu sais comme moi qu'un jour ou l'autre son identité pourrait être dévoilée, surtout qu'elle est experte psychiatre auprès de la cour. Et moi, je lui ai promis de ne pas l'impliquer. Il y va de sa carrière.

Lucie acquiesça, une petite moue sur les lèvres.

— C'est quoi, ce sourire ? s'énerva Nicolas.

— Rien. Rien du tout…

Bellanger se rencogna près de la fenêtre, les bras croisés. Il voyait bien leurs regards inquisiteurs, à tous.

— Il n'y a rien, si c'est ce que vous croyez. Franchement, putain, vous ne pensez qu'à ça. Réfléchissez à comment on gère ce bordel, plutôt !

Un nouveau silence s'abattit sur la pièce. Personne n'entrevoyait de solution. Sharko détestait se retrouver bloqué pour des histoires de paperasse, mais il savait combien la justice pouvait être intransigeante. Une simple erreur de procédure, et c'était toute l'enquête qui partait en vrille.

Lucie claqua soudain des doigts.

— J'ai une idée ! Rappelez-vous ce que font certains SDF lorsqu'ils veulent s'assurer de ne pas perdre leurs papiers d'identité. Ils les glissent sous la semelle intérieure de leurs chaussures…

Sur ces mots, elle se dirigea vers l'armoire à scellés et revint avec le sac contenant une des deux baskets dénichées dans les buissons. Elle le posa sur la table.

— Je ne suis pas encore passée prendre la droite au labo. Quand je le ferai, au moment de la mettre dans le sac à scellés, je m'apercevrai qu'il y a quelque chose au fond de l'autre chaussure, celle restée en notre possession…

— Ses papiers d'identité… compléta Franck.

— Exactement. On la joue à l'envers. On perquise, on chope ce dont on a besoin, et on vient le cacher dans la godasse qu'on a déjà. Ensuite, on explique au proc que c'est ce qui a déclenché la perquise…

Pascal Robillard s'agita, nerveux.

— Ça me paraît un peu gros.

Sharko, lui, réfléchissait. Il s'approcha du sac, accorda un regard complice à sa femme. Un mince rictus se dessina sur ses lèvres, puis il alla décrocher son blouson.

— Tout est gros, dans cette histoire. Plus c'est dingue, plus ça semble logique. On fait exactement comme tu as dit, Lucie. On fonce chez Machefer, et à notre retour, tu files au labo.

38

Partie très tôt ce matin-là, Éléonore avait mis presque trois heures pour avaler les deux cent vingt kilomètres qui la séparaient du zoo du Pescherey, dans la Sarthe. Après les événements de la nuit, elle avait été incapable de retrouver le sommeil, terrorisée à l'idée que l'alarme se déclenche de nouveau.

Au moment où elle arriva enfin, le parking était encore désert. Le parc venait juste d'ouvrir. Le calme du lieu et son haleine boisée firent vite retomber la tension accumulée durant le trajet. Elle s'engagea sur un chemin qui menait à l'accueil. Là, elle tenta d'expliquer au mieux la situation au guichetier : elle avait besoin de renseignements sur un fait particulier qui s'était déroulé dans le zoo vingt-cinq ans plus tôt. Y avait-il une personne en mesure de l'aider ? D'anciens soigneurs ? Le directeur de l'époque, peut-être ?

— C'était une directrice, et c'est d'ailleurs toujours elle aux commandes, répliqua l'employé. Thérèse Blervacke. Attendez ici, s'il vous plaît.

Il disparut dans une autre pièce. Des piaillements, barrissements et divers cris d'animaux troublèrent le silence alors qu'un timide soleil teintait d'une poudre orangée les feuillages persistants. Selon les prévisions, la météo allait se dégrader au fil de la journée mais, pour l'instant, ça se tenait. Éléonore porta son regard sur la femme aux petits yeux ronds comme ceux d'une loutre qui surgit de derrière la guérite. Ses cheveux gris, regroupés en une queue-de-cheval, bondissaient dans son dos de droite à gauche, et inversement, à chacun de ses pas. Elle lui adressa un salut de la tête.

— En quoi puis-je vous être utile ?

La psychiatre sortit l'article de journal de sa poche et le lui tendit.

— Ça remonte à loin, mais j'espère que ça vous parlera. Je l'ai découpé dans une édition du *Maine Libre* datant de 1998. Mon père est décédé il y a peu, et il a laissé quelques mystères derrière lui, dont cet article qui semblait particulièrement l'avoir intéressé.

Thérèse Blervacke lui présenta ses condoléances, puis observa la coupure de journal. Éléonore comprit qu'elle avait tapé dans le mille quand elle vit les lèvres de la directrice se resserrer. Après un silence, la femme lui rendit le papier.

— Comment s'appelait votre père ?

Éléonore lui montra la photo d'identité du faux Denis Liénard tout en expliquant :

— C'est une histoire compliquée. Mon père s'appelle Denis Liénard, mais il n'avait probablement pas ce nom-là en 1998. La photo est issue de son permis de conduire, elle est récente. Essayez peut-être de l'imaginer avec vingt-cinq ans de moins…

La femme prit son temps, mais finit par secouer la tête.

— Son visage ne me dit rien, désolée. Mais ce qui s'est passé avec le jaguar, je me souviens que c'était vraiment étrange. Je vais vous montrer…

Elles s'engagèrent côte à côte dans les allées du zoo. Éléonore étudia du coin de l'œil un abri, derrière un espace grillagé, sous lequel se terrait une hyène.

— Zimbra était un jaguar importé de Guyane française, de la région du village de Cacao. Il avait été mutilé à une patte par un piège et ne pouvait plus vivre à l'état sauvage. Nous l'avons recueilli en mai 1998, soit quatre mois avant… l'incident.

La Guyane… Éléonore revit soudain les visages déments des photos regroupées dans le box. Peut-être n'existait-il aucun rapport, mais son cerveau avait immédiatement opéré un rapprochement. Se pouvait-il que ces hommes soient des habitants d'un coin de la forêt amazonienne ?

Plus loin, un couple de girafes se réchauffait dans la paille. Thérèse Blervacke quitta l'allée centrale, emprunta un chemin et désigna un grand enclos aménagé, avec rochers, cascades et une végétation assez dense. La jeune femme devina une forme noire lovée dans l'obscurité d'une caverne. Une panthère, semblait-il.

— Zimbra se trouvait ici, à l'époque. L'enclos des tamarins à mains dorées était juste là, sur la droite. Entre eux, il y avait une petite partie de grillage, là-bas, sur à peine un mètre. Pour le reste, ils étaient séparés par cette cloison opaque que vous voyez, presque conservée en l'état. Ça a un peu changé depuis le temps, mais, globalement, la configuration était similaire…

Éléonore scruta les endroits qu'elle lui désignait. L'enclos des singes était à présent occupé par des oiseaux.

— Cette nuit-là, les singes ont creusé avec leurs mains, se sont faufilés sous la clôture, et se sont introduits dans l'espace de Zimbra. Les trois. On les a découverts en charpie le matin. Le jaguar ne les a pas dévorés, car il avait été nourri. En revanche, ça n'a pas empêché son instinct de chasse de se manifester, même avec une patte handicapée.

La psychiatre essaya d'imaginer la scène. Les trois bestioles parties en excursion chez l'ennemi. Le félin avait dû les entendre, les sentir avant même qu'elles ne s'en rendent compte. Une fois à l'intérieur et en danger, elles n'avaient plus été capables d'en sortir, livrées aux crocs et aux griffes du jaguar.

— Pourquoi ils ont agi de la sorte ?

— D'un point de vue comportemental, c'est incompréhensible. Le jaguar est le prédateur naturel des singes ; c'est inscrit dans leurs gènes. En aucun cas ils n'auraient dû l'approcher. Aller de l'autre côté revenait à se suicider. En fait, nous avons, ni plus ni moins, assisté à un suicide collectif.

— Sauf que le suicide n'existe pas chez les animaux.

La directrice approuva.

— En effet, ça n'existe pas. C'est la raison pour laquelle, dans ce genre de situation inexplicable, nous sommes dans l'obligation de faire des signalements aux autorités compétentes. On n'exclut jamais que ce soit un agent extérieur qui ait provoqué ça.

— Par agent extérieur, vous entendez…

— Une maladie, une infection, un virus… Au moment des faits, c'était le Centre national d'études vétérinaires et alimentaires, l'ancêtre de l'ANSES, qui gérait ce genre de cas. Ils sont intervenus très rapidement et ont embarqué ce qu'il restait des singes. Ils ont aussi fait des prélèvements sur le jaguar pour des analyses, et ont collecté tous les documents relatifs aux animaux : origines, soins, vaccins…

Elle fixa l'enclos, pensive.

— Une semaine après, ils débarquaient de nouveau pour faire abattre Zimbra, papiers d'autorisation à l'appui. Ils l'ont euthanasié et l'ont emmené, vêtus de masques et de combinaisons. Ils ont justifié leur geste en invoquant le fameux principe de précaution. Puisqu'ils n'avaient pas encore réussi à identifier la cause du comportement des singes et que Zimbra les avait en partie dévorés, il était donc potentiellement contaminé. Je vous rappelle qu'on était à ce moment en plein dans le contexte de la maladie de la vache folle. Les autorités sanitaires étaient sur les dents, et les élevages comme les zoos en ligne de mire. On ne comprenait pas, on éliminait. Point à la ligne.

La directrice se frotta les mains l'une contre l'autre d'un geste qui traduisait son agacement.

— Voilà le beau discours qu'ils nous ont servi, en demandant aux soigneurs qui avaient été en contact avec les singes et le jaguar de faire une prise de sang, là aussi par souci de précaution. En tant que personnel d'un parc zoologique, ils n'avaient pas d'autre choix que de s'y soumettre. Quelques jours plus tard, les employés apprenaient que les recherches de maladies infectieuses liées à l'importation d'un félin d'Amérique du Sud avaient donné des résultats négatifs. On n'en a plus jamais entendu parler. Et je n'ai pas pu obtenir la moindre information supplémentaire.

Les deux femmes se remirent en route en sens inverse. Éléonore sentait son interlocutrice aigrie, même après toutes ces années.

— Vous pensez qu'ils ne vous ont pas tout raconté ?

— Difficile à affirmer, mais c'est probable, car il y a bien quelque chose qui a modifié le comportement de ces singes et les a rendus suicidaires. Un truc m'a par ailleurs toujours interpellée dans cette histoire : pourquoi, sur ces résultats des prises de sang, il est question du félin, alors que tout est parti des singes ?

Éléonore réfléchit. Elle se demandait pourquoi son faux père se serait intéressé à cet article de journal, somme toute banal, si rien ne se cachait derrière. Et pourquoi il avait laissé un tel indice dans le coffre.

— Est-ce qu'il y aurait quelqu'un, parmi ces gens des services de santé, que je pourrais contacter pour essayer d'en savoir plus ? s'enquit Éléonore tandis qu'elles avaient rejoint la guérite.

La directrice fut prise d'un rire nerveux.

— Vous rigolez, ou quoi ? Même si j'avais un nom à vous donner, ce qui n'est pas le cas, ça fait vingt-cinq ans. Un quart de siècle. Je ne sais pas si vous vous rendez bien compte. La structure même du CNEVA, qui était une vraie usine à gaz, n'existe plus. Et puis, admettons. Vous croyez franchement que quelqu'un vous révélera quoi que ce soit si longtemps après ? Qu'on va vous répondre : « Ah oui, c'est vrai, on a trouvé un agent pathogène, mais on a préféré rien dire. Vous voulez savoir lequel ? » Je suis désolée de vous décourager, mais c'est peine perdue…

Une profonde lassitude envahit soudain la psychiatre. Elle salua poliment Thérèse Blervacke et, une fois installée dans sa voiture, rangea l'article dans une enveloppe qui contenait les vieilles photos des visages délirants, incapable de s'ôter une idée de la tête : ces singes n'avaient pas eu un comportement suicidaire. Comme Machefer, comme Frusco, ils étaient devenus complètement fous.

Son téléphone sonna. Éléonore consulta l'écran. Numéro inconnu. Une bouffée d'angoisse lui serra la gorge lorsqu'elle décrocha. Elle ne dit rien. Et aucun son ne lui parvint de l'autre côté de la ligne. Le moment lui sembla interminable, moment pendant lequel elle étudia les véhicules garés autour d'elle. Est-ce qu'on l'observait ? L'avait-on suivie ? Finalement, on raccrocha.

Dans la foulée, elle mit le contact et démarra sur les chapeaux de roues, comme si elle avait le diable aux trousses, avec cette impression que, elle aussi, on essayait de la rendre folle.

39

Aubervilliers. Ses empilements de tours délavées, ses rues hantées par les toxicos, un paillasson devant la capitale où chacun essuyait la boue collée sous ses semelles. Sharko avait vu cette ville se fracturer au fil des années. Les bouffées de violence, les cris d'alarme de la population, les dérives communautaires... La schizophrénie ne se manifestait pas que dans la tête des gens. C'était le monde entier qui devenait dingue et se scindait en deux.

Le commandant dénicha une place rue Henri-Barbusse, à une centaine de mètres de leur destination. D'après son dernier avis d'imposition, le suspect habitait au 3 *bis*, rue Quentin, à l'étage d'une petite bâtisse à la façade en béton sale. Le rez-de-chaussée était occupé par une laverie automatique.

Avant de débarquer, ils avaient pu joindre le propriétaire du logement de Machefer. Celui-ci les attendait près de la porte, sur la gauche du commerce. Il leur expliqua qu'il louait à leur homme depuis plus de trois ans et n'avait jamais eu de problèmes jusqu'au début du mois de décembre, où le loyer n'avait pas été réglé. Il avait fait une relance restée pour le moment sans réponse.

Sharko le remercia pour ces informations, puis il s'organisa. Il voulait être parfaitement dans les clous : une enquête de flagrance sans la présence du locataire exigeait deux témoins. Outre le propriétaire, il choisit un passant – le pauvre dut coopérer, sous peine d'écoper d'une amende de cent cinquante euros. Pascal s'occupa quant à lui de relever les identités et de leur faire signer des papiers.

Ils se firent ouvrir la porte extérieure et montèrent en file indienne l'étroit escalier jusqu'à une autre porte, celle menant à l'appartement. Là, le propriétaire n'eut pas besoin de glisser sa clé dans la serrure : le battant était entrebâillé, et il n'était vraisemblablement pas fracturé. Sharko lui demanda, ainsi qu'à l'autre individu, de rester sur le seuil.

— On inspecte d'abord et on revient vers vous pour l'inventaire des scellés. Ça va prendre un peu de temps. Désolé, il va falloir être patients. Et on n'offre même pas le café.

Les quatre flics et le technicien de l'Identité judiciaire que Franck avait sollicité pour effectuer le prélèvement ADN dont ils avaient besoin parcoururent le couloir. Tous portaient des gants en latex. Sharko et Nicolas pénétrèrent dans le salon, allumèrent le plafonnier, car les volets étaient fermés. La télé, un vieux modèle, fonctionnait en sourdine. Du linge chiffonné s'amoncelait dans un coin et sur le canapé. Les deux fenêtres donnant sur la rue avaient été occultées avec soin par des bandes de chatterton. C'était morne, triste, inquiétant…

Les deux policiers s'avancèrent en silence vers la table, sur laquelle des centaines de dessins étaient éparpillés. Machefer avait représenté des vers, ou plutôt sa vision délirante des vers. Des créatures immondes aux gueules dotées de multiples rangées de dents, avec deux, trois, dix yeux. Des segments tordus, recroquevillés, aux couleurs rosées. Ces monstres semblaient tout droit sortis des livres de Lovecraft. À côté se trouvaient des tas de bouquins sur les parasites, ainsi que des feuilles disposées dans une pochette cartonnée : des résultats d'examens médicaux, des bilans sanguins, des échographies abdominales. Tout était à son nom. Nicolas leva une carte plastifiée, l'air satisfait.

— Sa Carte vitale, dit-il en glissant l'objet dans sa poche. C'est parfait pour la chaussure…

Ils s'engagèrent de nouveau dans le couloir et rejoignirent Lucie dans la cuisine. Elle se trouvait face au frigo ouvert, son écharpe devant son nez pour s'épargner l'odeur rance. La hotte de la gazinière avait été démontée, son tuyau d'évacuation était bouché avec des vêtements bourrés à l'intérieur. La table avait été rehaussée sur des parpaings afin que ses pieds ne touchent pas le sol. Dessus, une assiette débordait encore de pâtes, la fourchette abandonnée dedans, et un verre d'eau avait été renversé.

— Pour ceux qui auraient toujours des doutes sur la folie de ce type…

Lucie s'écarta du réfrigérateur, écœurée. Sur l'une des étagères s'accumulaient des prélèvements de cheveux, de peau et de ce qui ressemblait à des croûtes. Il y avait également de la salive dans un tube à essais. Et des selles dans un bocal, près d'une salade flétrie. Le tout était étiqueté et daté.

— Prends des photos, lança Sharko en faisant une grimace. Je vais demander au technicien d'embarquer ces trucs-là. On voulait de l'ADN, on est servis…

— Il y a ça, aussi, ajouta Lucie en pointant l'évier du doigt. Les vers n'étaient pas que dans sa tête…

Franck s'approcha. Des lombrics avaient été écrasés aux abords de l'évacuation. C'était quoi, ce délire ? D'où venaient ces bestioles ?

Il sortit de la pièce, secoué par leurs découvertes. Machefer ne simulait rien du tout. La folie était partout autour d'eux, elle suintait des murs, visqueuse. L'antre d'un véritable schizophrène. Sharko se dit qu'il aurait pu devenir comme ça, du temps où une gamine qui n'avait jamais existé se baladait dans sa tête. Se désociabiliser, ne plus s'occuper de son apparence ni de l'entretien de son logement, ne plus pouvoir envisager l'avenir. Et être envahi de visions monstrueuses, capables de pousser au pire…

Pascal, lui, explorait la chambre. Là aussi, la fenêtre avait été occultée. Ça sentait la sueur. Le lit était en vrac, une bouteille de Coca gisait au pied d'une table de nuit. Des sous-vêtements jonchaient le sol. Il y avait un coin bibliothèque, un autre où trônait un bureau encombré. À côté d'une imprimante, un ordinateur affichait un écran de veille. Un plan du métro et du RER était collé à la cloison avec du gros Scotch, légèrement en travers. Sur le maillage complexe du réseau, des tronçons de lignes avaient été noircis au feutre.

— Il a tracé les trajets Aubervilliers-Dugny et Dugny-Persan, annonça Pascal.

— Donc il ne s'est pas déplacé au hasard. Il avait préparé son itinéraire. Schizophrène, crime de psychotique, et pourtant… une certaine forme de préméditation.

Sharko s'intéressa ensuite à quelques clichés aimantés sur un support. Des photos de Machefer avec quelques années de moins, en compagnie d'un couple qui devait être ses parents. Ils posaient devant des temples ou un bouddha géant. Sourires, teints hâlés. Il y avait également des cartes postales que Franck décrocha. « Joyeux Noël depuis la Thaïlande », « Bonne année », « On t'attend pour les vacances… ».

Pascal lui tendit une feuille.

— On dirait bien que ses parents sont installés là-bas. Petite vie peinarde. Quand ils vont savoir pour leur fils… Regarde, j'ai trouvé ça aussi près de l'ordi. Une impression en noir et blanc d'une échographie…

Sharko observa l'image médicale. On y voyait clairement un long filament entortillé qui allait d'un bord à l'autre du cliché. Au bas du document étaient indiquées l'identité et l'adresse du patient : Denis Liénard.

— Le ténia, pris sur le fait.

Le commandant rendit la feuille à son procédurier, et réfléchit à voix haute :

— Denis Liénard a peut-être eu des maux de ventre. Il est donc allé faire des examens. Et parmi ceux-ci, une échographie de son système digestif… Ça a dû lui faire un drôle d'effet quand il a vu cette horreur dans son ventre. Surtout pour un type qui ne mange que des légumes…

— Ensuite, d'une façon ou d'une autre, cette échographie a atterri entre les mains de Machefer. C'est comme ça qu'il a su que Liénard était porteur d'un ver, et par conséquent une cible.

Sharko agita la souris de l'ordinateur, au cas où : verrouillé.

— Il a tout laissé en plan. La télé allumée, la porte entrouverte… Comme si une alarme incendie avait brusquement retenti, et qu'il avait fallu évacuer d'urgence.

— La psy m'a expliqué qu'il avait vu des vers remonter des évacuations, le soir du crime, ajouta Nicolas. C'est ce qui a déclenché sa fuite.

— Des vers bien réels puisqu'il y en a dans son évier. Je n'y comprends rien, c'est à se taper la tête contre les murs.

Le lieutenant s'approcha, une carte postale à la main.

— Elle était là-bas, par terre. C'est curieux, je crois me souvenir qu'Éléonore Hourdel a exactement la même chez elle. Il me semble qu'elle était posée sur sa table, au milieu de livres…

— Parce que t'es allé chez elle, en plus ? Et tu comptais nous le dire quand ?

Le lieutenant de police haussa les épaules.

— Je lui ai juste rendu son bonnet qu'elle avait oublié chez Liénard, et je voulais lui présenter mes excuses parce que j'avais été odieux avec elle, OK ? Il y a plus important que ces conneries. Par exemple, essayer de piger pourquoi ces deux personnes possèdent la même carte. T'as vu ce qui est marqué au dos ?

Côté illustration, on voyait la reproduction d'un célèbre tableau : *Le Cri*, d'Edvard Munch. Le flic retourna le rectangle de papier glacé et lut l'inscription en lettres capitales noires :

POURQUOI VOIT-ON SURGIR D'UN COUP
CETTE SILHOUETTE DE LA NEF DES FOUS
ET SON ÉQUIPAGE INSENSÉ ENVAHIR LES PAYSAGES
LES PLUS FAMILIERS ?
POURQUOI, DE LA VIEILLE ALLIANCE
DE L'EAU ET DE LA FOLIE,
EST NÉE UN JOUR, ET CE JOUR-LÀ, CETTE BARQUE ?

Franck resta circonspect. Il finit par relever les yeux vers Nicolas.

— Il y a ce genre de message sur celle de la psy ?

— Je n'en sais rien. À vérifier.

— On l'embarque… Pascal, tu la fais partir pour analyse avec relevé d'empreintes. Si c'est un envoi, il y aura peut-être celles de l'expéditeur. On prend aussi le disque dur, les plans, tout.

Lucie passa la tête dans l'embrasure.

— Viens voir, Franck. Il y a un truc bizarre.

— Un truc bizarre ? Sans déconner…

Elle le conduisit dans la cuisine et désigna la porte refermée du frigo sur laquelle étaient collés des tas de flyers. Informations sur les dates de passage des camions-poubelles, façon de trier les déchets…

— Regarde ce tract-là et dis-moi si, comme moi, tu vois quelque chose d'étrange…

Elle pointa du doigt un prospectus où l'on voyait la photo de ce qui ressemblait à un lombric. Il s'agissait d'une annonce avec un 06. Sharko s'empara du papier.

— « Parasit'Off, expert de la lutte antiparasitaire. Tous types de nuisibles. Désinfection punaises de lit, termites, champignons, vers… » Vers ?

— Oui, vers. Quelle entreprise propose d'éliminer des vers dans des logements ?

Le commandant se pinça les lèvres, perplexe.

— Qu'est-ce qu'on fait ?

— Appelle, répliqua Lucie. Raconte qu'on est envahis de punaises de lit, qu'on a besoin d'aide…

Sharko composa le numéro. Au bout de quatre sonneries, on décrocha. Un blanc s'installa à l'autre bout du fil. Franck accorda un rapide coup d'œil à Lucie et prit la parole.

— Je suis bien en ligne avec l'entreprise Parasit'Off ? C'est pour un problème de punaises de lit…

Silence. On raccrocha brusquement.

40

Éléonore attendait que Courbier parte, comme un rapace guettant sa proie. Depuis son retour du zoo, elle avait laissé la porte de son bureau entrouverte et espérait qu'il ficherait le camp avant la pause clope de 19 heures. Il s'agissait en effet du meilleur moment pour approcher Machefer. Après suivraient le dîner et l'enfermement dans les chambres. Le personnel se réduirait alors à cinq personnes plus le veilleur pour toute l'UMD, et l'accès en isolement, sauf urgence, deviendrait strictement impossible.

Elle étala devant elle les photos des faciès déments récupérées dans le coffre du box ainsi que l'article de journal et lança son navigateur de recherche. Dans la barre, elle tapa ensuite « peuple Guyane française », valida et se rendit dans l'onglet « Images ». Aussitôt s'afficha une grande variété de visages – forme, couleur de peau – dans des environnements de jungle et de sol rouge. La Guyane, terre de mélanges et de contrastes : Blancs métropolitains, Créoles, Noirs marrons descendant d'esclaves d'Afrique, Chinois… Son index arrêta soudain de tourner la roulette de la souris. Elle positionna l'une de ses photos à côté de l'écran. La courbure des pommettes, le grain de peau, la coupe de cheveux au bol… Aucun doute, il s'agissait bien de cette communauté. Des Hmongs.

La psychiatre cliqua sur un lien avec l'impression de s'enfoncer encore un peu plus dans l'esprit tordu de son faux père. Les Hmongs étaient à l'origine des réfugiés politiques qui avaient fui le régime communiste du Laos à la fin des années 1970. Entre 1977 et 1988, la Guyane française en avait accueilli plus d'un millier dans un ancien camp d'orpaillage, à quatre-vingts kilomètres de Cayenne. Un bout de clairière au milieu de la forêt amazonienne, transformé en village.

Cacao.

Éléonore se recula sur son siège, soufflée par sa découverte. Le nom avait été cité par la directrice du zoo. Le félin abattu par les services de santé venait précisément de ce coin de jungle où trois Hmongs avaient fini en pleine crise dans ce qui avait l'air d'être un hôpital psychiatrique. S'agissait-il de schizophrénie ? Avaient-ils eu des hallucinations, comme Machefer, comme Frusco ? Elle pensa de nouveau aux singes. Quelque chose avait modifié leur comportement, les avait rendus fous, eux aussi. Et le point commun était le jaguar.

Elle revint vers son ordinateur, pianota sur son clavier un tas de mots clés. « Folie, Hmong, Guyane, jaguar, schizophrénie »... Elle écuma les pages, les sites dans tous les sens sans rien dénicher en rapport avec ce qu'elle recherchait. Tout ça datait d'une époque où Internet existait à peine. Si des traces de ce qui s'était produit subsistaient, ça devait être dans de vieilles archives d'hôpital, quelque part en Guyane, mais une chose lui paraissait désormais acquise : son faux père était allé dans la jungle amazonienne. Il s'était retrouvé face à ces psychotiques et les avait pris en photo. Pourquoi ? Qu'avait-il découvert ? Elle songea à Frusco, frappé de folie, que Denis Liénard disait avoir connu petit et qu'il était retourné voir au Rouvray, de nombreuses années plus tard… Bon Dieu, quel sens donner à tout ça ?

Des claquements de pas la sortirent de ses pensées. Enfin, Courbier passa dans le couloir, à 18 h 50, emmitouflé dans son caban bleu, son parapluie à la main et sa casquette fourrée munie de cache-oreilles enfoncée sur le crâne. Elle prit conscience qu'elle ignorait tout de ce type. Où habitait-il ? Avait-il une femme ? Quels étaient ses loisirs ? Il ne venait jamais manger avec eux, ne se mêlait pas aux autres, et on le voyait rarement dans la salle de pause, hormis pour s'acheter de temps en temps une barre chocolatée. Vraiment un drôle de bonhomme.

Elle attendit qu'il disparaisse, rangea ses photos, ferma son navigateur et quitta son bureau. Elle devait se concentrer et se replonger dans son costume de psychiatre. Elle ne disposait que d'une courte fenêtre pour approcher Nathanaël Machefer.

Il faudrait être efficace.

41

Christian était chef de bulle jusqu'à 20 heures. Il consulta sa montre lorsque Éléonore pénétra dans l'espace protégé.

— On ne t'a pas beaucoup vue, aujourd'hui, fit-il, surpris par sa présence. J'ignorais que tu étais encore dans les murs.

— Faut croire que si.

La jeune femme regrettait que leurs rapports se soient ainsi dégradés ces derniers temps, mais elle s'occuperait de remettre les pendules à l'heure plus tard. Dans leur champ de vision, une poignée de patients « jouaient » au baby-foot – ils bougeaient plutôt les barres au hasard – ou écoutaient du rap sous étroite surveillance. D'autres restaient dans le hall, assis sur une chaise ou debout devant la vitre en Plexiglas, les observant comme on regarde des poissons dans un aquarium. Éléonore savait que tous attendaient avec impatience le moment de la cigarette. Il s'agissait au final d'une de leurs rares libertés, enfin quelque chose qu'on leur autorisait. Mais la clope était aussi un objet de punition puisqu'on les en privait pour mauvais comportement ou infraction au règlement. Ici, tous les moyens étaient bons pour faire respecter l'ordre.

Nathanaël Machefer, lui, était toujours à l'isolement. En revanche, il était désormais libéré de ses contentions.

Il longeait les murs de sa chambre au ralenti, le dos voûté, les yeux au sol. La feuille de préparation des traitements indiquait que Courbier avait considérablement renforcé le dosage de rispéridone, l'antipsychotique dont la fonction était de juguler l'agressivité et l'agitation. Assommer la bête et la réveiller petit à petit, au fil des semaines : telle était la stratégie que son confrère appliquait sans faillir pour les cas les plus sévères. Les hallucinations, elles, devaient en revanche être bien présentes. Il allait falloir du temps pour les affaiblir. Encore plus pour remonter à leurs origines.

La psychiatre abandonna Christian pour rejoindre l'arrière-salle de la bulle où aides-soignants et infirmiers s'activaient.

— Qui sont les agents chargés de la pause clope de M. Machefer ?

Trois d'entre eux levèrent la main, dont Momo.

— Je vous accompagne.

Momo lui adressa un grand sourire d'une blancheur éclatante.

— Il te manque tant que ça ?

— Je prends ce carnet de notes et ce semblant de crayon à papier, ajouta-t-elle, ignorant sa remarque. Aucun risque de blessure, tu peux vérifier.

— De toute façon, vu comment le patient est dosé, on aura largement le temps d'intervenir en cas de tentative d'agression. Pour quoi faire, le carnet ?

— Discuter.

Elle n'en dit pas plus. Momo n'insista pas et attrapa la cigarette dans le casier en bois. Quand ils procédèrent à l'ouverture de la chambre, Machefer leur lança un regard peiné, fatigué. De gros cernes violacés obscurcissaient son visage. On lui avait collé un patch circulaire sous l'oreille droite : de l'atropine pour limiter l'hypersalivation liée à son lourd traitement. L'infirmier lui tendit une couverture en laine que Machefer glissa sur ses épaules d'un geste approximatif en murmurant un bref « Merci ».

Éléonore profita de cet instant pour jeter un coup d'œil en direction de Christian, de l'autre côté de la fenêtre d'observation. Il la fixait froidement et, elle en était certaine, ne manquerait pas d'informer Courbier de sa visite, parce qu'il était consciencieux et que c'était son rôle de tout consigner. Peu lui importait. Il ne s'agissait que d'une promenade. Son confrère pourrait gueuler tant qu'il voudrait, il n'aurait rien contre elle.

Un vent cinglant s'engouffra dans la pièce lorsqu'ils déverrouillèrent la porte qui donnait sur la petite cour grillagée. Ils sortirent. Les autres patients de l'unité étaient aussi en promenade, de l'autre côté de la clôture. Momo s'approcha immédiatement de la grille près de laquelle se tenaient Maxime Giroux et un de ses camarades.

— Éloignez-vous de là !

Giroux lui adressa un sourire mauvais, sans bouger, avant qu'un aide-soignant ne l'emmène plus loin.

— Il n'arrête pas de traîner ici, confia Momo à Éléonore. Ces deux-là se sont même parlé dans l'après-midi, mais M. Machefer refuse de me dire ce qu'ils se sont raconté. Hein, M. Machefer ? De quoi vous avez bien pu causer ?

Le concerné haussa les épaules.

— De trucs…

Le Martiniquais alluma la cigarette du patient et la lui tendit. Celui-ci peina à la porter à ses lèvres : sa main droite tremblait à un point tel qu'il dut pencher la tête pour en attraper l'extrémité avec les dents. Éléonore se glissa dans son champ de vision.

— Comment vous sentez-vous, M. Machefer ?

Elle marchait à présent à son rythme. Il n'y avait pas de caméras à cet endroit. Personne ne les entendrait.

— Votre œil… C'est moi, hein ? Je voulais pas faire ça…

— Ce sont des choses qui arrivent, je ne vous en veux pas. Il y avait de la colère en vous. Beaucoup de colère. Si vous n'exprimez pas cette colère, alors c'est vous qui souffrez.

Sans répondre, il tira sur sa cigarette, puis enserra de ses doigts les barreaux de la grille où se tenait Maxime Giroux quelques instants plus tôt. Ce dernier avait maintenant rejoint les autres au niveau de la salle de pause. Des points rouges dansaient sous la lumière jaunâtre des lampadaires, le long du mur d'enceinte. Le tabac s'embrasait.

— Quand je pourrai aller dans la grande cour avec les autres ?

— Vous vous touchez encore beaucoup le ventre, M. Machefer. Vous continuez à arracher votre pyjama…

— Je le fais pas exprès.

— Je sais. Mais pour quitter l'isolement, il va falloir bien vous comporter. Pas d'insultes, pas d'agression, pas de violence envers vous-même… Bientôt, ça ira mieux. Vous comprenez ?

Il acquiesça. Éléonore sortit son carnet. Elle en extirpa une photo de Frusco qu'elle avait trouvée sur Internet.

— J'aimerais savoir si vous avez déjà vu cet homme. Est-ce que le nom d'Arthur Frusco vous dit quelque chose ?

Il prit le cliché de sa main libre, le plaça devant ses yeux. Il semblait avoir du mal à faire la mise au point.

— Non.

— Vous en êtes certain ? Ça remonte peut-être à des années. Arthur Frusco. Environ votre âge.

Il secoua la tête. Sa réponse avait paru spontanée, malgré son esprit embrumé. Éléonore disposait de peu de temps, et ce serait *a priori* sa seule opportunité d'échanger avec Machefer. À l'évidence, dès le lendemain, Courbier donnerait ses instructions aux agents pour ne plus la laisser approcher son patient. Elle récupéra le cliché et lui tendit en échange la première feuille déchirée de son carnet, sur laquelle était noté : « Est-ce que le Capitaine est là en ce moment ? » Le malade resta quelques secondes immobile, le papier tremblant au bout de ses doigts. Puis il acquiesça, la clope serrée entre ses lèvres.

La stratégie de la psychiatre fonctionnait. Dans l'après-midi, elle avait déjà réfléchi aux questions importantes à lui poser. Elle n'avait donc à présent plus qu'à dérouler le fil et tourner les pages de son carnet. « Le Capitaine est-il la voix à laquelle vous devez obéir ? » Il hocha la tête, ses yeux exprimèrent de nouveau un effroi manifeste. Éléonore s'empressa d'écrire : « Il ne peut pas savoir qu'on parle de lui, d'accord ? N'oubliez pas : il ne peut pas voir. »

L'homme, face à elle, commença à se dandiner doucement. La jeune femme était toujours perturbée de voir à quel point la maladie mentale était perverse, faite de règles internes illogiques. Car comment le Capitaine pouvait-il ne pas savoir alors qu'il était une production du cerveau de Machefer, cerveau qui était justement en train d'analyser les messages ? Ça n'avait aucun sens, mais ça marchait néanmoins. Elle tourna encore une page : « Le Capitaine peut-il deviner si des vers sont à l'intérieur des gens ? » Elle lut, dans les iris de Nathanaël Machefer, une sorte d'appel au secours. Une part de lui avait conscience qu'elle pouvait l'aider. Une autre l'empêchait de communiquer avec elle. « Comment ? » insista-t-elle. Machefer tendit la main pour prendre le crayon.

— Tout va bien ? lança Momo dans le dos d'Éléonore.

— Oui, c'est bon. Laisse-nous encore un peu, s'il te plaît.

— Tu as deux minutes. Tu sais qu'on ne peut pas déborder.

Le Martiniquais s'éloigna. Machefer nota d'une écriture difficilement déchiffrable : « Il sait tout. » La psychiatre comprit qu'elle n'aurait pas d'information précise de ce côté-là, par manque de temps. Elle fouilla vite parmi les questions inscrites dans son carnet, et fut surprise de constater que l'une d'elles était barrée. Elle n'avait aucun souvenir de l'avoir fait. La feuille en était quasiment trouée, tant les ratures avaient été appuyées. Qu'est-ce que ça voulait dire ? Que quelqu'un était entré dans son bureau en son absence et que cette personne avait touché à ses affaires ? Non, c'était improbable. Peut-être avait-elle juste un trou de mémoire, comme pour le stylo dans sa poche. La fatigue et le stress de ce qu'elle vivait depuis des semaines devaient altérer sa concentration… Troublée, elle recopia la question sur une autre feuille. L'arracha. La montra. « Pourquoi le Capitaine vous a ordonné de venir ici ? »

— Je sais pas, répondit-il spontanément. Je suis en sécurité. Loin des vers qui remontent, loin de…

Il se rendit compte qu'il avait parlé, s'immobilisa. Éléonore se dit que tout allait capoter, que le Capitaine allait être au courant de leur stratagème, mais l'homme attrapa le crayon, griffonna quelque chose et lui rendit la feuille, l'index sur ses lèvres. « Chut ! » Il tira une dernière bouffée de tabac, grillant jusqu'à l'ultime brin de sa cigarette, et se mit à marcher en direction de la porte de sa chambre, enroulé dans sa couverture tel un fantôme.

Éléonore baissa les yeux.

« Crab Bay. Tuez-les tous. »

42

En fin de journée, Lucie entra dans l'open space avec une bouteille de vin qu'elle posa sur son bureau. Ses épaules et ses cheveux étaient saupoudrés d'une neige toute fine qui ressemblait à du talc. La météo s'annonçait capricieuse pour les jours à venir. Franck, lui, était seul devant son écran d'ordinateur, l'air écœuré. Il leva la tête vers sa femme.

— Il manquait le vin, je l'ai pris au bout de la rue, annonça-t-elle en ôtant son manteau. Pour le cadeau, j'ai acheté un ensemble pantalon et polo, et un beau petit pousseur-trotteur. Tout est dans le coffre de la voiture.

— Et les jumeaux ?

— Jaya nous les amène, elle vient de se mettre en route.

— Merci d'avoir géré tout ça. De mon côté, j'ai eu Nicolas : il nous dit d'arriver quand on veut. Je propose qu'on file dès qu'on aura récupéré les jumeaux. Je n'ai pas envie de rentrer trop tard.

Ils échangèrent un regard silencieux. La soirée pouvait aussi bien être réussie que virer au cauchemar. Au travail, en tout cas, Nicolas semblait tenir le coup pour l'instant, mais il était clairement à fleur de peau. Lucie pointa l'écran de Sharko. On y voyait le gros plan d'une gueule monstrueuse, circulaire, dotée de deux rangées de dents crochues.

— C'est quoi, cette horreur ?

— Ah, ça ? C'est la gueule d'un ténia. Je voulais savoir comment ce truc fonctionnait et avait pu atterrir dans l'intestin de notre victime...

Lucie poussa un soupir. Ce que Sharko avait affronté à l'autopsie l'avait profondément marqué, jusqu'à avoir un impact sur son comportement alimentaire. La veille au soir, il avait en effet rechigné, quand elle lui avait servi un steak haché, et elle l'avait surpris à trifouiller dans son assiette du bout de sa fourchette avant d'avaler quoi que ce soit.

— C'est dingue, quand même, l'intelligence de cette bestiole. Le truc s'accroche à la paroi intestinale avec tout un tas de crochets. Il se développe grâce à la nourriture ingurgitée par son hôte, tranquillement et discrètement. S'établit alors une cohabitation qui n'empêche ni l'un ni l'autre de vivre, mais où l'un pompe les ressources de l'autre, peinard, doigts de pied en éventail. Le principe du parasitage, quoi...

Le commandant zooma sur une partie du ver.

— À un moment donné, ces anneaux que tu vois là se désolidarisent et se retrouvent dans les excréments du parasité. Ce sont comme des sacs qui contiennent des dizaines de milliers d'œufs. Leur particularité, c'est qu'ils sont super solides. Avec leur double coque, ils résisteraient à mes quatre-vingt-dix kilos. Bref, ils finissent dans l'environnement où ils peuvent rester pendant des années dans une sorte d'état de veille. Puis un jour, un porc passe par là, il les ingurgite en fouinant dans la terre avec son groin. Là, une fois dans le système digestif du porc, la coque de l'œuf se dissout et libère des embryons qui perforent la paroi intestinale à l'aide de leurs crochets.

Il changea d'image pour illustrer son propos et écrasa son index sur l'écran.

— Regarde, ces saletés d'embryons traversent la paroi, s'introduisent dans la circulation sanguine du porc et vont s'enkyster dans les muscles, le cœur et la langue. À cet instant, ils se transforment en cysticerques qui se mettent en sommeil jusqu'à ce que nous, les humains, on mange la chair infectée. Et le cycle recommence…

Sharko se recula sur son siège, les mains derrière la nuque.

— En résumé, si j'ai bien compris le principe, cette histoire d'œufs sur une feuille de salade évoquée par Nicolas ne tient pas, puisque ça doit forcément passer par des porcs. Comment, donc, Denis Liénard, qui était végétarien, a-t-il pu attraper cette bestiole ? Ça m'échappe.

Voyant que Lucie n'avait pas davantage la réponse que lui, il soupira, ferma la fenêtre sur son ordinateur, se dirigea vers le tableau et changea de sujet.

— Pascal devrait arriver. Il vient de recevoir des infos des opérateurs téléphoniques de Nathanaël Machefer et du 06 inscrit sur le tract de Parasit'Off. On s'est d'ailleurs renseignés auprès d'Infogreffe et du registre du commerce et des sociétés : aucune trace de cette entreprise. Elle n'a aucune existence légale.

Lucie se posta à ses côtés.

— Il s'agirait donc d'un tract bidon.

— Peut-être déposé dans sa boîte aux lettres ou sous sa porte par quelqu'un au courant que Machefer a une peur panique des vers. Un de ses clients ? Un type qui le suit sur les réseaux sociaux ? Un médecin ? Le champ est vaste. En tout cas, cette personne lui propose ses faux services de spécialiste des parasites.

— Pourquoi ?

— Se rapprocher de lui ? Entrer chez lui et y introduire de vrais vers pour amplifier sa peur ? Une sorte d'embrigadement mental, tu vois. Le « déparasiteur » devient alors le confident, le sauveur. Celui qui peut aider. On n'aurait peut-être pas dû appeler tout à l'heure. Maintenant, il sait qu'on est sur sa piste.

Pascal Robillard débarqua quelques minutes plus tard, des papiers en main.

— Voilà, j'ai demandé un historique sur trois mois. La première fadette concerne Machefer. La seconde, le numéro du tract. Numéro qui est associé à une SIM Lycamobile…

— Du jetable, évidemment.

— Évidemment ! Et au nom de David Martin. Un nom bien standard qui a quatre-vingt-dix-neuf pour cent de chances d'être faux.

Sharko poussa un soupir. Ces téléphones jetables étaient de vraies plaies. Avec ça, n'importe quel quidam pouvait s'enregistrer sous une fausse identité, car il n'y avait aucun contrôle. Du pain bénit pour les dealers, les trafiquants ou encore les terroristes, qui étaient ainsi difficilement traçables.

— Sur ce, il faut que j'y aille, ajouta Pascal. Encore navré de ne pas pouvoir vous rejoindre chez Nicolas ce soir, mais ma fille m'en aurait voulu de manquer son gala de danse. À demain…

Sharko lui adressa un salut et consulta sa montre. Il tendit la facture détaillée de la ligne de Machefer à sa femme et conserva l'autre.

— On fait ça encore une demi-heure et stop. J'ai la tête farcie, j'ai besoin de décompresser et de boire un coup.

Lucie approuva. Ces derniers jours avaient été éreintants. Elle retourna à sa place, mit le nez dans la paperasse, un stylo en main. Sharko l'imita. La carte SIM Lycamobile avait été activée à la mi-décembre, soit environ un mois plus tôt, et le tout premier appel provenait d'un 06 qu'il reconnut sur-le-champ : celui de Nathanaël Machefer. Le 14 décembre, à 18 h 34, pour être précis. La stratégie du tract semblait avoir porté ses fruits. Le psychotique avait sans doute cherché à avoir des renseignements.

Dès lors, les coups de fil s'étaient multipliés. Le 19 décembre, le type derrière Parasit'Off avait joint Machefer. Ils s'étaient parlé dix minutes. Le 24, la communication avait duré vingt et une minutes. Le 28, plus d'une demi-heure. Il y avait des dizaines de lignes, que Sharko parcourut méticuleusement. Toujours le même numéro, celui de Machefer. De toute évidence, le faux entrepreneur avait acheté une SIM dans le seul but de communiquer avec leur homme. Qu'est-ce que les deux individus avaient bien pu se raconter ?

Franck remarqua enfin une variation. Une fois, une seule, le 7 janvier, à 21 h 32, David Martin avait contacté un 06 inconnu pendant deux minutes trente. Aussitôt, le commandant se précipita sur sa boîte mail pour rédiger un message à Pascal, lui demandant de faire dès le lendemain matin une nouvelle requête auprès des différents fournisseurs concernant ce numéro. Hors de question de passer à côté d'un détail qui pouvait avoir son importance.

Quand il eut terminé, Lucie se tenait près de lui.

— Machefer a composé quelques numéros en 01, expliqua-t-elle. D'après une rapide recherche sur Internet, ce sont des cabinets médicaux ou des hôpitaux.

Il faudra vérifier, mais c'est sûrement lié à tous ces résultats d'examens qu'on a retrouvés chez lui. Il y a aussi une poignée de 06 à retracer. La plus grande partie des appels émanent néanmoins de…

— Parasit'Off, compléta Sharko. J'ai les mêmes. Les deux types discutaient, et pas qu'un peu.

— T'as vu la dernière ligne ?

Franck sentit son pouls s'accélérer. Il mit les fadettes côte à côte. Les dernières lignes étaient identiques. Le faux gérant avait téléphoné à Nathanaël Machefer à peine vingt secondes, et le coup de fil avait eu lieu le dimanche 15 à 19 h 15. Le flic releva les yeux vers sa femme, qui hochait la tête.

— Oui, pile le soir du meurtre, Nathanaël Machefer recevait un ultime appel, très bref, de David Martin.

Le policier se recula dans son fauteuil, sonné par leur découverte.

— J'ai comme l'impression que c'est ce qui a enclenché le parcours criminel de notre homme…

43

« Crabé ». Ce terme était sorti à plusieurs reprises de la bouche de Machefer durant ses premiers jours à l'isolement. Une expression noyée parmi d'autres propos difficilement audibles avant que, sans doute, le Capitaine ne lui ordonne de ne plus jamais la prononcer. Une expression qu'elle n'avait pas su déchiffrer, alors. Maintenant, elle savait qu'il s'agissait en réalité de « Crab Bay ».

Une fois rentrée chez elle, Éléonore se précipita sur son ordinateur et tapa ces deux mots sur Internet. Des tas de liens apparurent. Certains renvoyaient à des lieux situés à l'autre bout du monde, au Vanuatu ou en Australie. D'autres orientaient vers des restaurants lointains, à Singapour ou aux États-Unis. Elle parcourut les pages de résultats, sans grand espoir d'y trouver la réponse à sa question. Ça pouvait être n'importe quoi, n'importe où. Peut-être Machefer avait-il vu ça dans un livre ou dans un reportage à la télé. Peut-être même l'expression n'existait-elle que dans son esprit fracturé. Peut-être que…

Son curseur s'arrêta sur un titre, à la quatrième page : « 15 spots d'urbex en Île-de-France ». Elle cliqua, des blocs s'affichèrent les uns en dessous des autres. « Les souterrains de Gripsou », « La maison du Diable rouge », « La cimenterie des Corneilles »… Et, plus bas,

« Crab Bay ». La photo associée représentait deux vieux bâtiments en béton, connectés par une espèce de passerelle couverte et habillée d'un tag immense dont chaque lettre devait mesurer un mètre de haut. « Crab Bay ».

Éléonore cliqua pour avoir plus de détails. En dépit de ce que le nom exotique, « la baie du crabe », pouvait laisser croire, on était loin de la destination de rêve. « Crab Bay » faisait *a priori* référence à une usine abandonnée depuis plus de trente ans. Issue de l'ère industrielle, on y fabriquait jadis des gâteaux cylindriques faits à partir d'un résidu de graines et destinés à l'alimentation du bétail. Des produits qu'on appelait des « tourteaux ».

Elle ouvrit une autre fenêtre, rechercha la localisation de ce site. Paumé dans la campagne entre deux bleds, Theuville et Épiais-Rhus, il se trouvait à moins de trente kilomètres de chez elle, dans le Vexin. Éléonore eut aussitôt la conviction que son ancien patient s'était rendu là-bas. Que le souvenir du tag avait ressurgi dans sa mémoire à son arrivée à l'UMD, et que le lieu jouait de toute évidence un rôle important dans sa psychose.

« Crab Bay. Tuez-les tous. » Ce message aux allures de sinistre code militaire tournait en boucle dans sa tête. Il fallait qu'elle en ait le cœur net. Ce soir. Elle renfila donc son blouson, alla récupérer une lampe torche dans le sous-sol et, cinq minutes plus tard, elle se mettait en route. Dieu merci, les quelques flocons tombés ces dernières heures n'avaient pas tenu sur l'asphalte. En revanche, un vent puissant agitait la cime des arbres.

Guidée par son GPS, la jeune femme s'enfonça dans la campagne la plus noire, faite de vastes étendues où brillaient, parfois, les lumières d'une ferme lointaine. Elle en eut le cafard. Qu'est-ce qu'elle fichait là, toute seule, à rouler vers nulle part ? Elle se demanda soudain à quoi rimait cette vie si solitaire. Il y avait tant à faire, à explorer, et elle, elle passait ses journées à se démener dans un monde de fantômes et ses nuits à se masturber dans des jeux de réalité virtuelle. Les Maxime Giroux, Amory Lequesnois et Jean Joulliard méritaient-ils qu'elle y laisse tant de plumes ? *Ce n'est pas une question de mérite*, se dit-elle. *Ils sont malades et ils ont besoin de mon aide.*

Elle appuya sur un bouton de la radio, choisit une station où on diffusait du rock pour se donner un peu de baume au cœur. C'était juste un coup de mou, comme ça lui arrivait de temps en temps. Rien d'étonnant à ça, d'ailleurs : sa nuit précédente avait été un enfer, et sa journée particulièrement intense en découvertes, entre le zoo, le jaguar, les Hmongs et le « Crab Bay »...

Quelques kilomètres après la sortie de Vallangoujard, elle quitta la départementale 64 et s'engagea sur une voie bitumée si étroite que deux véhicules ne pouvaient pas s'y croiser. De part et d'autre, les champs avaient cédé la place à un bois dont certains arbres dépouillés penchaient dangereusement vers la route. Les clôtures de barbelé, de chaque côté, étaient défoncées.

Au bout d'un moment, la passerelle couverte, percée de ses fenêtres aux vitres cassées, sembla jaillir des branchages. Dans l'éclat de ses phares, les lettres vertes et mauves de l'inscription « Crab Bay » se détachèrent, pareilles à une menace. « N'entre pas ici, ou ça va mal se passer », semblaient-elles lui dire. L'angoisse qu'Éléonore tentait de juguler monta d'un cran. Elle commençait à regretter son impulsivité, mais, évidemment, il était exclu de faire demi-tour.

Elle se gara à proximité de la tour carrée qui marquait une des extrémités de la structure, glissa son téléphone dans sa poche et s'empara de sa lampe. Une bourrasque glaciale la cueillit dès qu'elle mit le nez dehors.

Et maintenant ? Elle ne savait pas. L'endroit paraissait immense. Pour braver son appréhension, elle se raccrocha à l'idée que, comme elle, Machefer était venu en ces lieux désolés, et qu'une bonne raison l'y avait poussé. « Tuez-les tous. » Ne tenant pas compte des panneaux qui interdisaient l'accès au site, elle s'approcha du bâtiment. La porte d'entrée, bien que doublée d'un grillage, avait été forcée. Torche serrée dans son poing, la jeune femme s'engagea dans l'escalier et le gravit jusqu'en haut. Sur sa droite, quatre murs formaient une fosse qui plongeait dans le noir absolu. Il s'agissait sans doute du silo qui servait à stocker les grains issus des récoltes alentour. La lumière de sa lampe atteignait à peine le fond.

Après avoir enjambé une barrière, Éléonore emprunta la passerelle. Bureaux retournés, vitres explosées, verre brisé sous ses pas, elle explora vite les pièces de l'autre côté, d'étage en étage. Elles étaient toutes taguées, ravagées, bouffées par le temps. Ici, elle remarqua des casiers ouvriers en bois, là, des mastodontes de fer rouillé avec leurs courroies sombres et leurs engrenages, vieux fantômes prêts à redémarrer l'activité de fabrique de tourteaux. De l'eau suintait quelque part.

Tout à coup retentit un bruit de moteur. Un véhicule approchait. Elle se rua vers une fenêtre, éteignit sa torche. Là-bas, sur la route, deux phares perçaient l'obscurité… Elle nota un ralentissement au niveau de la passerelle. Le conducteur avait dû repérer sa voiture au pied de la structure. Éléonore se mit à craindre le pire. Elle retint son souffle. Finalement, la voiture accéléra de nouveau et s'évanouit dans la nuit.

Aussitôt, elle ralluma, puis elle sortit à l'exact opposé de son point d'entrée, là où la nature avait repris ses droits. Au-dessus de l'usine, les branches des arbres cinglaient la façade sous l'effet des bourrasques. Les courants d'air faisaient siffler tout le bâtiment. Par terre, le bitume avait craqué, cédant face à la force de racines noueuses. Il n'y avait rien à trouver dans le coin. C'était une fichue friche comme il en existait des milliers en France. Qu'est-ce qu'elle avait espéré ?

Penaude, elle reprit le chemin de sa voiture, balayant les environs de son faisceau tel celui d'un phare. Subrepticement, elle capta une lueur dans les bois. Le reflet de sa lampe sur une vitre, ou quelque chose comme ça. Elle s'enfonça alors dans la végétation et sentit son cœur monter dans les tours. Il s'agissait d'une maison abandonnée, presque intégralement recouverte de lierre. Une maison peinte en jaune…

Cette fois, sa peur se mit à galoper. Machefer avait évoqué une maison jaune dans son délire. Elle progressa sur le terrain jonché de feuilles. La toiture en tuiles était en ruine, la charpente s'était effondrée aux trois quarts, partout à l'intérieur de l'habitation s'entremêlaient des planches, des poutres, de la ferraille. Des câbles électriques pendaient également des murs. Éléonore se fraya un passage dans ce capharnaüm, afin d'accéder aux différentes pièces. Un coup de vent fit vibrer un morceau de tôle. Dans son dos, quelque chose tomba. Elle se retourna vivement, pointa sa torche devant elle. Un nuage de poussière s'élevait du sol. La porte battait. Son cœur, lui, cognait dans sa poitrine.

Sans bouger, du bout de son faisceau, elle explora d'abord son environnement, puis elle alla à la fenêtre de la cuisine et éclaira les profondeurs de la forêt. Soudain, elle crut percevoir une silhouette. Elle se tenait droite parmi les troncs noirs. Le tableau de Frusco lui revint instantanément en mémoire. La femme écorchée, l'ombre dressée derrière. Un clignement d'yeux plus tard, il n'y avait plus rien. Juste son imagination. Et l'abominable peur qui lui tordait le ventre. *Ton imagination, tu en es bien certaine ?* disait une petite voix dans sa tête.

Il fallait qu'elle fiche le camp d'ici. Elle sortit et longea le pignon latéral, côté droit. Ensuite, tout se déroula en une fraction de seconde. Elle reçut un choc douloureux dans le dos et, alors qu'elle basculait dans le vide, se sentit aspirée par les ténèbres. Elle tenta néanmoins d'agripper le rebord de terre, mais trop tard, ses ongles ripèrent sur une paroi de béton rugueuse. Elle plongea dans un cri.

La lampe torche s'était éteinte dans la bataille et avait roulé quelque part. Éléonore n'avait rien de cassé, un revêtement mou, comme du coton, avait amorti sa chute. Dans la pénombre, elle distinguait à peine les contours du trou, au moins deux mètres cinquante plus haut. La planche qui avait basculé sous ses pieds, elle, était bloquée en travers, au-dessus de sa tête.

En pleine panique, elle était incapable de dompter cette peur effroyable, viscérale, de voir l'ombre ressurgir. L'ombre qui l'avait poussée là. Cette présence qui la harcelait au téléphone et qui avait mystérieusement déclenché son système d'alarme la nuit précédente. Mais il n'y avait rien. Son agresseur veillait-il, hors de vue ? Jouissait-il de la situation ?

— Qui êtes-vous ? Laissez-moi sortir de là !

Seul le silence lui répondit. Le silence et le vent à l'assaut des branches. Éléonore resta figée telle une bête acculée. Au bout d'un temps qui lui sembla beaucoup trop long, elle osa de nouveau bouger. Se baissa à la recherche de sa lumière. Sentit une drôle d'odeur, mélange de terre humide et de pourriture. C'est alors qu'elle perçut cette chose souple sous elle, sous ses pieds, partout. Une masse ondulante.

Elle se redressa d'un coup, à la limite de hurler. Vite, elle ouvrit la poche de son blouson pour attraper son téléphone et déclencha la fonction torche de l'appareil. Elle haletait comme un animal en détresse quand elle orienta son portable vers le sol.

Des vers. D'innombrables lombrics gluants, des asticots, certains écrasés sous son poids, d'autres en décomposition.

Éléonore s'enfonçait jusqu'à la moitié des tibias dans cet amas répugnant. Elle sauta, sauta de toutes ses forces pour tenter d'atteindre le rebord du trou, le frôla une fois, mais ses doigts écorchés glissèrent, encore et encore. Impossible de remonter. Elle était piégée.

Son cri déchira la nuit.

44

La péniche débordait de vie. Des cris d'enfants, des musiques de jouets. Sur un tapis en laine, Lucie et les jumeaux empilaient des pièces en bois, tours qu'Angel démolissait en riant et en applaudissant avec ses petits doigts boudinés.

Verre de blanc à la main, Sharko et Bellanger étaient accoudés à la coursive, à l'avant du ponton où clignotait la guirlande de lumières multicolores. Franck contemplait sa famille, en contrebas, attendri. Tout ce qu'il avait réussi à construire, contre vents et marées, se trouvait là, sous ses yeux.

— Tout à l'heure, après ma visite au cimetière, j'ai appelé le médecin qui a mis Angel au monde, annonça Nicolas en grelottant légèrement à cause du vent. Le docteur Corneille, tu te rappelles ?

— Comment je pourrais l'oublier...

— Sans le courage dont il a fait preuve, Angel serait parti avec sa mère. Pourtant, il a été radié de l'ordre des médecins, et il risque maintenant quinze ans de prison pour actes de barbarie et mutilations sur le corps d'une femme qui était morte et n'aurait souhaité qu'une chose : que son enfant naisse. Cet homme porte un bracelet électronique, Franck. On le traite comme un vulgaire criminel. Sérieusement, il n'y a pas un truc qui cloche ?

En tout cas, j'attends avec impatience son procès. J'irai témoigner. Je le défendrai bec et ongles. Parce que tout ça est insupportable. La justice est insupportable.

Franck ne dit rien, mais il n'en pensait pas moins. Martin Corneille avait été mis en examen, placé en détention provisoire et, un an après les faits, se retrouvait sous contrôle judiciaire sans possibilité d'exercer. Ce type avait été détruit par ses pairs, par le système…

Après plusieurs minutes de silence, Nicolas reprit :

— Tu sais, souvent, je me dis qu'ils nous ont tout volé. Absolument tout.

— Qui ça ?

— Ceux qu'on traque. Les salopards qui croisent notre chemin. Qu'on le veuille ou non, ils s'accrochent à nous, ils entrent dans nos vies, ils les détruisent. Alors pourquoi on n'abandonne pas tout ça ? Pourquoi on continue à se faire du mal, enquête après enquête ? Merde, ils m'ont pris Audra, ils m'ont brisé !

Franck but une gorgée d'alcool. À l'intérieur, Lucie riait toujours avec les petits.

— Que veux-tu que je te réponde ? Que c'est pour accomplir le bien ? Pour rendre le monde meilleur ? Tu parles, tout ça, c'est de la foutaise. On fait partie du paysage, et on fait le seul truc qu'on sache faire, c'est tout. Si nous on ne le fait pas, qui le fera à notre place ?

Sharko pointa son verre en direction de sa femme.

— Tu ne peux pas imaginer à quel point je l'admire… Elle a une force extraordinaire. Quand ses jumelles sont mortes, je me suis dit qu'elle ne s'en relèverait pas. Qu'une mère ne pouvait pas survivre à un drame pareil. Et pourtant regarde-la ! Elle rit, elle pense à l'avenir. Alors bien sûr, c'est pas rose tous les jours, loin de là, mais elle avance.

Ils restèrent là un moment, à méditer dans l'air glacial de cette soirée d'hiver. Sharko scruta les silhouettes des immeubles, au loin. Le temps filait si vite. Certes il tenait encore le choc, grimpait les étages du Bastion à pied dès qu'il en avait l'occasion, mais il sentait que sa carcasse commençait à se fissurer doucement, attaquée par le sel des années. Ils en avaient parcouru, du chemin. Et malgré les échecs, ils en avaient enfermé, des types, derrière les barreaux. Une goutte d'eau, peut-être, dans l'océan de violence qu'était devenu le monde, mais au milieu du chaos et des turbulences, ils avaient certainement sauvé des vies. Des gens vieillissaient grâce à eux. D'autres avaient fondé des familles. Bon Dieu, tout ça ne valait-il pas le coup de continuer à se battre ?

Après une profonde inspiration, il aborda un sujet qu'il avait pris l'habitude d'éviter.

— Hier, t'as dû remarquer que ça m'a pas mal perturbé, notre visite à l'UMD…

— En effet.

— Mes vieilles visions du passé, on n'en a jamais vraiment discuté, toi et moi. T'as juste dû entendre des bruits de couloir selon lesquels ton chef avait été un type un peu barge. Qu'il causait tout seul. Qu'il achetait des pots de beurre de cacahuète qu'il posait sur le siège arrière de sa bagnole pour que son hallucination mange cette saloperie et lui foute la paix…

Sharko se tourna vers Nicolas.

— Pourquoi elle voulait du beurre de cacahuète que je galérais à trouver dans les magasins, sinon pour me faire encore plus chier, hein ?

Le lieutenant tenta de garder son sérieux, mais une bulle facétieuse remonta du fond de son ventre et, aussi incongru que cela puisse paraître, il explosa de rire.

Sharko eut d'abord un vague sourire d'incompréhension, puis l'élan d'euphorie de son collègue l'emporta à son tour.

— C'est pas une blague, Nicolas. Elle… Mon Dieu, elle m'accompagnait même sur les scènes de crime. Je la voyais marcher autour des cadavres avec son petit air dégoûté ! Un des collègues de Rouen, je me rappelle, croyait que je parlais aux morts. En vrai, c'était l'enfer. Souvent, quand je rentrais, je devais prendre un bain de glaçons pour qu'elle me lâche la grappe. Pourquoi, je n'en sais rien, mais ça fonctionnait. Enfin bref, aujourd'hui j'en plaisante mais, à l'époque, ma vie ressemblait à un cauchemar…

Son rire se tassa instantanément, il eut le regard vague, les lèvres collées contre son verre. Nicolas lui tapota le dos.

— Rentrons, je vais faire réchauffer la paëlla.

À table, ils évoquèrent leurs souvenirs avec Audra et laissèrent, le temps d'un repas, l'enquête de côté. Le moment fut à la fois joyeux et triste, et il rassura Franck sur l'état de Nicolas qui, malgré tout, semblait tenir la barre de sa petite nef. Il jouait son rôle d'hôte, de père. Quand il souffla la bougie sur le gâteau au chocolat floqué d'un « Joyeux anniversaire Angel », la mère qu'était Lucie put lire dans ses prunelles tout l'amour qu'il portait à son fils. Et elle fut persuadée, à cette seconde, qu'il s'en sortirait.

Tandis que, plus tard, il empilait les assiettes sales en bout de table, aidé par Lucie, son téléphone sonna. Sous l'œil inquisiteur du couple, il décrocha et s'éloigna vers la cuisine, où il se mit à aller et venir avec nervosité. Quand il revint dans le salon, il était livide.

— C'était la psy. Elle était complètement affolée.

— Qu'est-ce qui se passe ?

— Ça captait mal mais, d'après ce que j'ai compris, elle serait tombée dans un trou à proximité d'une usine désaffectée. Un truc qui… fabriquait des crabes. J'ai rien pigé. En tout cas, dans le trou, il y avait des vers par centaines. Elle était hystérique. Les secours l'ont prise en charge, ils la conduisent à l'hôpital de Pontoise.

Tout en parlant, Bellanger avait enfilé son blouson, et il cherchait maintenant ses clés de voiture.

— J'ai presque rien bu, je fonce. Faut que j'appelle Kelly, elle ne doit pas être loin, elle…

— Préviens-la, oui, l'interrompit Lucie. On s'occupe d'Angel en l'attendant, puis on rentre. Les enfants ont école, demain. Mais bon sang, c'est quoi encore, cette histoire de vers ?

— Je n'en sais fichtre rien, répliqua Nicolas en se précipitant vers la porte.

45

À plus de minuit, la voiture de Nicolas quittait enfin le parking des urgences de l'hôpital. Vu la chute et la panique d'Éléonore, le médecin avait jugé bon de faire un rapide check-up. Résultat : pas de fractures, juste quelques griffures bénignes.

— Je suis sincèrement désolée pour le dérangement, je ne sais pas ce qui m'a pris. Je crois que j'étais en état de choc et…

— Expliquez-moi clairement ce qui s'est passé.

— J'ai pu approcher Nathanaël Machefer en fin de journée pendant sa promenade dans la cour et l'interroger brièvement au sujet du Capitaine, raconta la jeune femme. Le Capitaine est bien la voix mauvaise qui lui donne des ordres. Il fait partie intégrante de sa psychose. Puisqu'il interdit à Machefer de l'évoquer, on a communiqué par écrit. Un moyen, en quelque sorte, de contourner la règle imposée par son hallucination. Et à la fin de notre entretien, il a noté ça.

Elle lui montra la page arrachée de son carnet. Nicolas y jeta un coup d'œil avant de se concentrer de nouveau sur la route. D'après le GPS, il ne restait plus qu'une dizaine de kilomètres jusqu'à l'endroit où la psychiatre avait laissé sa voiture.

— J'ai fait une recherche sur Internet, poursuivit-elle. « Crab Bay », ce sont les mots qui ont été tagués sur une passerelle du site abandonné où on m'a retrouvée. Je pense que le « Tuez-les tous » est à destination des… des vers.

Elle fixa le papier qu'elle tenait entre ses doigts, et Nicolas remarqua les tremblements de ses mains.

— Vous avez dit qu'on vous avait poussée ? Qui ?

— Je ne sais pas… Je ne suis plus certaine de rien. Tout s'est passé si vite que c'est embrouillé dans ma tête. J'ai senti une présence dans le bois autour de moi et j'ai vu très brièvement une silhouette. Sauf que, un instant plus tard, il n'y avait plus rien. En fait, ce n'est pas la première fois que ça arrive. Ça s'est déjà produit dans un parking. Puis dans les alentours de ma maison. Il y a aussi eu des coups de fil anonymes. Et la nuit dernière, mon alarme s'est déclenchée. Le gars de la surveillance m'a dit qu'il n'y avait personne, qu'il s'agissait simplement d'un capteur qui aurait mal fonctionné. Mais j'ai quand même l'impression que quelqu'un rôde…

Éléonore frissonna à cette idée.

— Bref, j'ai commencé à paniquer, et en voulant retourner à ma voiture, j'ai marché sur une planche située au-dessus du trou. Le médecin a constaté un coup au niveau de mes omoplates. Selon lui, c'est la planche qui m'a frappée en basculant à cause de mon poids. Pourtant… Je crois vraiment qu'on m'a poussée… C'est la sensation que j'ai eue, en tout cas.

Nicolas lui adressa un regard en coin.

— Une sensation comme la mienne l'autre soir, chez vous, sur le tapis roulant ?

Elle ne répondit rien. Il enchaîna :

— Quelqu'un était au courant de votre excursion à l'usine ?

— Non. Machefer m'a donné le papier, je suis rentrée, j'ai fait quelques recherches et je me suis mise en route.

— On aurait pu vous suivre ?

— Non, non. Enfin, je ne sais pas. Mais pourquoi quelqu'un ferait-il ça ? Et puis, j'aurais vu des phares dans mon rétroviseur, non ? Sauf, bien sûr, s'ils étaient éteints. Ça reste possible.

Elle prit une profonde inspiration. Nicolas la sentait ébranlée. Et fatiguée.

— C'était effroyable de se retrouver coincée là-dedans avec… ces choses répugnantes, avoua-t-elle. Et encore, moi, j'avais mon portable, j'ai pu appeler les secours. J'ose à peine imaginer ce que ça donnerait sur quelqu'un de psychologiquement fragile qui passerait une nuit complète dans ce trou, sans pouvoir contacter qui que ce soit.

— Quelqu'un comme Machefer…

Elle acquiesça.

— J'ai effectivement la conviction que lui aussi a vécu cet enfer et que ça a contribué à sa peur panique des vers. Peut-être qu'il en avait déjà une certaine crainte auparavant, de la même manière qu'on peut avoir peur des souris, une peur « normale », dirons-nous, mais que cette expérience a tout amplifié.

— Ça aurait pu déclencher sa schizophrénie ?

— Non. En revanche, ça a sans doute placé cette terreur d'une invasion de vers au centre d'une psychose sur le point de germer. Il a commencé à ruminer, à penser « vers », à cauchemarder « vers », en plus de sa désociabilisation. Il a dû se remémorer ces monceaux d'insectes gluants qui grouillaient sous ses pieds. Petit à petit, la maladie l'a enfermé dans un scénario qu'il jugeait être la réalité. La machine était lancée, et tout s'est emballé, vraisemblablement sur plusieurs semaines, jusqu'à l'explosion finale, le fameux dimanche soir.

Ils arrivèrent à destination. Nicolas observa l'imposant tag dans l'éclat de ses phares, puis se gara à côté du véhicule d'Éléonore.

— Vous me montrez ?

Il la vit hésiter, alors il ajouta :

— Restez ici, si vous voulez, je vais juste jeter un œil.

— Ça va aller. Je préfère venir avec vous.

L'endroit serait parfait pour tourner un film d'horreur, songea Nicolas alors qu'ils se dirigeaient vers la maison jaune, éclairés par la fonction torche de leurs téléphones. La terre était froide, humide. Tout était silencieux, hormis le sifflement du vent, toujours aussi puissant. Si la psychiatre avait été suivie, elle l'aurait remarqué, à moins que son agresseur ne se fût garé très loin d'ici.

— Vous n'avez pas un pistolet sur vous, au cas où ? s'inquiéta-t-elle.

— Quand bien même quelqu'un aurait vraiment été là tout à l'heure, je doute qu'il le soit encore… Dites, lorsque nous avons perquisitionné chez Machefer, j'ai découvert une carte postale sur laquelle était reproduit un tableau. *Le Cri*, de Munch. Vous en avez également une dans votre salon, n'est-ce pas ?

Éléonore ralentit sous le coup de la révélation.

— Oui, je l'ai reçue dans ma boîte aux lettres. Ça doit remonter à un mois, un mois et demi. Elle était dans une enveloppe classique et il y avait un message écrit en lettres capitales sur la partie cartonnée. Un passage issu de *L'Histoire de la folie à l'âge classique*, de Michel Foucault. Quelques lignes au sujet de *La Nef des fous*…

— Exactement comme pour Machefer. Qu'est-ce que ce passage signifie ?

— Il fait référence à la célèbre peinture de Jérôme Bosch, *La Nef des fous*, et à un ouvrage allemand écrit à la fin du XVe siècle qui porte le même titre. En gros, les deux artistes figurent, dans un bateau symbolique, des fous de toutes sortes, et dressent un tableau sarcastique de la société. Ce monde est fou, il court à sa perte, à l'image de cette nef livrée aux mains de personnages délirants et vouée à faire naufrage. On en rit, mais d'un rire qui est loin d'être joyeux…

— Aucune idée de la personne qui aurait pu vous l'expédier ?

Éléonore secoua la tête. Alors que leurs pas faisaient craquer les feuilles gelées, elle avait l'impression de se retrouver dans l'esprit d'un schizophrène. L'environnement dans lequel elle évoluait lui paraissait déstructuré, et les parcelles qui demeuraient, prises individuellement, devenaient incompréhensibles. Il devait pourtant y avoir une explication cohérente à ce micmac, mais laquelle ?

— Aucune, répliqua-t-elle. Il m'arrive de recevoir des lettres ou des paquets à l'UMD, rarement chez moi. La plupart du temps, ils émanent d'anciens patients, mais ils donnent toujours leur identité. Là, je présume qu'il s'agit d'un type un minimum instruit. En tout cas, je n'ai pas été très rassurée quand j'ai ouvert ce courrier. *Le Cri* est une œuvre effroyable qui me glace le sang. Pourquoi on m'a envoyé ça ? Pourquoi on *nous* a envoyé ça avec ce sinistre message, à Machefer et moi ?

— Je n'en sais strictement rien.

— Est-ce que ça ne tendrait pas à prouver que… que je n'ai pas rêvé ? Qu'il y a bien quelqu'un dans mon sillage ?

Dans un frisson, Éléonore se glissa sur le côté droit de la maison et s'arrêta. Elle pointa le trou à quelques mètres d'elle.

— C'est là. Faites attention.

Nicolas s'approcha, détecta de vieux tuyaux d'évacuation en PVC déposés le long du mur. Vu la configuration, et notamment le coffrage en béton, cet espace avait dû abriter une cuve enterrée. Peut-être du fuel, ou une fosse septique. Il s'agenouilla, éclaira le fond. Contempla avec dégoût la surface luisante de matière organique issue de la décomposition des vers, et sans doute de larves qui, comme sur les cadavres, naissaient de cette matière morte, même en plein hiver. C'était répugnant, certes, mais tout ça ressemblait à un cycle parfaitement naturel : une population de lombrics s'était développée là-dessous, jusqu'à ce que le froid décime la plupart d'entre eux et épargne les plus résistants.

Une planche traînait sur le côté. Nicolas la tira pour la repositionner. Il suffisait qu'elle soit mal placée pour basculer sous le poids d'un adulte, entraîner le choc dans le dos et une chute simultanée. Peut-être qu'à cause de la peur et de la surprise, Éléonore avait cru être poussée. Peut-être n'était-ce réellement qu'un accident.

Il se redressa et revint vers elle. Elle grelottait. Il glissa une main entre ses omoplates et ce geste lui parut si bizarre, si inconvenant dans un dos autre que celui d'Audra qu'il la retira immédiatement.

— Allons-nous-en. Vous êtes frigorifiée.

— Vous… ne faites rien ?

— Que voulez-vous que je fasse ? Que j'appelle une équipe ? Pour quel motif ? Il n'y a rien d'autre qu'une vieille fosse avec des vers en décomposition au fond. Comme vous, je pense que Machefer a passé du temps là-dedans, qu'il existe un lien avec ce qu'on a découvert chez lui, mais je crois que personne, à part vous, n'est venu à proximité de cette baraque depuis un bail.

— Qu'avez-vous découvert chez lui, hormis la carte postale ?

— D'abord, vous allez me promettre de ne plus vous fourrer dans ce genre de situation, exigea Nicolas. La prochaine fois, si vous avez un doute sur quelque chose, ou si vous surprenez un type qui rôde près de chez vous, vous me téléphonez immédiatement.

Éléonore acquiesça.

— Je le ferai.

— Très bien. On est sur les traces d'un individu qui s'est mis en relation avec votre ancien patient en se faisant passer pour le patron d'une entreprise de désinfection capable d'éradiquer des vers. Selon toute vraisemblance, les deux hommes communiquaient beaucoup *via* leurs portables. Ce type a contacté Machefer le soir du meurtre.

Ils arrivaient aux voitures. D'un geste automatique, Éléonore déverrouilla sa portière, provoquant un bip dans la nuit.

— Seigneur… souffla-t-elle. Peut-être est-il derrière tout ça aussi. Qu'il a attiré d'une façon ou d'une autre Machefer ici pour lui enfoncer dans le crâne cette peur viscérale avant de, je ne sais pas, se présenter à lui comme une sorte de sauveur. C'est de cette manière qu'il a pu susciter sa confiance, profiter de ses faiblesses et le manipuler… Il est lui-même un parasite qui s'immisce dans la vie de sa victime sans que cette dernière s'en aperçoive.

Nicolas approuva. Il repensa aux vers dans l'évier. En pénétrant chez Machefer, en s'introduisant dans son intimité, l'homme avait continué à entretenir sa terreur, à lui retourner l'esprit. Il n'osa imaginer toute la préparation et l'ingéniosité que ça avait impliquées.

— Je crois qu'il est temps que je rentre, annonça la jeune femme.

— Ça va aller pour conduire ?

— Je devrais me débrouiller.

— Si besoin, je peux vous suivre et m'assurer que tout va bien à votre domicile.

Éléonore n'avait qu'une envie : qu'il la raccompagne. Il s'inviterait chez elle, elle le laisserait entrer. Ils boiraient un verre, ou deux, discuteraient encore un peu, et il ne pourrait plus reprendre la route…

— Je vous avoue que je ne suis pas rassurée à cent pour cent, mais ça va aller, je vous ai déjà suffisamment ennuyé. Et puis il y a mon alarme. Enfin, quand elle fonctionne correctement.

Elle lui tendit la main. Il en fit autant. Leurs doigts se touchèrent. Nicolas lui adressa un bref sourire qu'il ravala aussitôt. Il opéra un vif demi-tour et s'engouffra dans son véhicule. Dix secondes plus tard, il avait disparu…

46

Le groupe de Brigard était installé à l'autre bout du couloir, du côté de la section antiterroriste. Contrairement à Sharko, Antoine Brigard avait conservé un bureau à part, dont la fenêtre donnait sur l'avant du Bastion. Là, un maillage d'immeubles et d'entreprises avait poussé comme des champignons depuis l'ouverture du nouveau tribunal de Paris et le déménagement de la police judiciaire. On était loin de la vue sur la Seine et du quai des Orfèvres, plus loin encore de tout ce qui avait fait la légende du 36, avec ses inspecteurs en chapeau de feutre, ses étages étriqués et ses marches en bois qui grinçaient au moindre pas. Ici primaient l'administratif, le fonctionnel. Ça avait ses avantages et ses inconvénients.

En début d'après-midi, Nicolas entra dans le bureau avec deux cafés à la main. Antoine Brigard et lui avaient à peu près le même âge, et ils s'étaient toujours salués avec respect.

— Merci de me recevoir, commandant.

Le flic vint lui tapoter l'épaule et prit un des gobelets.

— Votre affaire, là, elle a l'air de pas trop mal avancer. Un meurtre de psychotique, il paraît. En tout cas, c'est pas Barlois, plaisanta-t-il. On rame, avec ce dossier.

Bellanger observa les grandes feuilles collées sur le mur. Un plan du quartier des Buttes-Chaumont, des

Post-it et des notes disséminés partout. Des photos d'identité, aussi : Jean-Pierre Barlois, la meilleure amie, le témoin…

— Ah bon, toujours rien ?

— Pas grand-chose, mais on a quand même levé une zone d'ombre dans son parcours. Ça remonte à l'époque où elle était infirmière dans un hôpital de Lannion, en Bretagne. Mes hommes ont réussi, avec bien des difficultés, à avoir en ligne un soignant qui a bossé dans son service. Christine Barlois a été virée début 2002 pour négligence et mauvais traitements sur des malades plongés dans le coma dont elle avait la charge.

Nicolas ne cacha pas sa surprise. Il se rappelait le visage de ce petit bout de femme, toute souriante et à l'air innocent. Comme quoi, chacun avait sa part de ténèbres.

— Des détails sur les mauvais traitements ?

— Elle leur parlait mal, leur balançait des saloperies à longueur de temps, les manipulait avec autant de précautions que de la barbaque… Il y a eu des plaintes. Des patients ont raconté ce dont ils se souvenaient en se réveillant, des collègues qui n'avaient rien dit jusqu'alors se sont mis à la balancer, et ça a été terminé pour elle. Elle avait 30 berges, c'était une période où elle n'était pas bien, où elle prenait conscience que la médecine, c'était le rêve de ses parents, mais que ce n'était pas son truc à elle…

— Tu crois que sa disparition pourrait être liée à ça ? Qu'il s'agirait d'une vengeance ?

— Je ne crois rien, je me faufile dans le moindre trou de souris qui se présente à nous…

Il eut un geste résigné.

— De toute façon, c'est pas pour être pessimiste, mais ça fait plus de trois semaines, on ne la retrouvera jamais vivante. Si on la retrouve. Enfin bref, t'es pas venu discuter de ça, je suppose ?

Bellanger secoua la tête.

— C'est bien ton groupe qui a travaillé sur l'affaire Frusco ?

— Frusco ? C'est nous, oui.

— J'aimerais que tu me fasses un rapide topo avant que j'aille chercher le dossier aux archives. Je voudrais voir s'il y a un lien, même ténu, entre cette enquête et la nôtre.

Antoine Brigard retourna s'asseoir dans son fauteuil.

— Ça fait un bail. Quel genre de lien tu voudrais qu'il y ait ? Vous avez une raison de penser qu'il puisse y en avoir un ?

Nicolas préféra ne pas évoquer cette histoire de Capitaine. C'était trop bancal. Il esquiva.

— Je ne sais pas. Sharko m'a demandé d'explorer la piste, alors je l'explore.

Les deux hommes échangèrent un regard.

— Sharko et ses intuitions… Écoute, moi, le seul lien que je voie, c'est que ce sont des tarés qui ont commis des crimes à gerber. Et encore, le vôtre, c'est Disney, par rapport à ce que nous, on a dû se farcir.

Il attrapa son mobile. Son front se plissa tandis qu'il faisait défiler sa galerie photos.

— Je vais te montrer. Ça va déjà te donner une petite idée du bonhomme.

Nicolas s'assit en face de lui. Il n'était pas étonné de voir son collègue fouiller dans son téléphone. De nombreux flics de la Brigade criminelle immortalisaient avec leur portable les cadavres sur lesquels ils bossaient, comme d'autres le feraient avec des paysages. Et même une fois les dossiers refermés, ils ne les supprimaient jamais. Une manière de se rappeler que ces monstruosités avaient bel et bien existé, qu'un être humain, un jour, avait été capable de faire ça à l'un de ses semblables. Et parfois, ces clichés ressortaient par accident au cours d'un repas de famille, alors qu'on cherchait un souvenir de vacances… Ambiance garantie.

Le visage de Brigard se froissa. Il poussa son téléphone vers le lieutenant.

— Juin 2016. Ça a été l'une des pires scènes de crime que j'aie vues au cours de ma carrière, et pourtant, j'ai vu un paquet de trucs dégueulasses. En fait, curieusement, c'est surtout l'odeur qui me hante aujourd'hui. Ça m'a pris aux narines dès qu'on est entrés. Je ne sais pas comment je pourrais te décrire ça. Des morceaux de cervelle carbonisés dans un four qui tournait depuis au moins vingt-quatre heures, ça sent comme… des espèces de marrons chauds, mais après qu'ils ont refroidi. Tu vois ?

Le lieutenant étudia les clichés. L'oreiller du lit, les draps, tout était imbibé de sang et couvert de fragments d'os. Il y avait aussi des traînées rouges dans les couloirs, l'escalier, sur le carrelage du salon. Contrairement à Machefer, Frusco avait même abandonné l'arme du crime : le marteau gisait encore dans la cuisine. Quant aux photos de la victime… Nicolas rendit le téléphone à son interlocuteur.

— C'est son gamin de 16 ans qui a découvert le carnage un dimanche soir, raconta Brigard. Son mari était en déplacement, le jeune revenait d'un week-end chez ses cousins et s'était fait déposer devant la maison par sa tante. Je te laisse imaginer la scène. Pas certain que le môme retrouve l'usage de la parole un jour…

Nicolas s'était rabattu sur son café, dont le goût lui paraissait aussi aigre que du vinaigre.

— Immédiatement, on s'oriente vers un geste de folie. Quelqu'un de sain d'esprit ne peut pas faire une chose pareille. C'est inconcevable. Et d'une certaine façon, ça va te sembler bizarre, mais j'étais presque soulagé de savoir que l'auteur était complètement cinglé…

— L'abominable, l'abject, c'est ce qu'on attend de la folie. Ça en devient quasi rationnel.

Brigard acquiesça.

— C'est exactement ça ! Si ça vient d'un fou, tout prend soudain du sens, même si on n'a aucune explication, au final. Et puis le fou, c'est pas nous, nous on est « normaux », on pourrait pas faire ça… Les fous, c'est les autres.

Il rempocha son portable.

— Enfin bref, on collecte des traces papillaires et de l'ADN à foison, ça dégueulait de partout. Manque de bol, les fichiers, par contre, restent muets. Inconnu au bataillon. C'est grâce à un véhicule de fonction, dont la présence a été signalée dans la rue le soir du crime par plusieurs témoins, qu'on remonte jusqu'à une société spécialisée dans la rénovation à Rungis. Environ une semaine après les faits, on débarque là-bas, le patron nous rapporte qu'un de ses salariés, un peintre en bâtiment du nom d'Arthur Frusco, n'est pas venu depuis une dizaine de jours et que, ces derniers temps, il avait un comportement étrange…

— Étrange comment ?

— Le genre parano qui raconte des trucs délirants. Des histoires de zombis à la *Walking Dead*. Tu connais la série ? *A priori*, il s'isolait, mangeait dans sa camionnette le midi, ne se mêlait plus aux autres. Et puis le mec ne se rasait plus, ne se coiffait plus, arrivait en retard… On se pointe donc chez lui pour le taper proprement, et là on sent une odeur de cramé. On défonce la porte, on entre. Arthur Frusco, en nous entendant, avait foutu le feu à des tas de bois qu'il avait accumulés devant les issues de son logement et sur lesquels il avait préalablement répandu de l'essence. On a juste réussi à le sortir de là avant que tout ne parte en flammes.

Du bout des doigts, le commandant ôta une miette incrustée entre les touches de son clavier et la balança à la poubelle.

— On aurait mieux fait de laisser griller cette ordure. T'aurais vu ses yeux déments… À te foutre la chair de poule ! Il se contorsionnait, il avait vraiment le diable en lui. Il nous prenait pour des zombis qui voulaient lui piquer ses bras et ses jambes. Comment tu peux avoir des idées pareilles ? Un type comme ça, crois-moi qu'on l'aurait collé direct au bûcher pour sorcellerie, au Moyen Âge…

Le flic termina son café avec une grimace avant de poursuivre :

— On a déclenché la garde à vue sans grand espoir. Au bout d'une demi-heure, le médecin nous a dit qu'il fallait l'emmener d'urgence à l'Hôtel-Dieu pour un examen psychiatrique. Après ça, il a été transféré à l'I3P pour des analyses complémentaires. Dans la foulée, le proc a levé la garde à vue et on n'a plus jamais revu la bête. J'ai su qu'il avait passé un mois à l'hôpital Esquirol de Saint-Maurice, puis qu'il s'était retrouvé à l'unité pour malades difficiles du Rouvray, du côté de Rouen. Déclaré schizophrène et irresponsable de ses actes. Il paraît que maintenant il crée des œuvres d'art, et qu'il aurait même son petit atelier. Pas belle, la vie ?

Nicolas ne savait pas quelle conclusion tirer du récit de son collègue. Les deux crimes n'avaient strictement rien à voir, si ce n'était le fait d'avoir été commis par des schizophrènes en pleine crise de délire.

— Frusco n'était connecté d'aucune façon à sa victime ? demanda-t-il.

— Non, on n'a établi aucun lien. Mais l'enquête est allée vite et on a peu fouillé dans la vie d'Angélique Meunier. Avec la vidéosurveillance et les différents témoignages, on sait juste que, ce soir-là, Frusco a conduit sa camionnette de Rungis jusqu'à Vincennes où il s'est garé, qu'il a marché une centaine de mètres avec son marteau dans la main avant d'entrer dans la maison des Meunier en sautant par-dessus le portail. Pourquoi ce pavillon ? Pourquoi elle ? La faute à pas de chance. Ce crime, c'est celui d'un fou qui fuyait des hallucinations comme, malheureusement, il en arrive de plus en plus. Normal, dans un monde pareil…

— Rien remarqué de notable dans ses fadettes ? Son ordinateur ? Un numéro qui l'aurait appelé à de nombreuses reprises avant son passage à l'acte ?

— Ses fadettes ? Il a foutu le feu à la moitié de l'immeuble, alors son ordi, son téléphone et tout le reste, on s'est assis dessus. Personne n'est allé fourrer son nez dans ses communications. Qu'est-ce qu'on en avait à cirer, franchement ? On avait plus de preuves qu'il ne nous en fallait, et le suspect avait déjà atterri chez les fous. À partir de là, tout a été gelé en attendant des expertises psychiatriques qui ont fini par le déclarer irresponsable. *Basta*, *ciao*, terminé. Fin de la procédure.

Tous les flics n'avaient pas la hargne ni le jusqu'au-boutisme d'un Sharko, mais qui pouvait reprocher à Brigard de ne pas avoir fait le boulot ? Nicolas estima qu'il était temps de lui ficher la paix. Il se leva et le remercia d'une poignée de main.

— Tiens-moi au jus pour Christine Barlois. J'espère vraiment que vous allez la retrouver.

— Advienne que pourra.

Bellanger parcourut le couloir, encore secoué par les photos imprimées dans sa mémoire. Il badgea et entra dans la pièce des archives située de l'autre côté du bâtiment où était stocké un duplicata papier de l'ensemble des procédures établies par la Brigade criminelle et transmises aux juges. Les dossiers comprenaient de surcroît des notes personnelles, des tuyaux, des pistes non exploitées... Dix minutes plus tard, il sortait avec un paquet de feuilles dans les mains. Un « petit » dossier de seulement cinq ou six cents pages, puisque l'enquête avait finalement vite abouti à l'interpellation d'un suspect et qu'elle s'était vu stopper net à la levée de la garde à vue.

Lucie et Sharko enfilaient leurs blousons au moment où il pénétra dans l'open space. Ses coéquipiers semblaient sur le départ.

— On dirait que ça bouge, constata-t-il en posant la paperasse sur son bureau. Qu'est-ce qui se passe ?

Sharko vérifia son holster.

— Deux choses. La première, on vient d'avoir les parents de Machefer en ligne, leur 06 était sur la liste des appels de la fadette. Ils vivent bien en Thaïlande. Je te raconte pas le choc, quand je leur ai appris la nouvelle, mais ils vont organiser leur retour en urgence. Leur fils aurait dû les rejoindre là-bas à Noël, et il a annulé en expliquant qu'il ne se sentait pas bien. Ils n'ont ensuite reçu qu'un ou deux SMS depuis le nouvel an.

Des messages brefs qui « sonnaient bizarre », selon leurs propres termes. Ils me les ont transférés…

Sharko montra son téléphone. Nicolas en lut quelques-uns. « Suis pas mort. Me protège comme je peux », « Rentrez pas en France. Ils aiment pas la chaleur. Craignez rien où vous êtes ».

— Nathanaël Machefer n'aurait jamais présenté le moindre problème psychique ; ils n'arrivent pas à croire que tout ça soit réel. Que leur fils ait pu commettre un acte aussi abominable…

— Exactement comme Frusco.

— Oui et, comme Frusco, Nathanaël Machefer a vécu une partie de son enfance à Rennes. Le père était radiologue et la mère endocrinologue à l'hôpital Pontchaillou avant de venir bosser à Paris dans une clinique privée.

Nicolas encaissa les informations. Tout semblait prendre ses racines dans la ville où Éléonore Hourdel avait grandi, et où son faux père avait mis en place l'usurpation d'identité.

— Je leur ai demandé si les noms de Frusco, Hourdel ou Liénard leur disaient quelque chose, continua Sharko. Rien. Tous ces gens ne paraissent pas connectés entre eux. Et pourtant, il y a Rennes…

Il remonta la fermeture de son manteau.

— Enfin, second élément tiré des fadettes : le 06 contacté par le faux gérant de Parasit'Off, celui qui détonnait entre les appels avec Machefer, serait celui d'un certain Mathias Charbonnier. Il habite à une soixantaine de kilomètres d'ici, dans l'Essonne. Le coup de fil a duré plus de deux minutes trente, ce n'est donc pas une erreur. Il n'y a plus qu'à espérer que ce Charbonnier puisse nous renseigner sur le faux gérant.

— Tu veux que j'y aille avec Lucie ? T'as peut-être d'autres chats à fouetter.

Sur le seuil de la porte, Sharko secoua la tête.

— J'ai besoin de bouger. Au fait, j'ai failli oublier, dernier truc, et non des moindres : on a eu le retour du labo. On s'en doutait, mais l'ADN prélevé sur la brosse à dents de Machefer est bien le même que celui sur le pyjama de la victime de Dugny. On le tient.

47

M. Joulliard est toujours très exalté, démonstratif, il gesticule à tout-va, il digresse encore énormément, il affiche une politesse excessive...

— Qu'est-ce que vous écrivez dans votre petit carnet d'écolière, docteur ? Des choses bien, j'espère ?

Éléonore était en entretien avec le doyen de l'établissement, Jean Joulliard, qu'on appelait « Mister Magoo » en référence au personnage de dessin animé myope comme une taupe. Le patient au double menton s'était penché en avant et se frottait les mains. La psychiatre releva la tête de ses notes, le visage fermé.

— Je tenais à vous voir, monsieur Joulliard, parce qu'on m'a rapporté qu'hier après-midi vous avez encore tenu des propos très inquiétants à l'encontre de Domino, qui se baladait tranquillement le long des murs d'enceinte. Apparemment, vous auriez trouvé un moyen « astucieux » de lui trancher la tête… Est-ce exact ?

Jean Joulliard eut soudain l'air d'un enfant hébété. Ses iris paraissaient énormes derrière les verres épais de ses lunettes qu'il nettoyait une dizaine de fois par jour avec un soin maniaque.

— Qu'entendiez-vous par « astucieux » ? insista la jeune femme.

À le voir ainsi avec sa mine innocente, vêtu de son éternel pull rouge en laine élimé, il ressemblait au grand-père sympathique que tous les enfants rêveraient d'avoir. Il agita les bras avec exagération.

— C'est complètement faux !

— Donc les autres mentent ?

— Je sais pas s'ils mentent, mais moi je raconte des choses et, comme je parle pas fort, elles arrivent souvent déformées aux oreilles de ceux qui écoutent. Je leur ai pourtant déjà dit qu'ils feraient mieux de se taire, si c'est pour répéter des bêtises… J'aime les chats, docteur. Je vous jure que je les aime. Ma mère en avait cinq à la maison. Il y en avait toujours deux, les blancs, qui dormaient au bout de mon lit, et même que des fois j'allais pas me coucher pour pas les réveiller. Demandez-lui, à ma mère, si je leur ai fait une seule fois du mal. Je fais de mal à personne, moi.

La tendance à rejeter la responsabilité sur autrui sans remise en cause personnelle et sans sentiment authentique de culpabilité est toujours prégnante. M. Joulliard reste un manipulateur, un calculateur qui a bien compris qu'il pouvait utiliser sa maladie pour cacher ses véritables intentions.

— J'ai vraiment besoin de savoir ce que vous écrivez, docteur. Vous ne faites pas ça, d'habitude. D'habitude, vous souriez. Votre beau sourire…

— Ça vous inquiète, ce que j'écris ?

Il se balançait doucement d'avant en arrière.

— Je n'aime pas, c'est tout.

— Et vous pensez que je note des choses bien ou des choses mal sur vous ?

Jean Joulliard haussa ses lourdes épaules. C'était un homme que les années d'internement avaient rendu massif. Souvent, il se tenait replié sur lui-même, comme si à chaque instant il pouvait se rouler en boule tel un pangolin.

— Bien ou mal, ça ne changera rien, de toute façon. Ni pour moi ni pour ce satané putain de chat.

Elle releva la tête. N'eut aucune peine à interpréter le petit rictus qui s'affichait sur le visage de Joulliard : dès qu'il en aurait l'occasion, il tuerait cette pauvre bête. La psychiatre s'apprêtait à replonger dans son carnet quand soudain son Dati se mit à vibrer et à sonner. Dans la poche de l'infirmier resté devant la salle, ça bipait aussi. Ainsi que dans les pièces voisines. Ça bipait de partout.

L'écran de l'appareil affichait le nom de l'agent en difficulté : Christian. Éléonore songea immédiatement à Machefer. Il devait y avoir un grave problème à l'isolement. Peut-être que le patient s'était jeté sur l'infirmier, qu'il tentait de l'étrangler et que les collègues n'arrivaient pas à le décrocher.

Dopée par l'adrénaline, elle se rua dans le couloir, laissant Joulliard sous la responsabilité de l'agent accompagnant. Lorsqu'elle parvint au niveau du hall autour de la bulle, le chaos régnait. Des blouses blanches couraient dans tous les sens. Le personnel soignant repoussait les malades qui s'agglutinaient par curiosité près de la chambre d'isolement dont la porte était grande ouverte. Éléonore se fraya un passage et s'engagea dans l'espace sécurisé, en apnée. Jean-Marc Courbier débarqua en même temps qu'elle, livide.

— Écartez-vous ! Écartez-vous !

Nathanaël Machefer était en train d'être déposé sur un brancard, visiblement inconscient. Les compresses que Christian appuyait fermement sur son abdomen étaient imbibées de sang. Des giclées pourpres recouvraient le sol et les murs à proximité du coin toilettes.

— Pouls filant.

En moins de trente secondes, on l'évacua, direction les urgences du centre des Tilleuls, à deux minutes de là. Courbier disparut avec l'équipe tandis qu'Éléonore restait plantée là, sous le choc. Une violente tornade venait de tout balayer. Momo demeura à ses côtés, immobile. Lui qui d'ordinaire affichait une bonhomie à toute épreuve semblait avoir reçu un coup de massue derrière le crâne.

— Que s'est-il passé ? demanda la psychiatre d'une voix blanche.

Momo s'approcha de la cuvette des W.-C. et s'accroupit, les pieds dans le sang frais. Du bout des doigts, il ramassa un objet d'une dizaine de centimètres à l'extrémité très pointue.

— Il se trouvait dans l'angle mort de la caméra quand il s'est perforé le ventre avec ça… C'est Christian qui l'a vu depuis la bulle au moment où il est tombé par terre. Il a tout de suite lancé l'alerte, mais Machefer avait déjà perdu beaucoup de sang. J'espère que… que ça va aller.

Éléonore s'empara de l'arme aux allures de surin. Elle était constituée de couches très fines de carton et de papier amalgamées les unes aux autres. Elle en testa la solidité en la tapant contre la cuvette. C'était bluffant. Pas étonnant que la pointe ait pu trouer le ventre de Machefer sans même se tordre.

— On dirait que ça a été fait à partir de feuilles de papier toilette et du carton des rouleaux, commenta Momo. Et regarde, il y a aussi de la sciure. C'est dur comme du bois.

— Explique-moi comment il aurait pu fabriquer ça ici.

— C'est impossible. Il fallait de la colle. Et c'est à l'atelier ébénisterie qu'on trouve la sciure…

Il réfléchit. Le silence était revenu, les couloirs de nouveau déserts. Derrière la fenêtre d'observation, les agents dans la bulle avaient des mines déconfites.

— Il rentrait de sa promenade, énonça Momo en se dirigeant vers la porte du fond. On a encore surpris Maxime Giroux à traîner près des grilles et… Il y a eu un peu d'agitation à cet instant parmi les patients restés plus loin. Il y en a un qui faisait le con.

— Qui ça ?

— M. Lequesnois.

Amory Lequesnois. Pas le genre à se faire remarquer, d'ordinaire. Un sinistre scénario prenait racine dans la tête d'Éléonore tandis qu'ils sortaient.

— M. Lequesnois s'est mis à gueuler, à provoquer M. Lamoir, à le traiter de tous les noms. Tu connais Lamoir, il a commencé à beugler comme un âne. Ça a monopolisé notre attention et celle des soignants. C'est à coup sûr à ce moment-là que Giroux a refourgué l'objet à Machefer. Putain, j'y crois pas…

Lorsqu'ils regagnèrent la chambre, le directeur débarquait de l'autre aile. Éléonore lui répéta ce que l'infirmier venait de lui raconter. D'après elle, il y avait peu de doutes : Giroux avait manipulé Lequesnois pour qu'il fasse diversion alors qu'il transmettait l'arme à Machefer, qui avait dû réussir à la glisser à l'intérieur de son pyjama. Son supérieur exigea aussitôt qu'on aille chercher les deux hommes et qu'on les mette à l'isolement. Il allait personnellement s'occuper de les questionner et envisager les sanctions adéquates. Dans la foulée, il s'éloigna pour passer des coups de fil.

Dans un silence de cathédrale, des agents nettoyèrent ensuite la chambre de Machefer et préparèrent celle située juste en face. La tentative de suicide d'un de leurs patients, c'était un échec commun, mais qui viendrait seulement confirmer les implacables statistiques qu'on établissait chaque année dans les UMD de France. L'humain était faillible et, dans ce genre d'endroit, la moindre erreur se transformait irrémédiablement en drame.

Lequesnois et Giroux furent amenés quelques minutes plus tard, encadrés par des infirmiers. Le premier baissa la tête lorsqu'il arriva au niveau d'Éléonore.

— Vous me décevez beaucoup, Amory.

Il entra dans sa chambre sans rechigner, il connaissait les règles. Maxime Giroux se tenait derrière. *La folie endormie, celle qui se dissimule sous le masque de la normalité*, songea la psychiatre en le voyant. Il n'était pas grand, plutôt malingre, son visage inspirait la confiance. Il avançait par tout petits pas. Avec sa fine bouche aux lèvres rose pâle et ses lunettes rondes façon rat de bibliothèque, il ressemblait à un animal fragile. Avant de franchir le seuil de la chambre, il lui adressa un regard et, à l'instant où leurs yeux se croisèrent, elle se dit qu'il fallait que cet homme-là reste enfermé jusqu'à la fin de ses jours.

— Je l'ai eu, siffla-t-il. J'ai tué le loup-garou. Grâce à moi, on est de nouveau en sécurité.

48

Se plonger dans un dossier criminel, c'était remonter dans le passé et revivre l'horreur des faits. Percevoir les odeurs infectes qui flottaient dans l'atmosphère, effleurer du bout des doigts les corps meurtris, bafoués, déchirés. Les armoires du 36 débordaient d'histoires toutes plus sordides les unes que les autres.

Les gens se délectaient de fictions criminelles, de reportages sur des affaires à sensation qu'ils prenaient pour la réalité, mais la réalité n'avait rien à voir avec ces projections édulcorées. Elle n'était tout simplement pas observable ni supportable pour le commun des mortels.

Comme le groupe de Brigard l'avait fait six ans plus tôt, Nicolas affronta la monstruosité du geste d'Arthur Frusco. Il se prit de plein fouet les centaines de photos qui étayaient les rapports ainsi que les descriptions crues, factuelles, rédigées par les collègues, notamment dans le procès-verbal de constatation.

L'an deux mille seize, le dix-neuf juin à vingt-deux heures trente,

nous, Michel DELELYS, lieutenant de police en fonction à la Brigade criminelle,

Officier de police judiciaire en résidence à PARIS,

Poursuivant l'enquête de crime flagrant, vu les articles 53 et suivants du code de procédure pénale.

[...] *Procédons aux constatations ci-après telles que les lieux se trouvent à notre arrivée, étant précisé qu'il conviendra de se référer aux photographies annexées à la suite du document présent. Aidé dans sa tâche du brigadier de police Karl ROSTIER, du service de la BC, et d'un photographe du service régional de l'Identité judiciaire de la préfecture de police, à savoir l'ASPTS Félix BRODA, commençons nos constatations au domicile de Jonathan et Angélique MEUNIER.*

[...] *De larges traînées de sang partent du bas de l'escalier menant à l'étage vers le hall carrelé et conduisent jusqu'à la cuisine au centre de laquelle repose le corps découvert en position dorsale, simplement vêtu d'une nuisette couleur crème et d'un sous-vêtement blanc. Il s'agit d'une femme dont nous estimons l'âge entre 45 et 55 ans, de type caucasien, taille moyenne, blonde. Le visage est méconnaissable, car réduit à une « bouillie ».*

Une poignée de cheveux avec un morceau de calotte crânienne – environ cinq centimètres de diamètre – se trouve juste à l'entrée de la pièce, au milieu de la traînée de sang. Sans doute un scalp resté entre les mains de l'auteur des faits au moment où, de toute évidence, il tirait la victime par les cheveux (photos 7 et 8).

Nous constatons en effet que, comme le visage, le crâne a été fragmenté sur sa partie supérieure, frappé à de nombreuses reprises avec un objet lourd, selon toute vraisemblance le marteau présent au sol, situé approximativement à un mètre à gauche du corps (photos 14 à 21). La tête du marteau est recouverte d'esquilles d'os et de matière organique.

La cavité crânienne a été vidée de son contenu, dont on observe des bouts éparpillés depuis l'escalier jusqu'au four électrique, qui était toujours en train de chauffer à 210 °C à l'arrivée de l'équipage de police. Ce dernier l'a éteint par souci de sécurité. La substance à l'intérieur de l'appareil électroménager était quasiment inexistante, parce que carbonisée.

Il est à noter que des traces de sang (notamment des empreintes de doigts) sont disséminées partout dans la cuisine : sur les tiroirs, le robinet de l'évier, la table, une chaise, un ramasse-poussière, un verre d'eau posé sur la table, et également sur le manche du marteau.

Saisissons et plaçons sous scellés, sous la référence BAT-EH-TY1, le marteau, et BAT-EH-TY2, le ramasse-poussière.

Nous nous rendons à présent dans la chambre de la victime.

Après lecture, Nicolas referma le document, secoué par les descriptions sordides. Des gens écrivaient des poèmes, des romans, des contes pour les enfants. Eux, ils écrivaient *ça*. Le pire de l'humanité couché sur le papier. Des mots sur l'horreur. Il se dit néanmoins – un comble – que son confrère Michel Delelys avait une belle plume.

Il réfléchit, puis se remémora ce qu'Éléonore Hourdel avait énoncé le soir où elle était venue chez lui : « Le châtiment ne peut se concevoir sans libre arbitre. » Le libre arbitre désignait, ni plus ni moins, la faculté propre à l'être humain de penser, de choisir et d'agir en suivant une décision libre et reflet de sa volonté. Si Frusco avait été jugé irresponsable, ça signifiait qu'on estimait qu'il n'avait pas eu la liberté de tuer ou de ne pas tuer. Que sa volonté n'avait pu s'exprimer au moment précis où il défonçait le crâne d'Angélique Meunier et où, de ses mains, il saisissait les morceaux de sa cervelle pour les enfourner. Les forces occultes, les démons, les voix qui l'avaient poussé à commettre cette monstruosité échappaient à toute tentative de jugement. Ça échappait à la compréhension des hommes.

Encore une fois, Nicolas peinait à concevoir qu'un type armé d'un marteau n'avait pas, quelque part au fond de lui, la conscience qu'il s'apprêtait à faire le mal. Sinon, pourquoi embarquer un tel outil ? N'était-ce pas là, en y réfléchissant bien, un pur geste de préméditation ? Tout cela lui parut extrêmement complexe.

Attrapant son énième café, il se rendit à la fenêtre. Il avait besoin d'un peu de lumière et de se réchauffer près du radiateur. Il en avait vu, des horreurs, depuis ses débuts dans la police. Des scènes insoutenables à jamais imprimées dans son esprit. *Charlie*... Le Bataclan... Tous ces gens qui marchaient dans la rue, six étages plus bas, vivaient avec le souvenir de leurs défunts, mais eux, les flics de la Crim, ils se trimballaient en permanence avec ceux de ces corps étrangers qui, un jour, avaient croisé leur chemin, et pour qui ils tentaient désespérément de faire justice. Ils n'y arrivaient pas toujours, certes, mais ils essayaient. « Si nous on ne le fait pas, qui le fera à notre place ? » avait dit Sharko. Il avait raison. Qui balaierait les trottoirs pleins de merdes de la société, si eux jetaient l'éponge ?

Il posa son gobelet et observa ses mains, paumes orientées vers lui : juste un peu tremblotantes, sans doute à cause de toute la caféine qu'il avait ingurgitée depuis 6 heures du matin. Cette nuit, il n'avait pas fait de cauchemar et s'était surpris, en se réveillant, à penser à la psychiatre. Il avait la sensation qu'il y avait quelque chose d'Audra en elle. Dans sa façon de se déplacer, peut-être. Dans sa manière d'incliner la tête sur la gauche en parlant aux gens. Et dans son autorité naturelle, aussi. Il avait cependant stoppé net ces divagations, fatigué d'avance à l'idée de se lancer dans une nouvelle histoire sentimentale. Fatigué de perdre, chaque fois, celle qu'il aimait, comme une malédiction. En gardant ses distances, au moins, il limitait le risque de tomber amoureux… et de souffrir.

Il retourna à son bureau, s'intéressa aux autres documents du dossier Frusco, notamment à son état civil, dans l'espoir de découvrir des points communs avec Nathanaël Machefer. L'homme avait aujourd'hui 33 ans, contre 29 pour leur suspect. L'un transportait des palettes à Rungis pour une entreprise, l'autre était électricien à son compte à Aubervilliers. Plus de six ans séparaient leurs crimes. Des destins *a priori* différents, avec néanmoins de troublantes similitudes. Tous les deux avaient en effet grandi aux alentours de Rennes, étaient schizophrènes, avaient commis des crimes abjects et avaient, selon Éléonore Hourdel, évoqué un « Capitaine ». Ce dernier point, en particulier, laissait présager un lien puissant entre les deux individus. Ils devaient partager des références, des connaissances en rapport avec ce fameux Capitaine. Et s'il était une personne réelle, ils avaient dû le croiser à un moment donné de leur vie. À Rennes ?

Le lieutenant se rendit devant le tableau où Sharko avait noté au fur et à mesure les éléments principaux de leur enquête. Les trajets de Machefer le soir du crime, l'échographie du système digestif du faux Denis Liénard trouvée chez lui, cette étrange société fantôme Parasit'Off qui entrait en relation avec leur suspect justement le soir du meurtre… Nicolas en était à présent persuadé : Machefer n'avait pas frappé au hasard. Sa folie, bien réelle, agissait comme un écran de fumée qui cachait un vrai mobile. Un mobile dont l'auteur lui-même n'avait pas conscience. Peut-être parce qu'il n'était pas le sien.

Et si Machefer n'avait été qu'une arme par procuration ? Ça semblait être une hypothèse loufoque, pourtant elle méritait d'être posée sur la table. Elle impliquait qu'un individu d'une grande intelligence – le Capitaine ? – ait tout planifié sur des semaines et des semaines. Qu'il ait implanté dans l'esprit du schizophrène, au sein de sa psychose, sa peur des vers, allant sans doute jusqu'à l'entraîner dans une fosse remplie de ces bestioles ou en disperser dans son évier pour ensuite proposer de les éradiquer. Qu'il soit devenu la voix de ses cauchemars, de sa maladie. « Le Capitaine m'ordonne de me taire. Le Capitaine peut se montrer très méchant si je ne lui obéis pas. »

Est-ce que ça signifiait également que la personne derrière tout ça s'était arrangée pour que Denis Liénard abrite un ténia en contaminant, par exemple, sa nourriture avec des œufs du parasite ? Était-ce un symbole, tel le papillon sphinx tête de mort que le tueur insérait dans l'œsophage de ses victimes dans *Le Silence des agneaux* pour défier les flics et laisser son empreinte ? Sauf qu'ici, leur criminel à eux l'aurait fait *avant* la mort, ce qui était encore plus impressionnant. Une signature diabolique abandonnée là, à disposition, à qui voudrait bien l'interpréter.

C'était démentiel ! Par contre, s'il voyait juste, Angélique Meunier n'avait peut-être pas été frappée au hasard, elle non plus. Une main invisible avait aussi pu guider Arthur Frusco, psychotique en puissance, jusqu'à son domicile de Vincennes. Y avait-il eu un coup de fil déclencheur ? Avait-il connu cette lente installation d'une peur panique – celle insensée de morts-vivants voulant s'en prendre à ses membres – dans son esprit malade ?

Nicolas retourna fouiller dans le dossier. Ainsi que le lui avait signalé Brigard, il ne dénicha pas grand-chose sur Angélique Meunier. La victimologie avait été négligée puisque le crime avait été rapidement résolu. Aujourd'hui, pourtant, il avait besoin de réponses. Qui était cette femme ? Quel avait été son parcours, pour mériter pareil châtiment ?

Il récupéra le numéro de téléphone du mari d'Angélique Meunier dans la paperasse et le composa aussitôt. Il y eut un blanc après qu'il lui eut expliqué le motif de son appel, au point qu'il se demanda si l'homme n'allait pas lui raccrocher au nez. Au bout de quelques secondes, l'interlocuteur reprit cependant la parole et accepta de le rencontrer d'ici une heure, dans un café à proximité de la tour Montparnasse.

49

Lucie et Franck s'étaient engagés sur l'A6, déjà bien chargée à cette heure-ci. Le soleil allait bientôt se coucher et le ciel, gris sombre, était de ceux qui aplatissaient le monde pour en faire une sorte de dessin fade et monochrome. L'hiver était sérieusement installé avec ses journées courtes et son froid implacable. Lucie profita de la petite accalmie qu'offrait leur déplacement pour aborder un sujet qui la tracassait depuis quelque temps.

— Ce n'est pas à toi d'être ici, normalement. Tu es toujours en vadrouille, que ce soit en voiture ou au sein du Bastion. Et tu n'arrêtes pas de gesticuler la nuit. Manque de sommeil et hyperactivité, ça ne fait pas bon ménage. Tu devrais te poser un peu.

— Tout va bien, Lucie…

— Je n'en ai pas l'impression, pourtant.

— Ça va, je te dis. Quand je serai à la retraite, j'aurai tout le temps de me poser, OK ? De faire des siestes comme les vieux ou d'arracher ces saloperies de mauvaises herbes.

Il fixa la route, les mâchoires serrées, puis gonfla ses poumons dans une grande inspiration.

— Je ne veux pas être le genre de flic qu'on met au placard. Je refuse de rester le cul vissé à ma chaise de bureau en attendant que la cloche sonne. Ma vie, c'est ça : aller chez des gens dont on ignore tout, ne pas savoir ce qu'il y aura derrière leur porte et se dire qu'à tout moment il peut se passer un truc. C'est ça qui me fait vibrer, même si on se plante au bout. Tu comprends ?

— Je sais, Franck. Et oui, je comprends. Je me fais simplement du souci pour toi.

Il lui caressa la joue du dos de la main avec un sourire rassurant. Lucie le lui rendit et plaqua sa nuque contre l'appuie-tête, désormais silencieuse. Ils vieillissaient, perdaient de leurs réflexes, couraient moins vite, mais les criminels qu'ils traquaient, eux, ne prenaient pas une ride. Tout pouvait basculer n'importe quand, n'importe où. La place vide laissée par Audra, dans leur open space, ces visages de flics qu'on trouvait encadrés dans presque tous les bureaux du 36 le leur rappelaient chaque jour.

Une grosse heure plus tard, ils arrivaient du côté de Cerny, au sud de Paris, à une quinzaine de kilomètres d'Étampes. Sharko avait toujours aimé emprunter ces routes qui serpentaient au milieu de la nature. Elles n'étaient pas si éloignées de la capitale, mais le dépaysement était absolu grâce aux petits villages embusqués qu'elles traversaient et aux vallons flamboyants qui jaillissaient au détour d'un virage. Un paradis qui, il s'en souvenait, avait également caché les pires criminels.

Ils doublèrent des étangs et, après quelques kilomètres, aperçurent l'habitation isolée, au bout d'une allée, protégée par un muret en pierre. Il s'agissait d'une de ces maisons centenaires, tout en pierre elle aussi, associée à de nombreuses dépendances. En l'occurrence, des box à chevaux, des ateliers et une immense grange qui occupait toute la partie gauche du terrain. Il faisait sombre, il n'y avait, selon toute vraisemblance, pas de lumière dans la bâtisse. Aucune lueur ne filtrait des volets en bois fermés.

Les policiers ne remarquèrent par ailleurs aucun véhicule. Soit ce dernier était à l'abri quelque part. Soit, vu l'heure, le ou les propriétaires étaient encore au travail.

Sharko se gara sur le bas-côté, le long du muret. Il lorgna son téléphone.

— T'as du réseau ? Je n'ai rien, moi.

Lucie vérifia.

— Que dalle. Mais j'en avais quand on est passés dans le dernier village…

Ils quittèrent la chaleur de l'habitacle. Étant donné que le portail en fer forgé était ouvert – vu son état, il ne devait pas être souvent manipulé –, ils s'avancèrent avec cette impression d'être seuls au monde. Autour, avec le vent glacé de surcroît, semblait s'étaler une lande d'Écosse, sauvage, minérale, aux terres lourdes et gorgées d'eau. L'herbe épaissie par l'hiver poussait en touffes grasses d'un vert profond.

Ils grimpèrent les marches d'un perron, frappèrent à la porte. Alors qu'ils patientaient, Franck indiqua de la tête une voiture plaquée contre l'écurie et de ce fait invisible de la route. Il y avait donc peut-être quelqu'un à l'intérieur, pourtant personne ne répondait. Le regard de Franck s'assombrit. Il sortit son pistolet de son holster et le glissa dans la poche de son blouson. Frappa encore, avec plus d'insistance. Toujours rien.

— J'ai un mauvais pressentiment. Va jeter un œil à la bagnole et aux dépendances, je fais le tour de la baraque.

Lucie dévala l'escalier et s'éloigna d'un pas vif. Elle s'approcha du véhicule. Un pick-up du genre américain avec un pare-chocs énorme et une large benne. Elle éclaira avec la lampe de son téléphone à travers la vitre côté conducteur. Dedans régnait le chaos. Des canettes de bière sur les sièges, des paquets de chips entamés, des couvertures enroulées, une montagne de fringues… C'était comme si le propriétaire avait squatté sa propre voiture. Les pneus arrière étaient complètement dégonflés, preuve que le monstre n'avait pas roulé depuis un bon bout de temps. Avec une petite pointe d'inquiétude, Lucie se tourna en direction de la maison : Franck venait de disparaître de son champ de vision.

Elle rebroussa chemin, longea les écuries. La peinture jaunâtre des murs s'écaillait et les portes en bois des box tenaient à peine sur leurs gonds. Elle les ouvrit non sans appréhension les unes après les autres, dévoilant chaque fois un tapis de paille sale, remuant des odeurs désagréables, et notamment celle du foin humide. Ces dépendances paraissaient abandonnées, mais son imagination s'emballait. Elle se représentait les bêtes hennir en pleine nuit dans cet environnement de solitude et de froid. Distinguait leurs gros yeux brillants.

Lucie s'éloigna encore de la bâtisse principale pour explorer un atelier où s'accumulaient des bricoles et des outils rouillés. Plus loin, aux abords de la grange, s'amoncelaient des rouleaux de grillage, des plaques de tôle ondulée, des piquets et des parpaings dont certains étaient même incrustés dans la terre gelée. Peut-être le dénommé Charbonnier avait-il interrompu des travaux pendant l'hiver, en attendant des jours meilleurs.

Sans véritable raison, elle sentit l'angoisse monter d'un cran. Une méchante intuition. L'impression que quelque chose allait mal tourner. Lucie s'était souvent fiée à son instinct, qui l'avait rarement trompée. Elle hésita à faire demi-tour, à rejoindre son mari. La lumière avait encore décliné et l'imposante maison, là-bas, ressemblait à un mur d'ombres lugubres. Elle aussi, elle glissa son arme dans sa poche. En toucher la crosse lui apporta un peu plus d'assurance.

Les grands battants de la grange étaient légèrement disjoints. Ils étaient retenus l'un à l'autre par une ficelle blanche qui zigzaguait de haut en bas en s'enroulant autour de clous. La flic se questionna sur cette étrange suture. Pourquoi ne pas avoir utilisé la chaîne et le cadenas qui pendaient au loquet pour fermer ? Dubitative, elle força sur chaque pan jusqu'à ce que la ficelle se détache des clous et se détende. Alors, elle put se faufiler dans l'ouverture.

Il faisait noir, dans ce trou. Elle activa de nouveau la lampe de son téléphone. De grosses bobines de cordes – de celles qu'on aperçoit dans les ports ou sur les gros chantiers – étaient entreposées en nombre sur sa gauche. Des filets de pêche étaient accrochés aux murs. À quelques mètres de là, d'amples bâches translucides pendaient du plafond et coupaient l'espace en deux. On aurait dit des poulpes gigantesques ondulant dans les abysses d'un curieux océan. Lucie tendit l'oreille pour s'assurer qu'elle était bien seule. Aucun bruit ne lui parvint. Elle décida de continuer et d'aller voir à quoi pouvaient bien correspondre les lueurs orangées qu'elle venait de remarquer sur sa droite.

En approchant, elle constata qu'il s'agissait d'aquariums alignés sur un établi en bois. Et plus précisément d'une dizaine de vivariums aux parois recouvertes de feuilles et de branchages. Ils étaient chauffés par des résistances branchées sur des multiprises, elles-mêmes branchées sur une autre multiprise. Un bordel de câbles dangereux, mais qui fonctionnait et distribuait lumière et chaleur.

Dedans, les feuilles remuaient çà et là, suggérant des présences invisibles dissimulées dans la végétation. La flic se pencha, le front plissé, l'œil de sa lampe droit devant elle. Quand ses pupilles s'accommodèrent, elle distingua de minuscules boules noires qui se répandaient sur des toiles denses, grises, ignobles.

Des bébés araignées. Par milliers.

Elle s'écarta d'un bond, à deux doigts de hurler. Charbonnier élevait une quantité phénoménale de ces bestioles infectes. Des pattes plus grosses apparurent près d'une brindille, puis d'imposants abdomens. Elle ne se trouvait pas face à des espèces énormes débarquées d'un quelconque pays lointain, mais plutôt devant ces monstres qu'on apercevait dans un coin de cave ou sous un lit, à la campagne. Sa lumière attirait les adultes. Lucie recula encore, chuta en se prenant les pieds dans des cordes posées au sol.

Le cœur battant, elle se redressa, prête à dégager de là au plus vite, mais son regard s'arrêta sur une forme trouble qu'elle devinait à travers les bâches sur sa gauche. Une tache rendue mouvante par le flou du plastique, et qui semblait flotter à deux mètres de haut. *Une araignée géante*, songea-t-elle dans un premier réflexe stupide.

Elle lorgna la sortie comme pour se rassurer, et s'avança dans les ténèbres de la grange. Les langues de plastique oscillaient avec légèreté sous l'effet d'un courant d'air, elles émettaient un bruissement à peine perceptible en se frottant les unes aux autres. Derrière, Lucie eut l'impression que la silhouette avait changé d'apparence. Elle lui parut plus longiligne, plus fine, plus… humaine. *Non, ça ne peut pas être ça…*

La gorge serrée, elle écarta un pan de la bâche. Le faisceau de sa lampe révéla alors une image cauchemardesque, un tableau inimaginable : un corps humain encoconné dans de la gaze blanche, pendu à l'envers à l'aide de cordes jetées par-dessus une poutre, tout là-haut. En réalité, Lucie ne distinguait pas un centimètre carré de peau, mais les courbures ne trompaient pas, notamment au niveau du visage et de la poitrine. Une femme. Oui, c'était bien ça. Une femme encoconnée. Elle remarqua également une sorte de creux sous la gaze tendue à hauteur des mâchoires. Comme si la personne, là-dessous, avait eu la bouche grande ouverte au moment où on l'enrubannait, et qu'elle cherchait encore à inspirer de l'air devenu trop rare.

Mon Dieu… Lucie fit un pas en arrière, puis deux. Il flottait dans l'atmosphère l'odeur médicale des bandes stériles ainsi que celle, bien plus forte, de la putréfaction. La flic eut la sensation qu'elle bougeait au ralenti, que l'oxygène lui manquait, à elle aussi. Elle fit un effort considérable pour recouvrer la maîtrise de ses mouvements, pour que ses jambes ne soient plus paralysées.

D'un coup, le temps retrouva son cours normal. Lucie traversa les bâches, se mit à courir, les sens en alerte, persuadée que le malade responsable de cet enfer se planquait dans la maison, tapi dans l'obscurité, comme la reine des araignées.

Et qu'il attendait de nouvelles proies.

50

Je me promenais sur un sentier avec deux amis – le soleil se couchait –, tout d'un coup le ciel devint rouge sang. Je m'arrêtai, fatigué, et m'appuyai sur une clôture – il y avait du sang et des langues de feu au-dessus du fjord bleu-noir de la ville –, mes amis continuèrent, et j'y restai, tremblant d'anxiété – je sentais un cri infini qui passait à travers l'univers et qui déchirait la nature.

Ces mots étaient ceux qu'avait notés le peintre norvégien Edvard Munch dans son journal, le 22 janvier 1892, pour décrire l'état psychologique dans lequel il sombrait lorsqu'il avait réalisé le célèbre tableau intitulé *Le Cri*.

Assise sur son canapé, Éléonore observait, mal à l'aise, l'effroyable visage tordu du personnage sur la carte postale qu'on lui avait envoyée. D'après Munch, l'homme aux traits à peine humains – Éléonore n'y avait jamais vu autre chose que la face émaciée d'une sinistre momie – se bouchait les oreilles pour se protéger d'un cri extérieur, un son terrifiant ayant jailli du ventre malade de la nature elle-même. Cet individu tourmenté représentait, pour certains, l'artiste en personne, en proie à d'affreuses angoisses. Le Norvégien avait en effet souffert d'hallucinations visuelles et auditives qui lui avaient valu un internement dans une clinique privée. Il avait d'ailleurs écrit, dans le coin gauche en haut de la toile : « Ne peut avoir été peint que par un fou. »

La folie, encore. Toujours. Aussi vieille que l'élaboration même de la pensée.

La psychiatre fixait cette torsion des chairs en songeant au Capitaine. Un monstre psychique qui, tel le Horla de Maupassant, s'enracinait dans votre tête et aspirait votre énergie vitale à grand renfort d'ordres et de hurlements ininterrompus. Un spectre terrifiant qui avait envahi les crânes de Frusco et de Machefer, et les avait poussés à commettre le pire. Oui, c'était finalement le visage même de la schizophrénie que contemplait la jeune femme à travers ce tableau de Munch. Sa matérialisation plastique.

Elle retourna la carte, relut ce qui était inscrit au dos. *La Nef des fous.* Un autre tableau. De Bosch, cette fois. Une barque voguant vers sa perte dans un monde en décadence. Qu'avait-elle à voir avec ce sac de nœuds ? Avec Machefer, qui avait massacré un homme de plus de cinquante coups de tournevis ? Elle n'y comprenait rien, pourtant, tout ça devait revêtir un sens pour l'expéditeur de ce message…

Dans l'âtre de la cheminée, les flammes dansaient. La psychiatre attrapa son verre d'alcool. Elle n'était pas rassurée du tout. Tout son corps était en tension, sa nuque nouée et douloureuse. Il fallait à tout prix qu'elle se détende après cette journée éprouvante à l'UMD. Elle entendait encore les Dati biper, elle revoyait le sang dans la chambre d'isolement, Nathanaël Machefer inanimé, secouru par les infirmiers, et les yeux noirs de Maxime Giroux qui lui crachait à la face d'une voix terrifiante : « J'ai tué le loup-garou. »

Un monde de fous.

Son ancien patient était en vie mais maintenu dans un coma artificiel. Il ne s'était pas raté. Aux dernières nouvelles, il souffrait d'un hémopneumothorax et présentait neuf plaies, dont deux graves. Il avait frappé avec l'énergie du désespoir, bien décidé à combattre les vers jusqu'au bout, encouragé sans doute par le Capitaine hurlant sous son crâne : « Vas-y ! Tue les vers ! » Les soins allaient nécessiter des mois d'hospitalisation. Autrement dit, elle n'était pas près de le revoir.

Maintenant, il fallait à tout prix qu'elle mette de l'ordre dans sa tête, qu'elle essaie de comprendre ce qui était en train de se passer, ou elle allait devenir folle elle-même. Elle ne dormait plus, tressaillait au moindre bruit, scrutait en permanence la caméra donnant sur son jardin, s'enfermait dans son bureau à l'UMD sans avoir envie de parler à personne, obnubilée par toute cette histoire qui lui vampirisait l'esprit… Tout ça devait cesser.

Elle avait rassemblé, sur la table devant elle, les éléments qu'elle jugeait en rapport avec ce satané écheveau. La carte postale. Les enregistrements de ses entretiens avec Machefer. Les portraits réalisés par son faux père qui l'avaient conduite au box. Le coffre contenant l'article sur le zoo et les photos des visages en crise des Hmongs. L'abominable poupée en toile qui la ramenait à Frusco. Le tableau, enfin, de la femme écorchée face à son miroir, derrière laquelle on devinait la présence du Capitaine…

Quel était le lien entre tout ça, bon sang ? Pourquoi se retrouvait-elle impliquée là-dedans ? Une bûche craqua, comme un autre cri, organique celui-là. Éléonore fixa la pointe des flammes, puis ses yeux remontèrent vers le plafond fraîchement repeint. Là, ombres et lumières se mouvaient en un étrange ballet, dévoilant des silhouettes dansantes éphémères. L'une d'elles persistait, accrochait son regard. Elle s'allongeait et rapetissait, hypnotique. Il lui sembla que l'extrémité de ses membres était crochue. Elle se déployait en tout cas au-dessus d'elle, prête à l'engloutir. Elle vit alors le Capitaine, immense, sous une forme différente, mais tout aussi dangereux et nuisible. Encore lui. Il était partout.

Elle secoua la tête, le souffle court. Vérifia pour la énième fois depuis son retour que la porte d'entrée était fermée à clé et se connecta, par le biais de l'application sur son téléphone, à la caméra extérieure orientée vers son jardin. Tout était calme, dehors. La campagne, silencieuse, était endormie. Éléonore avait bien conscience que ça n'allait plus, qu'une angoisse sourde et profonde l'étranglait. Elle ressentait la peur jusqu'au fond de son lit. Elle se réveillait en sursaut avec l'impression que l'alarme sonnait. Elle n'avait même pas réussi à sortir les poubelles, la veille au soir, incapable d'affronter la nuit…

En fait, Christian avait raison, la folie était entrée dans son logis. Elle s'était faufilée par une petite lucarne dans son esprit, où elle grandissait, grandissait. Et il n'existait aucun moyen de la chasser. Peut-être allait-il falloir envisager un déménagement. Peut-être avait-elle besoin de tout reconstruire ailleurs, de changer de numéro de téléphone. Peut-être devrait-elle quitter ses fonctions à l'UMD, si elle n'était plus en mesure d'assurer.

Elle se blottit sur son canapé, son verre à la main, et laissa les molécules d'alcool l'anesthésier, et son stress avec. Quand elle se sentit un peu mieux, elle ouvrit son carnet, reprenant la chronologie de ses notes à la fois personnelles et professionnelles. Elle relisait rarement ce qu'elle écrivait, se contentant d'accumuler les cahiers pleins dans un coin comme certains empilent des livres à lire, et s'étonna de la quantité de choses que, sans en avoir eu conscience, elle avait déversées là ces derniers jours. Il fallait dire que sa vie avait été pas mal chamboulée.

Elle remonta au mardi 17, le moment où tout avait commencé avec l'arrivée de Machefer. Se remémora la pointe d'excitation qui se mêlait toujours à l'appréhension, pour l'accueil d'un nouveau patient.

Il est régulièrement en attitude d'écoute, la tête inclinée vers la droite, les yeux focalisés vers le sol avec les pupilles en mouvement. Vu ses propos la plupart du temps difficilement audibles et le coton dans ses orifices, j'ai une forte suspicion de délire d'infestation parasitaire. En outre, je retrouve des caractéristiques psychotiques d'une schizophrénie.

Ses toutes premières déductions n'avaient pas été mauvaises…

Elle tourna les pages, passant vite sur ses états d'âme pour s'intéresser aux éléments importants, et en particulier à sa visite à la maison de Dugny, quand Nicolas Bellanger l'avait accompagnée pour qu'elle feuillette les albums photo.

Cet homme, ce Denis Liénard, n'est pas mon père. Il possède pourtant tout ce qui appartenait à ce dernier. Son identité, ses papiers, ses photos sur lesquelles je me suis revue, enfant, avec ma mère sur les côtes bretonnes. Ma mère… Pas foutue de prendre des nouvelles de sa fille. Ça va, je vais bien, maman, ne t'inquiète pas pour moi. Mes problèmes, tu sais, c'est pas grand-chose, pas la peine de t'en soucier. Et toi ? Tout roule ? Tranquille ? Et notre cuillère heureuse ?

Éléonore tiqua. *Cuillère heureuse*. Ça ne voulait rien dire. Pourquoi avait-elle marqué un truc pareil ? Il n'y avait d'ailleurs pas que ce « lapsus littéraire » qui la perturbait. Elle arracha un morceau de papier, s'empara d'un stylo et nota « cuillère ». Elle ne rêvait pas : dans le carnet, l'écriture de ce mot était différente, plus inclinée, avec des boucles de « l » beaucoup plus fines.

Une boule d'angoisse la saisit à la gorge. Elle se mit à fouiller à la recherche des questions préparées à l'intention de Machefer, quand elle était allée l'interroger dans la cour de la chambre d'isolement. Elle retrouva la phrase raturée à plusieurs reprises : « Pourquoi le Capitaine vous a ordonné de venir ici ? »

Avec appréhension, elle lut les pages noircies ces jours-ci, en quête d'autres étrangetés. Elle se rappelait avoir rédigé certains passages dans son lit, aux portes du sommeil, à un point tel que parfois l'écriture se disloquait, se contractait, déviait, avant de se transformer complètement.

> J'ai aimé le regarder évoluer sur le tapis de réalité virtuelle, le voir se perdre dans les rues du programme et le *plat de crevettes bleuâtres*...

Encore des propos dénués de sens. Encore l'écriture bizarre. Étrangère. Que lui arrivait-il ? Elle réfléchit, saisit son stylo et nota : « Qui termine mes phrases ? » Puis elle patienta, la pointe sur le papier, en attente... Soudain, elle se sentit ridicule. Elle referma brusquement son carnet comme s'il lui brûlait les doigts. Il ne lui restait aucun souvenir de ces actes manqués, et pourtant elle en était forcément l'autrice. La fatigue et le surmenage pouvaient-ils être à l'origine de ça ? Était-ce le suicide de Mickaël Hallis sous ses yeux qui l'avait davantage bouleversée qu'elle ne le croyait ? Après tout, Éléonore laissait une trace de tous les événements importants de sa vie, mais elle avait été incapable de formuler quoi que ce soit sur la mort de Hallis. Peut-être cette mort violente et ce corps chaud effondré sur elle avaient-ils provoqué une brisure quelque part dans son cerveau. Ou alors il s'agissait d'autre chose. D'une maladie psychique qui se déployait sournoisement, millimètre par millimètre, au fond de sa tête.

Son regard se porta sur les portraits d'elle réalisés par son faux père. Elle pensa à Janus, dieu de la mythologie romaine à une tête mais à deux visages. Devenait-elle comme lui ? Son esprit était-il en train de se fragmenter ? Était-elle atteinte de schizophrénie ? *Non, non, non, c'est impossible.*

Elle s'apprêtait à remballer tout ça quand ses yeux se bloquèrent sur la fameuse phrase codée. « LE PASSÉ EST LA CLÉ. » Une idée venait de percer le brouillard dans lequel flottait son cerveau. Elle s'empara de la clé enfoncée dans la serrure du coffre. La phrase, à l'image des portraits, était peut-être, elle aussi, à lire en miroir. Et si ce n'était pas le passé qui était la clé, mais la clé qui était le passé ? « LA CLÉ EST LE PASSÉ. »

La clé ouvrait et verrouillait bien le coffre. Éléonore scruta alors avec attention le porte-clés qui y était attaché. Un objet banal ayant la forme d'une pièce en métal. Un truc bas de gamme qu'on achetait dans les boutiques de souvenirs. Sur le relief, une gravure représentait un espadon, et on pouvait lire, écrit en minuscule sur la partie inférieure : « Port des Sablons ».

Le faux Denis Liénard avait réussi son coup : Éléonore suivait les petits cailloux blancs qu'il avait semés de son vivant. Elle attrapa son téléphone et entra « Port des Sablons » dans le moteur de recherche de son navigateur. Il s'agissait d'un des deux ports de plaisance de Saint-Malo. L'usurpateur avait gommé jusqu'à ses empreintes digitales, mais il avait tout de même conservé d'infimes liens avec son ancienne vie. Des objets rapportés pour, peut-être, se rappeler l'homme qu'il avait été. Des éclats de vérité.

« La clé est le passé. » Il lui avait adressé ce message à elle, et Éléonore en avait désormais la certitude : s'il existait une chance de récolter des réponses, c'était là-bas, à Saint-Malo, qu'elle les trouverait.

Ce serait aussi l'occasion de s'arrêter à Rennes au retour, et d'aller régler ses comptes avec sa mère.

51

La campagne se résumait désormais à un théâtre d'ombres chinoises. Le ciel avait encore noirci, le vent rasait le sol et s'engouffrait dans les bâtiments avec un sifflement effronté. Son pistolet à la main, Lucie longea les box et fonça vers la maison, toujours aussi sinistre et silencieuse. Où était Franck ? Elle eut envie de hurler son nom, mais se ravisa : l'obscurité les protégeait. Elle passa devant la voiture, contourna la bâtisse par le côté où elle avait vu son mari pour la dernière fois et arriva à l'arrière. Sharko la repéra immédiatement. Il était adossé au mur, à proximité d'une porte en bois. Lucie vint se coller à lui.

— Il y a un corps suspendu dans la grange, haleta-t-elle. Une espèce de… cocon tout enrubanné de gaze, accroché par les pieds au bout d'une corde.

— Un corps… Un corps humain, tu veux dire ?

Elle hocha la tête. Le visage de Sharko se ferma.

— Un homme ou une femme ?

— Une femme, je crois.

— Ton téléphone. Tu peux appeler ?

Lucie sortit son portable. Toujours aucune barre de réseau. Elle essaya tout de même de composer le numéro de Nicolas. Sans succès. Franck serra les mâchoires, puis désigna la porte du menton.

— C'est une vieille porte bricolée qui n'a pas l'air bien solide. On va entrer.

Sa femme lui agrippa le poignet.

— Il y avait également des vivariums pleins d'araignées, là-bas. T'as vu la voiture. Il se planque à l'intérieur, j'en suis sûre, et il est complètement malade. On n'entre pas, Franck. Je t'interdis d'y aller.

Sharko réfléchit.

— Peut-être qu'il est mort. Qu'il s'est flingué ou je ne sais quoi. Je n'ai pas entendu le moindre bruit, et tout était éteint avant même qu'on ne s'arrête devant le portail.

— Moi, je pense qu'il est reclus là-dedans, dans le noir. C'est trop risqué. On n'entre pas, répéta-t-elle. S'il te plaît.

— OK, tu as raison, capitula-t-il. Voilà ce qu'on va faire : tu files rejoindre le patelin d'à côté où tu avais du réseau pour appeler une équipe locale en renfort. Moi, je reste en surveillance. Si ce gars est en vie, hors de question qu'il se tire.

Sur ces mots, il lui attrapa la main et l'entraîna vers les écuries où ils firent une pause.

— Je te suis au cas où il regarderait à travers les volets, il faut qu'il nous croie partis, expliqua-t-il en déposant les clés de leur véhicule dans le creux de sa paume. Tu démarres et, moi, je reviens discrètement. Quand t'auras réussi à contacter les collègues, tu me rejoins, tu te gares à la même place, et on attendra leur arrivée dans la voiture.

Lucie hésita, elle le fixait avec intensité. Il baissa les paupières pour lui signifier qu'elle pouvait lui faire confiance.

— J'en ai pour cinq minutes, lâcha-t-elle enfin.

Ils coururent jusqu'à leur Renault. Sharko fit mine de monter dedans, claquant la portière. Puis les phares finirent par disparaître dans la nuit tandis que le policier, aussi vite que possible, se glissait de nouveau dans la propriété et se postait près des box d'où il avait le meilleur angle de vue sur l'habitation. Son nez coulait à cause du froid, ses genoux lui faisaient un mal de chien, imprégnés de cette humidité tenace. Après qu'il eut repris son souffle, il lorgna la grange. Un cocon humain…

Il fut tenté d'aller y jeter un coup d'œil, mais y renonça finalement. Mathias Charbonnier était-il l'auteur ou la victime de cette abomination ? En son for intérieur, Franck penchait largement pour la première hypothèse. C'était la folie qui les avait amenés ici, Lucie et lui. Et ce que décrivait sa femme ne pouvait qu'être l'acte d'un individu profondément perturbé.

Il n'eut pas l'occasion de cogiter davantage. Il aperçut soudain une brève lueur dans les interstices des volets, à l'étage, sur la partie gauche de la maison. Comme une bougie allumée qu'on déplaçait. Un des battants lui sembla s'écarter. Le policier se tassa encore plus dans son recoin. Il distingua, dans l'entrebâillement, une silhouette. Lourde. Immense. Le renard sortait de sa tanière.

Franck retint sa respiration. L'ombre ne bougeait plus, scrutant probablement l'obscurité. Lucie ne tarderait pas à revenir. Comment allait réagir ce type, à son retour ? D'un coup, un puissant faisceau lumineux balaya les environs. Le rayon dévora l'herbe, le chemin, se figea sur les murs des box, frôla les pieds de Sharko et s'écrasa sur la porte de la grange. Le moment lui parut interminable. L'homme avait-il flairé quelque chose ? Il avait l'air gigantesque, à sa fenêtre. Un colosse.

Après ça, les ténèbres reprirent leurs droits avec brutalité. La silhouette recula, le volet se referma dans un claquement. Une lueur se devinait en revanche toujours à travers les lames en bois, ainsi qu'à d'autres endroits dans la maison, maintenant. *Qu'est-ce qu'il fout là-dedans ?* se demanda Franck. Il brûlait d'envie d'y aller, mais Lucie avait raison : c'était beaucoup trop risqué. L'homme se tenait sur ses gardes.

Tandis qu'il se raisonnait, des hurlements déchirèrent la nuit. Ils provenaient de la maison, portés jusqu'à ses oreilles par le vent. Des cris de souffrance, presque inhumains. Ceux d'une femme que, sans l'ombre d'un doute, on torturait à mort. Sharko n'avait jamais rien entendu de tel, hormis dans les films.

Impossible de rester là à ne rien faire. Impossible d'attendre les renforts.

52

— On pense qu'un jour ça ira mieux, que le temps finira par atténuer la douleur, mais tout ça, c'est du baratin de psychologue à deux balles. Rien ne va mieux.

Nicolas se tenait assis face au mari d'Angélique Meunier à la terrasse d'un troquet boulevard Montparnasse. Jonathan Meunier était un homme rongé par les années de chagrin, au visage marqué de nombreuses rides. Il portait un bonnet bleu au bord roulé façon marin, une combinaison noir et orange des services techniques de la Ville de Paris et des godillots tout crottés. Le lieutenant constata que ses ongles étaient sales lorsqu'il souleva sa bière jusqu'à sa bouche cachée par une épaisse barbe grisonnante.

— J'étais à cinq cents kilomètres de là quand j'ai vu le prénom de mon beau-fils s'afficher sur mon téléphone. Je travaillais à l'époque dans la finance, j'étais en train de boire du champagne avec un client, on devait signer un contrat important. Je riais, je passais un excellent moment, et pendant ce temps…

Il garda un instant le silence, se mordant les lèvres pour ne pas craquer. Même six ans après les faits, cet homme n'était que souffrance.

— J'ai failli ne pas décrocher, mais il y a quelque chose, une sorte de petite voix intérieure, qui m'a dit qu'il fallait que je prenne cet appel. Comme si, je ne sais pas, au fond de moi, je savais déjà. Alors j'ai répondu… C'est à cette seconde précise que le monde s'est arrêté de tourner.

Il agita les mains près de ses tempes.

— J'entends encore tout ça dans ma tête, lieutenant. Si longtemps après, j'entends chacun de ses cris tellement distinctement qu'il m'arrive de croire que Matéo est juste derrière moi, à hurler au secours, à me supplier de venir. Je l'entends dans la rue, à la pompe à essence, ou quand je fais mes courses. Je suis aujourd'hui incapable de réfléchir sans penser à tout ça. Vous ne pouvez pas imaginer l'enfer que je vis…

Il se réfugia dans sa boisson. Vu ses yeux brillants, il ne devait pas en être à sa première de la journée. Il claqua son verre sur la table et fit signe au serveur de lui en apporter une autre, avant de fixer Nicolas.

— Qu'est-ce que vous voulez, exactement ? Pourquoi vous me reparlez de cet enfoiré de Frusco ? Vous n'avez pas été foutus de le mettre en taule. Il a massacré ma femme, il a détruit mon beau-fils, il *nous* a détruits et… et il se la coule douce à l'hôpital. Ah, on prend bien soin de lui ! Nourri, logé, blanchi aux frais du contribuable. Hop, un petit médoc pour qu'il se sente mieux, ce petit être fragile, et on le félicite quand il peint ses bouses. Vous savez quoi ? Je n'ai qu'une hâte : qu'il ressorte. Là, je vous le dis, vous verrez ce qui se passera…

Nicolas ne voulait pas lui faire la morale. Il laissa la tension retomber, puis se pencha vers lui.

— Je ne peux malheureusement pas vous révéler les éléments de l'instruction, mais une de nos affaires aurait peut-être un lien avec Arthur Frusco. C'est la raison pour laquelle j'ai besoin de comprendre quelques points obscurs.

L'homme fut distrait par les coups de klaxon des voitures arrêtées à un feu rouge. Paris s'enfonçait dans une longue nuit d'hiver, les trottoirs glacés se chargeaient de piétons pressés de rentrer chez eux, bien au chaud. Jonathan Meunier était lui aussi un de ces automates qui se levaient et se couchaient avec, entre les deux, le néant. Il se reconcentra sur leur discussion.

— Des points obscurs ?

— Les rapports de police mentionnent qu'il n'existait aucun lien entre Arthur Frusco et votre épouse. Qu'il aurait frappé complètement au hasard ce soir-là. C'est aussi votre avis ?

Meunier haussa les épaules.

— Quoi d'autre ? Bien sûr que c'était du hasard. Ce monstre se baladait avec un marteau dans la rue, il était dingue. Voilà comment ça finit, quand on laisse une saleté de schizo se promener dans la nature en toute liberté, au lieu de l'enfermer avant que le pire ne se produise. Sauf que, cette fois, c'est à nous que c'est arrivé…

— Votre femme n'avait pas de problèmes particuliers à ce moment-là ? Elle n'a pas reçu de menaces ? Rien de suspect qu'elle vous aurait confié ?

— On ne se voyait pas beaucoup, j'étais souvent en déplacement. En fait, on travaillait dur, tous les deux, mais tout allait bien. Enfin, notre couple connaissait des hauts et des bas, comme tout le monde, je suppose. Bref, je ne me souviens de rien qui… qui puisse justifier ça. Et, si elle avait eu peur de quoi que ce soit, si elle s'était sentie en danger, elle me l'aurait dit. On se confiait tout. Je vous le répète, Frusco n'est qu'un putain de débile mental.

Nicolas sortit son portable, lui montra une photo de la victime de Dugny.

— Vous avez déjà vu cet homme ? Il s'appelle Denis Liénard. Regardez bien.

Jonathan Meunier jeta un œil, secoua la tête.

— Jamais… Il a l'air bien mort, en tout cas.

— Et Éléonore Hourdel, psychiatre, ça vous dit quelque chose ?

— Non.

— Nathanaël Machefer ?

— Vous allez m'en faire combien, comme ça ?

Le flic rempocha son téléphone, contrarié.

— Vous avez évoqué votre beau-fils, tout à l'heure. Il n'était donc pas le fruit de votre union avec votre femme ?

— Mais qu'est-ce que ça peut vous foutre ? C'est quoi, ces questions ?

Nicolas conserva son calme, il avait bien conscience de remuer un passé douloureux. La réaction de son interlocuteur était légitime.

— Dans le dossier, il n'y a quasiment rien sur Angélique. J'ai besoin que vous me parliez d'elle, de son parcours. D'où elle venait… Comment vous vous êtes rencontrés…

Jonathan Meunier but quelques gorgées de la bière que le serveur lui avait apportée. Elles l'apaisèrent un peu.

— C'était une femme extra. Intelligente, passionnée par les chevaux, les voyages ; on a parcouru la moitié du globe, à deux. Elle aimait énormément courir, aussi. Elle faisait plus de trente bornes chaque semaine à plus de cinquante berges. Pas mal, hein ? Elle voulait rester jeune dans sa tête. Elle disait toujours qu'on ne pouvait pas s'empêcher de vieillir, mais qu'on pouvait éviter de devenir vieux… Une citation de je sais plus qui.

Il médita cette réflexion qui lui revenait sans doute pour la première fois en mémoire depuis des années. Nicolas le laissa s'ouvrir à lui à son rythme.

— On s'est connus dans un bar du 13e il y a maintenant dix-sept ans. Des amis avaient tout manigancé et nous ont présentés l'un à l'autre. À l'époque, elle avait 40 ans, moi 37. On sortait chacun d'une histoire difficile… Voilà, c'est de cette façon que ça a démarré, tout simplement. Elle avait divorcé, elle avait quitté la province pour s'installer à Paris. Alors c'est vrai, Matéo n'est pas mon fils, mais je l'ai élevé comme si c'était le mien. C'était un chouette garçon… On avait une belle vie…

L'homme releva les yeux de son verre, une détresse manifeste l'habitait.

— Avant, je prenais le train pour arpenter la France ; aujourd'hui, je récure les chiottes des gares. Ça aurait bien fait marrer Angélique, tiens. Quelque part, on aurait tous les deux eu le nez dans la merde des autres.

— Pourquoi vous dites ça ?

— Parce que c'était son boulot, enfin, si on veut. Elle étudiait les parasites à l'hôpital Bichat.

Les parasites. Le cœur de Nicolas se mit à tambouriner. Il revit instantanément le ténia dans l'intestin de Liénard. Il cherchait un lien, il le tenait. Cette fois, il en était sûr : Angélique Meunier n'avait pas été tuée au hasard par un détraqué. À l'instar du faux Denis Liénard, elle avait été ciblée, puis assassinée.

— Quel genre de parasites l'intéressait ? Le ténia ?

— Ça, je l'ignore. Ce que je sais, c'est qu'elle passait son temps à écrire sur ses petites bestioles. Des études techniques que les experts se refilaient de laboratoire en laboratoire. C'était une vraie tronche. Elle a contribué à pas mal d'articles.

— Ils traitaient de quels sujets ?

L'homme vida son verre, consulta sa montre et se leva.

— C'est tellement loin, tout ça, j'ai le cerveau embrouillé... De toute manière, faut que j'y aille. Les tournées, c'est pour vous. Pour l'État français. Remerciez bien de ma part les salopards qui nous gouvernent, et qu'ils continuent comme ça. Ils sont sur la bonne voie.

Il lui adressa un signe de la main et conclut :

— Bientôt, il y aura le feu et plus de pompiers pour l'éteindre. À ce moment-là, il sera trop tard. Et ce sera pas faute de vous avoir prévenus.

53

Sharko se précipita vers l'arrière de la maison tandis que l'adrénaline amplifiait les battements de son cœur et gorgeait ses muscles d'une énergie nouvelle. Une fois près de la porte, il reprit son souffle, sortit son arme, tourna avec douceur la poignée, et donna un coup d'épaule dans le battant. Le verrou céda sans difficulté. Son pistolet brandi devant lui, il eut alors un mouvement de recul, comme si une nuée d'insectes lui avaient sauté au visage.

Des filets de pêche pendaient du plafond. Des cordages de toutes les épaisseurs entravaient le couloir d'un mur à l'autre sur cinq ou six mètres de profondeur, attachés de telle sorte qu'ils formaient des figures géométriques entrelacées. Il avait dû falloir une patience et un temps fous pour installer un truc pareil. Combien de kilomètres de cordes, de nœuds, de boucles, combien de clous, de vis plantés pour que l'édifice tienne ? Un moyen dément d'éviter les intrusions, peut-être. À la manière d'une araignée qui protège son territoire et est alertée par les vibrations de sa toile. Ça puait la folie à l'état pur.

Les cris s'étaient mués en gémissements. Il sembla à Sharko que la femme suppliait, priait pour qu'on l'épargne. Il eut soudain l'image d'une araignée humaine qui s'en prenait à elle, des fourches en guise de mains, de puissantes mandibules à la place des mâchoires. La douleur et le désespoir résonnaient contre les parois, provenant sans doute d'une chambre située juste au-dessus de lui. Franck décida d'y aller, coûte que coûte.

Tout en gardant un œil vers le fond, il écarta les fils, se baissa, enjamba, se faufila dans le maillage labyrinthique de chanvre et de Nylon avec cette impression d'être une mouche s'embourbant dans un piège de soie. Si l'autre surgissait maintenant, il était la cible parfaite. Franck misait néanmoins sur le fait que Charbonnier était occupé en haut, et qu'il ne possédait pas d'arme à feu.

L'atmosphère, en tout cas, était presque insupportable. Aux odeurs de nourriture, de sauce grasse et rance s'ajoutaient celles de renfermé et de pourriture, comme si la maison n'avait pas été aérée depuis très longtemps. Et puis il faisait chaud. Beaucoup trop chaud. Combien de degrés ? Vingt-cinq ? Les chauffages devaient tourner au maximum. Le front de Sharko, lui, commença à perler de sueur.

Il lui fallut bien cinq minutes pour s'extraire des cordages. Une éternité. Parfois les hurlements cessaient, il se disait que la femme était morte, et les cris reprenaient de plus belle. Lorsqu'il fut enfin libre de ses mouvements, il discerna une cage d'escalier, après un ensemble de portes qui devaient permettre d'accéder aux pièces du rez-de-chaussée.

En posant son pied sur la première marche, il se prit une toile d'araignée en pleine figure. Le voile de soie, dense, quasi opaque, se colla à ses cheveux. Il s'en dépêtra à coups de grands gestes horrifiés, leva les yeux : il avait la sensation d'évoluer dans une espèce de manège de l'horreur, un décor de cauchemar. La cage tout entière, éclairée par des spots à très faible intensité, était envahie d'immenses toiles, bien réelles celles-là, où s'activaient des centaines d'araignées. Une sorte de mur infranchissable sur lequel les corps velus traçaient des diagonales, se rétractaient, tissaient, pendant que des moucherons, englués, s'y débattaient. Les ombres, avec les perspectives, se déployaient, gigantesques, sur les cloisons et le plafond incliné. Ça grouillait de partout, l'alerte générale venait d'être lancée au cœur de ce monde arachnéen : un intrus était là. Sharko, dans un frisson, repéra aussi des cocons, minuscules, dont certains semblaient sur le point de craquer, prêts à délivrer des milliers de nouveaux individus.

Pour qu'une telle cathédrale de soie puisse exister, il y avait forcément eu un élevage, un genre de pépinière qui avait aidé les araignées à proliférer. Par ailleurs, ça impliquait que personne n'était passé par là depuis des jours, voire des semaines, sinon l'ouvrage aurait été détruit. Alors comment Charbonnier circulait-il dans la maison ? Restait-il cloîtré à l'étage ? Mon Dieu, tout ça ne pouvait être qu'un sale mauvais rêve. Franck était figé, incapable d'avancer dans ce temple ignoble. Ses peurs les plus profondes, les plus primitives se réveillaient. Et les cris, en même temps, lui tordaient les tripes. *Qu'est-ce qu'il lui fait subir ?*

Là-haut, la vie d'une femme se jouait. Il ne pouvait pas flancher. Il prit une grande inspiration, tendit les deux bras devant lui et s'élança dans l'escalier, à la limite de hurler lui-même. Les araignées se plaquèrent avec leurs toiles sur son visage, ses mains, ses épaules. Il en sentit une sur sa joue, une autre dans son cou. La pointe de chaque patte lui faisait l'effet d'un subtil coup d'aiguille. Il ne lâcha néanmoins pas des yeux le haut des marches, prêt à ouvrir le feu. À cet instant, une image lui traversa l'esprit : il s'enfonçait dans les abysses d'un cerveau malade, et ces araignées étaient comme les signaux électriques des neurones enflammés en train de communiquer entre eux. Un cerveau alerté de la présence d'un indésirable. S'écoulèrent là les pires secondes de sa vie.

Quand il jaillit enfin de cet enfer, il se retrouva dans un couloir vide. Une lueur palpitait là-bas, tout au bout, sur sa gauche. Elle filtrait par une porte entrebâillée, telle une sinistre invitation. Franck chassa les voiles de soie qui le gênaient et avança, le cœur battant. Le plancher craqua sous ses pas. Les cris se résumaient dorénavant à des gémissements, aux gargouillis de quelqu'un sur le point de lâcher son dernier souffle. Il s'adossa à la cloison à côté de la porte, ferma brièvement les paupières, les rouvrit et bascula de tout son corps dans la pièce, l'index enroulé autour de la queue de détente.

La chambre était déserte. Les cris émanaient d'un enregistreur numérique posé par terre, au pied de la fenêtre. Franck eut à peine le temps de comprendre l'ampleur du piège dans lequel il était tombé qu'il sentit un choc. Le danger avait comme surgi du plafond, et la douleur était telle qu'il crut que son crâne allait se fragmenter. Il vit son arme quitter ses doigts alors qu'il chutait. Sa tempe heurta le sol – une seconde détonation au fond de sa tête, pire encore que la première.

Il se dit qu'il allait perdre connaissance, mais une image dansait devant ses yeux, une sorte de kaléidoscope aux mille couleurs qui lui donna le sentiment de distinguer une multitude de fois le même visage. Son agresseur était penché au-dessus de lui. Franck imagina, dans le brouillard de ses pensées, cette araignée humaine déjà visualisée plus tôt, pendue au bout de son fil. Incapable de bouger, il percevait juste des bruits, des déplacements, un courant d'air le long de sa colonne. Une bestiole s'échappa de son blouson, explora sa joue, remonta sur sa pommette gauche. Son corps était couvert de ces animaux répugnants.

Tandis que ça continuait à crier, on le tira par les cheveux dans un coin de la pièce. Dans le mouvement, il vit des iris d'un noir perçant, des dents d'une brillance inquiétante, les plis d'un faciès hargneux. L'homme parlait sur le ton de la colère, mais Franck n'y comprenait rien. Il tenta d'agripper le type. Un nouveau déferlement de coups le plia alors en deux. Soudain, un objet lui écrasa la main droite avec une violence telle qu'il entendit un craquement. La douleur se diffusa partout en lui. Il aurait aimé s'évanouir, mais il était là, inerte, impuissant, comme un poisson échoué sur une berge.

Il ne sut pas combien de temps s'écoula avant qu'un poids ne lui comprime la poitrine et ne l'empêche presque de respirer. L'individu était agenouillé sur lui, si proche qu'il recevait son haleine à l'odeur de hareng en pleines narines. Il ressentit une pression au niveau de son front, entendit un froissement et se rendit compte qu'on lui enroulait quelque chose autour de la tête. Un bandage ? Sa main droite, elle, n'était plus qu'une chose molle au bout de son bras. À un moment, la bande contraignit ses paupières à se fermer. Un flot de paroles inintelligibles lui parvenait toujours. Noyé dans la brume, quand il ne fut plus en mesure de respirer par le nez, il comprit son erreur : Mathias Charbonnier l'ensevelissait sous des mètres de gaze. Il était en train de l'encoconner vivant.

Malgré sa prise de conscience, Sharko demeura immobile. Ses forces l'avaient quitté, c'était comme si son esprit était déconnecté de son corps. Il ne pouvait plus qu'ouvrir grand la bouche pour ne pas s'asphyxier. Déjà plusieurs épaisseurs de tissu plaquaient sa lèvre supérieure contre ses dents du haut. Quelques tours plus tard, il peinait franchement à s'oxygéner. Lorsqu'une première couche obstrua la totalité de sa bouche, il eut l'impression de respirer avec une paille. Il avala une ultime et difficile goulée d'air qu'il bloqua dans ses poumons quand l'étau lui scella définitivement les lèvres.

Le temps était venu. Il allait mourir. Il allait vraiment mourir.

La fin d'une aventure. La fin de sa vie. Là, maintenant. Il était sur le point de tirer sa révérence.

Il laissa l'afflux de lumière chaude l'envahir, tous ces éclats d'existence, ces morceaux de visages et ces sourires, alors que l'autre s'acharnait sur lui, serrait et serrait encore les bandes autour de son visage. Le cri des jumeaux sortant du ventre de leur mère déferla soudain. Il vit s'esquisser, au loin, très loin, les silhouettes joyeuses, au bord d'une plage du Nord, de Suzanne et de leur fille. À ses oreilles, son père cracha sa silicose et sa mère partit d'un rire étrange. Puis il y eut, au-delà de tout, l'odeur de pluie de la peau de Lucie, la douceur soyeuse des petits cheveux qui frisotaient sur sa nuque tiède au matin. Tout ça crépita dans l'obscurité de ses paupières, à chaque battement, de plus en plus fort, de son cœur. Son cœur qui distribuait les dernières rations d'oxygène à ses cellules, à son cerveau.

À cet instant, il sut ce que mourir signifiait, lui qui avait croisé tant de morts, tant de souffrance et tant de visages figés dans l'effroi des ultimes secondes.

À son tour, il vivait les siennes.

Il n'arrivait plus à retenir l'air dans sa poitrine, l'effort était trop douloureux. Alors, aussi lentement que possible, il expulsa cet air qui ne savait même pas par où s'échapper et qui, brûlant de poison, se glissa difficilement dans l'invisible espace entre sa peau et le tissu comprimé.

Aussitôt, par un réflexe de survie, il essaya d'inspirer dans un râle infernal, un de ces râles d'agonie remontant du fond des tripes. Quelque part dans les ténèbres, il crut entendre d'autres cris. Il sentit sa poitrine soulagée de ce poids qui l'écrasait jusqu'alors. Il y eut aussi des bruits de pas, puis une détonation qui fit trembler le sol. Après un temps indéfini, les bandes s'écartèrent juste assez pour que sa gorge en feu absorbe de l'air, cet air salvateur, tandis que des mots lui parvenaient sans qu'il les comprenne, comme autant de balises de détresse sonores tentant de le ramener au pays des vivants.

Quand la lumière revint, quand ses paupières purent battre de nouveau, quand le visage couvert de toiles d'araignées de Lucie se dessina devant lui, il trouva la force, par l'éclat très bref qui brilla dans son œil, de la remercier.

54

Franck était assis sur une caisse, dans un coin de la grange, avec entre les mains un gobelet de café bien chaud qu'un des flics trimballait dans une Thermos. Plus tôt, un médecin du SMUR l'avait ausculté : pas de plaie ouverte au niveau du cuir chevelu, mais un méchant hématome au-dessus de la tempe gauche. Il devait veiller à ne pas s'endormir avant le milieu de la nuit, et foncer à l'hôpital au moindre vomissement. Sa main droite était quant à elle bien enflée. Cependant, s'il avait eu très mal quand le médecin avait appuyé précisément là où Mathias Charbonnier avait frappé avec un maillet en bois, il était parvenu à bouger les doigts et avait refusé qu'on l'emmène aux urgences pour ça. Il fallait désormais gérer tout ce bordel. On lui avait donc seulement fait un pansement, préconisant une radiographie si la douleur persistait.

Les gars de l'Identité judiciaire avaient déjà enlevé les bâches et les avaient roulées près des vivariums. Ils installaient à présent les halogènes avant de procéder au décrochage du cocon géant. Gilles Maréchand, le légiste chargé de l'autopsie de Denis Liénard, était également là, prêt à jouer sa partition. Nicolas, lui, discutait dehors avec des collègues du 36 pendant qu'une autre équipe de la police scientifique s'occupait d'explorer l'intérieur de la maison, accompagnée de Pascal Robillard.

Deux flics de l'IGPN, l'inspection générale de la police nationale, étaient aussi sur place. Lucie ayant fait feu sur un homme, une enquête administrative sur les conditions de l'utilisation de son arme allait être ouverte. En attendant, le groupe Sharko pouvait poursuivre ses investigations, mais la procédure exigeait qu'un second groupe soit sur le coup afin d'éviter les vices de forme ou d'éventuelles dissimulations de preuves pouvant altérer les circonstances du tir.

Lorsque Lucie s'assit à ses côtés, elle avait les traits tirés. De gros cernes alourdissaient ses yeux. Il avait fallu patienter de longues heures avant que tout ce petit monde ne débarque. On approchait maintenant de minuit, les températures descendaient largement en dessous de 0, et l'humidité était paralysante.

— Aux dernières nouvelles, Charbonnier est sorti du bloc après cinq heures d'opération, expliqua-t-elle. La balle a fracturé sa clavicule avant de bifurquer vers l'épaule. Ça a fait des dégâts, mais ses organes vitaux n'ont pas été touchés. Ses jours ne sont visiblement plus comptés.

— Tant mieux, répondit Franck, soulagé. Et l'IGPN, ça dit quoi ?

— Ils viennent de saisir mon arme. J'ai raconté ce qui s'est passé : à mon retour, tu étais à l'intérieur, j'ai entendu les cris, je suis montée, Charbonnier était en train de t'étouffer et il allait se jeter sur moi, alors j'ai tiré…

Il y eut un blanc. Elle poursuivit :

— Le tir a été effectué de face. Étant donné le contexte, on n'a rien à se reprocher. Ton enquête continue pour le moment. De toute façon, on est en pleine nuit et il y a un cocon qui pendouille au bout d'une corde. Que veux-tu qu'ils fassent ? Pour moi, on verra bien après les auditions plus formelles demain…

Elle croisa les bras avec un frisson. Elle revoyait la scène d'horreur, elle entendait son mari pousser des gémissements affreux. Ces râles venus du fond de sa gorge, elle ne les oublierait jamais. Franck remarqua sa détresse, il l'enlaça de sa main valide.

— Je suis désolé, Lucie. C'est ma faute.

— Avec ces hurlements, n'importe qui serait entré. Tu n'avais pas le choix. Et moi non plus… On a fait exactement ce qu'il fallait.

Elle s'écarta, le fixa.

— Mais tu as failli mourir.

— Je sais.

Franck baissa la tête. Lui aussi était encore imprégné de cette abominable sensation de manque d'air. *La pire des morts.* Si sa femme était arrivée dix secondes plus tard, il y serait passé. Il était fatigué. Là, tout de suite, plus que toute autre chose, il avait envie de retrouver son foyer. De serrer ses enfants contre lui. De leur dire combien il les aimait.

— Il l'a enregistrée, souffla-t-il. Il a enregistré la détresse de sa victime alors qu'il la momifiait.

Il observa le bout de sa manche où des filaments de soie étaient toujours accrochés. Il ne réussissait pas à chasser de son esprit cette image d'araignée humaine qui s'était jetée sur lui. Les prunelles noires pleines de folie de Charbonnier.

Dans la grange, les hommes signalèrent qu'ils allaient procéder au décrochage. Sharko se releva en grimaçant. Les autres se postèrent dans son dos sans un mot. Même les inspecteurs de l'IGPN étaient là. D'ordinaire, on ne voyait ce genre de scène que dans les films d'horreur, pas dans la vraie vie.

On avait déployé un film plastique sur un brancard pliant et disposé l'ensemble à la verticale du cocon. Deux techniciens défirent le nœud de la corde, puis se chargèrent de faire descendre la masse blanchâtre aussi lentement que possible. La poutre grinça, le corps se balança avec mollesse d'avant en arrière. Le légiste le réceptionna avec précaution et l'installa sur la surface plastifiée.

Un silence de cathédrale régnait dans le vieux bâtiment quand le médecin cisailla les bandes au niveau du visage à l'aide d'un scalpel, sans trop appuyer pour ne pas entailler la peau. Il procéda ainsi sur une vingtaine de centimètres. On se serait cru sur une planète étrangère, face à un organisme dangereux, comme dans *Alien*. Après plusieurs minutes, il put enfin écarter la ouate. Un effroi glacé balaya l'espace.

Le faciès couleur olive était figé dans une expression de terreur absolue. Les yeux d'un bleu devenu presque translucide étaient restés grands ouverts, mais ce fut surtout la bouche qui les choqua le plus : tordue, hurlante, sculptée par la rigidité cadavérique. *La bouche du* Cri *de Munch.*

Quand le légiste eut terminé de dégager les bandes, Franck sentit son cœur exploser dans sa poitrine. Il regarda Lucie et Nicolas, paralysés eux aussi par ces traits qu'ils venaient de reconnaître. Ils avaient tenu entre leurs mains la photo de cette femme. Ils avaient arpenté avec les allées du parc des Buttes-Chaumont.

— Vous la connaissez ? demanda le médecin, témoin de leur trouble.

— Il… Il s'agit de Christine Barlois, une quinquagénaire qui a disparu il y a un peu plus de trois semaines dans le 19e arrondissement. C'est nous qui étions chargés des premiers jours d'enquête.

Sharko se mura ensuite dans le silence, ébranlé par ses propres mots. Cette femme qu'ils avaient cherchée, que des dizaines d'hommes cherchaient encore, avait donc fini là, dans cette grange. Le légiste hocha la tête, puis se pencha. Il lui semblait deviner une forme, au fond de la gorge.

— Qu'est-ce que…

Soudain, il eut un violent mouvement de recul. Une araignée surgit de derrière la langue, attirée par la lumière. Elle se glissa jusqu'à la commissure des lèvres, fila le long de la joue avant de dévaler du brancard à une vitesse impressionnante. Le médecin ôta ses lunettes, déstabilisé.

— Bon Dieu, désolé. Je ne m'attendais pas à ça.

Après une poignée de secondes, il replaça sa monture au bout de son nez et s'approcha de nouveau, plus méfiant.

— Quelle nuit… ajouta-t-il dans un murmure mêlant fatigue et écœurement.

Il palpa la peau autour des lèvres et se lança dans ses premières constatations :

— Les bandes ont figé le visage dans cette position. Il ne fait aucun doute que la victime était vivante quand on l'a enrubannée de la sorte. La peau est cyanosée. L'autopsie confirmera vraisemblablement une mort par asphyxie. Le décès peut *a priori* remonter à une semaine, voire une dizaine de jours. Avec les températures glaciales qu'on a depuis un mois, la dégradation a dû être fortement ralentie…

Franck ne dit rien. Il s'en était fallu de peu pour que son visage ne soit lui aussi découvert prisonnier de cette expression horrifiée. Il ressentit une pointe d'angoisse au creux de son ventre. Un sentiment effroyable qu'il n'avait que rarement éprouvé jusqu'alors. Le légiste rangea ses instruments, referma sa mallette et déclara :

— Je finirai le déshabillage à la morgue. Je propose d'embarquer le corps tel quel et de le mettre au frais. Rendez-vous demain à midi. Ça vous va ?

Le commandant acquiesça, pâle comme un linge. Tandis que tout le monde s'activait, il sortit respirer dehors, accompagné de ses équipiers.

— J'ai reçu un coup de fil de la psy avant de vous rejoindre, annonça Nicolas. Machefer a tenté de se suicider avec une arme qu'un autre patient a réussi à lui refourguer. Sa vie n'est plus en danger, mais il est à l'hôpital sous sédation profonde...

Franck ne dit rien, il continuait à gober l'air.

— T'es sûr que ça va ? demanda Bellanger en posant sa paume sur son épaule.

Sharko croisa le regard inquiet de Lucie. Il essaya de les rassurer, mais non, ça n'allait pas. Il avait la nausée, sa bouche était pâteuse, sans doute à cause du choc reçu à la tête. Des lumières vives passaient à travers les lattes des volets, devant lui. Là-bas aussi, des équipes étaient à pied d'œuvre.

— Appelle Brigard. Qu'il se pointe dès que possible avec son groupe. Dis-lui qu'il n'a plus besoin de chercher Christine Barlois...

Après avoir pris une profonde inspiration, il glissa sa main bandée dans la poche de son blouson et s'orienta vers la bâtisse.

Il n'en avait pas encore fini avec l'horreur.

55

À l'intérieur de la maison, les réseaux de fils, de cordes, de mailles se déployaient derrière chaque issue, tendus à l'aide de vis et de clous plantés dans les murs ou dans le plancher. Ils découvrirent également le même genre d'enchevêtrement devant l'âtre de la cheminée, dans le salon. Et, entre ces toiles tissées par Charbonnier, s'entremêlaient d'impressionnants ouvrages de soie. Dans chaque recoin, on détectait d'ailleurs des mouvements de pattes, des corps velus, des ombres furtives qui fuyaient.

La pièce était poussiéreuse, encombrée de morceaux de bois entassés et de caissettes vides, autant de cachettes qu'appréciaient à l'évidence ces bestioles. Tout était aménagé pour elles. L'homme avait fait de sa maison leur territoire. Étaient-elles censées le protéger de l'extérieur ? L'alerter d'une intrusion ? Mathias Charbonnier se prenait-il lui-même pour l'un de ces animaux ? Nicolas se rappelait ce qu'Éléonore Hourdel avait raconté à propos des délires des schizophrènes : « Vous pouvez vous mettre à creuser des trous dans votre jardin, car vous pensez que les taupes veulent vous nuire. » Il n'existait aucune limite aux formes sous lesquelles s'exprimait la folie.

— Ça fait trois, dit-il en tirant sur une corde pour provoquer une vibration.

Sharko se tourna vers lui.

— Trois quoi ?

— Trois individus qui sont passés à l'acte et ont commis des crimes tous plus spectaculaires les uns que les autres. Frusco qui défonce le crâne et cuit le cerveau d'une pauvre femme parce qu'il a peur qu'elle lui vole ses membres. Machefer qui poignarde de plus de cinquante coups de tournevis un homme et lui fourre de la soude dans la bouche pour tuer le ver en lui. Et maintenant Charbonnier qui croit être une araignée et momifie Christine Barlois. Si on suppose qu'il était lui aussi schizophrène, hypothèse plus que probable vu le contexte, ça fait trois types qui vrillent complètement et se mettent à tuer…

Tout en discutant, ils firent demi-tour et s'orientèrent vers l'escalier.

— Tout à l'heure, j'ai rencontré le mari d'Angélique Meunier, la victime de Frusco, continua le lieutenant. Elle était experte en parasites. Ça la relie au ténia, donc à notre enquête. Il n'y a aucun hasard dans ce bordel. Tout est connecté, comme ces fils d'araignées.

Franck et Lucie échangèrent un regard surpris.

— Il y a quelqu'un derrière tout ça, Franck, insista Bellanger. Quelqu'un qui, j'ignore comment, s'arrange pour que des gars malades s'en prennent à des personnes ciblées au milieu de leur délire. Ce quelqu'un, c'est le Capitaine. L'homme qui tient la barre. Celui qui s'insinue dans leur tête et les manipule.

Ils montèrent les marches en silence, sous le choc de ces révélations. Sharko pensa à leur nouvelle victime. Cette femme recherchée dans une tout autre affaire faisait désormais partie intégrante de leur puzzle. Les mots inscrits au dos de la carte postale du *Cri* lui revinrent en mémoire : « Pourquoi voit-on surgir d'un coup cette silhouette de *La Nef des fous* et son équipage insensé envahir les paysages les plus familiers ? » C'était exactement ça, il avait cette sinistre impression qu'on était en train de lever une armée de fous.

Dans l'escalier, les toiles d'araignées avaient été plaquées contre les murs de manière à dégager l'espace. Les centaines d'arachnides qui occupaient l'endroit avaient disparu. Elles étaient pourtant forcément quelque part dans la maison, sous les meubles, derrière les plinthes, dans les draps du lit… Totalement invisibles. Lucie ressentait des démangeaisons jusqu'au niveau des reins. Elle n'avait qu'une hâte : quitter cette maudite baraque et prendre une bonne douche.

Lorsqu'ils atteignirent la chambre, les techniciens remballaient leur matériel. Les prélèvements étaient terminés. La douille du Sig de Lucie avait notamment été placée sous scellés, ainsi que l'enregistreur numérique. Sharko fixa les traces de sang au sol et les nombreux rouleaux de gaze qui traînaient à côté tandis que des pas lourds faisaient vibrer le plafond. Soudain, la tête de Pascal apparut aux abords d'une trappe, pile au-dessus d'eux. Charbonnier avait sauté précisément de cet endroit pour surprendre Sharko. Une échelle rétractable avait été descendue.

— Venez voir, lança Robillard.

— Il y a des araignées ? demanda Lucie. Parce que j'en ai franchement ma claque, de ces saletés.

— Juste un peu.

— Ça veut dire quoi, « juste un peu » ?

— Comme dans un grenier, quoi… Allez, tu n'es plus à ça près !

Lucie soupira, mais emboîta le pas à ses coéquipiers qui grimpaient déjà. Là-haut, de larges planches avaient été déposées sur les solives pour permettre de circuler sur toute la surface. La charpente complexe formait un labyrinthe de poutres, et d'épaisses couches de laine de verre agrafées les unes aux autres isolaient le toit. Le tout était éclairé par une lampe halogène.

— C'est là que, visiblement, Charbonnier vivait reclus ces derniers temps, annonça Pascal.

Il pointa un coin où un matelas était installé à côté d'un réchaud, de bassines, de vêtements sales entassés et d'une multitude de boîtes de conserve empilées à proximité de dizaines de sacs-poubelle pleins. L'odeur des ordures était infecte. Un câble électrique se faufilait depuis la trappe, alimentant une ampoule suspendue à une poutre. Sharko imagina leur homme ici, dans l'obscurité, au milieu des araignées. Il se représenta sa folie, le délire profond qui l'avait coupé du reste du monde. Pascal les emmena près du matelas sur lequel il avait disposé de nouveaux scellés. Dans l'un d'eux, un téléphone.

— Totalement déchargé, expliqua-t-il. Perso, j'ai du réseau, on peut présumer qu'il en avait aussi. Ça doit dépendre du fournisseur. Je vais faire partir ce portable pour analyse et demander les fadettes au plus vite. Mais il y a autre chose.

Il s'empara d'un second sac, le tendit à Sharko.

— Je l'ai trouvé sur un meuble dans le salon, au rez-de-chaussée…

Franck observa le sac transparent, stupéfait. Il contenait une carte postale identique à celle découverte chez Nathanaël Machefer. Avec le même texte inscrit en lettres capitales au dos.

Il se tourna vers Nicolas.

— La psy a aussi reçu cette carte, tu m'avais dit ?

— Il y a environ un mois, confirma Bellanger. Un envoi anonyme, arrivé directement dans sa boîte aux lettres.

Ils se regardèrent avec gravité. Éléonore Hourdel était impliquée jusqu'à l'os dans toute cette histoire par le biais de son faux père, mais désormais également par cette carte postale qui la reliait à des types de la trempe de Frusco ou de Charbonnier. Qu'avait-elle à voir avec ces malades ? L'expéditeur savait en tout cas où elle habitait. Il s'intéressait à elle. Il lui avait même « envoyé » Machefer à l'UMD après que ce dernier avait commis son crime. Pour quelle fichue raison ?

À cet instant, Nicolas se rappela cette impression que la psychiatre avait d'être observée, suivie. L'homme derrière tout ça l'avait-il en définitive réellement poussée dans le trou, près de l'usine désaffectée ? Cherchait-il à l'effrayer ? À la rendre folle ? À la détruire ? Le policier avait la sensation qu'un danger planait, une force noire, maléfique, capable d'envahir les esprits, de les fissurer, de les anéantir. Le Capitaine. Qui pénétrait dans la tête de ses proies comme un cri.

À ses côtés, Sharko eut une faiblesse et dut s'appuyer sur une poutre pour ne pas chanceler. Pascal le remarqua et lui attrapa le bras.

— Ce n'est pas ici que tu devrais être. T'as passé un sale moment, t'as un méchant hématome. Rentrez, tous les deux. Allez vous reposer. Moi, je reste. Avec ce qu'on a découvert ce soir, on n'est pas au bout de nos peines.

56

Sharko marchait à pas de loup pour ne pas réveiller ses fils. Les jumeaux dormaient d'un sommeil profond, paisible, doucement rythmé par leur lente et lourde respiration. Adrien occupait le lit du dessus. Il était du genre à sombrer d'un coup le soir, tandis que Jules, lui, se levait au moins une fois par nuit pour aller aux toilettes. Souvent, Franck entendait sa petite souris de fils marcher dans le noir, aux alentours de 2 heures, se faufiler dans le couloir et vite retrouver le chemin de son lit.

Il les observa longuement dans la pénombre. Un fleuve de cinquante années les séparait. Sharko essayait encore de répondre à leurs besoins de dévorer la vie, il jouait avec eux, allait taper dans le ballon et les jetait dans l'eau à bout de bras à la piscine, comme n'importe quel père, mais combien de temps tiendrait-il ainsi ? Il redoutait le jour où il commencerait à repousser au lendemain – « Pas aujourd'hui, les enfants, papa est fatigué » –, où ses genoux le tirailleraient trop. Il ne voulait pas de ça. Il se refuserait, aussi longtemps que ses forces le lui permettraient, d'être un vieux père. *Vieux père, vieux flic, vieux tout court.*

Il s'assura que Lucie ne traînait pas derrière lui et essuya la larme qui perlait au bord de son œil. Il aurait pu ne pas être là, cette nuit. Il aurait pu ne jamais revoir ses fils. Que leur aurait raconté leur mère, si le malheur avait frappé ? « Papa ne reviendra pas. Papa est mort, mes chéris. » Quel enfant pouvait supporter une chose pareille ? Il eut soudain de brutales images de cimetière, de fleurs sur sa tombe, il entendit les pelletées de terre recouvrir le bois de son cercueil alors qu'il était vivant, bloqué à l'intérieur, qu'il criait, criait. Sa gorge émit un râle, il recula, son pied renversa Poupette, la locomotive à vapeur endormie sur son réseau ferroviaire miniature.

Sharko s'agenouilla sur le parquet stratifié et la remit délicatement en place. Poupette était inusable, il suffisait d'une goutte de fuel dans son tender pour qu'elle reparte aussitôt. La voir tourner, sentir l'odeur de vapeur qu'elle dégageait quand elle filait sur les rails, toute fière, lui rappelait tant de souvenirs, à la fois heureux et douloureux. Elle avait notamment été là, à ses côtés, lorsqu'il avait lui-même été victime d'hallucinations et que, tout grelottant, il s'était réfugié sous ses couvertures, seul, les muscles paralysés par les bains de glaçons. Poupette était une porte restée ouverte sur son passé.

Il était sur le point de se redresser quand son regard buta sur une tache noire, près de la plinthe, juste en dessous du radiateur. Il plissa les paupières. La lumière qui filtrait du couloir était faible, mais Sharko n'eut aucun doute : il s'agissait encore d'une fichue araignée, immobile, sur ses gardes, les pattes déployées, prête à fuir. Il eut l'impression qu'elle l'observait, qu'elle attendait qu'il parte pour continuer sa route vers le lit, pour aller se nourrir du sang de ses fils. *Une bonne grosse araignée vampire.*

Il posa ses mains à plat sur le sol, non sans grimacer à cause de la douleur sous son bandage, et avança au ralenti, tel un félin à l'affût, un genou devant l'autre.

Peut-être que Lucie ou lui avait rapporté cette saloperie de chez Charbonnier. Peut-être qu'elle se planquait là depuis des semaines, bien au chaud dans leur foyer. Sharko se souvint qu'un type à l'esprit tordu avait, un jour, fait des statistiques au sujet des araignées et établi que, au cours de notre vie, on en avalait en moyenne une dizaine pendant notre sommeil. De quoi bien rassurer les gens. Il ne comptait en tout cas pas avaler celle-ci, parce qu'il allait lui faire la peau.

Dès qu'il fut assez près, il s'arma d'une de ses pantoufles, mais la bestiole dut flairer le danger : elle se faufila le long du mur. Il frappa, la manqua de peu. Elle disparut comme un éclair sous le lit de Jules. *Merde*, pesta intérieurement Sharko. Il n'avait cependant pas dit son dernier mot. Il se mit à ramper, glissa sa tête sous le sommier, et constata que c'était peine perdue. Il n'y voyait rien, et c'était de toute façon beaucoup trop bas pour qu'il puisse l'atteindre. Elle avait gagné.

De dépit, il s'extirpa de là et regagna sa chambre. Sa femme passa ses doigts dans sa nuque quand il se coucha à ses côtés.

— Tout va bien ? murmura-t-elle.

— Tout va bien, tu peux dormir.

Lucie se serra contre lui. Deux minutes plus tard, il s'assoupissait, contrairement à elle qui ressassait la soirée. Elle avait tiré sur un homme. Et, surtout, elle avait failli perdre son mari. Elle qui avait poussé Nicolas, chaque jour, à surmonter la mort d'Audra, à lui rabâcher qu'on pouvait se relever de tout, savait qu'elle ne serait pas capable de survivre à Franck. Ça, ça ne faisait aucun doute.

Elle avait déjà trop perdu par le passé et largement consommé son quota de résilience.

57

Immobile, Nicolas serrait Angel contre lui, assis sur le canapé de son salon. Son fils était en train de se rendormir après une crise de poussée dentaire carabinée. Il apprécia le silence, cet infime sifflement continu au fond de ses oreilles qui l'apaisait. Plongé dans la pénombre, le policier contemplait la palpitation secrète des eaux calmes du fleuve. Derrière, la ville dormait, seules de rares lumières pointaient çà et là dans les foyers. Des couche-tard, des insomniaques... À plus de 2 heures du matin, lui non plus ne parvenait pas à trouver le sommeil. Ce qu'il avait vu cette nuit-là défiait l'entendement, même celui d'un policier de sa trempe. La folie humaine n'avait décidément aucune limite.

Encore une fois, un des membres de son groupe avait failli y laisser sa peau. Nicolas imaginait à peine l'onde de choc qui se serait propagée dans les couloirs du 36 si Sharko y était resté. Le mal que ça aurait fait à chacun d'entre eux. Son commandant et ami était en effet devenu une légende vivante, à la Brigade criminelle. Anonyme, insignifiant sans doute pour le commun des mortels, il était pour ses collègues un grand flic dont le nom s'ajouterait un jour à la liste de ceux qui avaient, toute leur vie durant, été au service de l'État...

Avant, Nicolas se fichait de se prendre une balle, mais il y avait maintenant Angel et, à chaque intervention risquée, il avançait avec la peur au ventre. Peut-être était-ce normal, après tout, de développer un instinct de survie quand on était père… D'autant plus quand son enfant avait déjà perdu sa maman.

Il posa avec délicatesse le petit entre les coussins et s'empara de son ordinateur portable. Il voulait savoir si Angélique Meunier travaillait sur le ténia dans son laboratoire. Sitôt son moteur de recherche ouvert, il entra les mots clés « Angélique Meunier, parasites, ténia ». Des liens en anglais apparurent. Le lieutenant parcourut rapidement les contenus trop techniques où s'alignaient des données médicales et où l'on parlait de variables et d'expressions de gènes. Il n'y comprenait rien, mais persista dans sa quête.

Si le ténia n'était *a priori* jamais évoqué, la toxoplasmose semblait en revanche être la spécialité de la jeune femme. À la page suivante, il finit par dénicher un article scanné, tiré d'un journal scientifique et philosophique anglais daté de 1997, au titre enfin à peu près intelligible : « *Toxoplasma gondii* and the free will ».

Free will. Le libre arbitre. Nicolas sentit un picotement sur ses lèvres. De nouveau, la phrase d'Éléonore lui revint en tête : « Le châtiment ne peut se concevoir sans libre arbitre. » Que venait faire cette notion dans une publication sur les parasites ? À l'aide d'un outil de traduction, il se lança dans la lecture du dossier d'une vingtaine de pages, auquel Angélique Meunier avait participé avec un confrère et un philosophe anglais. Il eut un coup au cœur quand il lut la présentation de la victime de Frusco, en haut du document : « chercheuse dans le service de parasitologie-mycologie de l'hôpital Pontchaillou, CHU de Rennes ».

Il demeura immobile de longues secondes, sonné par sa découverte. Avant de travailler à Paris, il y avait donc eu Rennes. À l'endroit précis où les parents de Machefer avaient eux aussi exercé en radiologie et en endocrinologie. Ça avait l'apparence du hasard, mais ça ne pouvait pas en être un.

Non sans difficulté, Nicolas mit ces informations de côté, puis se concentra sur l'article. En introduction, les auteurs exposaient des statistiques effarantes. Plus d'un tiers de la population mondiale était atteint de la toxoplasmose. On dépassait les cinquante pour cent en France, en particulier à cause de l'affection des Français pour les animaux de compagnie. Le flic n'en revenait pas : une personne sur deux était donc porteuse du parasite sur le territoire.

Angélique Meunier et ses collègues rappelaient ensuite des fondamentaux sur la toxoplasmose. Cette infection *via* le parasite nommé *Toxoplasma gondii* s'attrapait lors d'un contact direct ou indirect avec un félin porteur – surtout des chats – ou en consommant des aliments contaminés, notamment de la viande mal cuite, des légumes et des fruits crus. Les humains n'étaient que des hôtes intermédiaires, ils ne se la transmettaient pas entre eux. Une fois dans l'organisme de l'homme, le parasite se multipliait, se propageait – le stade le plus dangereux de la maladie –, puis se transformait en des espèces de kystes microscopiques qui allaient se loger principalement dans le cerveau, la plupart du temps à vie. L'invasion était, dans la très grande majorité des cas, asymptomatique, raison pour laquelle on s'en souciait si peu, mais elle pouvait avoir de graves conséquences chez les personnes immunodéprimées ou sur le développement d'un fœtus si elle survenait lors d'une grossesse.

Plus loin, les scientifiques évoquaient une expérience troublante. Ils expliquaient que, chez toutes les souris, même celles nées en laboratoire, on notait une peur innée du chat. Or, des chercheurs américains avaient constaté qu'une certaine proportion de rongeurs infectés par la toxoplasmose se ruaient vers l'urine de chat, et finissaient donc dévorés. À la suite de cette observation, ils avaient démontré que le parasite fantôme qui se réfugiait quelque part dans le cerveau y restait caché, à l'abri du système immunitaire, et libérait des substances capables de contrôler la peur des souris. Il les privait ainsi de leur liberté tout en leur laissant l'illusion qu'elles agissaient de leur propre chef.

Cerveau, contrôle, manipulation… Des coïncidences inattendues avec leur affaire émergeaient. Et ce n'était pas fini, car les auteurs s'interrogeaient après sur l'influence potentielle du toxoplasme sur la globalité de la population terrestre. Vu l'énorme proportion d'humains contaminés, le parasite dormant au milieu de tous ces cerveaux ne pourrait-il pas, en effet, s'exprimer par des signes qu'on prendrait pour des manifestations sociales ou culturelles alors qu'il ne s'agirait, en fait, que de manipulation parasitaire ?

Pour étayer leurs propos, les scientifiques avaient collecté des informations, rassemblé des études menées dans divers pays. L'une d'entre elles, très sérieuse, avait démontré que les femmes infectées donnaient naissance à davantage de garçons. Une autre indiquait une présence du parasite beaucoup plus forte chez des patients dépressifs ayant fait une tentative de suicide que chez des dépressifs n'ayant pas attenté à leur vie. Une dernière pointait une infection supérieure à la moyenne chez les auteurs d'accidents de la route. Pouvait-on pour autant attribuer à *Toxoplasma gondii* la « responsabilité » de ces accidents ? Pouvait-on en déduire que les parasités avaient une conduite plus dangereuse ?

À la fin de l'article, les auteurs extrapolaient et abordaient la question du libre arbitre, si chère aux philosophes. Peut-être, en réalité, que le toxoplasme influait sur tous les domaines du vivant ? Peut-être les infectés lisaient-ils plus ? Peut-être pratiquaient-ils plus de sports ? Peut-être étaient-ils plus entreprenants ? Peut-être cette petite chose avait-elle un impact sur notre caractère ? Sur notre vie mentale ? Bref, le monde aurait-il été celui qu'il était sans l'invasion de ce parasite, depuis l'aube des temps, dans les cerveaux humains ?

Les spécialistes terminaient sur une idée qui faisait réfléchir et pouvait même choquer, à savoir que, finalement, notre liberté de penser et d'agir était potentiellement limitée par le toxoplasme. Il était en effet possible que le libre arbitre n'existe « pas tout à fait », et que l'homme ne soit pas le seul responsable de ses actes – l'autre partie de la responsabilité incombant donc à un vulgaire et minuscule parasite de félin. Comme les souris, on avait l'impression d'avoir le contrôle, alors que ce n'était, en définitive, qu'une illusion à l'échelle de l'humanité.

Nicolas referma le clapet de son ordinateur, s'affaissa sur le dossier du canapé, songeur. Tout ça lui paraissait délirant. Si on se mettait à imputer nos actes à un parasite microscopique, où allait le monde ? « J'ai commis un crime, mais ce n'est pas ma faute, c'est celle de ce cher *Toxoplasma gondii*... »

Sentant la fatigue enfin arriver, il prit Angel avec délicatesse et le coucha dans son lit sans le réveiller. Il se glissa ensuite à son tour sous sa couette, se demandant si lui aussi abritait au fond de son cerveau le parasite en veille.

58

Sharko hésita, prit une profonde inspiration et frappa à la porte de l'appartement de Jean-Pierre Barlois. Quand l'homme lui ouvrit, à tout juste 9 heures du matin, il y eut un échange de regards qui valut toutes les paroles du monde. Franck perçut d'abord ce film délicat qui fit briller les yeux de son vis-à-vis et éclaircit subtilement le gris de ses iris, puis les larmes franches qui jaillirent lorsque le policier lâcha finalement son sinistre « Je suis désolé ». Aussitôt, le quinquagénaire s'effondra contre lui, et le commandant demeura là, les bras ballants, avant que sa main bandée ne vienne se poser dans ce dos déjà courbé par le poids du chagrin. Il avait estimé qu'il lui revenait de faire la terrible annonce. Évidemment, nul n'avait insisté pour prendre sa place.

Il n'existait pas de manuel, pas de protocole pour ce genre de moments. Il emmena le veuf chancelant s'asseoir dans un fauteuil, lui proposa un verre d'eau et lui expliqua, avec ses mots, qu'ils avaient découvert le corps de sa femme dans une grange, à une soixantaine de kilomètres de là. Il précisa qu'on l'avait sans doute étouffée, lui épargna néanmoins les détails de la souffrance qu'elle avait dû endurer, de la manière dont elle avait été momifiée et suspendue à une corde. Il indiqua que son présumé assassin avait été mis hors d'état de nuire, qu'il se trouvait à l'hôpital et qu'il s'agissait, selon toute vraisemblance, d'un individu profondément déséquilibré. De tout cela Jean-Pierre Barlois ne capta que des bribes, envahi par la tristesse et les sanglots.

Quand il sortit de là, une demi-heure plus tard, Franck éprouva le besoin de marcher, histoire de se décharger d'un fardeau trop lourd à porter. Il savait que le chemin de croix de cet homme ne faisait que commencer. Jean-Pierre Barlois voulait aller voir la dépouille de sa femme à l'IML. Lui tenir la main une dernière fois. Il verrait alors les sutures de l'autopsie, le visage couleur olive et gonflé, cette bouche abominable, et ce serait ce souvenir-là qu'il garderait. On lui expliquerait également qu'il devrait attendre avant de récupérer le corps, le temps de l'enquête, sans lui donner plus d'informations. Au fil des jours, il apprendrait les conditions exactes dans lesquelles son épouse était décédée. Le reste de sa vie se résumerait à un enfer que, peut-être, il tenterait d'abréger. Pourquoi continuer à vivre après ça ? Comment trouver la force de se lever tous les matins ?

Sharko avait parfois l'impression de n'être qu'un Père Fouettard, un fossoyeur. Plus de trente ans qu'il traînait sa carcasse de porte en porte pour annoncer, dans la majorité des cas, des nouvelles de ce genre. Pourtant, il était inenvisageable pour lui de renoncer, de baisser les bras, de laisser l'horreur gagner…

Il enchaîna avec son audition auprès des inspecteurs de l'IGPN durant laquelle il relata la pure vérité : l'absence de réseau téléphonique, les hurlements qui l'avaient contraint à entrer, Charbonnier qui l'avait ensuite assommé et avait commencé à l'étouffer… Lucie l'avait sauvé, tout simplement. Les hommes qui lui faisaient face lui parurent compréhensifs. Eux aussi avaient pu prendre la mesure de la folie du criminel, cette nuit-là. Ils avaient vu le sort qu'il avait réservé à sa malheureuse victime.

Dans la foulée, Franck passa voir le magistrat, avala un sandwich sur le pouce, puis regagna enfin son bureau aux alentours de 14 heures. Il régnait dans la pièce une atmosphère aux relents de gueule de bois. Nicolas pianotait sur son clavier en tirant une tête d'enterrement. Lucie était pensive face à son écran. Elle pouvait continuer à exercer mais sans possibilité d'aller sur le terrain, le temps de l'enquête administrative, qui durerait une quinzaine de jours. Un moindre mal.

Sharko alla chercher Pascal, ainsi que les deux lieutenants du groupe de Brigard qui se trouvaient à leur poste. Les visages étaient fermés, les lèvres pincées. Le gros bleu sur la tempe du chef, sa blessure à la main les ramenaient tous au milieu des toiles d'araignées et de la monstruosité de Charbonnier. Tous savaient que Franck aurait pu y laisser sa vie. Que la mort ne les oubliait pas, qu'elle se glissait dans l'ombre de chacun d'entre eux, prête à frapper à la moindre occasion.

— J'ai vu le proc, je lui ai fait un débrief, annonça-t-il sans préambule. À partir de maintenant, on travaille en bonne intelligence avec l'équipe d'Antoine qui va nous donner un coup de pouce. On leur file tout ce dont ils ont besoin, et on essaie de faire la lumière sur ce merdier. L'autopsie de Christine Barlois doit normalement être terminée, Antoine ne devrait plus tarder à nous rejoindre. Je préfère ne pas perdre de temps…

Devant tout ce petit monde, il se dirigea vers le tableau et tapota sur la feuille avec le bout de son marqueur.

— On dispose désormais de preuves démontrant que Nathanaël Machefer a tué Denis Liénard. Le dossier est carré, mais il n'est qu'un maillon dans une affaire tentaculaire impliquant bien d'autres acteurs.

Il leva la page, en dévoilant une nouvelle, toute vierge.

— Pour qu'on soit tous sur la même longueur d'onde, on va reprendre depuis le début et noter les éléments les plus importants pour tenter d'y voir clair. Premier point, en 2016 : Arthur Frusco. Bellanger, résume-nous le truc et rappelle-nous ce qui a créé la connexion avec notre affaire…

Nicolas vint s'asseoir sur le rebord de son bureau. Il fixa les deux lieutenants de Brigard, Nathan Briaud et Victor Nowak.

— Vous connaissez l'histoire mieux que moi. Arthur Frusco, 27 ans au moment des faits, schizophrène en pleine crise, s'en prend à Angélique Meunier, 51 ans, en la massacrant à son domicile à coups de marteau. L'enquête est rondement menée par votre groupe. Bilan : Frusco a frappé au hasard, conduit par sa maladie. Il finit interné en UMD, déclaré irresponsable de ses actes.

Nicolas désigna un paquet de feuilles.

— Puisque l'enquête a été vite pliée, on n'avait pas grand-chose sur la victime. Dans l'idée de creuser davantage sur le passé de cette femme, j'ai vu le mari d'Angélique Meunier hier, un type aujourd'hui ravagé par le chagrin. Bref, j'ai appris qu'elle était chercheuse en parasitologie à Bichat. Et en fouinant sur Internet cette nuit, j'ai découvert que, avant Bichat, elle bossait dans un laboratoire de l'hôpital Pontchaillou, à Rennes.

Sharko assimila cette information dont ils n'avaient pas encore pu discuter, puis il commenta :

— Détails qui n'en sont plus vraiment : Machefer a grandi dans cette ville, et ses parents étaient aussi médecins à l'hôpital Pontchaillou.

Nathan Briaud glissa une main sous son menton, circonspect. Son collègue restait immobile, les bras croisés.

— Comme Denis Liénard, Angélique Meunier n'a donc *a priori* pas été tuée au hasard, poursuivit Nicolas. Elle était bel et bien une cible. La cible de celui que nous appelons « le Capitaine »... Au vu de tout ce qu'on sait, on est à peu près certains qu'il ne s'agit pas seulement d'une hallucination au cœur de la psychose des tueurs, mais d'une personne réelle avec laquelle les deux hommes auraient été en contact par le passé, possiblement à Rennes.

Le commandant inscrivit « le Capitaine » en grand au beau milieu de la page. Il nota ensuite « Christine Barlois, 52 ans, agent immobilier/infirmière », et traça une flèche horizontale vers « Mathias Charbonnier, 28 ans ».

— Tu peux ajouter « commercial », fit Nowak. Votre Charbonnier travaillait dans la vente de chaudières, d'après les papiers qu'on a récoltés chez lui. C'était un itinérant qui toquait aux maisons des particuliers et aux commerces de sa région. Il était selon toute vraisemblance célibataire.

Franck compléta donc et écrivit également des dates au-dessus de la flèche qu'il venait de tracer : « 2-25 janvier 2023 ».

— On a découvert le corps de Christine Barlois le 25, mais elle a été enlevée le 2, soit treize jours avant le meurtre commis par Machefer, expliqua-t-il. Chronologiquement, elle est donc la deuxième victime... Six ans après Angélique Meunier.

— Enlèvement en pleine rue, puis momification. Le mode opératoire est très différent, constata Lucie.

— Je repense au témoignage du voisin sorti fumer sur sa terrasse, face au parc des Buttes-Chaumont, répliqua Sharko. Il a dit avoir vu une femme être emmenée dans une citadine, un véhicule banal. On est loin de la description du gros pick-up garé le long de l'écurie. Par conséquent, ce n'est sans doute pas Charbonnier qui a kidnappé Christine Barlois. Quelqu'un se serait chargé de la conduire dans l'Essonne pour la fourrer dans les pattes de son assassin.

Sur ces mots, il posa la pointe de son marqueur sur « le Capitaine ».

— Probablement lui. Le Capitaine. Il est le dénominateur commun à tous ces crimes. Il a guidé Frusco et Machefer jusqu'à leurs objectifs. Quant à Charbonnier, on peut supposer qu'il n'était plus capable de quitter sa propriété, déjà trop atteint par sa psychose. Alors le Capitaine lui a livré sa proie sur un plateau.

Bruits de respiration. Regards sombres. Franck imagina sans mal la terreur et la souffrance endurées par Christine Barlois. Il la voyait, couchée sur le sol poussiéreux de la grange, ligotée, abandonnée, tandis que l'ombre de son bourreau s'étirait au-dessus d'elle, prête à la figer dans son cocon de soie. Le Capitaine était-il resté pour jouir du spectacle ? Était-il celui qui avait enregistré les hurlements de la pauvre femme ?

— On pense que le Capitaine se venge. La source de sa colère envers Barlois remonte peut-être à la période où elle était infirmière à Lannion et où elle a malmené des malades. Ce n'est pas Rennes, mais c'est quand même l'Ouest. Le Capitaine a pu être un de ses patients, et il lui a fait payer ses mauvais traitements. Il faudrait creuser par là. Essayer de connaître l'identité des personnes qu'elle a eues en charge et avec lesquelles il y aurait eu des problèmes.

Nathan Briaud hocha la tête.

— Pas facile vu l'ancienneté, mais on s'en occupe.

Sharko le remercia, puis il passa à Machefer et ajouta un ensemble de données les concernant, lui et sa victime, le pseudo-Denis Liénard. Il traça également des flèches en pointillé.

— Deux éléments importants relient Charbonnier à Machefer. Le premier, c'est Parasit'Off. Et...

— Je te coupe, fit Pascal en levant le bras. Petite parenthèse. Notre expert en téléphonie a rallumé le portable que j'ai prélevé dans le grenier cette nuit. Il n'était pas verrouillé. Et en consultant la liste des appels, on voit que, sur ces trente derniers jours, un seul numéro apparaît à de multiples reprises en dehors du 06 de Parasit'Off. Mon hypothèse : le Capitaine possédait plusieurs lignes jetables, une pour Machefer et une pour Charbonnier, et il s'est emmêlé les pinceaux une fois...

— Ça se tient, acquiesça Sharko. Quant au second élément, il s'agit de la fameuse carte postale qui représente un tableau d'Edvard Munch, *Le Cri*. Carte postale également envoyée à... Éléonore Hourdel...

— La psy ? Qu'est-ce qu'elle viendrait faire là-dedans ? questionna Briaud.

— On ne sait pas encore. Mais ça indique de façon claire, au cas où on en douterait toujours, qu'elle est concernée par toute cette histoire. Elle aussi a vécu pas loin de Rennes avec ses parents. Le Capitaine a poussé Machefer à tuer son faux père avant de faire en sorte que son bras armé se retrouve dans l'UMD où elle travaille.

C'est comme s'il s'adressait à elle. Cette carte postale n'est qu'un moyen plus direct de l'inclure dans le schéma...

Il entoura « Machefer », « Hourdel », « Frusco » et « Charbonnier ».

— Le Capitaine nous signale à nous, les enquêteurs, que ces quatre personnes ont un lien. Probable que Frusco avait reçu la même carte, mais puisqu'il a mis le feu à son appartement...

À cet instant, Nicolas bondit de son bureau comme s'il était sur ressorts.

— Quand même, il y a un petit problème, si tu me permets. Trois des quatre sont des criminels schizophrènes qui ont commis des actes ignobles. Aux dernières nouvelles, et à ce que je peux en juger, Éléonore Hourdel me semble aller plutôt bien.

— C'est vrai. Il n'empêche que le Capitaine l'a incluse dans la boucle, et il y a forcément une raison à ça. Il n'est pas idiot de se dire qu'il a dû croiser sa route, à elle aussi. Et peut-être que tout ça remonte à la période où ils étaient tous des gamins qui vivaient à Rennes...

Franck s'éloigna du tableau pour avoir une vue d'ensemble.

— D'ailleurs, il y a quelque chose que je viens seulement de remarquer, et qui me paraît flagrant, maintenant. Regardez les différents profils d'âge.

— Les victimes ont toutes au-delà de la cinquantaine, commenta Lucie. Leurs bourreaux, eux, n'ont pas 30 ans...

Sharko acquiesça, puis nota :

Machefer/29 – Charbonnier/28 – Frusco/27
Liénard/60 – Barlois/52 – Meunier/51

— Il y a une génération d'écart. Les jeunes s'en prennent aux vieux...

Les mots du commandant restèrent en suspens, plongeant la pièce dans le silence. Chacun cherchait des liens, des croisements. Il y avait un processus, là-derrière, qui devait être cohérent, mais demeurait pour l'heure indéchiffrable. Sharko soupira et reprit la parole :

— Le Capitaine nous parle, il suit un schéma commencé il y a six ans, voire largement avant. Tout est planifié depuis des années. C'est un individu qui connaît parfaitement les mécanismes de l'esprit, qui sait pénétrer les cerveaux et jouer avec les peurs de ceux qu'il a en ligne de mire. Il a perçu que ces hommes étaient psychiquement atteints, il a réussi à les manipuler au bon moment. Comment ? Est-il médecin ? Psychiatre ? Les a-t-il un jour pris en charge dans ce fameux hôpital de Rennes ? C'est par là qu'on doit d'abord concentrer nos efforts.

À ce moment-là, Antoine Brigard s'invita dans l'open space. Il attaqua d'emblée :

— Désolé de vous interrompre, mais je reviens de l'autopsie de Christine Barlois. Le légiste a confirmé l'asphyxie. Elle a bien été momifiée vivante. Il estime la date de la mort entre six et dix jours, ce qui signifie qu'elle a été gardée en vie pendant au moins deux semaines après son enlèvement. Pas de traces de viol, mais sa cheville présente la marque d'une entrave et son corps est couvert d'hématomes. Elle a aussi un genou fracturé, pour ne pas dire en miettes. Bref, elle a dégusté avant de passer l'arme à gauche.

Lucie retourna à sa place, les lèvres serrées. Le Capitaine avait sans doute torturé sa victime histoire d'en profiter au maximum, puis l'avait livrée à Charbonnier pour le bouquet final. Le commandant Brigard jeta un coup d'œil rapide en direction du tableau.

— Et ce n'est pas tout, continua-t-il. Le légiste a récupéré un petit tube en métal hermétique qu'on a dû la forcer à avaler juste avant de mourir, puisqu'il était toujours dans son estomac. Il y avait un cadeau à l'intérieur.

Plus personne ne bougeait. On aurait pu entendre une mouche voler.

— Quoi encore ? s'enquit Sharko. Un asticot ? Une guêpe ? Une araignée ? Vas-y, au point où on en est…

— Une clé USB.

59

Les deux commandants de police avançaient dans le couloir de la brigade, côte à côte.

— Avant de te parler de la clé, sache que mes gars se sont rendus au domicile de la mère de Charbonnier dans la matinée pour lui expliquer la situation et en savoir plus sur notre homme, lança Brigard. Elle est veuve, elle vit près de Chatou. Je te passe le choc qu'elle s'est pris en pleine poire. Elle affirme que ça ne peut pas être lui. Que son fils serait incapable de faire une chose pareille. Selon elle, il n'a jamais eu le moindre problème psy, ni enfant ni adulte...

Antoine Brigard laissa entrer Sharko dans son bureau et referma la porte derrière lui. Dedans, ça sentait le marc de café, mêlé aux notes écœurantes de tabac froid. Son occupant fumait des roulées à tout bout de champ, tout en étant un excellent joueur de badminton – un paradoxe, vu le souffle que ce sport exige.

— Elle admet qu'ils n'étaient pas très proches. Elle ne le voyait que trois ou quatre fois par an, aux grandes occasions. La dernière remonte à son anniversaire, en novembre. Il allait on ne peut mieux. Par contre, elle n'a pas fêté Noël avec lui, ce qui était inhabituel. Il a juste envoyé un message en disant qu'il n'était pas en forme.

Après, les messages ont été de plus en plus brefs, jusqu'à ce qu'il arrête de donner des nouvelles…

— Exactement le même schéma que Frusco et Machefer, répliqua Sharko. Une installation rapide de la psychose, sans le moindre signe précurseur… Tu sais où Charbonnier a grandi ?

— Non, c'est important ?

— Possible. Tu pourrais te renseigner ? Creuser la période de l'enfance ? Savoir où bossaient les parents à l'époque ? On pense que tout vient de Rennes. Peut-être même précisément de l'hôpital Pontchaillou.

— Je te fais ça, oui.

Brigard baissa les persiennes, la pièce sombra dans la pénombre. Une clé USB était enfoncée dans le port de l'unité centrale de son ordinateur. Le commandant en colla une autre dans les mains de Sharko.

— Pour toi. L'originale est chez notre expert en informatique. Il m'en a tout de suite fait deux copies, après s'être assuré qu'elle ne contenait pas de virus ou de trucs nuisibles dans le genre. Évidemment, on a fait un relevé d'empreintes sur la clé, au cas où. Rien. Nettoyée.

— Qu'est-ce qu'il y a dessus ?

— Une vidéo…

Il était clair que Brigard l'avait déjà visionnée, et qu'elle l'avait retourné. Il s'était coltiné une nuit blanche, sortait d'autopsie, enchaînait clopes et cafés pour garder le cap. Il ouvrit un dossier. Un seul fichier s'afficha.

— Elle dure à peine trente secondes. D'après l'informaticien, elle date d'il y a neuf jours et a été filmée avec un simple téléphone portable.

Antoine Brigard cliqua. Sharko fut saisi par ce que ses yeux découvrirent. La caméra oscillait légèrement.

Le plan se focalisa sur une femme, recroquevillée sur un matelas sale dans le coin d'une pièce sombre. Un rai de lumière pénétrait par une toute petite grille dans l'angle supérieur de l'image. Un bracelet en acier, relié à une chaîne fichée dans le mur, lui enserrait le poignet droit. « PUTE » était écrit au marqueur rouge sur son front.

Un faisceau éclairait le faciès tuméfié de la prisonnière. Ses courts cheveux blonds évoquaient ceux d'un épouvantail pris dans le vent. Sharko n'arrivait pas à estimer son âge. Dans les 55, 60 ans peut-être. On l'avait vêtue de ce qui ressemblait à une blouse d'hôpital bleue, et ses chaussettes étaient noires de crasse. À l'approche de l'objectif, elle se rétracta plus encore, enlaçant ses genoux de ses bras. Elle tremblait de peur.

Franck gesticula de nervosité. Dans le champ, un gant en cuir apparut, attrapa la femme par le haut de la blouse pour la redresser. Elle n'opposa aucune résistance. La main gantée lui agrippa ensuite le menton pour orienter son visage face caméra. Elle s'était mise à sangloter. On percevait distinctement sa détresse puisque le son n'avait pas été coupé. Gros plan sur ses yeux en larmes, son nez rougeoyant, sa bouche aux lèvres sèches et pelées à la commissure de laquelle fleurissait un discret grain de beauté. Celui qui filmait dézooma, et la femme retomba comme une poupée de chiffon sur le sol. Elle ne protestait pas, ne se débattait pas. Elle avait déjà dû essayer auparavant et se faire punir. Soudain, l'écran devint noir.

— Voilà, fit Brigard dans un soupir. Son visage te dit quelque chose, à toi ?

Franck secoua la tête.

— Rien. Mais ce taré nous le montre avec insistance, il veut qu'on l'observe. Comme si on était censés la reconnaître...

Sharko tentait de ne pas laisser transparaître sa colère. Il avait l'impression de n'être qu'un pion sur le terrain de jeux du Capitaine. Ce dernier se fichait d'eux, les provoquait, les narguait. « Pendant que vous me cherchez, des gens meurent. Et c'est votre faute... » Voilà ce qu'il leur disait par le biais de ces sordides mises en scène.

— Tu peux remettre la vidéo en entier ? J'ai besoin de la revoir une fois.

Son homologue rouvrit le fichier. Franck se concentra sur les détails.

— Les murs sont nus, en parpaings, le sol est en béton brut, commenta-t-il. Ça ressemble à une cave, ou un sous-sol... C'est une grille, en haut ?

Le commandant appuya sur « Pause ».

— Oui, mais il y a une vitre, si tu regardes bien. Pour autant, à mon avis, ce n'est pas suffisant pour étouffer les cris. Elle n'est pas bâillonnée, juste attachée au poignet. Son ravisseur n'a de toute évidence pas peur qu'elle alerte le voisinage.

— Une maison isolée...

— Fort probable. Pas le genre de gars à recevoir souvent, ni à avoir une famille. Un loup solitaire...

Sharko pensa à Christine Barlois. Son collègue avait parlé d'une marque de contention et de coups. Elle aussi avait potentiellement été retenue et frappée dans cet endroit, avant d'être amenée dans la grange de Charbonnier pour sa mise à mort.

— Le fichier daterait d'il y a neuf jours... Ça fait donc au moins neuf jours qu'il la séquestre là, réfléchit Sharko. Et il veut qu'on soit au courant. Tu sais ce que ça veut dire ? Ça veut dire qu'il y a certainement un autre fou furieux, quelque part, sur le point de la massacrer, comme l'ont fait Frusco, Machefer et Charbonnier avec leurs victimes.

— Peut-être qu'il est déjà passé à l'acte. Peut-être que cette femme est morte entre-temps et que son cadavre est en train de pourrir dans une ferme paumée. Qu'est-ce qu'on en sait ?

C'était vrai, ils n'en savaient rien, mais Franck osa espérer qu'elle soit encore vivante. Qu'ils puissent la sauver. Il regarda en silence le reste du film, en quête d'indices qui l'aideraient à avancer. Puis le noir s'invita de nouveau sur l'écran, si bien que seule s'affichait la fenêtre avec le nom de la vidéo : « pute.mp4 ».

Brigard se leva. Il balaya ses cheveux vers l'arrière dans un souffle.

— Ce type s'est donné une mission, il ira jusqu'au bout. Et quand il en aura fini, ou il se flinguera, ou il s'évanouira dans la nature. Perso, je pencherais plutôt pour la première option. En tout cas, notre informaticien va faire tout ce qu'il peut pour repérer des éléments dans l'image ou le son qui nous mettraient sur une piste, mais franchement, je ne suis pas optimiste. Ça ne dure pas assez longtemps.

Franck sentit la haine monter en lui. C'était insupportable de voir cette femme souffrir et de ne rien pouvoir faire.

— Je m'occupe de faire partir tout ça à l'état-major et de demander qu'ils balancent une note dans tous les commissariats et gendarmeries du territoire au plus vite, annonça Brigard tandis qu'il ouvrait la porte de son bureau. En espérant que quelqu'un aura déposé une plainte pour disparition inquiétante et qu'il y aura une correspondance. Dans l'immédiat, je ne vois pas ce qu'on peut faire de plus. Je m'occupe aussi d'en savoir plus sur le passé de Charbonnier auprès de ses parents.

— Parfait. Il faut qu'on le chope, Antoine. Faut qu'on le chope avant un prochain passage à l'acte.

Franck s'éloigna dans le couloir, la clé USB serrée dans son poing. Le Capitaine se dressait face à eux, adversaire redoutable, intelligent, pervers et manipulateur. Il ne cherchait pas à se cacher. Au contraire. Le Capitaine avait de l'ego.

Le commandant fit un détour par les toilettes, toujours plongé dans ses réflexions. Leur homme n'était pas un individu avec le mot « détraqué » gravé sur le front. Plutôt le genre de type capable de se mêler à la foule, d'aller acheter son pain à la boulangerie tous les matins et de torturer le soir. Il connaissait la folie, savait manipuler les esprits. Il devait consacrer tout son temps à peaufiner ses plans. Il avait fait preuve de tact et de maîtrise pour enlever Christine Barlois en plein Paris. *Une voiture citadine*. Un citoyen normal aux yeux de la société. Invisible. Mais un monstre absolu dans la tête de ceux qu'il choisissait pour perpétrer des massacres. Un bourreau qui s'était immiscé au cœur de leurs psychoses.

Pendant combien de temps avait-il épié Christine Barlois pour cerner ses habitudes, savoir qu'elle sortirait précisément à cet endroit du parc, à cet instant ? Pareil pour Angélique Meunier. Quand Frusco avait pénétré chez elle, elle était seule. Le Capitaine savait tout ça. Il avait condamné ces femmes. Pour certaines, il les avait filmées, avait enregistré leurs cris. Il leur en voulait. Une infernale vengeance sans limites, voilà ce à quoi ils étaient confrontés…

Avant de regagner son bureau, Sharko décrocha son téléphone qui sonnait. C'était le laboratoire. Ils avaient analysé la première carte postale du *Cri*, celle récupérée chez Machefer, transmise par Pascal quelques jours plus tôt.

Ils avaient trouvé quelque chose...

60

La lumière dorée de la côte ouest lui fit le plus grand bien. Après quatre heures de voie rapide, Éléonore roulait maintenant au ralenti, la fenêtre entrouverte, sur la route qui menait au port de plaisance des Sablons, à quelques kilomètres seulement des remparts de Saint-Malo. L'air marin était frais mais pas glacial – le redoux était général –, et le respirer profondément contribua à détendre son corps beaucoup trop tendu. La Manche, elle, était d'un bleu aussi clair que le ciel. Ce paysage lui rappelait son adolescence, avant qu'elle ne quitte Rennes et ne parte seule à Paris pour ses études de médecine.

Plus tôt, elle avait contacté le secrétariat de l'UMD pour annoncer qu'elle était clouée au lit avec de la fièvre. Elle avait aussi envoyé un message à sa mère pour lui signaler qu'elle était dans le coin et comptait passer en fin de journée. « Tu sais où me trouver. Je serai là. » La réponse d'Hélène Hourdel avait été laconique. Elle ne lui avait pas proposé de dormir chez elle. Pas grave, Éléonore n'était pas à une bassesse près de sa part. Elle reprendrait la route ou se paierait une chambre à l'hôtel si elle était trop crevée.

Arrivée à destination, la psychiatre se gara sur un parking, coupa le contact et jeta un œil à son carnet, posé sur le siège passager. Elle ressentait désormais une franche angoisse rien qu'à le regarder. Elle y avait pensé toute la nuit, s'était même levée plusieurs fois pour en parcourir les pages. Au cas où « des choses » auraient bougé. Écrivait-elle aux heures nocturnes, dans une forme de somnambulisme ? Elle respira un grand coup et l'ouvrit. « Qui termine mes phrases ? » La question était toujours sans réponse, ce qui, paradoxalement, la rassura. Tout cela n'était qu'un mauvais passage.

Elle sortit, s'étira. L'endroit rappelait ces décors qui ravissaient les peintres, avec les bateaux tranquilles, la mer, la ville fortifiée à l'arrière-plan. Le gris des vieilles pierres, le vert de la végétation, la blondeur du sable contribuaient aux sourires qui s'étalaient sur les visages des promeneurs. Elle se dirigea vers le port où les mâts bataillaient mollement sous l'effet de la brise. Même en plein hiver, la vie régnait : les navires en mouvement levaient une belle écume, des marins astiquaient le pont de leur bateau, les boutiques de réparation tournaient. Ça la changeait des plaines mornes et des arbres décharnés de sa région.

Elle gagna la capitainerie après s'être renseignée auprès d'un plaisancier. Le local semblait bien trop étroit pour accueillir le chaos entreposé à l'intérieur, entre balises, tenues de plongée et bouteilles d'oxygène. Un individu aux cheveux poivre et sel était justement en train d'y faire le ménage. Il ne devait pas être loin de la retraite. Il la reluqua, stoppa ses activités et alla se bourrer une pipe.

— Excusez le bordel, faut donner un bon coup de balai de temps en temps. C'est pour quoi ?

Éléonore s'approcha et lui montra une copie de la photo d'identité de son faux père.

— J'aimerais savoir si vous connaissez cet homme. Il s'appelle Denis Liénard.

Le type jeta un coup d'œil au cliché, puis porta la pipe à sa bouche et embrasa le tabac tout en aspirant de courtes bouffées.

— Non, désolé. Faut dire qu'on a plus de mille bateaux. J'ai pas forcément tout le monde en tête, surtout si votre type ne vient pas souvent. C'est un gars d'ici ?

Elle lui tendit le porte-clés.

— Je pense qu'il possède ou possédait une embarcation sur le port. Vous pouvez vérifier ?

L'homme scruta le petit objet en métal et se dirigea vers l'ordinateur perdu au fond de la pièce.

— Il est pas tout jeune, ce porte-clés. De mémoire, on ne vend plus ces modèles depuis un bail. Denis Liénard… Ça s'écrit comment, avec un « d » à la fin ?

Éléonore acquiesça.

— Que dalle, lança-t-il après quelques manipulations.

— Jusqu'à quelle année remonte votre recherche ?

Il pompa sur sa pipe et disparut dans un nuage de fumée à l'odeur de papyrus enflammé.

— 2007. Avant, on n'avait pas le logiciel.

La psychiatre ne voulait pas lâcher l'affaire. « La clé est le passé. » Il y avait à coup sûr des réponses à trouver ici. Elle pointa la paperasse entassée dans les armoires ouvertes, derrière lui.

— Ce sont les archives, je suppose. Je peux les consulter sans vous embêter ? Pardon d'insister, mais c'est important. Cet homme est mort, et tout ce qu'il m'a légué, c'est ce porte-clés.

Son interlocuteur haussa les épaules.

— Un bien curieux héritage, mais allez-y, vous me dérangez pas. Vous pouvez vous installer au bureau. C'est classé par années. Tout ce qui est plaisance, c'est sur la droite, vous voyez ? Les plus vieux classeurs datent des années 1990, dans ces eaux-là, et il y a tout dedans : les enregistrements des numéros d'emplacement, les entrées et sorties du port… C'est moi qui me suis occupé de ça et j'ai toujours été méticuleux. Je vous laisse vous débrouiller, je continue mon rangement.

Il s'éloigna dans la foulée. Éléonore, elle, se plongea dans les documents, remonta progressivement dans le passé. Pendant une bonne partie de l'après-midi, elle scruta chaque ligne de chaque feuille. Elle arriva ainsi en 2001, la date où son vrai père n'avait plus donné signe de vie, sans rien trouver. Aucun Denis Liénard n'apparaissait dans ces pages.

Elle referma les classeurs, déçue. Elle ne voyait qu'une explication : l'homme frappé de multiples coups de tournevis avait enregistré son bateau sous sa véritable identité. Probablement parce qu'il le possédait déjà avant son usurpation. Mais comment savoir qui était cet individu avant de devenir Denis Liénard ?

Elle observa le porte-clés, pensive. *Il a fait une croix sur qui il était. Il a embarqué les papiers, les affaires de mon père, et il est parti vivre dans l'Est.* Elle se rappela les propos de Nicolas Bellanger. Pour que l'arnaque fonctionne à la perfection, pour qu'elle tienne si longtemps, tout lien avec l'ancienne vie devait être rompu. Soudain, son cœur s'emplit d'espoir. Y avait-il une chance pour que…

— Dites, que se passe-t-il, quand un plaisancier ne paie plus alors que son bateau est au port ?

L'homme terminait d'empiler des sacs-poubelle à l'entrée de la capitainerie. Il chassa les goélands d'un geste.

— Saloperies d'oiseaux ! Tirez-vous !

Il se frotta ensuite les mains l'une contre l'autre et s'approcha d'Éléonore.

— Lorsqu'on constate un défaut de créance ou un manque d'entretien, on fait des relances informelles. On téléphone ou on demande de régulariser la situation quand on voit le proprio traîner ses guêtres ici. Si rien ne change, on envoie une lettre de mise en demeure. Et si on n'a toujours pas de nouvelles, le bateau part à la fourrière…

Il rangea son balai et son ramasse-poussière. La pièce avait déjà meilleure allure.

— Le reste, c'est la DDTM, la direction départementale des territoires de la mer, qui gère, continua-t-il. En général, ils essaient d'abord de remonter au proprio avec l'aide de la police et, en cas d'échec, le bateau est détruit ou vendu aux enchères, selon son état.

— La mise en fourrière, c'est indiqué dans vos archives ?

— Oui, bien sûr. Vous pensez que votre bateau, là, est concerné ?

— Il y a des chances. Peut-être aux alentours de 2001, 2002…

Les yeux gris de l'homme se plissèrent. Il sembla fouiller au fin fond de ses souvenirs.

— J'occupe ce poste depuis plus de trente ans, et ça a dû arriver trois ou quatre fois qu'on aille jusqu'à l'enlèvement. C'est très rare.

Il s'empara d'un des classeurs, la pipe éteinte coincée entre ses lèvres.

— Par contre, 2002, ça me rappelle un truc… Attendez deux secondes.

Il chaussa une paire de lunettes, plongea le nez entre les pages. Dehors, les goélands revenaient à l'assaut des sacs-poubelle. D'autres oiseaux tournoyaient dans le ciel. Éléonore, elle, était suspendue à chaque geste du type.

— Oui, c'est ça. Le *Neptune*, un beau petit Jeanneau Merry Fisher à moteur. Il a été mis en fourrière en septembre 2002. C'est le seul dans ces années-là. Le premier défaut de paiement a eu lieu en avril 2001. Le propriétaire était un certain Arnaud Druel.

Éléonore ressentit un profond soulagement. Était-il possible qu'elle ait mis la main sur la véritable identité de l'usurpateur ? Arnaud Druel... Son interlocuteur nota sur une feuille l'adresse dont il disposait : Cesson-Sévigné, la banlieue chic de Rennes. À trente kilomètres de l'endroit où avait vécu son père biologique.

— Je me souviens de cette histoire, continua l'homme en lui tendant le papier. Quelques jours après l'enlèvement, j'ai appris je sais plus comment, je crois que c'était par le gars de la fourrière lui-même, que la police municipale de Cesson-Sévigné était venue le voir pour l'informer que le proprio n'était pas près de récupérer son bateau.

Il referma le classeur, ses paumes à plat dessus. Il fixait les mâts qui, dehors, cliquetaient les uns contre les autres, comme dans un combat d'épées.

— Il était mort.

61

Sharko et Bellanger avaient dévalé les cinq étages jusqu'à l'Identité judicaire. Le lieutenant était encore ébranlé par la vidéo qu'il avait visionnée juste avant qu'ils ne se mettent en route, et il savait que son chef l'était tout autant : il n'avait pas retrouvé Christine Barlois vivante, il ne supporterait pas que le scénario se répète avec cette inconnue. Aussi jouaient-ils désormais contre un adversaire de plus : le temps.

— J'ai commencé à me renseigner sur l'hôpital Pontchaillou, fit Nicolas tandis qu'ils marchaient d'un bon pas dans le couloir. Une vraie ville. Plus de mille lits, des dizaines de services. C'est la merde de gérer ça à distance, on te balade de standard en standard. Bref, j'ai galéré pour joindre le labo de parasitologie, et quand j'ai demandé si quelqu'un pouvait me parler d'Angélique Meunier, on m'a répondu qu'ils ne donnaient pas d'infos sur les employés par téléphone, qu'ils fassent encore partie du personnel ou pas. En résumé, je crois que je suis bon pour me rendre sur place.

Une jeune femme, avec de grandes lunettes qui lui mangeaient presque la moitié du visage et une coupe au bol d'un blond très clair, les attendait devant une porte. Sharko ne se souvenait pas de l'avoir déjà vue. Le monde tournait tellement vite autour des vieux briscards comme lui...

Elle les salua et, sans perdre une minute, leur distribua une paire de gants, un masque et des surchaussures.

— La blouse ne sera pas nécessaire.

Une fois équipés, elle les invita à la suivre. Ils passèrent devant différents laboratoires, jusqu'à atteindre celui de toxicologie, ce qui interpella Sharko : pourquoi la toxico ? La technicienne s'effaça pour qu'ils entrent et referma la porte derrière eux. D'énormes machines de la taille de placards se partageaient l'espace avec des paillasses plus conventionnelles, encombrées de produits colorés, de tubes à essais, de pipettes graduées. Une carte postale du *Cri* reposait sur l'une de ces surfaces carrelées, emballée dans un sachet en plastique.

— Pourquoi ce scellé a-t-il atterri dans votre service ? s'enquit le commandant.

— Il est d'abord passé par les empreintes et l'ADN. En faisant leurs analyses, mes confrères ont constaté que le dos de la carte, la partie cartonnée, semblait imprégné d'une substance : leurs produits ne réagissaient pas normalement.

Sharko vit son propre visage se refléter dans les grands verres de son interlocutrice. Elle continua :

— Ils me l'ont donc transmise pour que je m'y penche. Et j'ai trouvé quelque chose...

Franck et Nicolas échangèrent un regard inquiet que la jeune femme capta.

— Vous y avez touché ? demanda-t-elle.

— Théoriquement, non, répliqua le commandant d'une voix peu assurée.

Le lieutenant essaya de se rappeler. Il avait remarqué cette carte dans la chambre de Machefer et l'avait donnée à Pascal pour qu'il l'embarque. Quant à celle ramassée chez Charbonnier, leur procédurier l'avait directement placée dans un sac à scellés et avait ainsi été le seul à la manipuler, en toute logique avec des gants. La scientifique hocha la tête.

— Rien de grave, de toute façon. J'ai prélevé différentes molécules dessus. Des saponines, des alcaloïdes, des stérols... Bref, tout un tas de trucs qui, pour faire simple, mènent à la signature chimique d'un élément référencé dans notre base. Il s'agit de bacopa monnieri.

Les flics n'en avaient jamais entendu parler. La technicienne pointa la photo d'une plante grasse agrémentée de petites fleurs blanches dans un livre déjà ouvert à côté de la carte postale.

— Le bacopa est une espèce vivace et rampante qui pousse principalement dans les environnements chauds et humides. Népal, Chine, Vietnam, jungle tropicale et équatoriale...

Elle s'empara du sachet, le porta à hauteur de son regard.

— On l'utilise en médecine ayurvédique, tout ce qui est guérison par les plantes ou naturopathie, depuis longtemps. Mais il est devenu, ces dernières années, un vrai filon pour les entreprises pharmaceutiques, qui vendent des produits à base de bacopa sous forme de pommade, de gélules ou de gouttes. En ce qui nous concerne, vu la concentration et les fragments végétaux révélés par l'observation au microscope, il est fort plausible qu'on ait directement frotté le papier avec les feuilles de la plante.

Un homme en blouse entra dans le labo avec une pile d'enveloppes marron sous le bras. Sûrement de nouveaux scellés à analyser. La jeune femme lui adressa un signe, puis revint à ses interlocuteurs.

— C'est une plante d'une faible biodisponibilité cutanée, mais dont les composés traversent quand même les couches d'épiderme au toucher, et se retrouvent donc dans le sang. Si vous avez manipulé cette carte récemment, il est probable que vous ayez eu du bacopa dans l'organisme, mais il s'agit là de simples traces.

Ce qui ne signifiait pas que c'était inoffensif. Sharko se rappela l'histoire des lettres anonymes empoisonnées à l'anthrax. Des quantités infinitésimales de poison avaient été responsables de la mort de cinq personnes aux États-Unis en 2001, juste après les attentats du 11 Septembre. Il imagina le Capitaine penché au-dessus d'une table en train de frotter avec soin des feuilles de bacopa sur ses cartes, et les glisser dans des enveloppes avant de les envoyer aux personnes qu'il avait ciblées.

— Cette plante peut pousser en France ? demanda-t-il.

— C'est possible, oui. En intérieur, avec de la chaleur et de l'humidité, on peut tout faire pousser.

— Et est-ce que ça pourrait rendre des gens complètement fous ? Le bacopa serait-il capable, par exemple, de déclencher des hallucinations ?

La technicienne secoua la tête avec fermeté.

— Non, pas du tout. Vous vous doutez bien que, s'il y avait eu des effets secondaires aussi spectaculaires, le produit aurait été retiré du marché.

— Il y a pourtant forcément quelque chose, intervint Nicolas. Notre homme n'a pas fait ça pour rien. Ce truc pénètre la peau et entre dans le sang, ça n'est pas anodin. Sur quoi ça agit ?

— Principalement sur le système nerveux central, répliqua la scientifique. Des études cliniques récentes, réalisées par des labos pharmaceutiques, ont démontré que le bacopa réduirait la production de glutamate, qui a un effet neurotoxique pouvant provoquer des maladies telles que l'Alzheimer ou le Parkinson. Il accroîtrait en revanche celle de sérotonine et d'acide gamma-aminobutyrique, le GABA, qui permet de réguler l'activité cérébrale. Son action est donc plutôt vertueuse.

— Et est-ce qu'il pourrait avoir un impact néfaste sur les gens qui ont la toxoplasmose ? rebondit Nicolas.

— La toxoplasmose ? Vous m'en demandez beaucoup. Mais franchement, là encore, vu le pourcentage de population infectée par ce parasite, si un risque avait existé, ce produit serait à mon avis proscrit. On peut néanmoins jeter un œil aux contre-indications, si vous voulez vérifier.

Elle pointa plusieurs paragraphes dans son livre et les parcourut rapidement.

— Dans certains cas, le bacopa provoque des troubles gastriques, des nausées, une diarrhée, énonça-t-elle. Il peut également ralentir la fréquence cardiaque, ce qui pourrait être problématique chez les sujets déjà en insuffisance. Par ailleurs, on le déconseille aux individus souffrant de maladies de la thyroïde… Il n'est en revanche nulle part question de toxoplasmose, ni d'hallucinations.

Ils prirent quelques renseignements supplémentaires, lui signalèrent qu'ils attendaient les analyses de l'autre carte et son rapport urgemment, puis sortirent, le scellé en main. En passant par le labo « traces et ADN », un autre technicien leur précisa que les seules empreintes relevées dessus appartenaient à son destinataire, ce qui rassura Sharko : personne de l'équipe n'y avait touché sans gants.

— Du bacopa, souffla-t-il devant l'ascenseur. On doit avertir Éléonore Hourdel pour qu'elle aille consulter un médecin. Je vais aussi téléphoner à l'hôpital en charge de Machefer, leur expliquer la situation, et voir si la batterie d'examens qu'il a dû subir n'aurait pas révélé quelque chose. *Idem* pour Charbonnier. Il y a forcément un truc qui se produit dans leurs corps au contact de cette plante…

— Tu pourras en profiter pour demander s'ils ont détecté la présence du toxoplasme dans leur organisme ? Ou s'ils peuvent faire le test ?

— Si tu veux, mais qu'est-ce que t'as, avec ça ?

Nicolas observa le visage tordu, tourmenté, de l'œuvre de Munch. Un visage sans doute en proie aux voix qui hurlaient sous son crâne.

— C'est à cause de l'article d'Angélique Meunier que j'ai lu cette nuit, je vais te le transmettre. Elle explique des trucs assez stupéfiants sur ce parasite qui semblait être sa spécialité. Une fois que tu l'attrapes, il se multiplie dans sa phase active, puis se loge dans le cerveau sous forme de kystes où il reste à vie, comme endormi. Or, t'as entendu la technicienne, le bacopa agit sur le système nerveux. Je me dis qu'il peut y avoir un lien. Peut-être que, je ne sais pas, cette plante a une action sur les kystes en sommeil ? Qu'elle les active ?

— Au point de rendre les gens fous ?

Les portes de la cabine s'ouvrirent. Ils entrèrent.

— Je suis conscient que ça paraît dingue, soupira le lieutenant. Mais ces hommes qui ont tué sous le coup de la folie ne présentaient aucun signe de déséquilibre mental quelques mois avant leur passage à l'acte.

Ils étaient inconnus des services de psychiatrie. Franck, ils sont *devenus* schizophrènes subitement.

Il fixa Sharko dans les yeux.

— D'une manière ou d'une autre, j'en suis convaincu, cette carte a réveillé quelque chose en eux. Elle a déclenché cette folie monstrueuse...

62

Éléonore était arrivée à l'adresse fournie par le responsable de la capitainerie, à Cesson-Sévigné, aux abords de la Vilaine. Elle vérifia de nouveau le numéro pour s'assurer de ne pas s'être trompée. Elle se tenait devant une crèche multi-accueil et pouvait apercevoir, à travers les fenêtres, des petites têtes blondes. Si Arnaud Druel avait vécu ici, alors sa maison n'existait plus.

Elle consulta sa montre. Bientôt 17 heures. Elle remonta en voiture et prit la direction du centre. La fatigue lui affaissait les épaules. Dans la lumière déclinante, la surface du fleuve se teintait de confettis orange. Les toitures, d'un rouge sombre, luisaient quant à elles dans le crépuscule. La psychiatre se gara cinq minutes plus tard devant le bâtiment de la police municipale.

À l'intérieur, elle expliqua simplement à l'agent qui la reçut, au culot, qu'elle souhaitait des renseignements sur un certain Arnaud Druel, un habitant de Cesson-Sévigné mort au début des années 2000.

— C'était il y a un bout de temps, répliqua le policier, désarçonné. Je vais voir avec le brigadier Gabriel Mandrieu. C'est le plus ancien, il devait déjà être là à l'époque, ça lui dira peut-être quelque chose. Patientez, s'il vous plaît.

Lorsque le jeune flic réapparut, il l'invita à le suivre et la conduisit jusqu'au bureau d'un homme de petite taille, au crâne rasé, et au teint couleur café. Une veine épaisse zigzaguait sur sa tempe droite. Dans sa chemise bleue et son pantalon réglementaires, il avait une certaine prestance – un type qui, visiblement, accordait de l'importance à son physique. Il lui serra la main avec poigne.

— Arnaud Druel, lança-t-il sans préambule. Je me souviens de cette histoire. En quoi elle vous intéresse ?

Éléonore décela une forme de méfiance naturelle. Comme elle ne voulait pas qu'il se ferme, elle y alla franco.

— Il y a une semaine, la police parisienne m'a informée de la mort de mon père. Mes parents ont divorcé lorsque j'étais enfant, je ne le côtoyais plus. Quand je suis allée voir le corps à la morgue, ce n'est pas mon père que j'ai vu allongé sur la table, mais cet homme-là…

Elle lui tendit la photo du prétendu Denis Liénard. Le brigadier fronça les sourcils. Éléonore perçut dans ses iris une lueur furtive, le genre d'étincelle provoquée par deux câbles qui se touchent.

— Arnaud Druel avait pris la place de mon père, depuis plus de vingt ans, continua-t-elle. Il vivait sous son identité.

Le flic accusa le coup. Il resta une poignée de secondes sans bouger, fixant le cliché. Il semblait ennuyé.

— Je… Je ne sais pas quoi dire. C'est assez incroyable ce que vous me racontez là.

Sur ces mots, il se leva, se dirigea vers une armoire dans laquelle il se mit à fouiller.

— Je me souviens de cette affaire, mais je ne voudrais pas me tromper sur les dates. Attendez une minute. L'enquête a été menée par la PJ de Rennes, mais je me suis arrangé pour obtenir une copie des éléments principaux du dossier. J'aime bien suivre ce qu'on commence ici. Ah, voilà...

Il l'invita à s'asseoir, ouvrit la pochette qu'il venait de récupérer. Éléonore mit son téléphone en mode silencieux après avoir refusé l'appel de Nicolas Bellanger et se concentra sur son interlocuteur, qui compulsait toute la paperasse. Il regroupa des clichés, les observa pour s'en réimprégner, puis posa une photo d'identité à côté de celle fournie par la psychiatre. Aucun doute, il s'agissait du même homme avec une vingtaine d'années de moins.

— C'est bien lui... souffla-t-il. Bon Dieu, je n'en reviens pas. Ça fait drôle de voir des morts ressusciter. Enfin, il est vraiment mort, maintenant, mais vous m'avez compris...

Elle se contenta d'acquiescer, alors il continua :

— C'est moi qui avais fait les premières constatations avant que la PJ ne débarque. La maison d'Arnaud Druel a entièrement brûlé dans la nuit du 10 au 11 avril 2001...

Éléonore scruta les clichés qu'il avait poussés vers elle. Des pièces ravagées par les flammes, des plafonds effondrés, des meubles calcinés. Au milieu des cendres et du chaos, un corps carbonisé dont la partie haute avait disparu sous un amas de débris. Il ne restait plus rien de la victime de ce drame hormis un squelette calciné.

— Selon les analyses des experts, l'incendie serait parti d'une prise au niveau de la cuisine. L'installation électrique était vieillotte. Un appareil, genre lave-vaisselle, devait tourner cette nuit-là. Entre l'étage et le rez-de-chaussée, il n'y avait qu'un plancher et non une dalle en béton. Je vous laisse imaginer. Tout s'est embrasé et effondré en quelques minutes, l'occupant n'a rien pu faire...

Le policier se tut, soudain pensif. Éléonore, elle, éprouva une profonde tristesse. Ce morceau de charbon sur le papier glacé était son père. Arnaud Druel l'avait livré aux flammes. Il l'avait assassiné. Puis il avait quitté la région, direction l'Est, emportant la voiture, les papiers et les souvenirs de sa victime.

— Ils n'ont jamais pu identifier formellement le corps, je suppose, lâcha-t-elle dans un murmure.

— Non… En 2001, les techniciens n'avaient pas les outils d'aujourd'hui pour faire parler de l'ADN dégradé à ce point. Et la tête avait été écrasée par les décombres, donc pour tout ce qui était analyses dentaires, c'était fichu. La PJ a fait ce qu'elle fait d'ordinaire dans ces cas-là, elle a mené une enquête de routine, a entendu quelques témoins et, n'ayant rien détecté qui remettait en cause la thèse de l'accident, a classé l'affaire.

Il piocha une feuille devant lui, la considéra longuement. Une forme de résignation s'invita sur son visage.

— Il nous a bien bernés…

Il lui montra l'extrait de casier judiciaire.

— À l'âge de 20 ans, Arnaud Druel a eu des soucis avec la justice pour diverses petites arnaques, téléphoniques notamment. Il faisait ça à la fac, pendant ses études, il s'est pris une peine légère.

Ça expliquait le fait qu'il ait détruit la pulpe de ses doigts : il était fiché et ses empreintes digitales auraient pu le trahir. Éléonore avait enfin l'impression que des pièces du puzzle s'assemblaient. Son cerveau turbinait. Et si Arnaud Druel avait simulé sa propre mort pour fuir quelqu'un ? Quelqu'un qui l'aurait retrouvé vingt-deux ans après et lui aurait envoyé à domicile un psychotique pour s'occuper de lui ?

Ce quelqu'un, c'était le Capitaine.

Tout était lié au passé. À cette région.

— Je peux faire une copie de votre photo ? s'enquit le flic. Je vais la transmettre à la PJ. Le dossier est clos, mais je préfère qu'ils soient au courant...

— Allez-y, répondit Éléonore en l'imitant tandis qu'il se levait. Est-ce que vous vous rappelez, à tout hasard, si Arnaud Druel avait un rapport avec la Guyane ? S'il avait vécu là-bas, ou s'il avait un lien particulier avec ce département ?

Le brigadier secoua la tête.

— Ça ne me dit rien du tout.

— Et est-ce que vous vous souvenez dans quel domaine il travaillait ?

— Ça oui. Attendez deux secondes... marmonna-t-il en consultant ses dossiers. Oui, c'est ça, il s'en est bien sorti malgré ses déboires de jeunesse. Il était psychiatre-chercheur sur le site de Pontchaillou, au CHU de Rennes.

Éléonore ressentit un pincement dans la poitrine. Un nouvel élément s'emboîtait avec le reste.

— Je vois. Une dernière chose, renchérit-elle. Je suppose que certaines des connaissances d'Arnaud Druel ont été interrogées dans le cadre de l'enquête. Est-ce que quelqu'un pourrait me parler de lui, m'en dire plus sur sa personnalité, ses fréquentations ? Un proche, un ami, un collègue, un voisin. Ça m'arrangerait, si vous pouviez m'aider. Sinon, je me débrouillerai.

Le policier se pencha sur le bureau et remua les papiers.

— Je crois que j'ai une personne qui pourrait vous intéresser. Elle sera sans doute la plus à même de vous parler de lui. Il s'agit de sa compagne de l'époque, la dernière à l'avoir vu vivant ce jour-là, quelques heures avant que sa maison ne parte en flammes.

Il griffonna des informations sur un Post-it qu'il lui tendit.

— Passez à cette adresse, ça touche Rennes. Avec un peu de chance, elle habite toujours là. Sinon, rappelez-moi, j'essaierai de vous donner d'autres pistes…

Éléonore lut l'identité qu'il venait d'inscrire et crut qu'elle allait défaillir.

Hélène Hourdel.

Sa mère.

63

— Bonjour, Nicolas, c'est Éléonore. Je suis en voiture... Votre message disait que c'était important. Moi aussi j'ai des choses à vous raconter, mais je vous écoute.

— Merci de me rappeler. Je suis à vous dans un instant...

Nicolas coinça son téléphone entre sa joue et son épaule. Il était en train de se démener avec l'imprimante, victime d'un bourrage papier. Il finit cependant par abdiquer et reprit son téléphone à la main.

— Voilà, excusez-moi. Je voulais vous avertir que nous avons fait analyser la carte postale du *Cri* reçue par Nathanaël Machefer. Elle était imprégnée de bacopa, une plante qui pousse d'ordinaire dans les régions chaudes et humides. Il est fort probable que vous aussi, vous ayez été en contact avec...

Arrêtée à un stop, la jeune femme se massa le front. Entre ce qu'il lui annonçait et ses découvertes récentes, son cerveau menaçait d'imploser.

— C'est dangereux ?

— *A priori*, non. On utilise le bacopa en naturopathie. Mais il faudrait quand même que vous fassiez des examens rapidement pour vous assurer que tout est OK. Comment vous sentez-vous, en ce moment ? Rien de bizarre comme des vertiges, des problèmes cardiaques, ou d'autres troubles qui seraient apparus sans raison ?

— Je... Je ne sais pas. Enfin, il y a eu le suicide de Hallis qui a pas mal chamboulé mon quotidien et a provoqué des angoisses, mais c'est normal, je crois. Pourquoi l'expéditeur a fait une chose pareille ? Quel est le but ?

Nicolas mit la communication sur haut-parleur tout en se dirigeant vers le bureau de Sharko.

— On l'ignore encore. Pour l'instant, on pense que vous êtes au moins quatre personnes à avoir reçu cette carte. Arthur Frusco, Nathanaël Machefer, vous, et un certain Mathias Charbonnier. Celui-ci est également passé à l'acte. Mes collègues sont intervenus chez lui hier soir et se sont heurtés à sa folie. Charbonnier vivait reclus au milieu de milliers d'araignées et, à l'aide de bandes de gaze, a encoconné sa victime vivante...

Coups de klaxon. Éléonore redémarra, sonnée par les paroles du flic. Elle se gara le long du trottoir quelques centaines de mètres plus loin, au bord de la nausée. Elle en avait vu, des horreurs, dans sa vie, mais elle peinait à se représenter la scène qu'il lui décrivait. Elle se reconcentra sur la voix de son interlocuteur.

— Vous êtes quatre, et les trois autres sont des psychotiques. Des schizophrènes qui ont tué des cibles bien définies sous l'emprise de leurs hallucinations, poussés par le fameux Capitaine.

Les oreilles d'Éléonore bourdonnaient. Elle se rappela l'ombre qu'elle avait vue sous la porte du box. La silhouette aperçue à Crab Bay. Les phrases étranges écrites dans son carnet. « Les trois autres sont des psychotiques. » Elle sortit de sa voiture, claqua la portière, respira une grande bouffée d'air. Sa mère habitait au bout de la rue.

— Frusco et Machefer étaient de Rennes, comme vous, poursuivit le lieutenant sans soupçonner son malaise. On se renseigne pour Charbonnier, mais on envisage très sérieusement que tout ça ait pris racine dans leur enfance, et donc dans la vôtre. Parce qu'il est évident que vous êtes liée à toute cette histoire depuis le début. On présume que le Capitaine a croisé votre route à tous quand vous étiez plus jeunes. J'aurais besoin d'en parler avec vous. Vous seriez disponible pour venir au bureau ?

— Impossible, je suis à Rennes, justement. J'ai découvert l'identité de celui qui se faisait passer pour mon père. Il s'appelait Arnaud Druel. Il vivait en banlieue, dans une ville du nom de Cesson-Sévigné, avant de tout plaquer. Et, accrochez-vous, il travaillait en psychiatrie…

Franck et Nicolas s'observèrent avec des yeux arrondis par la surprise.

— Comment vous avez fait ?

— Je vous expliquerai quand on se verra. En tout cas, j'ai discuté avec un policier local. Cet Arnaud Druel a changé de vie le 11 avril 2001. Il a mis le feu à sa propre maison avec le corps de mon père à l'intérieur, puis il est parti. Carbonisé, le cadavre n'était pas identifiable. Administrativement, c'était Druel qui était mort…

Éléonore traversa la rue. Elle y était. À une cinquantaine de mètres, une modeste maison aux murs en crépi jaune, un portail en fer forgé, une allée où dormait une Fiat 500, et un jardin où trônaient un malheureux palmier ainsi que quelques sapins fatigués.

— Mais ce n'est pas ça, le clou de la révélation. D'après le dossier d'enquête, ma mère est la dernière personne à avoir vu Arnaud Druel vivant. Ils étaient amants.

Les flics étaient soufflés. L'hypothèse selon laquelle toute cette histoire était née dans le passé, autour de la psychiatre, se renforçait.

— Ça ouvre deux possibilités, poursuivit Éléonore. Ou ma mère s'est fait berner comme tout le monde, ou elle a été sa complice et l'a aidé à disparaître en manigançant avec lui et en… en lui fournissant une dépouille de substitution. Celle de l'homme qu'elle avait quitté quelques années auparavant. L'homme qui l'avait battue et qu'elle détestait tant…

Ses propres mots lui écorchaient la gorge. Elle espérait que ce ne soit pas là la vérité. Sa mère avait ses défauts, certes, mais elle ne pouvait pas avoir sciemment participé à une horreur pareille. Franck se pencha vers le téléphone que Nicolas avait posé sur le bureau et prit la parole.

— Commandant Franck Sharko à l'appareil. Vous comptez sans doute aller voir votre mère pour la confronter, mais je vais vous demander de ne pas le faire. On va s'en occuper, d'accord ?

— C'est ma mère, commandant. Je suis devant chez elle et je vais toquer à sa porte, que vous le vouliez ou non. J'ai besoin de comprendre ce qui s'est vraiment passé.

Franck serra les lèvres. Il consulta sa montre.

— Voici ce que je vous propose : vous allez faire demi-tour et réserver une chambre d'hôtel à nos frais. Moi, je fais partir mon lieutenant sur-le-champ. Il sera là dans moins de quatre heures. Vous irez ensemble chez votre mère. C'est important, madame Hourdel, qu'elle raconte vite tout ce qu'elle sait, et ce sera plus facile sous la pression d'une autorité policière. À l'heure où je vous parle, le Capitaine détient une autre femme, et il y a une chance qu'elle soit encore en vie. On doit tout mettre en œuvre pour la sauver.

Éléonore s'immobilisa. L'argument avait fait mouche. Elle hésita, puis hocha la tête comme pour se convaincre qu'elle faisait le bon choix.

— D'accord, je vais faire ce que vous dites. Mais s'il vous plaît, dépêchez-vous.

Elle raccrocha, fixa la maison avec un soupir. Sa mère avait déjà fermé ses volets. On voyait simplement la lumière passer à travers ceux de la salle à manger. L'illusion parfaite d'une existence tranquille, bien rangée, mais quels secrets se terraient dans l'ombre ?

La psychiatre se colla à la haie pour rédiger un SMS : « Je risque d'arriver tard, vers 22 heures, j'ai encore un rendez-vous avec un confrère au CHU. C'est bon, pour toi ? Ne t'inquiète pas, j'aurai dîné et je ne resterai pas longtemps... » Elle envoya le message, releva les yeux vers l'habitation. Son regard se porta alors sur la gauche de celle-ci. Là, elle discerna, dans l'obscurité grandissante, plaquée contre la façade, une forme longiligne dont la poitrine semblait se soulever au rythme de sa respiration.

Une silhouette qui l'observait.

64

Éléonore s'approcha du portail, la gorge serrée. Elle se rendit compte que la chaîne censée le maintenir fermé avait été sectionnée au niveau d'un maillon, et remise en place comme si de rien n'était. En un battement de cils, la forme se détacha du mur et se précipita vers le jardin, à l'arrière.

— Hé ! Arrêtez !

La psychiatre regarda autour d'elle. La rue était désespérément vide.

— À l'aide ! hurla-t-elle. Appelez la police !

Dans un réflexe, elle enleva la chaîne, poussa le portail et se rua à son tour dans le jardin. L'ombre était en train d'escalader le grillage du fond, qui donnait sur un pré gorgé de neige fondue. Plus loin, on devinait la masse effrayante d'un bois. Éléonore courut jusqu'au maillage d'acier qu'elle n'osa néanmoins pas franchir. Elle n'avait rien pour se défendre et l'individu pouvait être armé. Il évoluait désormais à une dizaine de mètres et progressait à grandes enjambées. La jeune femme parvint à distinguer quelques détails. Il portait un blouson court – genre bombers –, un pantalon noir et, lui sembla-t-il, un bonnet.

— Qui êtes-vous ? cria-t-elle. Qu'est-ce que vous voulez ?

Il ne réagit pas, poursuivant sa course vers les arbres.

— Capitaine !

Cette fois, la silhouette s'immobilisa. Elle se retourna, là-bas, à vingt-cinq, ou peut-être trente mètres d'elle. Éléonore ne voyait rien d'autre qu'un masque noir à la place du visage à cause de la pénombre. Pourtant, elle savait que c'était lui. Le maître d'orchestre de tous ces meurtres, le manipulateur des âmes malades. Elle se demanda s'il n'allait pas faire demi-tour, mais, au bout de quelques secondes, il fit volte-face et s'évanouit dans la nature.

Le souffle court, la psychiatre regagna l'avant de la bâtisse et se jeta sur la porte d'entrée. C'était ouvert, et c'était anormal, complètement anormal. Une boule douloureuse lui nouait la gorge.

— Maman ! Où t'es ? Réponds, s'il te plaît !

Le hall lui parut d'une froideur extrême. Elle agrippa un parapluie en passant – une arme dérisoire, mais elle avait besoin de serrer quelque chose dans sa main. Les larmes envahissaient déjà ses yeux. Personne ne se manifestait. La maison était morte. Morte et glaciale.

Elle vérifia dans le salon, la cuisine. Elle hélait sa mère d'une voix de plus en plus cassée. Grimpa l'escalier en courant. Des images violentes venaient par flashs heurter sa conscience. Un poing levé frappant à l'aide d'un tournevis… Les lames de ciseaux à volaille en pleine décapitation… Un marteau planté au milieu d'un crâne… En arrivant dans la chambre, elle s'attendait à un carnage, à un nouveau spectacle de pure folie, mais n'apparurent rien d'autre qu'un lit défait, une table de chevet renversée et une lampe brisée.

On avait attaqué Hélène Hourdel dans son sommeil. Et on l'avait traînée ailleurs.

Éléonore ressortit de la pièce tout en composant le numéro de sa mère, s'élança vers la salle de bains. Répondeur direct. Elle laissa un message. « Maman, rappelle-moi ! Je suis chez toi ! Rappelle-moi, je t'en prie ! » Elle raccrocha et contacta aussitôt Bellanger.

— Éléonore ?

— C'est… ma mère… Le Capitaine… Il vient de… prendre la fuite. Je… Je la cherche. Elle… Bon Dieu, je ne la trouve pas !

Nicolas venait de franchir la porte du Bastion. Il s'arrêta net sur le trottoir. Son interlocutrice était en panique totale.

— Doucement. Essayez de vous calmer, d'accord ? Et racontez-moi.

— J'allais repartir quand je l'ai vu. Il était dehors, embusqué dans le jardin. Lui aussi, il m'a vue, il s'est sauvé par l'arrière et a disparu dans un champ. C'est pour ça que… que je suis entrée dans la maison. À l'étage, je crois que… Des objets sont renversés. Ils sont renversés, Nicolas. Où est ma mère ? Où est-elle ?

Le lieutenant de police reprit sa marche en direction de son véhicule garé à deux rues de là. Une terrifiante évidence venait de lui traverser l'esprit. Un nouvel engrenage infernal qui s'enclenchait dans la machine. Il devait pourtant garder son sang-froid.

— Écoutez-moi bien, Éléonore. Ne touchez plus à rien. Vous allez sortir et vous enfermer dans votre voiture. Une fois en sécurité, vous composez le 17, vous leur demandez d'envoyer une équipe au plus vite. Vous m'avez bien compris ?

Alors qu'elle descendait déjà l'escalier, la psychiatre fut projetée vers l'avant quand le manche du parapluie agrippa un barreau de la rambarde. Elle se rattrapa de justesse tandis que son téléphone faisait un vol plané. Nicolas se figea.

— Qu'est-ce qui se passe ? Tout va bien ?

Elle ne répondait plus. Le silence, à l'autre bout du fil, était insupportable. Impuissant, le lieutenant continuait à l'appeler.

— Tout va bien… souffla-t-elle finalement. J'ai failli tomber. Je… Je vais faire ce que vous m'avez dit. D'accord.

Nicolas ferma les yeux, il essaya de retrouver une voix calme.

— Dites-moi quand vous êtes dehors…

Il l'entendait respirer. De sa gorge s'échappait ce terrible sifflement qui lui évoquait un cerf à bout de forces face à une horde de chasseurs.

— Ça y est.

— Très bien. Je vais raccrocher et me mettre en route. Vous, vous faites exactement ce qui est convenu. Mais auparavant, il y a un détail que j'ai besoin de connaître au sujet de votre mère, Éléonore. Est-ce qu'elle a un petit grain de beauté juste à la commissure des lèvres, côté droit ?

— Oui, mais… Comment vous êtes au courant ?

Nicolas écrasa son poing contre sa bouche. Il écarta un instant le micro pour expirer avec douleur, avant de répondre :

— Appelez le 17. Dans quatre heures, je suis là…

65

Parfois, les nuits ne finissaient pas. Le temps s'étirait comme un élastique qui ne rompait jamais, creusant les intervalles entre les minutes à un point tel qu'ils se transformaient en trous sans fond.

Son téléphone entre les mains, Éléonore était assise dans un fauteuil du lobby de son hôtel, à cinq kilomètres à peine de la maison de sa mère. À presque 1 heure du matin, plus personne ne traînait dans cet espace accolé au bar fermé, hormis le gardien de nuit affalé derrière le comptoir de l'accueil, et Nicolas Bellanger qui revenait avec deux bouteilles d'eau prélevées dans le minibar de sa chambre. Il s'installa en face d'elle, lui en tendit une. La jeune femme leva ses yeux tristes de son écran.

— Alors c'était lui… Il répondait à mes SMS à la place de ma mère…

Elle but machinalement une gorgée, juste pour avoir le ventre moins vide et la gorge moins sèche. Se figurer qu'elle avait discuté avec le Capitaine l'anéantissait. « J'ai eu un coup de fil de la police, ils disent que papa est mort, je ne sais pas dans quelles circonstances. Je file à l'Institut médico-légal de Paris, rappelle-moi ! » Elle imaginait l'autre écouter ces mots qu'elle avait laissés sur la messagerie, voire les faire écouter à sa mère qu'il retenait captive. Elle l'imaginait jouir d'une telle situation. Quelle horreur…

Nicolas, lui, était aussi exténué qu'elle. Dès son arrivée, il avait dû coordonner le travail avec une équipe de la PJ de Rennes et solliciter des techniciens de l'Identité judiciaire pour des recherches de traces dans la maison. Tout un bordel de cosaisine à gérer, qui exigeait sa présence sur place jusqu'au lendemain.

— On peut supposer que c'était lui, en effet, répliqua-t-il. C'est pour cette raison que vous ne receviez que des SMS. Il n'y a que par écrit qu'il était en mesure de se substituer à elle.

Le flic soupira et se pencha vers la jeune femme. Il capta son regard qu'elle avait fuyant.

— Des gens sont à l'œuvre pour tenter de localiser le plus précisément possible son téléphone. On va faire tout ce qui est en notre pouvoir pour la retrouver. En attendant, son ravisseur sait désormais que vous êtes au courant. S'il essaie de vous joindre, vous me le signalez immédiatement, d'accord ?

Éléonore hocha la tête, silencieuse.

— Maintenant, il faut tout mettre à plat et ne rien dissimuler, poursuivit Nicolas. Il y a des choses que vous savez depuis le début et que vous ne m'avez pas dites. Vous avez chaque fois une longueur d'avance sur nous. Comment vous avez découvert l'identité d'Arnaud Druel ?

Sans montrer le moindre signe de résistance, la psychiatre lui raconta tout d'un bloc : le message caché dans ses portraits dessinés au fusain qui avait mené au box où un tas de petits cailloux blancs avaient été abandonnés par son faux père, les peintures et les *Angélique* de Frusco, le porte-clés qui l'avait guidée jusqu'au port de Saint-Malo… Nicolas écoutait, attentif à chacun de ses gestes, de ses expressions. Elle termina avec l'épisode du zoo, évoqua les types en combinaison, la Guyane, les visages fous des Hmongs. Le policier se recula dans son fauteuil, sonné.

— Bon sang… Ces singes ont agi comme les souris d'Angélique Meunier…

Voyant qu'Éléonore ne comprenait pas, il développa :

— La victime de Frusco était une spécialiste de la toxoplasmose. Dans l'un de ses articles, elle explique que, une fois infectées par ce parasite, certaines souris sont attirées par l'urine de chat et se laissent dévorer. Les tamarins dont vous me parlez se sont comportés exactement de la même façon… Ils sont contaminés, le toxoplasme investit leur cerveau, en modifie la chimie… et les pousse à se jeter dans la gueule du loup, si je puis dire.

— Mais pourquoi toutes ces précautions des services de santé ? Pourquoi les prises de sang sur le personnel ? Pourquoi leur silence ?

Nicolas secoua la tête.

— Je n'en sais rien, mais ça devait être grave pour qu'ils interviennent ainsi. Vous m'avez dit que le félin venait de la région où vivaient ces Hmongs visiblement très mal en point. Imaginons que le jaguar ait été porteur d'une souche particulière de la toxoplasmose et les ait contaminés, les singes et eux. Qu'il existe un lien entre le parasite et leur folie… Un lien que ceux chargés d'abattre l'animal ont peut-être découvert.

Éléonore posa une main sur son front.

— Et… vous pensez qu'il y a un rapport avec ce qui se passe aujourd'hui ? Avec Machefer et Charbonnier ?

— J'en ai bien l'impression, acquiesça le lieutenant.

La psychiatre avait à présent les yeux dans le vague. Elle décrochait.

— Le Capitaine en veut à votre mère, comme il en voulait à Angélique Meunier, à Christine Barlois et à Arnaud Druel, embraya Nicolas pour raccrocher son attention. Il exerce une vengeance, Éléonore. Une vengeance dirigée contre des personnes qui sont toutes de la même génération, qui ont vécu dans la région, et qu'il a dû côtoyer. Une vengeance qu'il assouvit en utilisant des armes par destination, des malades qu'il manipule et qui ont une génération d'écart avec leurs victimes. Si on suppose que cette histoire prend sa source il y a une vingtaine d'années, alors ces tueurs n'étaient à l'époque que des enfants.

Nicolas se pencha davantage vers la jeune femme. Il gardait en tête les images de la vidéo chargée sur la clé USB. Le mot « pute » inscrit en rouge sur le front d'Hélène Hourdel. Il avait préféré ne pas montrer le film à Éléonore, mais devait explorer la piste amoureuse.

— Votre mère était l'amante d'Arnaud Druel en 2001. Est-ce qu'elle aurait pu fréquenter quelqu'un d'autre ? Quelqu'un qui n'aurait pas supporté d'avoir été trahi ?

— Ma mère était représentante en matériel de laboratoire, elle vendait des microscopes, ce genre d'outillage. Elle était toujours sur les routes. Elle ne dormait pratiquement jamais à la maison. J'étais délaissée, je me suis élevée toute seule.

Un silence… Elle ferma les yeux. Elle tentait de raviver sa mémoire.

— Elle ramenait de temps en temps un homme chez nous. Je me souviens de cette présence masculine. De choses qui se passaient la nuit, dans la chambre à côté de la mienne. Mais ma mère ne me confiait rien et je… je ne me rappelle pas son visage. Tout est embrouillé dans ma tête. Ces dernières semaines, ça a été compliqué. Je suis désolée.

Le lieutenant lui signifia qu'il comprenait. Il regarda l'heure, but une gorgée d'eau, puis resta là, soudain immobile et mutique. Son visage s'était crispé. Éléonore sentait qu'il cherchait à lui dire quelque chose, mais qu'il n'osait pas.

— Qu'y a-t-il ? demanda-t-elle.

Nicolas lorgna le gardien, qui zyeutait lui-même dans leur direction. Il se leva et posa une main sur l'épaule de la psychiatre.

— Pas ici. Venez…

Il attendit d'être dans l'ascenseur, l'observa par l'intermédiaire du miroir qu'elle fixait.

— Tout à l'heure, un voisin direct de votre mère, celui de gauche, est venu nous parler, expliqua le policier. Il vous a entendue crier, il vous a vue franchir le portail et courir dans le jardin…

Il se tut, mal à l'aise.

— Et ?

— Il est formel : il n'a remarqué personne d'autre que vous.

La psychiatre fronça les sourcils.

— Qu'est-ce que vous racontez ? Il y avait un type embusqué dans l'obscurité, le long de la façade. C'était lui, c'était le Capitaine, il a réagi quand je l'ai appelé. Bombers, bonnet noir, il se déplaçait vite. Je vous l'ai dit, il a escaladé le grillage et s'est enfui. Je vous assure que ce n'était pas qu'une sensation, cette fois, je n'ai pas couru après un fantôme.

Troisième étage. Les portes s'ouvrirent. Nicolas appuya sur un bouton pour les bloquer dans cette position un instant : lui dormait au niveau supérieur.

— Les gars de l'Identité judiciaire ont passé au peigne fin l'endroit que vous avez indiqué avec des lampes halogènes. Le grillage ne montre aucune forme d'affaissement. Par ailleurs, côté champ, le sol était boueux. Or, ils sont catégoriques : pas la moindre trace de pas...

Éléonore eut l'impression qu'une main invisible lui serrait la gorge. Elle l'avait vu, elle l'avait vraiment vu, aussi sûrement qu'elle voyait Nicolas en face d'elle. Un truc déconnait en elle et ça s'amplifiait. Ça s'aggravait. Elle lui adressa un regard qu'elle aurait aimé fort, mais qui témoignait d'une profonde détresse.

— Vous avez des hallucinations, c'est ça ? lança Nicolas d'une voix qu'il voulait la plus douce possible.

La jeune femme acquiesça et s'engagea dans le couloir.

— Il faut que je vous montre quelque chose...

Elle l'emmena dans sa chambre, alla fouiller dans son sac posé sur le lit. Tremblante, elle en sortit son carnet qu'elle garda entre ses mains comme un objet précieux.

— Oui, je le vois, maintenant. Il n'est plus seulement une ombre. Ce soir, il a existé. Chaque jour, il existe un peu plus.

Nicolas resta planté devant elle, bouleversé. Elle le touchait quelque part au fond de son cœur, il ressentait l'envie de la prendre contre lui, de la rassurer, mais des courants plus forts l'en empêchaient. Elle feuilleta son carnet et se figea d'effroi. Ses yeux s'embuèrent avant qu'un sanglot ne lui soulève la poitrine. Elle écrasa un poing contre ses lèvres.

— Mon Dieu... Je suis tellement désolée...

Nicolas se pencha sur la page qu'elle lui présentait pour lire. Sous la question « Qui termine mes phrases ? » était noté, d'une graphie complètement différente qui lui glaça le sang : « C'est moi. Tu sais qui. Salope. »

— Je n'ai aucun souvenir d'avoir écrit ces mots, souffla Éléonore. Ils n'y étaient pas cet après-midi. Je l'ai forcément fait ici, en vous attendant.

Le policier était sous le choc. Déstabilisé. Un monstre était en train de grignoter l'esprit de la femme qui se tenait à ses côtés. Tel un ver dans la pomme, un parasite incrusté.

— Est-ce que vous savez si vous avez eu la toxoplasmose ? demanda-t-il.

— Non, je l'ignore…

Ils se turent. Un silence douloureux. Ils échangèrent un regard qui disait tout : elle devenait comme ceux qu'ils traquaient.

Soudain, au milieu de cette détresse, un feu puissant, saisissant, emporta Nicolas dans un élan fou. Il bascula vers Éléonore, la serra dans ses bras, plongea le nez dans le creux de son cou. Et tandis qu'il faisait ça, il pensait qu'il portait en lui un germe maudit, qu'une effroyable malédiction le poussait sans cesse vers des trajectoires en miettes, que ce serait ainsi jusqu'à la fin de ses jours, quoi qu'il fasse. On lui avait d'abord arraché Camille, son premier véritable grand amour, de la façon la plus violente qui soit. Puis ça avait été au tour d'Audra, Audra avec son ventre arrondi qu'il revoyait allongée sur une route, inerte. Malgré tout, bien que terrifié par ces ténèbres qui l'environnaient de nouveau, il resta là, contre ce corps fragile et ce visage qui pleurait sur son épaule. Au bord des larmes lui aussi, il s'écarta délicatement d'elle. Il tendit la main avec douceur vers ses yeux et récolta du bout des doigts les perles salées accrochées à ses cils.

— Je ne vous laisserai pas tomber, d'accord ? On va trouver ce qui se passe, et on va vous sortir de là.

Elle acquiesça, elle, la psychiatre, pourtant bien consciente qu'aucune volonté, aussi forte fût-elle, ne pouvait lutter contre un tel déchirement de l'esprit. Le processus était en marche, irrémédiable. Ce n'était désormais plus qu'une question de temps avant qu'elle ne perde complètement la tête.

— On va trouver… répéta-t-il.

66

Le vent s'était levé, charriant une vague de givre qui venait de l'ouest, de celles qui pétrifiaient les visages et provoquaient une douleur brûlante aux extrémités. Dans la clarté d'une nouvelle journée glaciale et grise, Nicolas raccompagna Éléonore jusqu'à sa voiture sur le parking quasi désert de l'hôtel.

— Ça m'ennuie vraiment que vous preniez la route seule. Vous êtes certaine que vous ne préférez pas consulter dans un hôpital du coin ?

— Ça va aller. Par chez moi, je connais des médecins en qui j'ai confiance.

— Très bien. Vous réalisez tous les examens nécessaires en urgence. S'il faut un appui, quoi que ce soit pour que ça aille plus vite, téléphonez-moi, on sait mettre la pression. Je m'occupe de ce que j'ai à gérer ici et je vous retrouve.

La psychiatre hocha la tête. Elle ouvrit sa voiture, s'installa derrière le volant et lui adressa un dernier regard.

— J'aurais aimé vous rencontrer dans d'autres circonstances.

— Dans d'autres circonstances, nous ne nous serions pas rencontrés...

Elle sourit tristement, claqua la portière et démarra. Nicolas la vit s'éloigner avec un pincement au cœur. Il avait pensé à elle toute la nuit.

Après avoir mis Sharko au courant des dernières informations, il décida de faire un saut au CHU. Il avait la rage. Il éprouvait une haine infinie envers l'auteur de ces monstruosités, ce Capitaine qui détruisait les esprits et anéantissait des vies. Et il se sentait terriblement impuissant. Car oui, il pouvait essayer de combattre le crime, de traquer des assassins, mais que pouvait-il contre la folie ? Il imaginait cette toile grise se répandre dans le cerveau d'Éléonore, ses neurones s'éteindre un à un sous le souffle de la schizophrénie pour ne laisser place qu'à des cellules malades, qui grignotaient sa conscience. Il songea à Frusco, à Machefer, à Charbonnier. L'idée qu'elle puisse devenir comme eux lui donnait la nausée.

Il arriva au centre hospitalier après une vingtaine de minutes. Les allées entre les bâtiments étaient déjà encombrées, les parkings pleins. Chaque fois qu'il fichait les pieds dans ce genre d'endroit, il avait l'impression que le monde crevait à petit feu, et ça le minait encore plus. À force de patience, il parvint à se garer. Il marcha ensuite jusqu'à l'immense hôpital Pontchaillou avec une étrange sensation au fond du ventre : c'était sans doute là, quelque part derrière ces centaines de vitres, que toute cette histoire puisait ses origines.

Carte de police aidant, on l'orienta sans lui faire de difficultés vers le laboratoire de parasitologie et mycologie situé au rez-de-chaussée. Il expliqua alors au secrétariat qu'il avait besoin de parler à quelqu'un qui avait connu Angélique Meunier, puis il patienta en lisant les prospectus accrochés au mur. Ici, on faisait de la recherche, on assurait des consultations, on dressait tout un tas de diagnostics concernant les parasitoses, les mycoses, la toxoplasmose congénitale… Un quotidien qui tournait autour de bestioles répugnantes cachées bien au chaud dans les organismes.

Quelques minutes plus tard, un homme coiffé d'une calotte bleue, mains gantées, se présenta à lui. Il avait un crâne proéminent qui paraissait trop lourd pour son corps. Un type *a priori* pas loin de la retraite, dont la peau du visage était aussi craquelée qu'une terre aride.

— Je suis le docteur Armand Milano. Vous souhaitez avoir des informations sur Angélique Meunier, c'est ça ?

— Tout à fait. Vous l'avez bien connue ?

— On a travaillé dans le même labo pendant plus de dix ans, alors oui, on peut dire ça. Que se passe-t-il ?

— Pourrait-on discuter dans un endroit tranquille ?

Milano ôta sa calotte, libérant une épaisse chevelure grise, et le conduisit jusqu'à un bureau dont il prit soin de refermer la porte. Là, il pria Nicolas de s'asseoir, s'installa lui-même de l'autre côté d'une large table en bois, puis garda le silence, incitant le flic à exposer la raison de sa venue. Celui-ci résuma donc la situation. Il parla du parcours de Machefer, de leur enquête qui se révélait liée à ce qui était arrivé à Angélique, six ans auparavant, et leur laissait penser qu'elle n'avait pas été tuée au hasard. Du faisceau d'éléments bien précis qui les orientaient vers la ville de Rennes, et plus exactement vers cet hôpital.

— On soupçonne que quelqu'un se cache derrière tout ça, qu'il s'agit d'une vengeance, et que tout remonte aux alentours des années 2000, précisa Nicolas. Du temps où Angélique Meunier exerçait dans ce laboratoire. A-t-elle eu des problèmes particuliers ? Avez-vous le souvenir de faits suffisamment graves pour qu'une personne lui en veuille au point de l'éliminer plus d'une décennie plus tard ?

Une personne qui, selon le profil qui se dessine, s'y connaîtrait en parasites ?

Armand Milano prit une large inspiration.

— Angélique était d'une extrême gentillesse. Elle aurait pu prendre la grosse tête, avec ses articles publiés, c'était une pointure, dans son domaine, mais elle avait gardé sa simplicité et elle était proche de son équipe. Des gens en général, même. Franchement, je…

L'homme s'interrompit soudain quelques instants.

— En fait, il y a eu ce truc pas net avec un des chercheurs de son groupe. Ça me revient…

Nicolas se pencha en avant.

— Je vous écoute.

— Ça devait être en… 2000, 2001. Il s'appelait Tomer Thénia. Un nom prédestiné, pour un type qui bossait sur les parasites.

Tomer Thénia… Dans un frisson, le flic repensa à la bestiole recroquevillée dans l'estomac du faux Denis Liénard.

— Il avait la trentaine, continua Milano. Il faisait partie d'une équipe qui travaillait sous la direction d'Angélique sur un projet confidentiel, autour d'une souche particulière de toxoplasmose détectée dans un animal de zoo.

— Un jaguar…

— Un jaguar, oui. Comment vous savez ?

— Poursuivez, s'il vous plaît.

— Thénia avait été envoyé en Guyane dans ce cadre-là. Je ne pourrais pas vous en dire davantage parce que le projet était verrouillé, mais les relations entre Angélique et lui ont dégénéré quelque temps après son retour…

— Dégénéré comment ?

— Je n'ai jamais su le fin mot de l'histoire. On a raconté que Thénia avait « pété un câble », qu'il n'était plus apte à bosser en environnement sensible. Angélique l'a signalé à sa hiérarchie et il a été licencié. Ça a été assez violent.

Nicolas était suspendu aux lèvres de son interlocuteur. Il tenait peut-être enfin l'identité du Capitaine.

— Vous avez d'autres infos sur ce Tomer Thénia ? Des photos ?

— Il faudrait voir ça avec les RH de l'hôpital, mais je ne suis pas certain qu'on vous fournisse grand-chose, étant donné que ça remonte à plus de vingt ans. Sans compter qu'ils risquent de vous ennuyer avec la paperasse. En réalité, le plus simple, ce serait que vous rendiez visite à Sophie Gherardi…

Sur ces mots, Milano ouvrit un tiroir et en sortit un calepin.

— Elle est à la retraite. Elle vit à la périphérie, à une petite demi-heure d'ici. On déjeune ensemble de temps en temps. Sophie était la plus proche collègue de Thénia, ils étaient comme cul et chemise. Ils sont d'ailleurs partis ensemble en Guyane. Leurs recherches sont toujours soumises au secret, mais, vu ce qui s'est passé, je pense qu'elle vous aidera.

Il recopia une adresse sur un Post-it et le lui tendit. Nicolas le remercia d'un hochement de tête, puis se leva.

— Une dernière question. Le nom d'Arnaud Druel, ça vous parle ? Un ancien psychiatre.

— Druel ? Oui, bien sûr. Terrible, ce qui lui est arrivé. Brûlé vif dans sa propre maison…

— Vous le connaissiez personnellement ?

— Disons plutôt professionnellement. On le voyait souvent ici, il travaillait en collaboration avec notre labo, et surtout avec l'équipe d'Angélique. Avant d'être un psychiatre, c'était un chercheur passionné. Il menait de nombreuses études cliniques sur la schizophrénie. Si mes souvenirs sont bons, il bossait sur l'hypothèse que des facteurs biologiques puissent favoriser l'apparition de cette maladie.

— Des facteurs biologiques comme la toxoplasmose, par exemple ?

— Exactement, ça faisait partie de ses recherches, oui. Il avait constaté une élévation de certains marqueurs inflammatoires dans les neurones des patients schizophrènes porteurs du parasite et se demandait si cet état inflammatoire pouvait avoir un rôle dans la genèse des symptômes psychotiques…

67

— La dernière fois que le portable d'Hélène Hourdel a borné du côté de son lieu d'habitation, à Rennes, c'était le 9 janvier…

Pascal pointait l'écran d'ordinateur de Lucie, où était affichée une carte et, en gros plan, la ville de Tremblay-en-France, collée à l'aéroport Charles-de-Gaulle, à une trentaine de kilomètres de Paris. Sharko, lui, était scotché à son téléphone. Il allait et venait au milieu de la pièce.

— Par la suite, chaque communication a déclenché la même antenne, à Tremblay. L'appareil a encore émis un signal il y a quelques minutes. Pas un appel ni un message, mais des notifications d'applications.

— Le Capitaine la retient donc depuis presque trois semaines… souffla Lucie en se déplaçant dans les rues grâce à Google Street. Il avait déjà kidnappé Christine Barlois à cette date-là. Probable que ces femmes se soient retrouvées enfermées au même endroit au même moment. Quel salopard !

Pascal s'empara de la souris de sa collègue, évolua à son tour dans la ville comme s'il y était physiquement.

— Des immeubles, des hôtels… Forte densité de population. Si le Capitaine séquestre ses victimes, il y a de grandes chances qu'il habite une maison à l'écart.

Peut-être par là, près des champs qui donnent sur l'aéroport. Regarde, il y a de vieilles baraques avec de hauts murs. Très peu de vis-à-vis.

— Là ou ailleurs, soupira Lucie. Je suppose qu'il y a un tas de rues dans ce style. Comment être certains ?

L'antenne couvrait un rayon bien trop important pour qu'ils puissent déterminer une localisation précise, mais, au moins, ils savaient dans quel coin orienter leurs recherches. Toujours mieux que rien. Franck raccrocha et, en les rejoignant, constata que Nicolas avait appelé. Sans même écouter le message qu'il avait laissé, il composa son numéro.

— Je viens d'avoir les hôpitaux où ont été admis Machefer et Charbonnier, annonça-t-il en attendant que son lieutenant prenne la communication. Ils ont fait le test de la toxoplasmose sur des échantillons sanguins. Les deux ont une sérologie positive, ce qui veut dire qu'ils ont été contaminés par le passé et que le parasite est en eux dans sa forme censée être inactive. Les fameux kystes logés dans le cerveau.

Alors que son mari discutait à présent avec Nicolas, Lucie était songeuse. Ces résultats allaient dans le sens de leurs dernières hypothèses. Les cartes postales imprégnées de bacopa avaient peut-être bien réactivé le parasite endormi dans les replis de l'encéphale de ces hommes et déclenché leur folie meurtrière. Comme un catalyseur. Elle pensa à Éléonore Hourdel. Bellanger leur avait expliqué, pour ses visions. Le processus était en route. Ça devait être terrifiant de se sentir progressivement gagné par la maladie, sans savoir si le monde autour de soi était réel ou s'il était une pure construction de son esprit.

Lucie se tourna vers son époux. Lui aussi avait fait l'expérience de cet enfer. Lui aussi avait frôlé l'effondrement psychique. Tandis qu'elle l'observait, il se figea soudain. Dans ses yeux brillait une flamme qu'elle ne connaissait que trop bien.

— On a une identité ! lança-t-il en raccrochant.

— Tu déconnes ? lâcha Pascal.

Franck écrivit un nom en grand sur son tableau et l'entoura à de multiples reprises.

— Tomer Thénia, la cinquantaine. Il bossait au laboratoire de Rennes avec Arnaud Druel et Angélique Meunier au début des années 2000. Elle était sa supérieure et, à cause d'elle, il a été viré. Il coche toutes les cases.

Lucie pianota aussitôt sur son clavier d'ordinateur, s'empara de son portable, puis jeta un coup d'œil à sa montre.

— J'appelle la mairie de Tremblay.

Pascal acquiesça et se dirigea vers la fenêtre, les mains sur la tête. Sharko, lui, alla se remplir un mug de café et s'en envoya une gorgée, à la limite de se brûler. La nervosité était palpable : la traque pouvait bientôt se terminer.

Après une attente qui leur parut infinie, Lucie entra en contact avec un employé municipal. L'échange dura moins de deux minutes. Tout en écoutant, elle opéra quelques clics avec sa souris et, lorsqu'elle remercia son interlocuteur, elle affichait un air triomphant.

— Il y a bien un Tomer Thénia qui habite à Tremblay. J'ai l'adresse. Elle matche avec la zone de déclenchement de l'antenne. Venez voir.

Sharko se précipita. À l'écran, il découvrit une propriété isolée, séparée d'un champ par un chemin pavé.

Derrière un haut mur en pierre, entre la végétation, on percevait tout juste une toiture. Le commandant signifia à Pascal qu'ils décollaient.

— Je vais prévenir Antoine et ses gars, dit-il en enfilant son manteau. On fonce, on n'a plus une seconde à perdre. Lucie, tu me trouves tout ce que tu peux sur le gus. Casier, photos, immat… Tiens-nous au courant par téléphone en temps réel.

Frustrée d'être mise sur la touche et inquiète, elle hocha néanmoins la tête. Franck revint vers elle et l'embrassa.

— Tout va bien se passer, OK ? On est nombreux, on va faire ça proprement.

Il avait failli mourir deux jours plus tôt, il portait encore la trace des coups sur son visage, et il retournait au casse-pipe comme si de rien n'était. Elle avait peur, mais préféra ne rien dire. À quoi bon ? Ça ne le freinerait pas.

L'instant d'après, elle se retrouva seule dans la vaste pièce. On eût dit qu'une tempête avait tout balayé sur son passage. Elle prit une grande inspiration et ferma les yeux en priant pour que tout se déroule pour le mieux et que le père de ses enfants revienne en un seul morceau.

68

La route défilait sous ses yeux, sombre saignée d'asphalte dans la campagne normande. Éléonore le savait : le monde, son monde, ne serait plus jamais celui qu'elle avait connu. Son esprit était en train de craquer, de se fracturer, comme la terre qui se fissure sous la pression d'un magma volcanique. Si elle n'agissait pas, les démons remonteraient par cette faille du fond de son inconscient et lui rendraient la vie impossible. La martyriseraient. Hurleraient dans sa tête. La pousseraient à mettre à exécution leurs délires.

Elle allait devoir prendre un traitement. Essayer de se médicamenter avec rigueur et discipline, même quand elle aurait la sensation de ne plus être malade. Car tel était le piège, la tentation dans laquelle s'engouffraient la plupart des schizophrènes qui n'étaient pas suivis. Après tout, pourquoi continuer à s'infliger un traitement lourd alors que les hallucinations avaient disparu et qu'on se sentait guéri ?

La psychiatre en elle réfléchissait déjà à sa future camisole chimique. Il existait un antipsychotique, l'aripiprazole, qui avait peu d'effets secondaires visibles. Aux yeux des autres, elle paraîtrait presque normale. Juste plus nerveuse, incapable de rester en place à cause des fourmillements dans les jambes que provoquerait la molécule. À ça s'ajouteraient, sans doute, les manifestations des effets dits négatifs de la schizophrénie sur lesquels le médicament jouerait peu : une baisse de la motivation, des troubles de la mémoire, une tendance à tout reporter au lendemain, à laisser les tâches s'accumuler… Peut-être la trouverait-on un peu dépressive, ou plus distante, sans s'imaginer que des monstres se tapissaient au fond de son crâne, sagement, prêts à ressurgir au moindre arrêt du traitement. En tout cas, il coulait de source qu'elle n'allait plus pouvoir travailler en UMD, au plus près de la dangerosité. Voire en psychiatrie…

Déjà une heure et demie qu'elle avait quitté l'hôtel – dont une bonne heure perdue à la sortie de Rennes à cause d'un accident. Son véhicule fendait à présent le bitume à plus de cent dix kilomètres-heure. Les bandes blanches de la quatre voie avaient quelque chose d'hypnotique. Elle songea qu'il suffirait d'un coup de volant, un simple petit coup de volant, et en trois secondes, tout serait terminé. Ce serait tellement plus simple. Moins douloureux que le chemin de croix qui s'annonçait. Et puis elle ne manquerait à personne.

À cet instant, son téléphone, posé sur le siège passager, signala l'arrivée d'un texto. Éléonore sortit de ses pensées et s'en empara. Sa main se crispa sur l'appareil lorsqu'elle le lut. « Rends-toi sur l'Île-Grande, plage de Porz Gwenn, avant midi. Seule. Si tu parles de ce message à qui que ce soit, je la tue. Si tu ne viens pas, si je détecte la moindre présence étrangère, elle est morte. »

La jeune femme eut un hoquet, les larmes inondèrent ses yeux. Elle dévia vers le bas-côté où, moteur au ralenti, elle mit ses warnings. Le numéro n'était pas celui de sa mère, mais ça ne pouvait être que le Capitaine.

Elle tapa : « Ne lui faites pas de mal, je vous en supplie. » Pas de réponse. Elle entra alors dans son GPS le lieu qu'il lui indiquait. L'Île-Grande était en réalité une presqu'île située dans les Côtes-d'Armor, à quelques kilomètres de Lannion. Elle avait déjà roulé presque cinquante kilomètres en sens inverse depuis Rennes. Jamais elle ne pourrait se trouver sur place à temps. « Je vais venir, mais j'en ai pour plus de deux heures de route. Je veux savoir si ma mère est vivante. »

En envoyant le message, elle s'aperçut qu'elle peinait à tenir son téléphone tant ses mains tremblaient. Elle fixa l'écran. Trois petits points signalaient que le Capitaine écrivait. La minute suivante, une photo apparut. Une puissante nausée submergea Éléonore. Sa mère était recroquevillée dans un coin, le visage tuméfié. Du sang avait séché au bord de son nez. Une feuille avec la date et l'heure du jour traînait à côté. Elle tapa : « Je fais au plus vite. »

Le Capitaine les voulait toutes les deux, il ne relâcherait pas sa mère. Éléonore avait bien conscience de foncer droit dans la gueule du loup, pourtant elle redémarra et prit la première sortie pour faire demi-tour. Dès qu'elle atteignit les cent vingt kilomètres-heure, elle composa le numéro de Nicolas.

— Décrochez… S'il vous plaît…

Le répondeur se déclencha. Elle contracta ses doigts sur l'appareil.

— Bonjour, c'est Éléonore. Rappelez-moi. Je viens de recevoir un message du Capitaine. Il veut que je me rende à la plage de Porz Gwenn, sur l'Île-Grande, sinon il tue ma mère. À l'heure où je vous parle, elle est vivante. Je n'ai pas le choix, j'y vais. Je devrais arriver pour 13 heures, au mieux. J'ai besoin de votre aide.

Elle raccrocha et crut qu'elle allait faire une crise cardiaque quand elle voulut poser son téléphone sur le siège passager. Un homme était assis là, silencieux, fixant la route d'un air tranquille. Bombers ouvert sur un pull marin, bonnet de laine noir au bord parfaitement enroulé. Son œil gauche se faisait en partie la malle de son orbite. La peau de sa joue était vérolée, creusée d'un essaim de trous disgracieux. L'arête de son nez était si fine que c'était tout juste si on ne voyait pas l'os. Un véritable profil d'aigle. La psychiatre manqua de hurler, mais se contint. Elle respira et se focalisa sur sa conduite.

— Tu n'existes pas. Tu n'existes pas. Tu n'es que le fruit de mon imagination.

— T'en es bien sûre ?

La voix était d'une telle clarté, à ce point extérieure à elle, qu'Éléonore ne put s'empêcher de tourner la tête. Le type l'observait, à présent, dévoilant une bouche disproportionnée. Ses dents, comme celles des grands fumeurs, étaient jaunes. Quelques-unes, rongées jusqu'aux nerfs, viraient même au noir.

— Tu sais ce qu'on dit : rien n'est plus dangereux que la certitude d'avoir raison. Qu'est-ce qui prouve que ce n'est pas toi, l'hallucination ? Pourquoi toi t'existerais, et pas moi ? T'as pas l'impression qu'il y a un problème, là ?

La jeune femme tenta de faire abstraction de cette voix grave et enrouée. De se concentrer sur sa vitesse, les panneaux, son environnement. L'homme se pencha alors au-dessus d'elle et appuya sur un bouton. La vitre, de son côté, s'abaissa dans un chuintement électrique. Un violent courant d'air s'engouffra dans l'habitacle. Éléonore eut à peine le temps de comprendre ce qui se passait que son portable volait à l'extérieur. Dans son rétroviseur, elle le vit exploser en mille morceaux au beau milieu de la chaussée.

— Qu'est-ce que tu penses de ça ? fit-il en regagnant sa place et en bouclant sa ceinture de sécurité. T'as vu ce qu'elle est capable de faire, ta vision ?

La psychiatre sentit sa main, sa propre main, se repositionner sur le volant. C'était elle qui avait ouvert la fenêtre et balancé son téléphone. Son bras était parti sans qu'elle cherche à le retenir, parce que son attention avait été happée par l'indésirable. Ce geste, elle l'avait observé en spectatrice. Il fallait qu'elle s'arrête quelque part, qu'elle attende qu'il s'en aille et que…

— Maintenant que tu prends conscience que tout ceci est vrai, tu dois intégrer l'idée que je ne suis pas ton ennemi. Au contraire. Je suis là pour te prévenir. Tu n'es plus en sécurité…

Il lorgna dans le rétroviseur. Patienta le temps qu'une voiture les dépasse, fixa le conducteur d'un œil dur, et poursuivit :

— Écoute-moi. Il y a des trucs, des bestioles, qui t'en veulent et te surveillent.

Sa langue sifflait entre ses dents pourries, comme dans un nid de serpents.

— Elles souhaitent à tout prix entrer chez toi, elles grattent contre le bois, au bas de ta porte, surtout la nuit quand tu dors. Elles font sonner les téléphones et les alarmes. T'as pas eu l'impression d'entendre des bruits, dernièrement ? De capter une présence dans ton sillage ? Elles sont fourbes. Elles peuvent te donner le sentiment qu'il s'agit d'humains alors que ce n'est pas le cas.

Il se pencha un peu pour apparaître dans le rétroviseur intérieur et attraper son regard.

— Peut-être que tu ne crois pas en moi, mais tu dois croire à ces bestioles. Elles sont une réelle menace. Elles s'installent dans les endroits sombres, comme les caves ou les greniers, parce qu'elles n'aiment pas la lumière. On perçoit néanmoins leurs minuscules pas, si on est très attentif. Je sais que tu les as repérées. Dis-moi si je me trompe.

— Vous êtes le Capitaine…

— Le Capitaine ? Pourquoi pas ? Oui, c'est bien, ça, le Capitaine. C'est moi qui tiens la barre… Et on peut se tutoyer, tu sais. Mais ne change pas de sujet, car l'heure est grave, et écoute-moi. Écoute le Capitaine.

Il s'empara de son carnet de notes et l'agita d'un air méprisant.

— Tu dois laisser tomber toutes ces conneries et penser à ta sécurité. Plus rien d'autre ne doit compter, ou les bestioles finiront par t'avoir. Je te parlerai bientôt d'elles plus longuement. Je te les décrirai dans le détail. Tu verras à quel point elles sont répugnantes, immondes, et qu'elles te veulent du mal. Mais pour le moment, il faut te débarrasser de ce carnet. Il te nuit.

— Ne fais pas ça !

Éléonore lui agrippa le bras. Il lui adressa un sourire qui la glaça jusqu'au bas des reins. Puis désigna du menton la glissière qui se rapprochait à grande vitesse.

— Je serais toi, je ferais attention à la route…

Dans un cri, la psychiatre écrasa la pédale de frein tout en braquant le volant. Son phare explosa, l'aile crissa contre l'acier dans une gerbe d'étincelles avant que la voiture ne s'écarte, ne revienne percuter la rampe latéralement et ne s'immobilise enfin, légèrement à cheval sur la voie de droite.

Il fallut une dizaine de secondes à Éléonore pour s'extirper de la paralysie dans laquelle le choc l'avait plongée. L'espace d'un instant, elle s'était vue mourir. Par chance, aucun airbag ne s'était déclenché, aucune vitre n'avait éclaté, le véhicule ayant plutôt glissé le long de la rambarde. Le capot était quant à lui presque intact, hormis sur le côté qui avait tapé.

Désormais, le siège passager était vide. Elle se retourna pour vérifier que l'homme était bel et bien parti. L'air sifflait dans ses poumons tellement elle respirait fort. Là, des coups de klaxon lui vrillèrent les tympans et la ramenèrent dans l'urgence de la situation. Elle s'assura qu'aucun véhicule n'arrivait derrière elle, enfonça la pédale d'accélérateur et se remit en route, encore sonnée par ce qui venait de se produire.

69

Les six hommes de la Brigade criminelle s'étaient garés à deux rues de l'adresse de Tomer Thénia. Sharko et Brigard en tête, ils remontaient à présent le chemin pavé qui bordait le champ et longeait le mur en pierre de la propriété. Une fine brume s'exhalait de la terre en langues grisâtres, mais les policiers, emportés par l'excitation, ne ressentaient pas le froid.

Arrivés au niveau du portail fermé, ils finirent par apercevoir la bâtisse, à une dizaine de mètres de là, au cœur d'une végétation à l'abandon. Elle était la dernière de la voie, isolée, et paraissait appartenir à un autre siècle. Il s'agissait d'une sorte de vieille dépendance de ferme, haute mais peu large, avec un toit en tuiles rouges, une façade fatiguée, des fenêtres semblables à de grands yeux ouverts. Sharko chercha un véhicule du regard. N'en repéra aucun. Ça ne voulait pas dire que l'habitation était vide. Le terrain était vaste.

Il revint en arrière, consulta Antoine Brigard. D'un commun accord, ils décrétèrent que le mieux était de franchir le mur d'enceinte plus loin, en retrait, à l'aide de l'échelle pliante embarquée par l'un des lieutenants. Ils approcheraient ensuite par le jardin et entreraient de force. Si Thénia se terrait dans cette baraque, il fallait jouer sur l'effet de surprise pour éviter qu'il ne prenne

Hélène Hourdel comme bouclier. En espérant qu'elle fût toujours en vie…

Quand Franck atterrit dans le jardin, un nœud lui serra la gorge et son pouls s'accéléra d'un coup. D'ordinaire, le stress le stimulait, mais, cette fois, c'était différent. Il se revit au sol en train de chercher son air dans la chambre de Charbonnier. Il imagina le tueur embusqué là, quelque part, et lui loger une balle dans le crâne. Les mots de Lucie résonnaient en lui. Il n'était pas invincible et pouvait mourir à tout instant.

Une pression sur son épaule. Brigard lui adressa un regard pour s'assurer que tout allait bien et le doubla sans tarder, son pistolet à la main. Ses hommes et Pascal suivaient en un groupe compact. Franck reprit son souffle. Se colla derrière son lieutenant. Il fallait à tout prix qu'il se ressaisisse. S'il ne surpassait pas sa peur tout de suite, il la traînerait jusqu'à la fin de ses jours.

En moins de trente secondes, ils atteignirent la façade et se positionnèrent de part et d'autre de la porte, percée d'une chatière. Toujours aucune trace de véhicule. Un des gars, muni d'un fusil à pompe, jeta un rapide coup d'œil par la fenêtre, sur sa gauche, et fit signe qu'il n'y avait selon toute vraisemblance personne dans la pièce du bas. Sharko hésita, puis il hocha la tête en direction de Pascal, qui tenait le bélier portatif. C'était le moment d'y aller. Les rôles avaient été répartis durant le trajet. Chacun connaissait sa partition par cœur.

Robillard arma l'engin vers l'arrière et propulsa ses bras à pleine puissance. Il dut s'y reprendre à trois reprises pour que la serrure cède dans un craquement. Aussitôt il s'écarta, et ses collègues envahirent l'espace en criant des sommations. Des chats bondirent, se faufilèrent sous les meubles ou vers l'escalier. D'autres ne bougèrent pas d'un poil. Des boiteux, des estropiés. Un œil crevé, une oreille coupée. Combien y en avait-il ? Une quinzaine ? En tout cas, l'odeur que dégageaient toutes ces bêtes alourdissait l'atmosphère.

En pénétrant dans le hall, les hommes avaient renversé les nombreuses gamelles de croquettes et les distributeurs d'eau qui jonchaient le sol. Sans s'en préoccuper, ils grimpèrent à l'étage. Sharko, lui, était resté en bas. Des « Clair ! » résonnaient un peu partout. Le commandant de police poussa du pied une porte entrebâillée, révéla des marches qui menaient *a priori* à une cave. Il baissa l'interrupteur, descendit à petits pas. Malgré le froid, son front perlait. Quand un chat noir surgit au moment où il arrivait dans la pièce, il faillit ouvrir le feu. L'animal cracha et fonça vers le rez-de-chaussée.

Le souffle court, le flic constata que les lieux étaient vides, hurla un « Clair ! » à son tour. C'était en revanche bien ici qu'Hélène Hourdel et sans doute Christine Barlois avaient été retenues. Deux matelas crasseux gisaient par terre, des chaînes étaient scellées aux murs. Dans un coin, des effluves abominables de déchets organiques s'échappaient d'un grand seau. Franck remonta vite, rejoignit Brigard dans la véranda au fond du hall. Il eut alors l'impression de s'aventurer dans une jungle. Il y avait des plantes vertes partout, du lierre agrippé aux poutres, des arbres miniatures dont les feuilles émeraude frissonnèrent sur son passage. Diverses senteurs s'entremêlaient, dont celles du bois humide et de la chlorophylle. Il lui sembla également reconnaître les petites fleurs blanches qu'il avait vues dans le livre de la technicienne en toxicologie. Le bacopa…

— On a bien la cave de la vidéo, fit Sharko. Mais elle est vide.

Son homologue hocha la tête.

— Rien à l'étage non plus. Briaud et Nowak viennent de sortir, ils explorent le jardin. Mon troisième gars est parti se planquer au bout du chemin pavé, au cas où Thénia se pointerait. Bordel, ça pue le chat, on dirait une animalerie. Qu'est-ce qu'il fout avec toutes ces bêtes ?

Franck rempocha son arme, et les deux hommes regagnèrent le salon. Des poils de félin volaient encore dans l'air. L'endroit était dépouillé, dépourvu de toute touche personnelle. Une télé, un canapé, une chaise, une table, il n'y avait rien de plus. Sharko observa les nombreuses boîtes de médicaments et les seringues emballées posées en vrac dans une corbeille. Luméfantrine. Pipéraquine. Artésunate injectable. Il lut les indications qui figuraient dessus. Il s'agissait des traitements contre les accès de paludisme.

— Venez voir !

La voix de Pascal avait résonné depuis le haut. Ils grimpèrent. Le procédurier se tenait dans une large pièce aménagée en bureau.

— Le cœur de toute l'affaire, annonça-t-il.

Le mur du fond était recouvert sur plus de la moitié de sa hauteur par des feuilles punaisées, des photos, des schémas reliés avec des flèches. La mise à plat d'un cerveau malade mais parfaitement conscient de ses actes. Tout en enfilant une paire de gants en latex, Sharko s'approcha, étudia les éléments face à lui. Des clichés du faux Denis Liénard, de Machefer, de Charbonnier et d'Éléonore Hourdel, pris à leur insu. La psychiatre avait été photographiée sortant de son domicile. Dans sa voiture. Chez elle, un peu en plongée, en train d'allumer un feu de cheminée en nuisette légère. Comment le Capitaine avait-il procédé ? Avait-il réussi à pénétrer et à se cacher dans sa maison ?

Tomer Thénia avait récolté mille informations sur les victimes des psychotiques et sur les psychotiques eux-mêmes. Leur adresse, leur numéro de téléphone, leurs habitudes… Il les avait suivis, traqués, manipulés pendant de longues semaines. Le policier remarqua un tract de Parasit'Off. Un autre d'une entreprise de nettoyage. Des clichés, sur la droite, montraient que le Capitaine était aussi entré chez le faux Denis Liénard. Sharko reconnaissait les lieux.

— Qu'est-ce qu'il a fait d'Hélène Hourdel ? souffla Brigard. Son portable bornait ici juste avant notre départ. Il l'aurait emmenée ailleurs dans l'intervalle ?

Franck poussa un soupir.

— Je crois surtout qu'il est parti depuis un moment et qu'il nous a attirés dans cette baraque comme des mouches. Voilà ce qu'il a fait.

Pour en avoir le cœur net, il s'empara de son téléphone et composa le numéro de la mère de la psychiatre. Une sonnerie retentit près d'eux. Elle provenait d'un meuble dont Franck ouvrit le tiroir avec prudence, révélant deux portables ainsi que des cartes SIM glissées dans des sachets transparents. Celui de gauche sonnait encore, un appareil dernier cri à la coque orange vif. Celui de droite était beaucoup plus ancien et basique. Un vieux modèle à clapet. Sans doute celui que Thénia utilisait pour contacter ses victimes, en alternant les cartes SIM. Une ligne par psychotique.

Il s'empara des sachets. Des étiquettes étaient collées dessus. « SIM Nathanaël Machefer », « SIM Mathias Charbonnier » et…

— « SIM Éléonore Hourdel », lut-il. Elle aussi, il l'appelle avec une carte SIM à part.

— Qu'est-ce que t'es en train de me dire ? répliqua Brigard. Qu'il la manipule comme il l'a fait avec les autres ? Qu'il compte pénétrer son esprit et lui faire commettre un crime ?

Sharko n'eut pas l'occasion de répondre, Pascal avait agité la souris de l'ordinateur jusque-là en veille et les appelait. Quatre fenêtres occupaient tout l'écran. Des images de vidéosurveillance provenant, semblait-il, de caméras réparties dans différentes pièces d'une maison : hall, salon, escalier, jardin… L'heure qui défilait en bas de chaque cadran indiquait une transmission en temps réel.

— C'est où, à votre avis ? demanda le lieutenant.

Son supérieur plissa les paupières, puis leva les yeux vers le mur, d'où il décrocha une des photos d'Éléonore Hourdel.

— C'est chez la psy, articula-t-il, le souffle court. Il a installé des caméras partout…

Il fouilla de nouveau dans les papiers punaisés. Y repéra un tract à moitié recouvert d'un autre document, et qu'il avait à peine aperçu la première fois.

Sector Alarm, pour une maison sécurisée.
Risques de cambriolage et d'incendie ?
Avec Sector Alarm, vous êtes entre de bonnes mains.
Sector Alarm vous propose le meilleur de la télésurveillance
opéré par des professionnels agréés.

Sharko recula d'un pas.

— Sector Alarm… C'est donc de cette façon qu'il s'y est pris. Il est également entré dans sa vie en profitant de sa peur d'une intrusion et en se faisant passer pour un installateur d'alarme.

Le flic sentit soudain son ventre se nouer. La suite lui apparut comme une évidence.

— On avait la cible, on a maintenant l'exécuteur. Il veut que la fille tue sa propre mère. Tel le bouquet final d'un immonde feu d'artifice.

70

Sophie Gherardi passa seulement la tête dans l'entrebâillement de la porte de sa maison. Petites lunettes cerclées de métal, cheveux gris attachés en chignon. Ses yeux bleus et vifs reflétaient formidablement la lumière.

— C'est Armand Milano, du laboratoire de parasitologie, qui m'a dit de venir vous voir, expliqua Nicolas Bellanger en rangeant sa carte tricolore. J'aurais besoin que vous me parliez de Tomer Thénia et de vos découvertes à l'époque où vous travailliez ensemble sur le projet autour du jaguar.

— Tout ça est confidentiel. Désolée, je ne peux rien pour vous.

Tandis qu'elle s'écartait pour refermer, Nicolas posa une main sur le battant.

— Il y a six ans, un certain Arthur Frusco a brûlé le cerveau de votre ancienne cheffe. Vous vous en souvenez, n'est-ce pas ?

Elle acquiesça, les sourcils froncés.

— Frusco avait en fait reçu une carte postale imprégnée d'une plante appelée bacopa qui a vraisemblablement été le déclencheur de son état psychotique, continua le lieutenant. Or, ces derniers jours, deux autres individus, qui ont reçu la même carte, ont commis des crimes atroces, guidés par leurs visions et un manipulateur que l'on pense être Thénia. Actuellement, une femme…

Il s'interrompit et sortit une photo de sa poche pour la lui montrer.

— Cette femme, Hélène Hourdel, est entre ses mains et risque de subir le même sort. Je pourrais revenir ici avec un papier officiel et vous embarquer pour une audition, mais le temps presse. Alors, s'il vous plaît, évitons d'en perdre davantage et expliquez-moi.

Sophie Gherardi resta figée d'effroi, elle dut s'agripper plus fermement à la porte. Puis elle finit par ôter ses lunettes en tremblotant avant de les serrer dans son poing.

— Entrez.

Elle l'emmena dans une grande véranda qui faisait office de salon cosy, au centre duquel avait été aménagé un bassin aquatique bordé de fleurs où nageaient en paix des carpes koï. D'ordinaire, le murmure de l'eau s'échappant d'une timide cascade devait être apaisant.

— En 2016, j'ai entendu parler comme tout le monde de ce qui s'est passé avec Frusco, fit-elle en s'installant dans un fauteuil en rotin face à lui. Mais pas une seule seconde je n'ai pu me douter que… qu'il puisse y avoir un lien avec ce vieux projet… Je vais tout vous raconter. En revanche, auparavant, j'ai besoin de savoir ce que vous, vous savez.

Nicolas lui relata les principaux points de l'enquête. Les traits de son interlocutrice se creusèrent au fur et à mesure de son récit. Quand il eut terminé, elle se leva, disparut quelques secondes, et revint avec un album de photos. Ses épaules s'étaient affaissées, son visage avait perdu sa lumière. On aurait dit qu'elle avait pris dix ans d'un coup. Elle feuilleta l'album, le lui tendit.

Sur les clichés, des paillotes sur de la terre rouge, des faciès colorés, elle plus jeune, déjà avec son chignon, aux côtés d'un homme sec, en bermuda et tee-shirt beige, la peau tannée comme du cuir par le soleil.

— Tout a commencé par l'alerte du zoo de Pescheray, expliqua-t-elle. Notre laboratoire a en effet été sollicité par les autorités sanitaires pour réaliser des analyses biologiques sur des singes et, quand nous avons découvert que les primates étaient infectés par une souche atypique du *Toxoplasma gondii*, on a vite compris que le parasite provenait du jaguar récemment arrivé de Guyane française. Dans ces cas-là, on verrouille tout : une équipe est envoyée dans la zone de fréquentation originelle de l'animal et fait des prélèvements sur la population locale afin, d'une part, de comptabiliser le pourcentage d'individus atteints et, d'autre part, de s'assurer que la mutation n'entraîne pas des formes sévères de toxoplasmose ou d'autres maladies. En l'occurrence, lorsque nous sommes partis, nous n'étions pas très inquiets, car le *T. gondii* possède une large diversité génétique à travers le monde, et de nombreux foyers de souches ayant muté existaient déjà. Par ailleurs, puisque le parasite ne se transmet pas d'humain à humain, il n'y a aucun risque d'extension de l'infection. Ce n'est pas comme avec le Covid.

Elle pointa du doigt la photo qu'étudiait Nicolas.

— C'est Tomer, dans le village de Cacao… Nous y avons été dépêchés tous les deux pendant une durée initiale de cinq semaines, qui s'est finalement étendue à quatre mois. Tomer était un jeune scientifique brillant, passionné par les parasites et la recherche, mais à fleur de peau… Une grande sensibilité l'habitait, une colère intérieure aussi, si bien qu'il pouvait vite s'énerver. En plus d'être un collègue remarquable, il était un vrai ami.

Nicolas observait ce physique tout en nerfs, ces yeux sombres, marron ou noirs, ces bras presque squelettiques et ces mains qui agrippaient les lanières d'un sac à dos. Il essaya d'imaginer à quoi cet homme pouvait ressembler plus de vingt ans après. Songea au monstre qu'il était devenu.

— Il était fou amoureux de cette femme dont vous m'avez montré la photo, Hélène Hourdel. Elle venait régulièrement proposer du matériel au laboratoire. C'est de cette façon qu'ils se sont connus. Elle n'a pas beaucoup changé, malgré les années. Ce grain de beauté à la Marilyn… Vous allez la sauver, n'est-ce pas ?

— On fait notre maximum.

Elle serra les mâchoires tout en se triturant les doigts avec nervosité et repartit dans ses souvenirs. Le vent agitait les branches des arbres au-dessus de la véranda. Des ombres dansaient autour d'eux.

— Le parasite était en définitive peu présent dans la population locale. Seuls une dizaine d'individus avaient été infectés par la souche atypique dont le jaguar était porteur, probablement parce qu'ils avaient été en contact avec des excréments du félin ou des terres qu'il avait fréquentées. Pendant nos investigations, on a par contre fini par apprendre que plusieurs cas de « folie » avaient frappé la communauté. Pas en même temps, mais sur les deux années qui avaient précédé notre arrivée. Des visions, des délires, de l'agressivité qui souvent tournait à l'affrontement… Ces personnes avaient été internées en hôpital psychiatrique, à Cayenne, et diagnostiquées schizophrènes.

Elle feuilleta l'album, lui montra les visages effrayants des psychotiques.

— Trois cas de schizophrénie dans une si petite communauté et sur une si courte période, ça n'était pas commun. C'est à ce moment qu'avec Tomer on s'est dit qu'il y avait peut-être quelque chose à creuser en rapport avec certaines études qu'on menait au labo, notamment en collaboration avec Arnaud Druel. Là où les Hmongs voyaient une malédiction, nous formulions une hypothèse beaucoup plus biologique…

Le téléphone de Nicolas vibra. Coup d'œil rapide. Éléonore venait de lui laisser un message. Il l'écouterait plus tard, il préférait ne pas interrompre le récit de la retraitée.

— À force de poser des questions, on nous a confié que chacun de ces trois individus avait, quelques semaines environ avant de déclarer sa folie, développé de l'eczéma. Les Hmongs utilisent beaucoup la médecine à base de plantes pour se soigner. Ils avaient donc appliqué sur la peau des malades des cataplasmes d'une plante qu'on appelle bacopa… Simple hasard, ou existait-il un lien quelconque avec le déclenchement de leur pathologie mentale ? On est en tout cas allés à l'hôpital pour faire des prélèvements sur ces hommes, et on a tout fait partir en France. Je me souviens, ça a été un moment incroyable quand on a obtenu les résultats. Tous les trois étaient porteurs du parasite ayant muté. Restait à déterminer s'il était possible que le bacopa ait « réveillé » ces kystes atypiques, qui auraient ensuite provoqué une inflammation de certains groupes de neurones et engendré une schizophrénie.

Elle contempla la cascade, puis le bassin. Ses yeux suivirent la déambulation d'une carpe. L'espace de ces quelques secondes, elle parut ailleurs.

— On est rentrés en métropole pour démarrer des recherches en laboratoire, mais Tomer n'est pas revenu indemne de la jungle. À peine quinze jours après notre arrivée en Guyane, et malgré la quinine qu'on prenait, il avait chopé la malaria. Le parasite était en lui. Régulièrement, il souffrait donc de fièvres carabinées qui l'anéantissaient et le rendaient dingue. Mais ce qui l'a réellement détruit, c'est… elle. Cette femme. Pendant que lui trimait de l'autre côté de l'Atlantique, elle butinait ailleurs.

— Arnaud Druel… murmura le policier.

— Exact. Vous imaginez la trahison. C'est à partir de ce moment-là que tout a dérapé. Tomer était incapable de se concentrer, il ne supportait plus de bosser avec Druel. Un matin, il s'en est pris violemment au psychiatre au sein même du service, des machines et des tubes à essais ont volé, ça aurait pu être très grave, étant donné les agents pathogènes qu'on manipulait. Bref, vous savez comment ça s'est terminé.

Le licenciement. Nicolas se figurait sans mal la colère et la détresse de Tomer Thénia qui avait tout perdu d'un coup. Sa santé, son travail, la femme qu'il aimait. Sophie Gherardi récupéra l'album.

— Qu'est-ce que tu as fait, Tomer ? lâcha-t-elle, pensive.

Elle fit glisser ses doigts sur le visage de son ancien collègue.

— Après son départ forcé, plus personne n'a eu de nouvelles, confia-t-elle au lieutenant. Il ne répondait pas à mes appels. Je me suis rendue une ou deux fois chez lui, mais les volets étaient toujours fermés. Au début, j'ai été vraiment inquiète, puis j'ai abandonné en me disant qu'il finirait bien par se relever et se reconstruire.

Le projet a quant à lui continué. On a mené des expérimentations sur les souris, on a découvert que le bacopa agissait bien mais que sur la souche ayant muté. Il réactivait des kystes chez les cobayes infectés par le *T. gondii* atypique. Tout s'embrasait ensuite comme un feu de forêt : des neurones en enflammaient d'autres, qui en enflammaient d'autres…

— Ce feu peut-il être éteint ? s'enquit Nicolas.

— Je ne pourrais pas vous dire en l'état actuel des choses. L'inflammation se propage aux neurones logés dans le cortex frontal et temporal, qui sont responsables des hallucinations. Peut-être qu'on peut enrayer tout ça avec un traitement approprié, si c'est pris à temps, je ne sais pas… En tout cas, vous avez désormais toutes les informations que je suis en mesure de vous livrer sur ce projet. J'ignore malheureusement jusqu'où ont été poussées les recherches et ce qu'on a fait des résultats, parce que après je suis allée bosser en mycologie où on me proposait un meilleur poste…

Le flic songea à Éléonore. Il imagina son cerveau en train d'être dévoré par un mal intérieur, et espérait de tout cœur que les spécialistes trouveraient des solutions. Quand il revint à lui, Sophie Gherardi avait posé une main sur son bras.

— Vous vous sentez bien ?

— Oui, oui…

Avec délicatesse, elle retira sa main avant de se rencogner dans son fauteuil.

— Enfin bref, toujours est-il que Tomer n'est réapparu qu'une seule fois. À l'arbre de Noël des enfants du personnel de l'hôpital. Le 24 décembre 2000. C'était une grosse fête, avec buffet et compagnie.

Un long silence plana. Puis le visage de la retraitée se crispa, comme si elle prenait tout à coup conscience de quelque chose d'effroyable.

— Ce soir-là, Tomer était jovial. Il semblait heureux, apaisé… Il a même salué Arnaud Druel et Hélène Hourdel, qui était venue avec sa gamine. Il avait apporté des corbeilles entières de bonbons sur lesquelles les enfants se sont jetés. Je me souviens que… qu'il filmait tout ça avec un Caméscope. Ça m'a fait un peu bizarre, d'ailleurs. Je me rappelle m'être demandé pourquoi il faisait ça.

Le scénario machiavélique imaginé par Thénia se révélait enfin dans l'esprit de Nicolas. Sophie Gherardi devina qu'il avait compris lorsqu'il s'adossa, sous le coup de cette nouvelle révélation. Elle hocha tristement la tête.

— Il a dû réussir à sortir le parasite du laboratoire avant son licenciement. Pour le conserver et le multiplier une fois chez lui, rien de plus simple : il lui suffisait d'infecter des chats qui allaient ensuite l'entretenir naturellement. Ce Noël n'était qu'une occasion pour contaminer tous les gosses présents avec ses bonbons. C'était pour ça qu'il filmait. Pour immortaliser ce moment abominable. Alors que les gamins mangeaient les sucreries, ils s'infectaient…

Un voile humide troublait les iris clairs qui fixaient Nicolas.

— Tomer Thénia a fait de ces mômes des bombes à retardement.

71

Éléonore franchit en trombe le pont qui reliait le continent à l'Île-Grande. Elle avait déjà dû visiter une fois ce bout de terre, dans sa tendre enfance, tandis que ses parents exploraient la côte bretonne. Du temps où tout allait bien entre eux. Elle gardait le souvenir flou, très lointain, d'une nature sauvage, de vols d'oiseaux, de méchantes vagues se fracassant sur les rochers. Jamais elle n'aurait pu imaginer qu'un jour elle y reviendrait ainsi, au bord du gouffre.

Elle traversa la presqu'île par son centre-ville, se rendit rapidement sur la seule route qui menait à la plage de Porz Gwenn. Là, elle s'enfonça dans une lande d'herbe et de rocs battue par les vents avec cette impression tenace d'être seule au monde. Quelques maisons aux solides façades de granit se perdaient dans le paysage. Le ciel, lui, avait viré au gris-blanc, diffusant une lumière fatiguée.

La bande d'asphalte se terminait face à une mer aux teintes argentées. La psychiatre se gara le long d'une rangée de pins. Lorsqu'elle mit le pied dehors, l'air marin la saisit. Elle enfila son bonnet, ses gants, remonta la fermeture de son blouson jusqu'au col et s'avança en direction de la plage. Elle n'emporta rien pour se défendre, elle se voyait mal se balader avec une manivelle de cric ou un couteau qu'elle aurait acheté en chemin. De toute façon, le Capitaine détenait sa mère, il avait le pouvoir. En progressant dans le sable, Éléonore espéra voir un promeneur, quelqu'un qui lui crierait : « Faites demi-tour. Rentrez chez vous, il va vous tuer toutes les deux ! » Mais seules l'accompagnaient ses traces de pas et la mer capricieuse qui déroulait ses lèvres d'écume.

Et maintenant ? Que devait-elle faire ? Le Capitaine l'observait-il, dissimulé quelque part ? Ou n'avait-il pas eu la patience de l'attendre ? Frigorifiée, elle se remit à marcher, l'œil rivé aux propriétés qu'elle apercevait de la plage, entre les arbres. Des résidences secondaires, probablement, abandonnées hors saison. Elles avaient d'ailleurs presque toutes les volets fermés. Toutes, sauf une. Éléonore sut, au fond de son ventre, que c'était le lieu de son rendez-vous.

Elle contourna le grillage tendu entre les pins, revint vers l'avant de la propriété, déchiffra un nom à moitié dévoré par les embruns sur la boîte aux lettres : Tomer Thénia. Une identité qui ne lui évoquait rien, mais qui ne laissait place à aucun doute. Un petit portail en bois était entrouvert. Quand elle releva les yeux vers les fenêtres de l'étage, elle eut l'impression qu'un rideau avait bougé, qu'une ombre avait glissé derrière. Était-ce la réalité, ou encore une manifestation de son esprit en perdition ? Elle n'était plus sûre de rien et craignait de voir jaillir à ses côtés cet être monstrueux, avec son œil quasiment sorti de son orbite.

Vue de l'extérieur, la maison paraissait austère. Elle avait l'allure d'un manoir, avec son imposante façade en pierre, ses cheminées élancées et sa tourelle coiffée de tuiles d'ardoise. La psychiatre se planta devant la lourde porte, indécise, se retourna une dernière fois dans l'espoir de voir surgir Nicolas Bellanger, mais il n'avait peut-être même pas écouté son message. Trop tard pour faire machine arrière. Elle manipula la poignée. C'était ouvert. Bien sûr que c'était ouvert.

Devant elle, un hall circulaire distribuait différentes pièces ainsi qu'un grand escalier en bois foncé. Les plafonds, très hauts, étaient ornés de frises. Un faisceau de lumière blanche traversait l'espace en diagonale et allait s'écraser contre un mur courbe sur sa gauche. Des séquences étaient projetées par un appareil posé sur un tabouret. Un film amateur aux couleurs passées, de ceux qu'on captait autrefois au Caméscope.

Éléonore observa les images : un sapin de Noël, des gens debout, des mômes qui couraient dans tous les sens. Les plans étaient courts, s'enchaînaient. Des sourires d'enfants, des doigts plongeant dans des bols de friandises. Des bouches qui mâchaient, les lèvres luisantes de sucre. La jeune femme sentit son ventre se comprimer quand la caméra zooma sur sa mère, beaucoup plus jeune, qui riait avec l'homme s'étant fait passer pour son père. Elle portait une belle robe bleue. Elle semblait heureuse.

Soudain, une voix résonna dans la bâtisse :

— Si tu bouges, si tu tentes quoi que ce soit, ta mère mourra. Garde tes mains bien en évidence.

Une silhouette se tenait au sommet de l'escalier, dans la pénombre. Éléonore obéit. Elle leva ses paumes, la gorge serrée.

— Où est-elle ? Où est ma mère ?

— Chaque chose en son temps… Tu vois, j'étais exactement à cet endroit, lorsque Arnaud Druel m'a poussé, il y a plus de vingt ans. Et je dirais que mon corps inanimé a dû se retrouver à peu près là où tu te tiens.

L'homme descendit trois marches. Son visage apparut en partie dans la clarté diffusée par une fenêtre ovale. Un clair-obscur qui cisaillait ses traits comme dans une œuvre cubiste. Nouveau coup de massue. La psychiatre reconnut sur-le-champ le type de l'alarme. Elle avait eu le Capitaine en face d'elle, elle l'avait laissé entrer dans sa maison, dans son intimité, sans rien déceler.

— Tu sais, j'étais fou amoureux de ta mère quand elle m'a quitté pour ce raté. Ce jour-là, à l'arbre de Noël de l'hôpital, je leur ai fait croire, à elle et à Druel, que j'avais tiré un trait sur leur trahison. Tu n'imagines pas à quel point ça a été jouissif, quelques mois plus tard, de demander à Druel de venir ici, à Porz Gwenn, et de lui montrer ce film. Peut-être que je n'aurais jamais dû, au final, ça aurait évité bien des complications. Sans doute mon désir de vengeance m'a-t-il aveuglé. J'avais besoin qu'il vive en sachant. J'avais besoin qu'il souffre, lui aussi…

Il pointa le doigt.

— On était juste là, dans un petit salon à l'étage, derrière moi. Je lui ai expliqué que, grâce à mes sucreries, j'avais contaminé tous ces gosses, toi y compris, avec *sa* souche de toxoplasmose rapportée de Guyane. Que j'avais fait de vous les porteurs d'un germe que plus rien ne pouvait détruire, et qui serait capable de vous rendre fous. Fous et dangereux…

Les larmes envahirent les yeux de la jeune femme. À l'écran, les enfants riaient, dansaient, inconscients des milliers de parasites qui étaient en train de coloniser leurs organismes.

— Dites-moi où est ma mère. Je veux la voir.

Il fit mine de ne pas l'entendre.

— Druel s'est alors jeté sur moi, fou de rage. J'avoue qu'il m'a surpris. Je n'ai pas eu le temps de réagir quand il m'a poussé dans l'escalier. Ensuite, ça a été le trou noir. C'est un ami ornithologue habitant à quelques maisons d'ici qui a découvert mon corps, heureusement assez rapidement. Je me suis réveillé après huit mois de coma. Huit mois, tu te rends compte ?

Un pas de plus. Une grosse veine saillait au beau milieu de son front. Il était vêtu d'un pull noir à col roulé et d'un pantalon kaki avec de grandes poches latérales, comme ceux des randonneurs. Il serrait quelque chose dans une main, celle qui ne tenait pas la rambarde, mais Éléonore ne devinait pas ce que c'était.

— Cette ordure de Druel m'a laissé pour mort. Je présume qu'il a paniqué et qu'il a fui, pensant qu'il m'avait tué. Et puis il a dû se dire qu'on finirait par remonter à lui à cause de ses empreintes digitales abandonnées partout. Je suppose que c'est pour ça qu'il a organisé sa « reconversion ». Il a buté ton père et pris sa place. Pas franchement un saint, lui non plus, hein ?

Il tendit l'index en direction du mur. Éléonore vit son visage d'enfant sur le film. Elle était assise sur le bord d'une scène et déballait un petit œuf au chocolat. Elle n'avait aucun souvenir de ce moment. Une journée perdue dans les tréfonds de sa mémoire.

— Si ça peut te rassurer, je suis certain que ta mère n'était pas au courant, continua le Capitaine. Pour moi, pour elle, pour tout le monde, Druel avait brûlé dans un accident domestique. Mais la vérité est plus moche que ça : le courageux est parti sans rien dire à personne, estimant sans doute improbable que ces pauvres gamins contaminés entrent par hasard en contact avec du bacopa. Il a faussé compagnie à celle que, soi-disant, il aimait par peur de se retrouver en taule. Seulement, il a fait tout ça pour rien puisque, en réalité, je n'étais pas mort...

Le projecteur cliqueta. Un instant, le faisceau disparut, et le film redémarra. Ça tournait en boucle.

— En revanche, j'ai enduré des mois d'hôpital par sa faute. Et là-bas, j'ai vécu l'enfer à cause d'une infirmière. Christine Barlois. Elle m'insultait, se foutait de moi, me manipulait comme de la chair morte. Malgré mon coma, je percevais tout. Ça a été un calvaire. Elle a d'ailleurs fini par être virée, mais je dois avouer que c'était une bien maigre consolation...

Tomer Thénia n'avait plus rien du gentil installateur d'alarme venu la rassurer. Une lueur maléfique dansait dans ses iris. Un éclat noir qu'elle notait parfois dans le regard de ses patients les plus dangereux.

— Enfin, en attendant, moi, j'avais tout perdu. Alors, après ma convalescence, j'ai revendu ma maison principale et je suis parti travailler en banlieue parisienne. Il fallait que je me refasse une vie. J'ai créé une société d'ambulances, et c'est une sorte de hasard – ou le destin, appelle ça comme tu veux – qui m'a fait recroiser la route d'Angélique Meunier en 2016. Elle bossait à Bichat, ça marchait bien pour elle. Le fait de la revoir a réveillé mes vieux démons, et une idée à laquelle je n'avais jamais complètement renoncé. Je suppose que tu devines laquelle...

Un courant d'air fit claquer la porte dans le dos d'Éléonore. Son cœur battait si vite qu'elle se demanda si elle n'allait pas exploser.

— J'avais réussi à reconstituer une liste de tous les gosses présents le soir de l'arbre de Noël. Grâce aux réseaux sociaux, je suis rapidement retombé sur Arthur Frusco. Il vivait pas loin de chez moi. Un signe...

Tu connais la suite. Je lui ai envoyé la carte postale imprégnée de bacopa et tout a fonctionné à merveille. Des années après l'infection, le parasite enkysté dans le cerveau s'est réactivé. C'était magique, cette facilité avec laquelle je pouvais façonner ses délires, ses peurs, alors que la maladie s'installait progressivement dans son esprit…

La psychiatre sentait de plus en plus le vide l'aspirer. Elle était au bord de la syncope et craignait de ne plus pouvoir tenir longtemps debout face à ce malade.

— Après la mort de Meunier, j'ai cru la bête au fond de moi endormie à jamais. Puis j'ai entendu parler de toi, quelques années plus tard, avec l'affaire Hallis. Tu penses bien que cette histoire de meurtrier schizophrène m'a intéressé. Je suis donc venu assister au procès, et surprise : c'est là que j'ai vu Druel. Il y était, lui aussi. Bon Dieu, ce salopard qu'on croyait tous enterré depuis plus de vingt ans était vivant ! Il devait avoir suivi, comme beaucoup, le raz-de-marée médiatique autour des Hallis, et j'imagine qu'il t'a reconnue. La fille de l'homme qu'il avait assassiné vingt ans plus tôt… Il a dû éprouver le besoin de se rapprocher de toi, comme pour expier sa faute. Va savoir…

Thénia continuait à descendre, une main effleurant la rambarde. Dans l'autre, Éléonore devinait désormais l'aiguille d'une seringue. Il n'était plus qu'à quelques mètres d'elle. Elle recula, jusqu'à ce que ses talons butent contre la porte derrière elle.

— Ça, ça a déclenché tout le reste… Lui, Barlois, ta mère… J'y ai mis toute mon énergie. J'ai tout planifié pour aller au bout de ma vengeance. Je me suis arrangé pour que Druel attrape un ténia en contaminant sa poignée de porte. Je voulais qu'il se mette à douter, qu'il se dise que je l'avais peut-être retrouvé. Et puis j'ai redirigé Machefer vers l'UMD parce que je voulais également t'impliquer dans cette histoire. Que tu sois au centre de l'enquête et proche des flics... Le suicide de Mickaël Hallis a été une bénédiction, un coup de pouce inespéré. Grâce à lui, j'ai pu installer des caméras et des micros partout chez toi, et ça me permettait de savoir où en était l'affaire. Et, bien sûr, de voir comment toi, tu évoluais psychiquement.

Son visage n'exprimait ni jouissance ni colère. Et il n'en était que plus effrayant.

— Malheureusement, je n'ai pas eu le loisir de développer ta psychose comme j'aurais voulu le faire. C'est moi, bien sûr, qui ai déclenché ton alarme à distance. C'est moi qui t'appelais. Mais si j'avais eu davantage de temps, j'aurais entretenu et amplifié ta peur d'une intrusion, j'aurais intégré ta mère au cœur de ta folie. J'aurais aimé en faire un danger pour que tu finisses par la tuer. Je crois que j'ai été trop ambitieux et que j'ai sous-estimé la rapidité avec laquelle les flics et toi progressiez... C'est pour ça qu'il faut aller vite, maintenant.

En une fraction de seconde, il se jeta sur elle. Éléonore tenta de se débattre, mais il était beaucoup plus fort qu'elle. Il lui écrasa la joue contre le mur et elle sentit une piqûre au niveau de son épaule. L'instant d'après, elle sombrait, percevant à peine les derniers mots ayant jailli des lèvres de son agresseur.

— Il est temps que tout se termine, à présent. Pour nous tous.

72

Un courant tiède dans sa nuque. Le bruissement de l'eau, quelque part, comme une cascade délicate. Éléonore se demanda, le temps d'un instant, si c'était ça, la mort. Une onde chaude et enveloppante dans laquelle l'esprit voguait et le corps flottait. Elle ouvrit doucement les yeux. Sa vue était trouble. Elle ne distinguait qu'une forme noire au-dessus d'elle. Son dos, ses mollets, l'arrière de son crâne étaient trempés. Ses doigts se mirent à explorer des parois glissantes de chaque côté. Celle de droite heurta une fente d'où coulait un filet d'eau.

Elle cligna plusieurs fois des paupières, jusqu'à ce que la netteté se fasse sur une vision de cauchemar : sa mère était là, allongée sur une plaque en Plexiglas à cinquante centimètres d'elle à peine, le visage orienté dans sa direction. Un ruban adhésif lui écrasait les lèvres. Vu sa position, son incapacité évidente à se mouvoir, elle devait être entravée au niveau des pieds et ses poings étaient probablement attachés dans son dos. Éléonore tourna la tête à droite, à gauche, et elle comprit : elle était au fond d'une baignoire. Une baignoire qui se remplissait et était bouchée au-dessus par la vitre.

— Maman...

Sa mère s'étouffait dans son bâillon, des larmes roulaient sur ses pommettes gonflées par les coups. Mains à plat devant elle, la psychiatre poussa de toutes ses forces sur la vitre, mais rien ne bougeait, sans doute à cause du poids des parpaings répartis autour du corps de sa mère. Dans l'espace restreint, elle se contorsionna, tenta d'agripper la bonde, en vain. Celle-ci était collée à l'émail par une espèce de pâte blanche dure comme du béton. Quand elle cessa de s'agiter, Thénia était là, accroupi, accoudé à l'un des parpaings. Il manipulait un couteau.

— Il a fallu improviser et bricoler un petit quelque chose. Finalement, ce n'est pas toi qui vas tuer ta mère, c'est elle qui va te regarder mourir. Et je l'épargnerai. Elle vivra jusqu'à la fin de ses jours avec l'image de ton visage agonisant imprimée sur ses rétines. Quant à moi…

Il posa le grand couteau de cuisine sur la vitre. Éléonore bascula sur le côté, plaqua ses paumes sur la bouche qui crachait l'eau, juste sous le Plexiglas, mais ça ne servait à rien : le liquide se faufilait entre ses doigts. Thénia, lui, remontait les manches de son pull. En le voyant faire, la jeune femme comprit soudain que, quand tout ça serait fini, il s'ouvrirait les veines.

— Pourquoi ? s'écria-t-elle. Arthur Frusco, Nathanaël Machefer, moi… Nous étions innocents. Nous n'avions rien à voir avec votre délire de psychopathe.

Il secoua la tête.

— Vous étiez le fruit de ceux qui m'avaient détruit, et je voulais faire pourrir ces fruits de l'intérieur. L'hôpital m'avait tout pris. Je lui ai pris ses enfants. Peu importait, dans le fond, que vous soyez ou pas les filles ou les fils de ceux qui m'avaient trahi. Pour moi, ça voulait dire que…

Sa main s'était mise à trembler. Elle ne semblait plus lui obéir.

— Un maudit parasite m'habite, moi aussi. Une forme particulièrement sévère de malaria, dont les fièvres chroniques et les douleurs me harcèlent depuis presque vingt-cinq ans. Un comble, vu mon métier, tu ne trouves pas ? Enfin, il est l'heure d'abréger tout ça. De sauter de la nef.

Il contracta les mâchoires, respira un grand coup, prit son couteau. Le temps filait, l'eau avait déjà rempli plus de la moitié de la baignoire. Éléonore fut prise d'un accès de panique. Elle commença à se débattre en criant. Des giclées d'eau s'écrasèrent sur le Plexiglas. Les yeux de sa mère étaient à présent révulsés de terreur. Éléonore refusait de mourir. Pas comme ça. Pas en face de celle qui lui avait donné la vie.

— Ne faites pas ça ! hurlait-elle. Par pitié, ne faites pas ça !

Elle but la tasse, s'étrangla, continua malgré tout à cogner de toutes ses forces. Une fois, sa tête tout entière disparut sous la surface. Lorsqu'elle émergea de nouveau, Tomer Thénia s'était redressé, l'œil rivé à un miroir qui reflétait une partie du couloir. Une silhouette s'y dessina furtivement. L'éclat d'un flingue. En un mouvement, le Capitaine se baissa derrière la baignoire et glissa la lame de son couteau sous la gorge d'Hélène Hourdel.

Nicolas Bellanger croisa le regard de Thénia dans le miroir. Il inspira et déboula dans la salle de bains, son Sig braqué devant lui. Une fraction de seconde, l'incompréhensible scène le déstabilisa. La mère ligotée et allongée sur la baignoire dans laquelle Éléonore était coincée, terrifiée et proche de la noyade.

— C'est fini, Thénia.

Le flic rajusta sa visée. Il lut toute la détermination de sa cible dans ses iris noirs. L'homme était inaccessible, plaqué contre Hélène Hourdel. Seul un bout de son visage dépassait.

— Lâche ton arme ou je l'égorge.

Les oreilles de Nicolas bourdonnaient. La sueur lui piquait les yeux. Son cœur propulsait le sang beaucoup trop fort dans ses tempes. Son corps commença à flancher alors que la peur de rater son tir le paralysait. La lame du couteau s'enfonça un peu plus dans la peau d'Hélène Hourdel.

— À trois, je lui tranche la gorge... Un... Deux... Tr...

Le Capitaine ne termina pas son décompte. Sa tête partit vers l'arrière sous l'impact de la balle et heurta le mur carrelé. Le trou sombre, au milieu de son front, libéra une coulée rougeâtre qui vint mourir entre ses sourcils. Nicolas baissa son arme au canon fumant, sonné par le fracas du coup de feu. Il n'entendait presque plus rien. Les hurlements désespérés d'Éléonore étaient étouffés par le sifflement strident qui lui perçait les tympans.

Titubant, il se dirigea vers la baignoire et s'écrasa sur les robinets. Le visage de la psychiatre était collé à la vitre, sa bouche aspirait l'air avec difficulté. Aussitôt, il renversa les parpaings au sol, puis il souleva et déposa doucement Hélène Hourdel, encore attachée, par terre.

— Je m'occupe de vous tout de suite.

Dès qu'il bascula le Plexiglas sur le côté, Éléonore se redressa dans un cri libérateur et rabattit ses bras autour de sa nuque comme on s'accroche à une bouée de sauvetage.

Elle se serra fort contre lui en pleurant.

Épilogue

En ce dernier dimanche de février, le bois de Boulogne regorgeait de vie. La hausse soudaine des températures avait encouragé les Parisiens à venir profiter du soleil et de la nature, si bien qu'il régnait là un murmure joyeux fait de rires et d'aboiements lointains. Une énergie qui semblait rendre les gens heureux.

Assis sur un banc à côté de Lucie, un gobelet de chocolat chaud entre les mains, Nicolas observait Franck disputer une âpre partie de foot avec ses fils. Le père driblait, feintait, courait comme un diable, poursuivi par Adrien et Jules qui ne le lâchaient pas d'une semelle. Il en avait encore sous le pied, le Sharko, et son lieutenant peinait à imaginer qu'un type de sa trempe puisse un jour raccrocher les gants. Il serait pareil à ces vieux requins qui nagent jusqu'au bout de leurs forces et finissent par se noyer dans leur propre élément, irrémédiablement attirés par le fond.

Installé sur une couverture en laine, Angel jouait quant à lui avec un imagier interactif. Un instantané de bonheur dans un monde malade. Un monde dont les monstres se repaissaient, invisibles. Il y aurait toujours des individus comme Tomer Thénia, des êtres noirs échappés d'une faille qui grandissait au fur et à mesure que la société se disloquait. Non seulement ils continueraient à exister, mais ils étaient de plus en plus nombreux, de plus en plus violents et inventifs. Même ici, dans ce coin de verdure, les ténèbres pouvaient surgir, et c'était cette éventualité qui effrayait le flic plus que tout. La possibilité que...

Nicolas adressa un sourire à son fils. C'était ce monde-là qu'il allait devoir affronter. Un triste héritage, mais il avait confiance en la capacité de l'espèce humaine à surmonter ses traumatismes et à trouver des solutions, même acculée.

Une sonnette de vélo le tira de ses pensées. Il prit son inspiration avant de parler à Lucie de ce qui lui trottait dans la tête depuis qu'ils étaient, tous les deux, sur ce banc.

— Je suis allé au centre psychiatrique de Chambly, hier en fin d'après-midi. Je suis resté plus de deux heures avec Éléonore...

Lucie se tourna vers lui, surprise par la confidence.

— Comment va-t-elle ?

— Elle a démissionné de l'UMD et elle compte mettre sa maison en vente quand... quand ça ira mieux. En attendant, elle s'est fait admettre aux Tilleuls. Elle préfère être là-bas, c'est un confrère qu'elle connaît bien qui s'occupe d'elle, elle est en confiance. Elle a été prise en charge avant le gros de la crise. Les derniers bilans et scanners sont encourageants. Les antipsychotiques et autres médocs aux noms imprononçables semblent avoir un effet positif sur l'inflammation, bien plus rapidement et de façon beaucoup plus efficace que ce à quoi les spécialistes pouvaient s'attendre. C'est sans doute la première fois qu'ils sont confrontés à un tel cas, alors ils avancent un peu à vue. Mais ça a l'air de fonctionner.

Lucie hocha la tête.

— Je suis bien contente.

Ça faisait environ un mois que Tomer Thénia était mort, mais les recherches se poursuivaient afin de retrouver la trace de tous les enfants infectés à l'arbre de Noël vingt-deux ans plus tôt. Ironie du sort : ils avaient découvert que les parents d'Arthur Frusco n'avaient jamais travaillé à l'hôpital Pontchaillou. Ils faisaient en réalité partie du personnel envoyé par le traiteur pour l'arbre de Noël et avaient amené Arthur, histoire qu'il en profite…

En parallèle, l'affaire était remontée dans les hautes sphères. On essayait de faire la lumière sur le travail mené par le laboratoire de parasitologie à l'époque. De comprendre ce qu'était devenu le projet. Et pourquoi les conclusions faites dans ce cadre n'avaient pas été partagées avec le milieu scientifique. Lucie imaginait l'utilisation qui pouvait être faite d'une telle découverte gardée confidentielle, notamment en termes de guerre bactériologique, et elle ne doutait pas du ramdam qui risquait de secouer les classes politiques dans les prochaines semaines. Tout ça, néanmoins, n'était plus de leur ressort, désormais. Eux avaient fait le job.

— Une fois qu'elle sera sortie de l'hôpital, sa mère sera là pour l'aider, continua Nicolas. Enfin, quand elle ira mieux. Cette pauvre femme a aussi vécu un cauchemar… Il va falloir se reconstruire, après ça.

Lucie nota l'embarras manifeste de son collègue et ami. Il avait posé son gobelet vide à côté de lui et se frottait nerveusement les mains l'une contre l'autre entre ses jambes écartées.

— Qu'est-ce que tu veux me dire ? demanda-t-elle.

— Je n'arrête pas de penser à elle, Lucie. Il s'est passé un truc lorsque je l'ai serrée contre moi, le soir où, à l'hôtel, elle a compris qu'elle était vraiment malade.

C'est quelque chose que je ne peux pas expliquer, mais je suis bien dès que je suis à ses côtés.

En face, Sharko récupérait, le souffle court. Il tourna la tête vers sa femme et tira la langue dans un sourire. Lucie lui adressa un petit signe.

— Tu vas faire quoi ? s'enquit-elle.

— Je ne sais pas.

Lucie observa son homme avec tendresse durant de longues secondes.

— Il était exactement comme elle et je suis tombée amoureuse de lui. On ne contrôle pas ces choses-là quand elles nous tombent dessus. Ensemble, on a surmonté les obstacles. Et regarde-le aujourd'hui. Regarde notre famille.

Elle le fixa droit dans les yeux.

— Alors ne compte surtout pas sur moi pour te dire de renoncer.

CONFIDENTIEL

RAPPORT D'EXPERTISE PSYCHIATRIQUE DE CHRISTOPHE LANSALLE

établi par le Dr Éléonore Hourdel

COUR D'APPEL DE PARIS
TRIBUNAL DE GRANDE INSTANCE DE PARIS

EXPERTISE PSYCHIATRIQUE
De M. [redacted]

Références :
N° Parquet : [redacted]
N° Instruction : [redacted]

Je soussignée, docteur [redacted], psychiatre et praticien hospitalier à l'unité pour malades difficiles Ulysse, experte inscrite sur la liste de la Cour d'appel de Paris, certifie avoir personnellement procédé à l'expertise psychiatrique de M. [redacted], né le 10/09/1998.

Rappel des faits
M. [redacted] est actuellement mis en examen pour homicide volontaire. Le 4 mai 2019, aux alentours de 23 heures, persuadé d'être en danger de mort et cherchant à fuir des démons lancés à sa poursuite, il quitte le métro Porte de Pantin, s'introduit au domicile de la famille [redacted] en escaladant un mur et en passant par un patio à l'arrière des jardins. M. [redacted], le père de famille, est absent, affecté à un poste de nuit dans une usine située à [redacted]. Muni d'une arme blanche qu'il garde, selon ses propos, pour se défendre contre ses poursuivants, M. [redacted] grimpe à l'étage, pénètre dans la chambre de [redacted], 12 ans, et le frappe de treize coups de couteau au niveau de la nuque, ainsi que du haut du corps, le prenant pour un de ses démons persécuteurs. Ensuite, il se rend dans la chambre voisine et décapite [redacted], 36 ans, à l'aide du même couteau et de ciseaux à volaille qu'il est allé chercher dans la cuisine, avant de poser sa tête sur la table de chevet. Il redescend

ensuite au rez-de-chaussée pour s'ouvrir une bière, manger des restes de jambon, et il prend la fuite.

La précédente expertise psychiatrique réalisée par le psychiatre [redacted] rapporte une bouffée délirante aiguë, notamment marquée par un délire persécutif à thématique démonopathique. Le docteur [redacted] estime que, en dépit du caractère indiscutable du trouble mental aliénant, le discernement de M. [redacted] ne peut être considéré comme ayant été totalement aboli, au sens de l'article 122-1, alinéa 1 du code pénal, du fait de sa consommation régulière de cannabis, de surcroît augmentée le soir du drame, surconsommation qui aurait pu volontairement entraîner la perte de contrôle ayant permis le passage à l'acte criminel. Ainsi, le docteur [redacted] ne retient qu'une simple altération du discernement de M. [redacted], et donc sa pleine accessibilité à une sanction pénale.

Le juge d'instruction, maître [redacted], a néanmoins mandaté un collège de trois nouveaux experts, dont moi-même, pour réaliser une nouvelle expertise, objet de ce présent document.

Antécédents judiciaires inscrits au casier

Jugement du 3 décembre 2016 – Tribunal Correctionnel d'Orléans
Infraction : Vol simple (article 311-3 du code pénal)
Peine : 2 mois d'emprisonnement avec sursis simple
Faits commis le 12/10/2016

Ordonnance pénale du 18 septembre 2017 – Tribunal de Police de Paris
Infraction : Port d'arme blanche de catégorie D sans motif légitime (article L.317-8 du code de la sécurité intérieure)
Peine : Amende de 350 €
Faits commis le 30/07/2017

Jugement du 22 janvier 2019 – Tribunal Correctionnel de Paris
Infractions : Usage illicite de stupéfiants (article L.3421-1 du code de la santé publique)
Violences volontaires en état d'ivresse manifeste (article 222-13 du code pénal)

Peine : 8 mois d'emprisonnement dont 5 avec sursis et mise à l'épreuve pendant 18 mois
Injonction thérapeutique et obligation de soins psychiatriques.
Faits commis le 04/11/2018

Mentions particulières
Non-respect des obligations du sursis avec mise à l'épreuve prononcé le 22/01/2019 : absence aux rendez-vous de suivi psychiatrique.

Antécédents médicaux

Je retrouve chez M. [redacted], à l'âge de 15 ans, une tentative de suicide par ingestion d'anti-inflammatoires et de myorelaxants à la suite de la mort de sa mère d'un cancer généralisé.
Le premier contact recensé avec les services psychiatriques remonte quant à lui à décembre 2018, alors que M. [redacted] est âgé de 20 ans. Il s'est présenté aux urgences psychiatriques de l'hôpital Saint-Antoine en raison d'un épisode anxieux aigu. Le compte rendu clinique fait déjà état de manifestations suggestives d'un début de désorganisation de la pensée, incluant des idées de référence et un sentiment persistant de persécution. Un traitement anxiolytique a été prescrit, assorti d'une proposition de suivi ambulatoire, qui n'a pas été poursuivi par le patient.
L'analyse du dossier médical indique une consommation régulière de cannabis débutant vers l'âge de 17 ans, avec une augmentation progressive de celle-ci jusqu'à atteindre deux à trois joints par jour en 2019. Il est également fait mention de consommations ponctuelles de substances stimulantes telles que la MDMA ou la cocaïne, sans qu'un diagnostic de dépendance ne puisse être établi.
Malgré les nombreuses incitations à engager un suivi spécialisé, M. [redacted] n'a pas présenté d'adhésion continue à une prise en charge psychiatrique et n'a pas maintenu une observance thérapeutique satisfaisante dans la durée.

Biographie du sujet

Une lecture synthétique du parcours de vie de M. [redacted] permet de dégager certains repères fondamentaux, utiles à la compréhension de sa trajectoire psychopathologique et à l'établissement d'un diagnostic.

Antécédents familiaux et contexte développemental précoce

Né en 1998 à [redacted], M. [redacted] a connu très tôt un environnement familial instable. Ses parents se séparent peu après sa naissance. Il est alors pris en charge par sa grand-mère maternelle jusqu'à l'âge de 3 ans, avant de rejoindre le domicile maternel. Sa mère entretient à cette époque une relation de longue durée avec un compagnon qualifié de figure autoritaire et violente.

Vers l'âge de 13 ans, à la suite de tensions récurrentes au sein du couple, la mère de M. [redacted] met un terme à cette relation et rencontre un homme décrit comme bienveillant. Un cancer fulgurant emporte cependant cette dernière en quelques mois. M. [redacted] est donc confié à une famille d'accueil, période durant laquelle il fait une tentative de suicide.

Parcours scolaire

Le cheminement scolaire de M. [redacted] est là encore caractérisé par une instabilité marquée. Dès le plus jeune âge, il présente des difficultés d'intégration sociale. Il est perçu comme un enfant réservé, préférant les activités solitaires. Les appréciations font état d'un niveau globalement moyen, avec de fortes fluctuations dans les résultats. À partir du collège sont rapportés des signes d'anxiété, des conduites agressives et un repli relationnel. Il présente également des troubles de l'attention. Il redouble son CM1, puis sa 6e. À l'adolescence, les problèmes de comportement s'intensifient : absentéisme, conflits avec ses camarades, conduites transgressives nocturnes. Il est alors orienté vers une classe de 4e à visée préprofessionnelle (CPPN), dispositif destiné à accueillir des élèves en situation d'échec scolaire important.

Insertion professionnelle

M. [redacted] s'engage dans une formation en chaudronnerie-ferronnerie. Cette expérience est interrompue au bout d'un an, après qu'il a été impliqué dans des faits de vol sur son lieu d'apprentissage. Par la suite, il enchaîne divers emplois précaires (plonge, entretien, livraisons), mais aucun ne sera conservé au-delà de quelques mois. Selon lui, les ruptures contractuelles seraient consécutives à des tensions interpersonnelles ou à un sentiment de persécution lié à l'encadrement ou à ses collègues. Depuis 2016, il vit d'allocations sociales et de missions intérimaires ponctuelles.

Dynamique relationnelle et affective
Le sujet présente un fonctionnement affectif marqué par l'isolement et une difficulté manifeste à établir puis maintenir des liens interpersonnels stables. Une seule relation sentimentale significative est identifiée, entre 2017 et 2018, avec une jeune femme qui mentionne des motifs de rupture tenant à l'instabilité émotionnelle de M. [redacted] ainsi qu'à des comportements à tendance délirants, notamment une jalousie excessive et des accusations sans fondement.
Au moment des faits, M. [redacted] vit seul dans un appartement situé dans le [redacted] arrondissement de [redacted].

Entretiens psychiatriques
Les entretiens se sont déroulés à la maison d'arrêt de la Santé, à Paris. Les douze pages résultant de nos rencontres constituent un document à part.

Conclusions
Mon expertise psychiatrique conclut, en réponse aux questions posées :

1. Le sujet présente-t-il des anomalies mentales ou psychiques et dans l'affirmative, les décrire et préciser à quelles affections elles se rattachent.
Oui, M. [redacted] souffre d'un trouble psychotique chronique, selon toute vraisemblance de nature schizophrénique, faisant suite à un épisode délirant aigu inaugural. Il souffre par ailleurs d'une addiction au cannabis et présente une personnalité pathologique prémorbide de type antisocial.

2. Dire si l'infraction reprochée au sujet est en lien avec de telles anomalies et préciser si l'intéressé était atteint au moment des faits d'un trouble psychique ou neuropsychique ayant aboli/altéré son

discernement ou le contrôle de ses actes, au sens de l'article 122-1 du code pénal.

Oui, l'infraction reprochée à M. [redacted] est directement associée à un épisode psychotique aigu, autrement appelé « bouffée délirante », survenu au moment des faits. L'état mental dans lequel il se trouve à cet instant-là a entraîné une abolition de son discernement, au sens de l'article 122-1 du code pénal.

Mon évaluation diffère sur ce point de celle du Dr [redacted], qui estime que le discernement de M. [redacted] était seulement altéré en raison de la consommation volontaire de cannabis. En réalité, il apparaît que M. [redacted] n'a qu'une conscience partielle, voire très limitée, des effets de cette substance, dans un contexte où l'usage de celle-ci est largement banalisé. Par ailleurs, sa dépendance avérée au cannabis restreignait sa capacité à s'en affranchir de manière autonome.

Je dois également noter que la loi pénale actuelle ne faisant pas de distinction parmi les causes possibles ayant mené à l'abolition du discernement, seul importe l'état mental du sujet au moment précis des faits. Le caractère volontaire ou non de l'ingestion de drogues ne doit donc nullement entrer en ligne de compte dans l'expertise.

3. Dire si le sujet présente pour les tiers et/ou pour lui un état dangereux.

Oui, M. [redacted] représente un danger en raison de sa structure de personnalité antisociale pathologique marquée notamment par une impulsivité forte, une propension à la colère, une faible tolérance à la frustration ainsi qu'une tendance à recourir à la violence. Ce profil est, en outre, aggravé par un trouble schizophrénique.

En résumé, si la responsabilité pénale ne peut être retenue au regard de l'état mental du sujet au moment des faits, la dangerosité de M. [redacted] apparaît pour autant manifeste et persistante, en particulier en l'absence d'un encadrement psychiatrique adapté.

4. Dire si l'intéressé est accessible à une sanction pénale et préciser s'il est curable ou réadaptable.

Non, M. [redacted] n'est pas accessible à une sanction pénale. Une possibilité de réadaptation existe, mais celle-ci s'annonce complexe et longue. Il s'agit essentiellement d'un travail de stabilisation de la symptomatologie. En l'état actuel des connaissances médicales, la perspective d'une guérison complète demeure incertaine. On ne peut exclure le risque de rechutes ou de résistance aux traitements.

5. Dire si le sujet est susceptible d'être placé sous le régime de la détention ordinaire.

Non, l'état psychiatrique actuel de M. [redacted] est incompatible avec un régime de détention ordinaire. Les soins requis ne pourraient être assurés dans un cadre pénitentiaire classique.

6. Dire si cette personne présente des troubles ou déficiences susceptibles d'influencer son comportement, faire connaître les caractéristiques, les aspects particuliers et l'histoire de sa personnalité, les circonstances et les conditions qui ont influé sur la formation de celle-ci, les mobiles intellectuels et les motivations affectives qui inspirent habituellement sa conduite.

J'ai évoqué plus tôt les facteurs de risque de son trouble psychotique, mais il n'est pas possible d'en dire plus en l'état actuel de la science. Par ailleurs, en ce qui concerne les fondements de sa personnalité psychopathique, les données actuelles de la recherche restent également limitées. Les origines exactes de ce type de structure de personnalité sont encore mal comprises. Par prudence et dans le respect des principes déontologiques, je m'abstiens de toute spéculation étiologique.

7. Dire s'il existe un lien entre les traits psychologiques ainsi observés et les faits reprochés.

Il apparaît que certains traits – notamment l'impulsivité propre aux structures psychopathiques ou sociopathiques – ont constitué un facteur favorisant le passage à l'acte, en particulier dans le contexte d'un délire de persécution actif.

Fait à [redacted], le 02/12/2021

Docteur [redacted]

CARNET DE NOTES
DE
Éléonore Hourdel

Dimanche 15 janvier 2023

Les images, les odeurs de ce soir-là me hantent en permanence. Le canon sur ma tempe, l'haleine de hyène de Mickaël Lansalle sur mon visage, ses cris à mes oreilles. « SALE PUTAIN, JE VAIS TE SAIGNER ! »

Curieusement, alors que je croyais que j'allais mourir (ou plutôt je savais que j'allais mourir), je me suis concentrée sur les flocons de neige que je voyais distinctement s'engouffrer par la fenêtre brisée. J'ai même l'impression, en fermant les yeux, de pouvoir encore les compter un à un. C'est comme si, à ce moment-là, le temps s'était foutu en grève. Chaque mouvement était ralenti. J'étais happée par cette vision, mais pas assez pour échapper à la bande-son de l'horreur.

J'y pense, j'y repense, même quand je me dis que je ne dois pas y penser. Je vérifie sans cesse si les issues sont bien verrouillées, et au moindre bruit mon cœur fout le camp. Par contre, je ne fais pas de cauchemars. Enfin, pas des vrais. Juste des petits trailers nocturnes qui me réveillent en sueur. Bref, rien d'anormal pour quelqu'un qui coche tranquillement toutes les cases de ce qui risque de se muer en un syndrome de stress post-traumatique.

Ça fait quinze jours. Peut-être que je n'aurais pas dû revenir habiter là, peut-être qu'il est beaucoup trop tôt. La peinture blanche toute fraîche ne cache rien du tout. Le truc, c'est que c'est ici que je vis, et quitte à affronter mes démons, autant le faire tout de suite.

Demain, je retourne enfin à l'UMD. Soulagement, et crainte.

Lundi 16 janvier 2023

Reprise du boulot. Rien de tel qu'un patient tout neuf pour se remettre les idées en place. Pendant trois heures, j'ai réussi à ne pas penser à la tête de Hallis qui se disloque. (Bon, évidemment, maintenant j'y repense… C'est malin !)

J'ai été contente de retrouver l'UMD, mes collègues (sauf Courbier, ce pion moisi) et mes patients. J'ai rapidement repris mes marques. Les éclats de rire de Momo me manquaient, et Popeye a été impeccable, comme toujours. Ce gars est vraiment quelqu'un de bien.

Étrangement, c'est là-bas que je me sens le plus en sécurité. Le danger y est pourtant bien réel, mais dans l'unité nous le contrôlons. À l'extérieur, en revanche, je ne maîtrise rien du tout. Tout à l'heure, pour parcourir les quelques mètres entre ma voiture et la maison, j'ai couru. J'ai couru comme une gazelle. J'avais besoin de vite m'enfermer, baisser les volets, et faire taire la crise d'angoisse qui commençait à monter.

Pas bavarde aujourd'hui… Je suis claquée.

Mercredi 18 janvier 2023

Ce matin, je me suis réveillée avec une idée fixe : prendre des nouvelles de Pascal Lansalle. J'ai dû faire un rêve lié à tout ça, même si je ne m'en souviens pas.

Avant mon départ pour l'UMD, j'ai donc appelé un confrère de Cadillac. Spoiler : il n'est pas guéri. Lansalle rechute malgré les traitements, toujours persécuté par ses démons. J'ai senti son psychiatre résigné, à bout de solutions. Ça fait bientôt quatre ans que Lansalle est entre leurs murs, il a aujourd'hui 24 ans. Sa maladie ne se laisse pas dompter, elle est en train de lui bouffer sa jeunesse, son éducation, et de détruire son avenir. Elle ruine tout. Peut-être ne sortira-t-il jamais. Une vie entière avec pour seul horizon des couloirs blancs et des médicaments à gober trois fois par jour. Sans compter que sa pathologie a aussi anéanti la famille Hallis. Et qu'elle m'a fait du mal, à moi aussi. Dommages collatéraux, comme on dit.

Le discours de mon confrère est alarmant, mais il me rassure quelque part un peu : je ne me suis pas plantée dans mon expertise. C'est bien en établissement de soins psychiatriques que Lansalle a sa place. J'imagine à peine le carnage si cet homme-là avait été envoyé en prison ainsi que le préconisait Courbier en jugeant sa conscience seulement « altérée ». Quel connard celui-là !

Vendredi 20 janvier 2023

« Le stylo et le patient », ça aurait pu être le titre d'un joli conte moderne, version gore, dans lequel une psychiatre oublie un Bic dans sa poche et un patient, pas vraiment fan de papeterie, décide de s'en servir pour crever les yeux d'un infirmier.

Je ne sais pas comment c'est arrivé, je ne comprends pas. Je vérifie systématiquement mes poches avant de pénétrer dans l'unité, c'est un réflexe du même ordre que respirer. Alors, quoi ? Fatigue ? Tracas ? Heureusement, il n'y a pas eu de conséquences dramatiques pour cette fois, par contre mon erreur n'est pas passée inaperçue. Rien ne passe inaperçu à l'UMD. Les murs ont des yeux.

Enfin, le plus intéressant, c'est ce fameux patient, notre « voyageur sans bagages »… Pas gâté, le pauvre. Il est régulièrement en attitude d'écoute, la tête inclinée vers la droite, les yeux focalisés vers le sol avec les pupilles en mouvement. Vu ses propos la plupart du temps difficilement audibles et le coton dans ses orifices, j'ai une forte suspicion de délire d'infestation parasitaire. En outre, je retrouve des caractéristiques psychotiques d'une schizophrénie. Ça porte un nom : le syndrome d'Ekbom. Sans doute une des pires manifestations de la maladie psychique. Le patient a la conviction inébranlable qu'un festival de vers loge sous sa peau. Il sent réellement les bestioles (et à ceux qui liront peut-être un jour mes vieilles archives, je vous garantis que je suis en train de me gratter le bras en ce moment même) et il s'inflige des blessures pour extraire ces parasites de son corps. Un comportement qui le rend extrêmement dangereux pour lui-même.

Avec tout ça, je croyais avoir eu mon lot d'émotions pour la journée, mais j'étais loin du compte. « C'est quoi ce bordel ? », voilà qui résumerait parfaitement mon état d'esprit. Un policier m'a contactée. Il m'a demandé de me rendre à l'institut médico-légal pour reconnaître le corps de mon père. Même si je ne l'ai pas vu depuis quasi trente ans, ça a été un choc. Sauf qu'il y a un hic. Cet homme, ce Denis Liénard, n'est pas mon père. Il possède pourtant tout ce qui appartenait à ce dernier. Son identité, ses papiers, ses photos sur lesquelles je me suis revue, enfant, avec ma mère sur les côtes bretonnes. Ma mère... Pas foutue de prendre des nouvelles de sa fille. Ça va, je vais bien, maman, ne t'inquiète pas pour moi. Mes problèmes, tu sais, c'est pas grand-chose, pas la peine de t'en soucier. Et toi ? Tout roule ? Tranquille ? **Et notre cuillère heureuse ?**

Conclusion de cette journée palpitante : un patient schizophrène qui gratte l'invisible, un cadavre qui a volé l'identité de mon père, une mère absente et un stylo baladeur. Et moi ? Je me débats au milieu de ce bazar pour essayer de ne pas finir dans un épisode de « Faites entrer l'accusé ».

Samedi 21 janvier 2023

Coup de semelle en pleine gueule : ça, c'est fait. Et je vous le confirme : ça ne fait pas du bien.

Notre unité se targuait d'avoir un des taux d'agressions les plus bas, j'ai eu l'honneur de mettre un terme à cette course aux bons résultats. On devrait peut-être me donner une médaille (ou un casque). Je n'ai rien vu venir, comme pour le stylo. Mes alarmes intérieures ne se sont pas déclenchées. Deux grosses erreurs en deux jours, ça n'est absolument pas normal. L'effet Mickaël Hallis ? Je ne vois pas d'autre explication.

Côté perso, j'ai décidé de creuser un peu sur le soi-disant Denis Liénard, et mes découvertes du jour ont été stupéfiantes (genre thriller

Netflix). J'ai décrypté un code qui m'a conduite jusqu'à un box dont le contenu m'a hallucinée. Définitivement, je crois que la folie est partout autour de moi. Pourtant, contre toute attente, il y a peut-être du bon qui va s'inviter là-dedans... On dirait bien, en effet, que ma vie de vieille fille pourrait être chamboulée. Le flic qui enquête sur mon faux père a sonné à ma porte, il voulait me rendre mon bonnet. Mon BONNET ! (bon, il avait aussi quelques infos, mais bon...) Franchement, le mec habite à plus d'une heure de chez moi, et il se pointe un samedi soir, tu saisis le truc ?

Non, je te vois venir. Tout de suite, tu te fais un film... Mais en fait, c'est plus de l'ordre du feeling, de la sensation. Une sorte de mini-spa émotionnel dans un coin de ma poitrine. Ça faisait tellement longtemps que je n'avais pas ressenti ça ! Ma foi, c'était fort agréable.

Cet homme (Nicolas, si tu veux savoir), je ne le connais pas, pourtant je crois qu'il est blessé de partout. À l'intérieur, j'entends. Son attitude, sa façon de parler... Des yeux qui accrochent et qui fuient la seconde d'après. Je l'ai installé dans la pièce de simulation parce que sa présence me faisait du bien et qu'au fond de moi, peut-être, je ne souhaitais pas qu'il parte. J'ai aimé le regarder évoluer sur le tapis de réalité virtuelle, le voir se perdre dans les rues du programme et le *plat de crevettes bleuâtres*...

Mes paupières se ferment toutes seules. Bye...

Dimanche 22 janvier 2023

Super dimanche, un magnifique aller-retour sur Rouen sous un temps pourri. Mais qui a valu le coup, je précise. Là-bas, au Rouvray exactement, j'ai rencontré un patient dénommé Arthur Frusco, et l'énigme autour de mon faux père prend l'allure d'un bien étrange Cluedo... Fait marquant : Frusco a peint un tableau intitulé « La Femme et le Capitaine ». À vérifier demain à l'UMD, mais j'ai la quasi-certitude que ce mot est aussi sorti de la bouche de mon patient sans bagages. Flippant.

Le Capitaine… C'est étrange, là, au moment où j'écris ces lignes, tout ça me fout les poils (ceux de mes avant-bras se dressent rien qu'à l'évocation de ce mot). C'est sans doute le tableau de Frusco qui provoque ça, cette ombre gigantesque qui se déploie à l'arrière-plan de la toile. À quoi ressemble-t-il, le Capitaine, dans la tête de ce patient ? Quel est son visage ? Moi, je l'imagine comme une sorte de Freddy Krueger qui, un jour, aurait décidé de prendre les commandes du cerveau d'un autre. Quand le Capitaine tient la barre, il ne la lâche plus et, drapé dans sa longue cape noire, il précipite le navire vers l'abîme.

Lundi 23 janvier 2023

Je suis furax. Ce rapace de Courbier m'a piqué mon patient. J'ai l'impression d'être devenue la risée de ~~la pise~~ l'unité, même Popeye ne me calcule plus. Est-ce que tout va à ce point mal pour que ma relation avec mes collègues se soit autant dégradée en si peu de temps ?

Je pense à Louis Pasteur (faute de mieux, c'est comme ça qu'on a baptisé notre patient sans bagages). Je le revois afficher son étrange sourire, et je suis maintenant sûre qu'il m'a dit, tout en faisant son signe militaire : « Le Capitaine te salue. » J'en ai le sang qui se glace, parce que ça signifierait que ce n'est pas le délire d'un seul schizophrène. Le Capitaine se retrouve en effet dans la tête d'un autre malade à 200 kilomètres d'ici. Incompréhensible.

Côté perso, les émotions ont été très différentes, mais pas moins intenses. J'en ai appris plus sur l'histoire de Nicolas Bellanger, le fameux flic, et ça m'a profondément touchée. Lui aussi, il porte ses fantômes. Il a été au cœur d'une affaire incroyable et terrifiante : sa compagne, en état de mort cérébrale, a été maintenue « en vie » pendant des mois parce qu'elle était enceinte et qu'avec les machines, il y avait de bonnes chances de mener la *mallette* à terme. Une tempête médiatique a soufflé autour de ce cas qui soulevait des questions éthiques. Je m'en souviens très bien, on ne parlait que de ça l'année dernière. C'était d'un glauque...

Le petit Angel est donc né d'une mère décédée. C'est si tordu que même moi j'en perds mon latin. J'imagine le gamin qui, un jour ou l'autre, découvrira toute la presse merdique qui s'est jetée sur cette sinistre période. Des vautours. Ça ne va pas être simple, ni pour lui ni pour son père.

En tout cas, avec le policier, nous avons décidé de cheminer un peu ensemble pour faire avancer l'enquête sur la mort de mon faux père, ce qui n'est pas pour me déplaire. L'homme est marqué et rude, certes, mais je suis certaine qu'autre chose que la colère et la résignation peut se dessiner sur son visage.

Ajout nocturne : Il est quasi 5 heures. Mon alarme a sonné en pleine nuit. Les gars de la sécurité sont partis, pour autant je suis incapable de fermer l'œil. « Un déclenchement intempestif », a dit le bonhomme. Ça signifie quoi, ça ? Qu'un détecteur de mouvement peut s'activer sans qu'il y ait le moindre mouvement ? Non, ça n'est pas un déclenchement intempestif. C'est Mickaël Hallis qui revient d'entre les morts pour me hanter. Quand est-ce que tu vas me ficher la paix ? Quand est-ce que tu vas sortir de ma tête ?

J'ai peur. J'ai peur, putain... Mais je suis là, et j'écris. Il faut que j'écrive...

Mardi 24 janvier 2023

La journée a été dense. Je suis allée, tôt ce matin, au zoo du Pescherey, et je n'ai pas été déçue du voyage. Je n'ai pas le temps de m'étendre dessus pour le moment. J'essaierai de me rattraper plus tard. En fait, j'espère réussir à discuter en douce avec Nathanaël Machefer (oui, Louis Pasteur a gagné une identité !). J'aurai peu de latitude, alors je dois préparer cet entretien.

Questions à poser à Nathanaël Machefer :

- Est-ce que le Capitaine est là en ce moment ?
- Le Capitaine est-il la voix à laquelle vous devez obéir ?
- Le Capitaine peut-il deviner si des vers sont à l'intérieur des gens ?
- ~~Pourquoi le Capitaine vous a ordonné de venir ici ?~~
- Vous souvenez-vous des premiers mots du Capitaine ?
- À quoi ressemble le Capitaine ? Vous pouvez me le décrire, ou vous n'entendez que sa voix ?

J'ai eu mon tête-à-tête. Après, tout s'est enchaîné. Là, il est tard et je dois me faire violence pour écrire ce qui s'est passé. L'évocation de Crab Bay par mon ancien patient. Mes recherches. Mon excursion dans une usine abandonnée. Ma chute dans un trou rempli de vers. J'ai cru mourir. Mille fois mourir. Quelle horreur.

Je ne sais pas si je vais pouvoir vivre dans cette maison encore longtemps. Plus de plaisir. Juste de la peur. Des murs peints avec du sang derrière. L'odeur de la poudre. Cette nuit, encore une fois, je ne dormirai pas. Une ombre rôde. Maintenant que je suis là, au calme face à mon carnet, je suis certaine que mes yeux ne m'ont pas trahie : il y avait bien une silhouette dans les bois. En aucun cas ça ne peut être le fruit de mon imagination.

Quelqu'un évolue dans mon sillage, déclenche l'alarme, m'appelle juste pour respirer dans le téléphone. J'en viens même à me dire qu'il est là, dans mon dos, à secrètement observer ce que j'écris. En permanence, je songe au Horla de Maupassant, à cette entité invisible qui rend le narrateur complètement dingue. Comme lui, j'ai envie d'abandonner un verre de lait sur mon chevet pour voir si, au bout de la nuit, il aura été bu.

Le Horla n'existe pas. L'ombre qui me traque, si.

Qui es-tu, bon sang ? Qu'est-ce que tu me veux ?

Mercredi 25 janvier 2023

Qui termine mes phrases ?

Pardon pour cette question que j'ai posée là tout à l'heure en espérant qu'une force quelconque y répondrait. C'est n'importe quoi. Je me demande si la folie ne me gagne pas moi aussi... Bref, ce n'est pas le sujet. J'ai oublié d'écrire (ou plutôt je n'étais pas prête à le faire avant) que Machefer a tenté de se suicider. Le Capitaine l'a eu. Je l'entends parfaitement donner ses ordres : « Maintenant que tu as une arme, tu vas te la planter à plusieurs reprises dans le ventre pour tuer les vers. C'est le seul moyen de te débarrasser d'eux. Tues-en le plus possible. » Ça illustre bien tout le paradoxe, toute la violence de la schizophrénie : le cerveau anéantit le corps qui le nourrit, et donc se tue lui-même.

Je suis triste pour Machefer. Nous, l'institution, avons échoué à nous occuper de lui. Heureusement qu'il n'était plus mon patient...

Jeudi 26 janvier 2023

Pas la force de raconter ma journée. Je suis à l'hôtel... En attendant la police. *La sale flicaille, hein ?* Je suis effondrée. Maman a disparu. Le Capitaine était là, ce soir. Chez elle. Je l'ai poursuivi dans le jardin. J'ai hurlé : « Capitaine ! » Il s'est retourné. M'a regardée. Je n'ai pas vu son visage, il faisait trop noir. Puis il a fui dans ses fichues ténèbres.

Mes doigts tremblent. J'étouffe. Quelque chose au fond de ma gorge. Comme une boule qui gonfle et se déplace. Quand je pense que c'est au Capitaine que j'ai envoyé des messages. Que c'est lui qui répondait à la place de maman. Seigneur.

Peux plus écrire. Ça va pas bien. Mal de crâne.

Quelques mots de l'auteur

Je ne pouvais écrire ce livre qu'à une condition : comprendre ce qu'était réellement une unité pour malades difficiles. En effleurer les murs, en humer l'atmosphère, ressentir heure par heure le quotidien des soignants et des patients confrontés à la maladie mentale. Me rendre compte par moi-même si le fantasme que nous avons de ce genre d'endroits, si ce que nous montrent les reportages à sensation – un lieu de hurlements, de punition et de violence pure – correspond à la réalité ou non.

Pénétrer dans une UMD avec le prétexte d'écrire une fiction policière ne me semblait pas envisageable : j'étais persuadé qu'on me raccrocherait au nez à la première tentative de prise de contact. Qui, en effet, voudrait d'un écrivain dans les pattes dans un environnement où la dangerosité est, il faut le dire, bien réelle ? Car on parle là de structures très fermées accueillant certains individus qui n'auraient rien à envier aux personnages du livre. Sans espoir de voir ma requête aboutir, j'avais donc maintes fois rangé cette idée farfelue au fond d'un de mes tiroirs cérébraux, finissant même par en oublier l'existence. Jusqu'à ce déjeuner du côté de Lille avec un ami de longue date qui se trouve être psychiatre.

Les occasions de nous voir sont rares et ce repas, nous l'avions reporté de mois en mois, absorbés par nos travaux et déplacements respectifs. Ce jour-là, je lui glisse, comme ça, au détour de notre conversation, que j'aimerais bien mettre les pieds dans une UMD afin de voir si je pourrais en tirer une histoire. Et le voilà en train de m'expliquer qu'il connaît très bien le chef du pôle de l'unité de psychiatrie adulte du Rouvray, à deux cents kilomètres de là. Qu'il peut lui parler de moi pour que, éventuellement, on se rencontre et que je lui expose mon projet de roman – dont je n'ai, à l'époque, pas le début d'une trame.

C'est ainsi que l'aventure a démarré. Après divers échanges, nous avons convenu d'un accord : je pouvais venir en immersion dans l'unité, mais, en contrepartie, j'acceptais d'animer des ateliers d'écriture auprès de patients sur quelques demi-journées.

J'étais à la fois emballé et terriblement angoissé. Être au contact de schizophrènes, de paranoïaques, de bipolaires dont aucune autre structure psychiatrique ne voulait, est-ce que ça n'était pas dangereux ? Est-ce qu'ils allaient entendre des voix, avoir des visions pendant que je serais présent ? Et puis, qu'est-ce que je pouvais bien leur proposer en termes d'écriture ? Le doute m'habitait. D'un autre côté, c'était vraisemblablement le meilleur moyen pour comprendre de quoi ces gens souffraient, ce qu'ils vivaient au quotidien, comment ils pensaient, s'ils avaient conscience de leur maladie. Et ce que leur esprit déréglé était capable de produire d'un point de vue artistique.

Je me suis donc lancé dans l'aventure, ma besace remplie de questions à poser au personnel et aux malades. J'ai découvert cet univers bien particulier de la psychiatrie, tellement différent des clichés auxquels nous sommes habitués. Et c'est ce que j'ai tenté de retranscrire au mieux dans ce roman : mon ressenti, et l'extraordinaire travail du personnel soignant, dévoué corps et âme aux patients qui lui sont confiés.

L'UMD Ulysse n'existe pas, mais elle est très proche de la réalité dans son fonctionnement, son organisation, ses règles internes. N'oublions pas, en revanche, que mon livre est une fiction et non un documentaire. Ainsi, je me suis parfois autorisé à appuyer certains traits ou à tirer le fil aussi loin que je le pouvais, notamment en termes de manipulation des esprits. Ô Capitaine, mon Capitaine ! Quant aux imprécisions ou erreurs qui auraient pu se glisser çà et là, j'en porte naturellement l'entière responsabilité.

Durant mon immersion, je n'ai jamais su ce que ces hommes et ces femmes avaient fait pour intégrer la structure, mais au-delà des abominations que quelques-uns ont probablement commises, j'ai découvert des êtres pourvus de curiosité et d'émotions, comme tout un chacun. Des êtres humains qui avaient tous un point commun : ils souffraient terriblement de leur pathologie mentale. Les hallucinations, les psychoses étaient bien réelles et dévastatrices. À la question « Quel serait votre plus grand rêve ? », la plupart m'ont répondu : « Avoir une vie normale. » Pouvoir s'échapper de la prison de la maladie psychique. Retrouver une clarté d'esprit que la plupart des traitements, malheureusement, ne parviennent pas toujours à restaurer complètement…

Lors des ateliers que j'ai animés, les patients ont fait preuve d'une créativité exceptionnelle, qui a même surpris le personnel de l'UMD. Certains textes étaient très émouvants, prouvant une fois de plus que l'écriture, comme toute forme d'art, est un moyen d'expression puissant qui permet de mettre des mots sur des souffrances impossibles à exprimer par d'autres biais.

Pour tout ça, pour tous ces moments de partage, je voudrais exprimer ma gratitude aux personnes qui ont eu la gentillesse et la patience de m'éclairer tout au long de ce travail. En premier lieu, je tenais à remercier le professeur Guillin, qui m'a accueilli à l'UMD du Rouvray avec bienveillance et qui a répondu avec passion à mes questions parfois très étranges d'auteur de thrillers (questions qui, en d'autres circonstances, auraient pu le faire douter de ma santé mentale). Merci à Annie Chadeix d'avoir rendu possibles ces rencontres, à Marie Clarot-Langlois qui m'a accompagné lors des ateliers et a été mon guide dans les couloirs de l'UMD, au docteur Bendib, chef de service avec qui j'ai eu des discussions passionnées autour de la psychiatrie et de l'écriture. Merci à Corentin Champigny, à Maÿlis Jullien et à l'ensemble du personnel encadrant avec qui j'ai pu échanger. Merci à Cédric, aux infirmiers, aux aides-soignants qui m'ont reçu à bras ouverts. Grâce à Denis Lucas, j'ai eu droit à une belle visite privée du Musée Art et Déchirure, que je vous recommande fortement si vous passez dans le coin. Et merci, évidemment, à mon ami Chris Debien, le fameux psychiatre à l'origine de tout ça.

En dehors de l'univers psychiatrique, j'aimerais aussi remercier JC, que je harcèle de questions à chaque nouvelle enquête policière que j'écris, et qui me répond toujours avec une précision implacable. Merci à Mathieu Gissot, de l'Institut Pasteur de Lille, pour ses informations sur un parasite bien particulier que je ne citerai pas ici, car je sais que certains lecteurs parcourent ces mots avant de lire l'histoire (n'est-ce pas ?). Mes remerciements également à Julien Tison pour ses « croquettes » croustillantes (j'ai finalement laissé tomber le tacrolimus au profit du bacopa, *mea culpa* !), ainsi qu'à Sylvain Billiard pour ses bons conseils. Merci, enfin, à toutes les personnes que j'ai pu rencontrer durant cette année et qui m'ont transmis un récit, une anecdote, une suggestion. Ou qui m'ont simplement encouragé. Car, non, l'écriture n'est pas un long fleuve tranquille.

Merci à toute l'équipe de ma maison d'édition, qui m'accompagne depuis toutes ces années.

Merci à ma famille, pour leur soutien et leur amour.

Et merci à vous, mes chers lecteurs…

Composé par Nord Compo à Villeneuve-d'Ascq

Imprimé en France par
CPI Brodard & Taupin
en octobre 2025
N° d'impression : 3062175

#lisez engagé !
www.lisez.com

Pour plus d'information :

Imprimé sur du papier issu de forêts gérées durablement.

R15884/01